輝山《さざん》

澤田瞳子
Toko Sawada

徳間書店

輝山

目次

登場人物

金　吾　石見国大森代官所の中間。かつての上役である小出儀十郎から代官・岩田鍬三郎の身辺を探れとの密命を帯び、江戸表から赴く。
与平次　藤蔵山の掘子頭。皆に慕われ、思いやりがある実直な性格。馴染みである徳市の店で働くお春を想い続けている。
藤　蔵　与平次らが働く間歩の山師。
惣　吉　与平次の仲間の掘子。市之助と同じ吹屋で働くお紋と付き合い始める。
小　六　わずか九歳で藤蔵山の柄山負（間歩内の鏈や不要な石を外へ運搬する係）として働く。本来は手子（間歩内の連絡係）の年だが、家族を養うため柄山負となり、十四歳で掘子となる。
徳　市　銀山町にある飯屋の主人。
お　春　徳市の店の使用人。心に秘めた想い人がいる。
市之助　吹屋で働く銀吹師。かつて夫婦約束をした河野家の女中、お伊予を別れた後も想い続ける。
増太郎　兵五郎山の掘子。猪首で乱暴者。
お三津　増太郎の妹。
兵五郎　悪徳で知られる下河原一番の山師。
お　辰　下河原の銀吹師。増太郎の幼馴染だった亭主の吉左の死後、吹屋を引き継ぐ。

喜　助　栃畑谷の掘子。以前は浜田の薬種屋・小石屋の奉公人。
おのぶ　喜助の女房。元は小石屋の女中。
平　蔵　浜田の薬種屋、小石屋の二番番頭。かつて喜助やおのぶと共に働いていた。
渓　瑞　大谷の医者。

叡　応　龍源寺山麓、大谷筋にある正覚寺住職。酒飲み。
栄　久　正覚寺のただ一人の小坊主。俗名喜三太。
荻屋の満寿　栄久の実母。夫と別れ、栄久を正覚寺に預けるが、再婚して栄久を引き取るため会いに来る。

岩田鍬三郎　大森代官所代官。五十歳で大森に赴任。
藤田幸蔵　代官所元締手代。岩田に「文蔵」と呼ばれるほど有能。金吾には厳しく、一見怜悧に見えるが、実は情が篤い。
島　次　代官所の草履取り。長年代官所に勤務。
河野長兵衛　地役人。銀山役人組頭。
熊谷三左衛門　大森随一の豪商、田儀屋の主。宿屋、両替商など幅広く商いを営むかたわら、代官所の公金出納に関わる掛屋も務め、銀山町では山師や銀吹師も営む。
小出儀十郎　金吾が勤めていた越後国水原代官所の江戸役所時代の上役。現在は尾花沢代官所江戸屋敷に詰めており、金吾に岩田の身辺を探らせる。

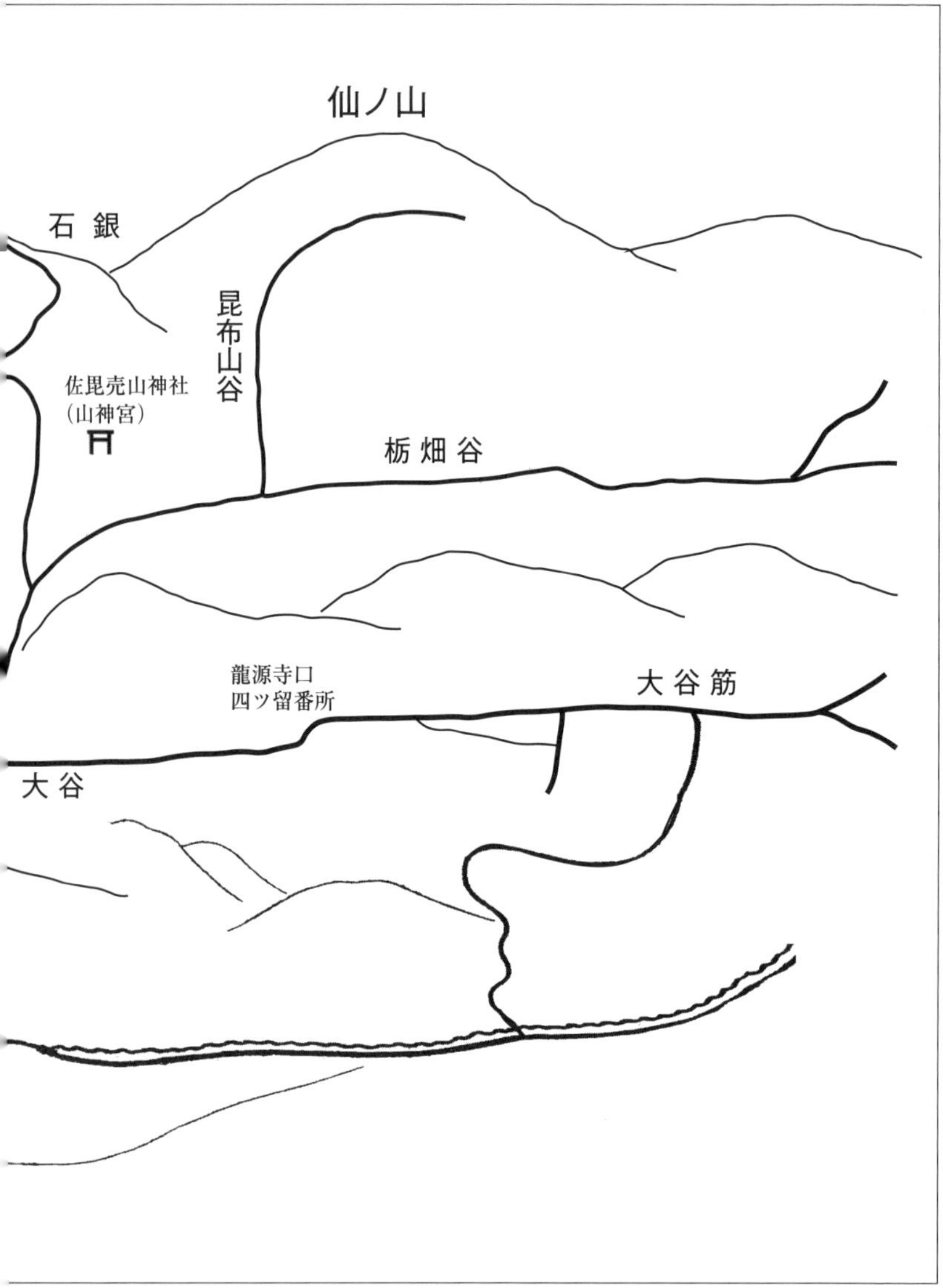

仙ノ山
石銀
昆布山谷
佐毘売山神社
(山神宮)
栃畑谷
龍源寺口
四ツ留番所
大谷筋
大谷

石見銀山

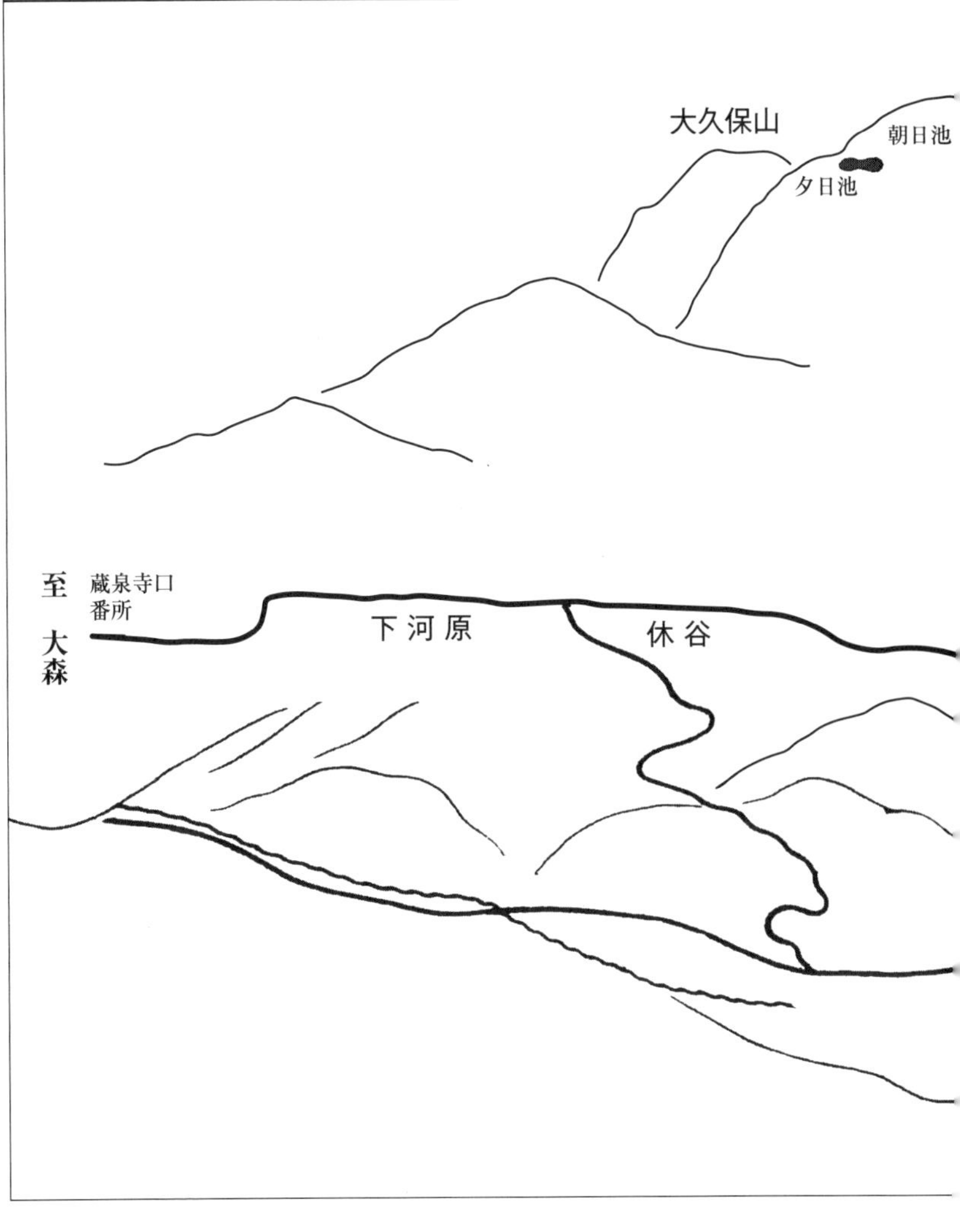
大久保山
朝日池
夕日池
至 大森
蔵泉寺口
番所
下河原
休谷

装画　村田涼平
装幀　鈴木久美

第一章　春雷

代官所の御門脇に居並ぶ男たちの袂《たもと》を、強い北風がしきりにはためかせている。式台のかたわらに膝《ひざ》をついた金吾《きんご》は、その肌を切るような冷たさに、ぶるっと身を震わせた。

松も取れた睦月《むつき》十一日ともなれば、江戸ではそこここに梅の香が漂い、若い鶯《うぐいす》が不慣れな声で囀《さえず》りを始める季節である。だが金吾同様にうずくまる手代《てだい》・手附《てつけ》の目を盗んで見回せば、空の半ばを覆うが如《ごと》くそびえ立つ仙《せん》ノ山《やま》の頂は鉛色の雲に覆われ、今にも白いものが一つ二つとそこから落ちて来そうだ。

「おお、寒い寒い。今年はどうも春の訪れが遅いようじゃなあ」

「先だって、年賀に参った廻船屋《かいせんや》の主《あるじ》が申しておったが、去る大晦日《おおみそか》に降った雪の重みで、宅野《たくの》津《づ》では舟屋が二軒、つぶれたそうだ。それに比べれば、まだこの大森《おおもり》は雪が少ないだけ、ありがたいと考えねばならぬわなあ」

御門前に列を成す銀山方《ぎんざんがた》役人はみな、山深いこの地の生まれ。それゆえ口先では寒い寒いと嘆いてはいても、これしきの北風なぞさして身に応《こた》えぬのだろう。皸《あかぎれ》の目立つ指先を握り込んだだけで、隣の相役たちと平然と笑い合っている。

だが彼らとは異なり、江戸表から赴任《ふにん》する代官に従って、ここ石見国《いわみのくに》大森代官所にやってきた手代や手附には、およそ春とは思いがたい寒さは骨身に沁《し》みる。身分こそ彼らに及ばぬ中間《ちゅうげん》とはいえ、三十の坂を越えたばかりの金吾も、それは同様であった。

「おおい、手代ども。いったいいつになったら、お代官さまのお支度は整うのだ。山神宮《やまじんぐう》の神職どもは今ごろ、山入式祭《やまいりしきさい》を始めるに始められず、困惑していよう。誰か、さっさとご様子を見て来い」

銀山方組頭の河野長兵衛《こうのちょうべえ》が、半白の眉を強く寄せ、焦《じ》れた声で叱咤《しった》する。式台のもっとも近くにひざまずいていた元締手代の藤田幸蔵《ふじたこうぞう》が、それに応じてゆるゆると顔を上げた。

「はあ、もうしばらくお待ちくだされ」

と返したその口調は、長兵衛とは親子ほど年が離れていように、まるで駄々っ子をなだめるかのように落ち着いている。いささか広すぎる額の青さが、図太いとも取れるその印象を更に強めていた。

「しばらくとはいったい、どれほどだ。お代官さまの気ままはこれが初めてではないが、こうも毎度毎度、刻限に遅れられるとあっては、町の衆に示しがつかぬわい」

「岩田《いわた》さまは決して故なくして、お勤めを忘れておられるわけではありません。おおかた急ぎ行わねばならぬ執務が出来《しゅったい》し、席を立つのもままならぬのでございましょう」

幸蔵の返答に、河野長兵衛はふんと鼻を鳴らした。一張羅と思《おぼ》しき羽二重《はぶたえ》の羽織の両袖をぽんとつき、「執務なあ」と嘲《あざけ》りを孕《はら》んだ声音で吐き捨てた。

「それはおおかた、算木を並べたり、書物を前にあれこれ思案なさるお勤めだろう。やれやれ、江戸からお越しのお代官さまには、この石見銀山附御料の年中行事なぞどうでもいいことと見える」

なんだと、と手代たちが気色ばむ。それを片手を上げて制し、幸蔵は「もうしばしお待ちくだされ」と先ほどと寸分変わらぬ口調で繰り返した。

「先ほどからお話をうかがっておりますと、組頭さまは我らが代官さまのご気性をようご存じとお見受けいたします。されば岩田さまがこれまで、どんなお約束も一度として違《たが》えられておらぬことぐらい、ようお分かりでございましょう」

なるほど、幸蔵の言葉はあながち間違いではない。金吾がこの大森代官所の下役に任ぜられて、すでに三月。その間、代官である岩田鍬三郎《くわさぶろう》は毎日のように遅刻を繰り返しているが、だからといって一日じゅう役宅から姿を現さぬことは一度もない。

ただ、かねての趣味という算術の書物を、遅くまで読み耽《ふけ》っていたのだろう。真っ赤な目で昼近くに起き出した末、町役の請願を欠伸《あくび》混じりに聞き、介添えの地役人から苦い顔をされるのはいつものこと。真面目《まじめ》なのか不真面目なのか判断に困るその勤めぶりは、今や石見銀山附御料では七つの子どもですら知らぬ者のおらぬところとなっていた。

中間として、時にその身辺の世話にも当たる金吾には分かる。今ごろ鍬三郎は、年初に江戸の陣屋から届いた算学書から渋々目をもぎ放し、山入式祭に臨むべく身形《みなり》を整え始めているはずだ。だとすれば彼が式台に姿を現すまで、あと四半刻《しはんとき》。陪従の地方《じかた》役人・銀山方役人の点呼を終え、銀山町の山神宮に向かうまで一刻《いっこく》といったところか。

ちっと苦々しげに舌打ちをし、河野長兵衛が幸蔵を睨《にら》みつける。だが当の幸蔵は平然とした面持ちでそっぽを向き、まったく気にする様子がない。

代官所の裏手にそびえる山の木々がどうと波打ち、一瞬遅れて、北風がまた居並ぶ男たちに吹き付ける。しかたがない、とあきらめ顔になった銀山方役人に素早く目を走らせ、金吾は凍え始めた尻《しり》をもぞもぞと動かした。

大森代官所は、石見国邇摩郡《にまぐん》や安濃郡《あののぐん》、更には飛地である美濃《みの》・鹿足《かのあし》郡内の鉱山を含めた四万五千八百余石の天領、石見銀山附御料を支配する役所。諸国に数多《あまた》存在する天領の中でも、この代官所は江戸幕府開闢《かいびゃく》以前からの銀の産出地である仙ノ山を擁《よう》し、日々、掘り出される銀の生産管理はもとより、その搬出や輸送にも目を光らせる重要な任務を担っていた。

このため当然、代官所を支える役人もまた他とは異なり、代官直属の家臣である地方役人と大森・銀山両町に土着する銀山方役人がともに手を携《たずさ》えて執務に当たる。だが実際のところ、累代《るいだい》、この地に暮らしてきた銀山方役人からすれば、数年に一度交替する代官とその家臣なぞ、祭礼の日に飾る御旗ほどの役にも立たぬ。今日、銀山を守る山神宮での祭礼を前にして、一向に支度を終えぬ岩田鍬三郎に対し、河野長兵衛が苛立《いらだ》ち顔を隠さぬのも、彼らが常々、代官所の者を軽んじていればこそであった。

（やれやれ、まったく厄介《やっかい》なところに来ちまったよなあ）

昨年、江戸表で雇い入れられ、秋の訪れとともに大森に遣《や》られた金吾は、地方役人の中でももっとも身分の低い小者《こもの》である。十七歳の春よりすでに十年あまり、ほうぼうの関東代官所の江戸陣屋で渡り奉公を重ねてきただけに、宮仕えの気づまりはよくよく承知しているが、よもやこの年になって江戸を離れ、こんな寒々しい土地に暮らす羽目になろうとは。

(けどまあ、それも二、三年——いや、早ければ一年程度の辛抱だ)

西空が不吉なほど明るんでいた昨夏の夕、こっそりと自分を呼び召した男の黒い影が脳裏をよぎる。そうだ。石見銀山附御料に行けと自分に命じた彼は、金吾が有益な知らせを送りさえすれば、すぐにでも江戸に呼び戻してやると誓ったではないか。その上、望むのであれば手代に取り立て、苗字帯刀すら許すと告げられたことを、金吾は決して忘れていない。

剣術の腕もなく、読み書きとわずかな算術がせいぜいの自分が、代官の補佐役たる元締手代の職を望めるとは思っていない。だがせめて、二十両五人扶持《ぶち》の手代として諸国代官所に赴任できれば、江戸に置いてきた老母にも少しは楽をさせてやれるはずだ。

そのためには賂《まいない》でも着服でも、何でもいい。大森代官たる岩田鍬三郎の日常に目を凝らし、密告に値する事柄を暴き立てねば。そう腹をくくれば、この肌を刺すような寒風も、代官所の中にまで漂ってくる土くさい臭《にお》いも、何とか我慢できるというものだ。

再度身を震わせ、金吾が己《おのれ》にそう言い聞かせたとき、代官所の御門脇に居並んでいた銀山方役人の列が、ざわめきと共に揺れた。

「なんじゃあ、これは。やっと松が取れたばかりと申すに、こうも大勢が代官所を囲んで押し黙っておるとは、もしやお代官さまが頓死《とんし》でもなされたのか」

驚いて目をやれば、銀山役人たちの肩越しに、形の悪い禿頭《とくとう》が春日を受けて輝いている。昼日中にもかかわらず、すでに相当、酔っているのだろう。ゆらりゆらりと左右に大きく身体《からだ》を揺ら

しながら、

「そうとなれば、これは拙僧《せっそう》の出番じゃな。よしよし、わしに任せておけば、お代官さまの都卒《とそつ》上生《じょうしょう》は間違いなしじゃ」

と喚《わめ》く声に、藤田幸蔵がわずかに舌打ちをした。だが彼が立ち上がろうとするより早く、門の外に駆け出して行った河野長兵衛が、「ええい、静かにしろ、叡応《えいおう》」と、真っ赤な顔で騒ぐ僧侶を一喝《いっかつ》した。

「まったく正月から、頓死だの都卒上生だのと縁起の悪い。今日は一年の銀山の安寧《あんねい》を祈る山入式祭だぞ。おぬしもこの地の僧であれば、少しはそれぐらい弁《わきま》えろ」

「ふん、人はみな、暗きより来たりて暗きに帰るものじゃ。その理《ことわり》も弁えずにただ死ばかりを忌《い》むとは、まっこと凡夫の哀しさじゃのう」

「なに――」

　そうでなくとも、藤田幸蔵とのやりとりで頭に血が上っていたのだろう。長兵衛の顔が見る見る怒りに染まる。

　叡応はしばらくの間、焦点の定まらぬ酔眼でその面《おもて》を眺めていた。だがやがて、けっと音を立てて己の足元に唾《つば》を吐いた。

　大森代官所のある大森町や銀山・仙ノ山を中心とする銀山町には、歴代代官・奉行の菩提寺《ぼだいじ》である勝源寺《しょうげんじ》、銀山で亡くなった者の霊を弔《とむら》う五百羅漢《らかん》像を安置すべく、今から約七十年前に建立された羅漢寺など、多くの寺が甍《いらか》を連ねている。

　叡応はそんな諸寺のうちの一つ、龍源寺山《りゅうげんじさん》の麓《ふもと》に建つ正覚寺《しょうがくじ》の住持《じゅうじ》。もっとも昼間から酒を食らい、経といえば一つ覚えの理趣経《りしゅきょう》をがなり立てるばかりの有様だけに、住持というよりほとんど願人坊主だと周囲から呆《あき》れられている生臭《なまぐさ》であった。

「まあまあ、ご両人。いらぬ諍《いさか》いはお止《や》めなされ」

幸蔵が二人の間に割って入ると同時に、周りの銀山方役人が叡応を押さえ込もうとする。だが叡応は破れた法衣の袖《そで》を揺らしてそれを振り払うと、「ふん、なにが銀山の安寧じゃ」と乱杭歯《らんぐいば》を剝《む》き出して喚いた。

「祈ったとて、この世のつらさに変わりがあるものか。いったい去年だけで幾人の銀山の掘子《ほりこ》どもが、気絶《けだえ》で亡くなったと思うておる」

なに、と気色ばむ役人衆を、叡応はぎろりと眺めまわした。

「知らぬとは言わぬぞ。間歩《まぶ》（坑道）の水で足を取られて頭を打った幼い手子《てご》、稼ぎ手の亭主に死なれ、赤子もろとも首をくくった女房を含めれば、ご領内で葬式の出ぬ日はないではないか」

気絶とは、間歩で鉱石採掘に当たる男たちがこぞって罹患《りかん》する病。地中の毒気やそこここの壁から沁《し》み出す水気、更には間歩に持ちこまれた螺灯《らとう》（サザエの殻で作った燭台《しょくだい》）の上げる油煙や、採掘時に出る粉塵《ふんじん》を吸い込むうちに罹《かか》るもので、これを患《わずら》うと咳《せき》を繰り返し、煤《すす》の如きものを吐いた末、十人のうち九人までが死に至るという。

そのため大森町や銀山町界隈《かいわい》には、年配の男の姿が極めて少ない。十歳前後から間歩内の呼び出し係である手子として、また少し長じれば間歩内で鏈《くさり》（鉱石）を運ぶ柄山負《がらやまおい》、大人になれば掘子として鏈の採掘に当たるこの地の男たちは、みな三十歳を過ぎれば一人また一人と気絶に罹り、短い命を終えるからだ。

ただその一方で、掘子の手間賃は一度間歩に入るだけで銀二匁《もんめ》と、驚くほど高い。迷路の如く入り組んだ間歩を巡り、連絡役を務める手子ですら五分二厘《りん》もの銭がもらえるとあって、銀山に入ることをためらう男はこの地ではほぼ皆無であった。

「そうでなくとも、一昨年は凶作、去年は流行《はや》り病……。しかも御山から取れる銀の量まで年々減り続けている最中、祭礼如きで安寧が訪れるものか。おぬしら銀山方役人がいかに無能だとしても、威儀を正してぞろぞろと神頼みに行くより、もっと他にやるべきことがあろうて」

「え——ええい、うるさいッ。黙って聞いていれば、好き勝手を言いよってッ」

痛いところを突かれたのだろう。長兵衛は白いものが混じった眉を吊り上げ、止めようとする幸蔵を突き飛ばさんばかりに両手を振り回した。

「お、お止めなされませ、河野さま」

「さよう、さよう。たかが破れ寺の坊主の戯言《ざれごと》でございますぞ。ご放念なさいませ」

走り寄った銀山方役人が、口々に言いながら二人を引きはがす。叡応の腕を左右から引っ摑《つか》み、ずんぐりとした体軀《たいく》を往来の真ん中へと突き飛ばした。

だが叡応はそれにひるむどころか、顔中を口にして、「ふん、本当のことを言われて、決まりが悪いか」と喚き立てた。

「だいたいおぬしら役人衆は、銀山町の者たちがおればこそ、胡座《あぐら》をかいて暮らして行けるのじゃろうが。それをまあ表づらばかり飾り立て、神頼みばっかりしよってからに」

「——やれやれ、耳の痛いことを申しているな」

金吾の背後で、低い声がした。

驚いて振り返れば、半裃《はんかみしも》姿に威儀を正した岩田鍬三郎が式台に立ち、目を眇《すが》めて門外の騒動を眺めている。

腰を浮かせた金吾をなだめるように薄く笑い、鍬三郎はぽってりと肉のついた顎《あご》で叡応を指した。およそ四万石を越える天領を預かる代官とは思えぬ、ひどく砕けた挙措《きょそ》であった。

「とはいえあれを耳に痛いと思うのは、それが真実であればこそだ。まだ風の冷たい中、待たせて済まぬな」

「い、いいえ。もったいのうございます」

岩田鍬三郎は今年五十一歳。だが年よりも目立つ白髪と、肉づきのいい顔立ちのせいだろう。一見した限りでは、その容貌《ようぼう》はもはや還暦も間近の老人に近い。目が近いらしく、事あるごとに目を細める癖も、そんな印象をますます強めていた。

大森代官所にもう四十余年も勤めているという草履《ぞう》取《り》りの島次《しまじ》が、足をよろめかせながら、三和土《たたき》に草履を揃《そろ》える。鍬三郎がそれに「ご苦労」と鷹揚《おうよう》にうなずいたとき、

「お、お許しを。どうかお許しくださいッ」

という甲高《かんだか》い叫びが、門の外で響いた。小さな影が犬の仔《こ》のように転がってきたかと思うと、そのままの勢いで叡応と役人の間に割り込んだ。

「ご、ご住持さまは、いささか口が過ぎてしまったのでございます。何卒《なにとぞ》、何卒、お許しくださ い」

丈が合っていないのだろう。いささか長すぎる裙子《くんす》の裾を翻《ひるがえ》した小坊主の弁解に、銀山方たちが顔を見合わせる。河野長兵衛がやれやれと溜《た》め息《いき》をつき、くりくり頭の少年に足早に歩み寄

った。

「されどなあ、栄久《えいきゅう》。おぬしが住持をかばう気持ちも分かるが、さすがにこうも不埒《ふらち》ばかり働かれては、見て見ぬふりができぬのじゃ」

栄久は、叡応が住持を務める正覚寺ただ一人の小坊主。住持のあまりの酒癖の悪さに、寺男までもが呆れて寺を飛び出した中、たった七歳の幼さで叡応の身の回りの世話をしている。

まだあどけない彼の苦労を察し、近隣の寺の中には栄久を自坊に引き取ろうかと言い出す僧もいるが、当の本人が頑《がん》としてそれに応じない。このため夜中、徳利を提《さ》げて大森の酒屋まで酒を買いに遣られる栄久の姿は、この一帯ではもはや馴染《なじ》みのものであった。

ですが、と栄久が抗弁するのに気づいているのかいないのか、叡応はいきなりその場に座り込んだ。両手両脚を投げ出して倒れ伏すや、そのままごうごうと高鼾《たかいびき》をかき始める彼に、長兵衛は汚いものを見るような目を向けた。

「まあ、話を聞け。おぬしとて他の寺に入山すれば、もう少しまともな修行が積めるではないか。幸い、大森の諸寺の者はみな、おぬしの健気《けなげ》に感じ入っておる。この辺りで正覚寺を離れるのは、決して悪い相談ではないはずだ」

「い、いいえッ」

栄久は首を横に振り、退路を求めるように一歩後じさった。

「お、お気持ちはありがたいですが、わたくしは正覚寺にいたいのでございますッ」

高い声で言い放つなり、栄久は叡応の身体を両手で強く揺さぶった。血走った酔眼をうっすら開けるのを助け起こし、「さあ寺に戻りましょう、ご住持さま」とその手を性急に引いた。

「おお、栄久か。なんじゃ、わしを迎えに来たのか」

「さようでございます。早くお戻りにならねば、風邪《かぜ》を引いてしまいますよ」

先ほどまで銀山方役人に毒づいていたことなぞ、もはや忘れ果てているのだろう。叡応が足元をふらつかせながら、歩き出す。

「おい。両名とも待たぬか」

河野長兵衛がその背に向かって、怒鳴《どな》る。まるでそれを制するかのように、いつの間にか門内に駆け戻ってきた幸蔵が、「お代官さま、お支度整いましてございます」と大声を張り上げた。

さすがにそれを無視もしがたいのだろう。長兵衛がちっと舌打ちをして身を翻す。それを横目に、岩田は金吾が曳《ひ》き出した黒毛の馬にまたがった。あわてて隊伍《たいご》を組む銀山方役人を従え、代官所の門からゆっくり往来へと出た。

「おお、お珍しい。お代官さまだぞ」

「山神宮へのご参詣《さんけい》だな」

小川を隔てた向こうからの声に目を上げれば、この寒風の中にもかかわらず、木綿の袖なし衣を尻からげした四、五人の男たちが、物珍しげにこちらを眺めている。

ぬっと伸びた足に突っかけている足半《あしなか》を確かめるまでもない。祭礼のため、今日の山方（銀山仕事）は休み。暇を持て余して銀山町から大森に出て来た掘子たちだ。彼らの野太い声の中に、「ご住持さま、参りましょう」という叫びが混じるのは、またも路傍に座りこんだ叡応を栄久が揺り起こしているためか。

日が陰ってきたのだろう。吹き付ける風は更に冷たさを増し、草履をつっかけただけの爪先《つまさき》をじんじんとしびれさせる。

川岸に枝を伸ばす梅の木の蕾《つぼみ》はまだまだ堅く、いったいいつ春の訪れを告げるのかも皆目知れない。

（まったくなんてところに来ちまったんだ）

この三月の間に習い性になった呟《つぶや》きを、金吾はまたも胸の中で繰り返した。

真綿の切れ端を思わせる雪がふわりと目の前を過ぎ、急な横っ風にあおられて、空高く舞い上がった。


仙ノ山の守り神である山神宮は正式な社名を佐毘売山《さひめやま》神社といい、鉱山の守り神・金山彦命《かなやまひこのみこと》を祀《まつ》る鎮護の社《やしろ》である。銀山町の一年の盛業を祈願する祭礼の日とあって、境内に至る長い石段の下には老若男女さまざまな人が群れを成し、その列は坂下の山神別当（神宮寺《じんぐうじ》）門前まで続いていた。

銀山が休みとなるのは、この山入式祭を含め、年にわずか二十日足らず。それだけに銀山町一帯には、終わったはずの正月が再びやってきたかのような浮ついた気配が漂っていた。

どこぞの山師《やまし》（鉱山経営者）の元で、酒の振る舞いに与《あず》かってきたのだろう。真っ赤な顔を隠しもせずにたむろする掘子を、先頭をゆく銀山方役人たちが怒鳴《どな》りつけ、半ば無理やり道を開けさせている。

「ちぇっ、うるさいなあ。年にたった一度の山入式祭なんだ。こんなときにまで役人風を吹かせなくたってよかろうによ」

ぶつぶつ文句は漏らしても、さすがに代官一行の参拝を妨げるほどの狼藉者《ろうぜきもの》は銀山町にはいないと見え、掘子たちの中でも頭一つ大柄な男が、「おおい。みな、のけのけ。お代官さまがお越しだぞ」と、往来の果てに叫ぶ。人垣を割り、言うことを聞かぬ子どもの襟首《えりくび》を摑《つか》んで後方へ押しやる手付きには、人を差配することに慣れた様子があった。

「おおい、押すな。押すな。こっちには童《わらし》がいるんだ」

「うるさいなあ。しばらくの間、辛抱しろよ」

岩田の乗った馬の轡《くつわ》を取りながら、金吾は人々が揉《も》み合う道端に目を走らせた。

仲間同士で誘いあって、参拝に来たのだろう。先ほどの大柄な男のぐるりには、年若な掘子や手子と思《おぼ》しき少年たちが親に従う子犬の如く寄り集まっている。

男の年は、金吾より少し下だろうか。一日のほとんどを地中で過ごす掘子にしては色が黒く、ぼさぼさの頭髪とあいまって、まるで空高くそびえる檜《ひのき》そっくりだ。

金吾の視線には気付かぬまま、男は団栗《どんぐり》に似た大きな目を両手でごしごしとこすった。

「ああ、畜生。酒の酔いが醒めちまったじゃないか」

と吐き捨て、首をううんと左右にひねった。

「それにしてもついてねえなあ。今からお代官さまのご参拝とあっちゃ、これから四半刻はここで足止めを食らうってわけか」

「どうする、与平次《よへいじ》。もう参拝はやめにするかい」

まだ二十歳《はたち》そこそこの掘子が、目だけを動かして男を仰ぐ。すると与平次と呼ばれた彼は、「馬鹿かおめえは」と毒づいて、相手の頭を平手で打った。

「おそれおおくも佐毘売山社さまは、俺たち掘子の守り神でいらっしゃる。出水、落石、気絶《けだえ》……一度入っちまえば、お代官さまや公方《くぼう》さまのご威光も及ばねえ間歩の底で、俺たちが毎日無事に働けるのは、金山彦命さまのご加護があればこそってことを忘れちゃいけねえ」

「そうだよ、惣吉《そうきち》。いくら振る舞い酒にありつきたいからって、ご参拝を欠かしちゃあ、罰《ばち》があたるよ」

間歩内の連絡係を務める手子だろう。掻巻《かいまき》で赤子を背負った十歳になるかならずやの少年が、かたわらでこまっしゃくれた口を叩《たた》く。「やかましいや」と言い返して横を向いた惣吉に、与平次がしかたねえなあと笑った。

「こうなったら一旦、休谷《やすみだに》まで戻り、徳市《とくいち》の店で暇をつぶすか。飯でも食らいながら外をうかがってりゃ、そのうちお代官さまが大森に戻られるのも見えるだろうよ」

「やったあ、おいら、ちょうど腹が減ってたんだ」

少年が嬉《うれ》しげに破顔するや、大人たちを置き去りにして坂道を駆け出す。掘子たちがどやどやとその後を追うのを視界の隅に捉えながら、飯屋、と金吾は呟いた。

(そうか。銀山町にも飯屋はあるのか)

代官所のある大森町の南に位置する銀山町は、仙ノ山を含めた東西三十五町(約四キロメートル)南北二十町(約二キロメートル)。かつてはそのぐるりに柵列《さくれつ》が巡らされていたことから、「柵之内」とも別称され、今でも町境に設けられた八カ所の口屋(番所)では、町外に不法に銀を持ち出す者がいないか、銀山役人が交替で見張りをしている。

いうなれば銀山町は銀の産出地であり、隣接する大森町はそれを管理する場。それだけに掘子のほとんどは銀山町内に寝起きしており、中でも仙ノ山麓《ふもと》の大谷《おおたに》・休谷・下河原《しもがわら》といった集落には合わせて二百軒近い家々が建ち並んでいた。

大森から銀山町に入るには、町境の蔵泉寺口《ぞうせんじぐち》番所で手形を示し、検《あらた》めを受けねばならない。金吾はこれまでそれが面倒で、滅多に銀山町に足を踏み入れなかったが、考えてみれば銀山役人が多く暮らす大森の飯屋や酒家に比べれば、いっそ知る者のいない銀山町の飯屋の方がはるかに気楽なはずだ。

それに銀山町であれば、大森では聞けぬ岩田代官の噂話《うわさばなし》も耳にできるかもしれない。なまじ心に疚《やま》しさを抱えているだけに、この思いつきは自分でも意外なほど強く、金吾の心を揺さぶった。

よし、と手綱を握りしめた金吾は、参拝を終えた岩田一行とともに大森代官所に引き上げると、じりじりしながら日暮れを待った。代官所の裏手に伽藍《がらん》を構える勝源寺から入相《いりあい》の鐘が響いてくるのと同時に、役宅として与えられている中間長屋へ駆け戻った。

岩田とともに江戸から赴任した代官所の手代はみな、妻子を江戸に置いて来ている。それだけに井戸端では襷《たすき》がけをした男たちが慣れた手つきで菜を洗い、旨《うま》そうな煮炊きの匂《にお》いが辺りに垂れ込めていた。

彼らに気取られぬように庭先を駆け抜け、代官所の裏木戸から往来へと飛び出す。暮れなずむ大森の町筋のそこここでは、商家の暖簾《のれん》が慌ただしく下ろされ、女子衆たちががたごとと音をさせながら表戸を立てていた。

祭りの日とあって、どこかで酒宴でも催されているのだろう。路地の奥から、賑《にぎ》やかな三味線の爪弾きの音が響いてくる。金吾はそれに背を押されながら往来を過ぎ、ゆるやかな上り坂をひたすらに駆けた。

蔵泉寺口番所には夕刻にもかかわらず長い人の列が生じ、上り框《がまち》に座った銀山方役人が二人、祭礼の夜の当番を嘆くような仏頂面で、差し出される手形を次々と検めている。

銀山町からの銀持ち出しを防ぐのが目的のため、柵之内に向かう者が見咎《みとが》められることは滅多にない。手形をろくに見ぬまま、「よし、通れ」と言う役人にぺこりと頭を下げ、金吾は番所の南門を駆け出した。

仙ノ山の東麓に沿って走る道が、銀山町の目抜き通り。確か先ほどあの与平次とやらは、そのちょうど中心に当たる休谷の飯屋に行くと語っていた。

すでに日はとっぷり暮れているが、いまだ参拝の人波は絶えぬと見え、山神宮へと続く坂道には提灯《ちょうちん》の灯《ひ》が点々と連なっている。それはまるで、空の星が山肌に宿ったかのような美しさであった。

「さあ、飲んでけ、飲んでけ。その代わり、明日からまたしっかり働いてもらうぞ」

五十がらみの猪首《いくび》の山師が、表戸を開け放った土間に樽《たる》を据え、道行く人々に酒をふるまっている。

掘子・手子を雇い入れて採鉱を行う山師は、代官所の許可のもと、間歩の採掘権を獲得している鉱山経営者。銀山町では、二、三人の掘子とそれより少し多い手子・柄山負が一組になって採掘に当たり、財力のある山師であれば常に五、六十人の働き手を擁している。

今、往来で酒を配る筋骨隆々たる男たちは、この山師の元で働く掘子なのだろう。目の前にぬっと差し出された茶碗酒を咄嗟《とっさ》に受け取り、金吾は目の前の三十がらみの男に目を走らせた。すでに相当酔っているらしく、その足元はずいぶん覚束ない。あまり酒癖がよくないのか、金吾の眼差《まなざ》しにああんとすごむように眉根《まゆね》を寄せたその眼が、急に往来の方へと流れた。

「おおい、お春《はる》。飲んでかねえか」

掘子がだみ声を投げた先を見れば、木綿の前掛けを締めた二十六、七歳の女が一人、素足に下駄をつっかけて道を急いでいる。

使いの帰りなのか、お春と呼ばれた女は小脇《こわき》に抱えた桶《おけ》を片袖で覆ったまま、切れ長の目をちらりとこちらに向けた。だがすぐ無表情に正面を向き、小走りにその場を立ち去ろうとした。

「おい、待てよ。一杯ぐらい、いいだろうが」

つんのめるようにお春の前を塞《ふさ》いだ掘子が、なみなみと酒が注がれた茶碗を突き付ける。するとお春は怯《おび》える風もなく、眉をひそめて掘子を仰いだ。

「うるさいねえ。見ての通り、こっちは急いでいるんだよ」

「なんだと。うちの親方の酒が飲めねえってのか。それともおめえの雇い主の徳市は、下河原一の山師さまより偉いってのかよ」

せせら笑いとともに、掘子がお春に詰め寄った。

徳市の名には聞き覚えがある。先ほど、与平次が口にした飯屋の主《あるじ》の名だ。だとすればどうやらこの女は、そこの雇い人と見える。

「おお、増太郎《ますたろう》の言う通りだぞ。お春、あんな傾きかけた店なんぞうっちゃって、どうせなら振る舞い酒の手伝いをしろよ」

真っ赤な顔をした山師が、土間から大声を浴びせ付ける。

それを素早く一瞥《いちべつ》するや、お春は顔の前に突き付けられた茶碗を、荒々しい手つきでひったくった。溢《あふ》れた酒が顎先《あごさき》に伝わるのもお構いなしに、白い喉を鳴らして中身を一気に飲み干す。慣れた手つきで滴《しずく》を切り、増太郎と呼ばれた掘子の胸元に茶碗を突きつけた。

「そうれ、飲んでやったよ。これで気が済んだろう。まったく、忙しい祭りの日に、人の邪魔をするんじゃないよ」

歯切れのいい口調で吐き捨てるや、そのまま増太郎を押しのけて小走りに駆け出す。そうでなくとも酒の酔いに赤らんでいた増太郎の顔が、更に真っ赤に染まった。

「こ――この女郎《めろう》がッ」

とはいえ、祭礼の日に騒ぎを起こしてはならぬと考えるだけの分別はあるのだろう。増太郎は握りしめていた茶碗を足元に叩きつけると、かたわらに突っ立っていた金吾をぎろりと睨《にら》みつけた。そのまま踵《きびす》を返し、のしのしと土間に戻って行く背には、明らかな怒りがにじんでいた。

大森代官所には女気が乏しく、長屋の井戸端では手代・手附が居並んでそれぞれの褌《ふんどし》を洗うむさ苦しさである。それだけに、あんな女が働いているとなれば、ますますその飯屋にたどりつくのが楽しみだ。往来の雑踏に見え隠れするお春の姿に目を据え、金吾は足を急がせた。

下河原は山師たちが多く居を構えると言われ、銀山町の中でももっとも繁華な町筋。しかしお春はそのただなかをわき目も振らずに通り抜け、小狭な家々がびっしりと軒を連ねる休谷へと向かった。時折、抱えた小桶を揺すり上げながら、道を一本脇に逸《そ》れて山際の窪地《くぼち》に建つ小屋へと駆け込む。軒下《のきした》に揺れる煮しめたような色の小旗が、門口から洩《も》れた灯《ひ》に照らし出されていた。

「ようやく戻ったか。遅かったじゃねえか」

「ごめんねえ、親父《おやじ》さん。兵五郎山《へいごろうやま》の増太郎にからまれちまってね」

足音を殺して門口に近付けば、「増太郎か。あいつも困ったものだ」という痰《たん》がからんだ老爺《ろうや》の声が耳を叩いた。

「鉉延《つるのべ》（採掘）の腕は、下河原一と呼ばれた親父譲りだけどな。博奕《ばくち》は打つ、町中の女子に片端から手は出す……。お春、おめえも気をつけろよ。兵五郎のところの掘子は、そうでなくとも荒くれ者揃いだ。つっけんどんな真似《まね》をして、恨みを買うんじゃねえぞ」

もう遅いとの自覚があるのか、お春の応えはない。

半尺（約十五センチメートル）ほど開け放たれたままの戸口からは甘い飯の匂いが漂い、冷え切った五臓六腑《ごぞうろっぷ》に染み渡るようだ。ぐうと鳴りそうになった腹を、金吾があわてて押さえた、その時である。

「おめえ、いったい誰だ。そんな暗がりで何をこそこそしていやがる」

割れ鐘に似た怒声が背後で響くや、強い力で襟首が引っ摑まれた。言い訳するいとまもあればこそ、がらりと開かれた板戸の内側に、そのまま身体が投げ出された。

鈍い衝撃が尻に響き、うめきが我知らず口をつく。痛みに顔をしかめる頭上で、「こいつ、外から店の様子をうかがっていたぜ」というがらがら声が響いた。

「誰かまた、よその間歩の奴らと悶着《もんちゃく》を起こしてきたんだろう。さっさと名乗り出やがれ」

辺りを睥睨《へいげい》する人影を仰ぎ、金吾はあっと叫んだ。低い小屋の天井につっかえそうなほど大柄なその影は、先ほど山神宮の前に仲間ともどもたむろしていた与平次であった。

狭い土間には床几《しょうぎ》が並べられ、五、六人の男がそれぞれかたわらに折敷《おしき》を据えて飯を食っている。そのもっとも手前にいた男が箸《はし》を宙に浮かせたまま、急いで首を横に振った。

「俺じゃねえよ。ここのところ、朝から晩まで敷入《しきいり》（間歩内で働くこと）しっぱなしだったんだ。悶着なんか、起こす暇があるものか」

まるでその狼狽《ろうばい》が伝わったかのように、「お、おいらもだ」「そうだよ。だいたいこいつ、いったいどこの間歩の奴なんだよ」「おお、見たことねえ面だぞ」と辺りの男たちが口々に言い募《つの》る。金吾はあわてて立ち上がった。

「ち、違う。俺はどこの掘子でもないんだ。ただここに飯屋があると聞いて、大森町から食いに来ただけだ」

「大森だと」

金吾の抗弁があまりに意外だったのだろう。与平次が真ん丸な目をいっそう大きく見開き、金吾の顔を覗《のぞ》き込む。まるでその背を叩くように、もっとも奥の床几から、「思い出した」と甲高い声が上がった。

見れば、先ほど参道をいち早く駆け出して行った少年が、顔じゅうに米粒をつけたまま、箸でこちらを指している。背負ったままの赤子の尻を空いた左手で揺すりながら、「そいつ、さっき、お代官さまの馬の轡を取っていた奴だよ」と誇らしげに言った。

「おいら、ちゃんと覚えてるんだ。何せそいつ、正覚寺のご本尊にそっくりだからさ」

一瞬、小屋の中が静まり返り、次の瞬間、小屋を揺らすばかりの笑い声が男たちの間から沸き起こった。

「なるほどなあ。確かにそっくりだ」

「うまいぞ、小六《ころく》。よく気づいたものだ」

「ふん。おいら、栄久と遊ぶついでに、あのご本尊はしょっちゅう見ているからな」

正覚寺といえば、あの飲んだくれの叡応が住持を務める大谷筋の寺。いったいどんなご本尊が安置されているのかは知らないが、それにしても人の顔を見て、これほど笑わなくてもよかろうに。

不機嫌に口を引き結んだ金吾に手を差し伸べ、「いや、そうか。済まん、済まん」と与平次は顔中に笑みを浮かべて詫《わ》びを述べた。代官所の下役、それも馬の轡を取る中間と分かり、一度に警戒を解いた面持ちだった。

「手荒をして、悪かったな。けどこの銀山町じゃ、あちこちでしょっちゅう喧嘩《けんか》が起きるからよ。さっきみたいに物陰に潜んだりしてちゃあ、後ろ暗いことがあると疑われてもしかたねえぜ」

「ふん、なに言ってるんだい。そういうお前が、この町じゃ一番喧嘩っ早いんじゃないか」

飯と汁を載せた折敷を運んできたお春が、与平次を横目で睨んで舌打ちをする。汁がこぼれるのもお構いなしに、手近な床几にどんと折敷を据えた。

「あたしだって、お前が妙な口出しさえしなけりゃあ、あの増太郎に目をつけられずに済んだんだ。あんな野郎の一人や二人、自分でどうとでもあしらえたのにさ」

「馬鹿ぬかせ。あんな酒癖も女癖も悪い野郎に、これ以上、この店に出入りされてたまるものか。徳市だってずっと、我慢を続けていたんじゃねえか」

口をへの字に歪《ゆが》め、与平次は床几の端にどっかりと腰を下ろした。同じ床几の反対側に座っていた男の身体が、その勢いで軽く揺れる。

竈《かまど》の前にしゃがみこみ、徳利から銅のちろりに酒を詰め替えていた老爺が、「けどよ」とこちらを見ぬまま口を挟んできた。

「あれは与平次も悪かったぜ。お春だって、酔っ払いの相手をすることぐらい得心の上で、ここで働いているんだからよ」

擦《す》り切れた染めの前垂れをかけ、片襷《かただすき》で袂《たもと》をたくし上げているところから推すに、これが店の主の徳市らしい。よいしょと勢いをつけて立ち上がり、土間の隅に置かれた火鉢の温灰《ぬくばい》にちろりを埋めた。

「それをおめえときたら、自分の女がからまれたみてえに文句をつけやがって。まあ、手を出さなかったことだけは褒《ほ》めてやるけどよ」

「うるせえや、早く酒を持ってこいよ。——なあ、おめえも少しぐらいは飲むんだろう」

徳市を一喝するや、与平次は金吾を忙《せわ》しく手招いた。お春がまたも乱暴な手つきで置いていったちろりの灰を拭《ぬぐ》いもせず、その中身を素焼きの茶碗に注ぎ分ける。酒が多い方の茶碗を金吾に押し付け、已の厚い胸を叩いた。

「俺は与平次だ。あっちにいる惣吉や、さっきおめえを正覚寺のご本尊みてえだと言った小六と一緒に、大谷筋の藤蔵《ふじぞう》って山師の下で働いてら」

「金吾だ。まだ江戸から来たばかりで右も左も分からんが、よろしく頼む」

「それにしても、おめえ、変わっているなあ。これまで幾人ものお代官さまが手附や中間を連れて大森に来られたが、銀山町までやってくる奴なんぞ、一人もいなかったぜ」

与平次の口調はからりと明るく、他人に疑念を持つことなぞ皆目知らぬかのようだ。なるべく平静を装って、「そりゃ、そうだろうな」と金吾はうなずいた。

「けど俺には、大森の町は居心地が悪くてな。銀山方役人さまもあちこちにお暮らしなので、どこで行き合うかと思うと何とも落ち着かん」

「なるほどなあ。確かに俺なんぞ、大森町で暮らせと言われたら、三日で音を上げちまうだろうな」

他の床几にかけていた掘子の一人が、「きっと大森の衆の側からお断りだぜ」とまぜっかえす。与平次はちびちびと茶碗の中身を舐《な》めながら、「うるせえや」と言い返した。

「その点、銀山町は賑《にぎ》やかでいいな。さして広い町でもなかろうに、こうもあちらこちらに店があるとは知らなかったぞ。しかもそれが揃《そろ》って、こんな夜中まで暖簾を出しているとはなあ」

実際、下河原からこの徳市の店まで来る道すがらも、通りには様々な飯屋や酒屋が軒を連ね、中には女郎屋と思しき店まで混じっていた。あの繁華な江戸ですら、夜には遊里以外の町筋は木戸を閉ざして静まり返るのだ。いくら祭礼の夜とはいえ、日暮れ後も大勢が出歩く銀山町の喧騒に、金吾は心底驚いていた。

「そりゃ当然だ。なにせ間歩の中は、夜も昼も変わりがないからな。勤めを終えてようやく穴の底から這《は》い出しても、あちこちの飯屋が閉まっているようじゃ、俺たちはやってられねえよ」

与平次によれば、銀山町の一昼夜は五つに分割される。健康な男は一番から五番まで番号が振られた時間帯ごとに交替で間歩に入り、鏈《くさり》を切り出す。一方で女たちは老いも若きも間歩の出口に構えられた吹屋《ふきや》（製錬所）で鏈を砕き、素石（銀成分を含まない鉱石）の除去作業に当たる。

このため銀山町では昼夜の区別は乏しく、人々は三度の食事のほとんどを町の飯屋で済ませるとのことであった。

　とはいえ銀山町のそんな賑わいは、深い穴の底で命を削る山稼ぎと表裏一体のはずだ。だがそれにもかかわらず、与平次を始めとする掘子はみな恬淡《てんたん》と陽気で、四十歳までは生きられぬ境涯を嘆く色は微塵《みじん》もない。

　不思議な奴らだ。酸味の強い濁り酒に唇をつけながら、金吾はそう思った。掘子たちとて、決して死が怖くないわけではあるまいに。それとも命に限りがあると知ればこそ、彼らは短い夏を精一杯生きる蟬《せみ》の如く、今のこの時を楽しめるのだろうか。いずれにしても、この明るさは金吾にはおよそ理解しがたい。

　どれほどの銭をもらったとしても、自分はお定まりの早死になぞ真っ平だ。いずれ訪れる死であれば、それが一日でも遅いに越したことはあるまい。そう思うと盛んに軽口を叩き合う男たちの姿が、ひどく白々しく見えてきた。

「それにしてもさ。今度のお代官さまは、いったいどれだけ保《も》つんだろうねえ」

　言いざま、お春が与平次の肩越しに、床几の上のちろりを覗き込んだ。すでに空になっていたそれをひょいと取り上げ、頼んでもいないない新たな酒を勝手に置く。向かいの床几に乱暴に腰を下ろし、なにせさ、と言葉を続けた。

「先代のお代官さまは着任から一年も経《た》たない間に、急なご病気で江戸に戻ってしまわれたじゃないか。しかもさっき見た限りじゃ、今度のお代官さまは結構なお年と来たもんだ。また突然にいなくなられると、あたしたちも色々やりづらいんだよ」

飯屋の酌婦が代官の有無に何の関わりがあるものか。金吾は思わず、鼻先で軽く笑った。するとお春は形のいい目で金吾を睨み、「あんた、ここのことをまったく分かってないようだね」とわずかに声を低めた。

「そりゃ、お代官さまはあたしたちからすれば、雲の上のお人さ。だけど大森にお代官さまがいてくださると、銀山町はずいぶんと平穏になるんだよ」

銀山町の間歩には、代官所直営である御直山《おじきやま》と、山師が自己資金で開発する自分山の二種がある。このうち御直山は町内の山師が入札で代官所から採掘を請け負う間歩のため、銀山方役人の目も行き届き、問題なぞは滅多に起きない。

「けど、自分山はねえ」

溜め息混じりに言って、お春は大きく息をついた。つんと尖《とが》った鼻の頭に皺《しわ》が寄り、その容貌に不思議なあどけなさを添えた。

自分山で鏈を掘る山師には、産出量の多寡《たか》にかかわらず、代官所より一定の運上銀が課せられる定め。そのため自ら山を経営する山師のほとんどは、少しでも多くの稼ぎを得るべく、暇さえあればお抱えの掘子を間歩に追いやろうとする。しかも山師の中には、定められた賃金を掘子に支払わぬ悪辣《あくらつ》な者も珍しくなく、たまりかねた掘子が示し合わせて他の山師の元に勤め替えをしたり、代官所に駆け込み訴えを起こすことも頻繁《ひんぱん》なのだとお春は語った。

「けどお代官さまが大森にいらっしゃれば、そんな金に汚ない山師たちも少しはおとなしくしているんだ。そうすると銀山町も静かで、徳市さんも安心して店を開けていられるってわけさ」

わかったかい、と念を押しざま、お春が金吾の茶碗に酒を注ぐ。「あ、ああ」と慌ててうなずいて、金吾はあふれそうになった茶碗の縁に唇を寄せた。

「まあ言い換えれば、俺たちがお代官さまと関わるのはそれぐらいってわけだ。だからこそ今度のお代官さまには、なるべく長くいらしてほしいよなあ」

かたわらの床几で飯を掻《か》きこんでいた惣吉の言葉に、周囲の掘子が揃って、ああ、まったくだと応じる。そのうちの一人が、そういえば、と仲間たちを顧みた。

「増太郎があんな嫌な野郎になっちまったのは、先のお代官さまが江戸にお戻りになったすぐ後だよな。ありゃあやっぱり、兵五郎山の仲間たちがそろって他の山に移っちまったことが原因だろうか」

「多分な。何せ、よその山師が掘子に一番（一勤務）銀二匁出すところ、兵五郎は二匁三分も払うというぜ。兵五郎の悪辣さに嫌気が差した仲間と別れ、一人、気前のいい雇い主の元で働いているうちに、気性までがあいつに似ちまったんだろ。まあ、銭欲しさにあくどい雇い主に尻尾《しっぽ》を振るなんぞ、金輪際、おいらは嫌だけどよ」

「違《ちげ》えねえ。おいらも同様だぜ」

言い合う男たちを横目に、金吾は酒をすすった。

先ほど兵五郎を手伝っていた増太郎とは異なり、この掘子たちはこうして徳市の店に集まっている。つまり与平次や惣吉を始めとする彼らの雇い主はいずれも、祭礼の夜にもかかわらず、酒の振る舞いなぞ行っていないわけだ。おそらくは兵五郎とは比べものにならぬほど、細々と間歩を経営している人物なのだろう。

運上銀を課せられる山師を除き、銀山で働く人々には年貢が免ぜられる。小さな山師に使われ、実入りが悪くとも平穏に暮らすか、それとも羽振りのよい山師の元で派手に暮らすか。働ける歳月の短い境涯であればなおさら、その選択は大きな違いを生み出すはずだ。そんな中で見るからに屈強な与平次が好きこのんで働いているのだから、彼の雇い主の藤蔵は兵五郎とはずいぶん気性が異なる人物なのだろう。

この時、がたり、と板戸が鳴り、冷たい夜風が金吾の頬を撫《な》でた。目ばかり大きなやせぎすの男が、その風に背を押されるような足取りで店に入ってきた。

「なんだ、市之助《いちのすけ》か。今夜はずいぶん遅かったんだな」

大きく手を振る与平次に、市之助と呼ばれた男は無言でうなずいた。門口をちらりと振り返り、「入りな」としゃがれた声を投げた。

市之助の眼差しの先を追えば、五、六歳の少女が両手で土鍋《どなべ》を抱えている。市之助の促しにおずおずと三和土に踏み込むや、辺りの明るさに怯えた面持ちで立ちすくんだ。

店内の掘子たちが、ちらりと目を見交わす。それまでの快活さには似つかわしからぬ困惑の気配が、瞬時にして店の喧騒に成り代わった。

「おお、お三津《みつ》坊じゃねえか。鍋なんぞ持って、今夜の菜《さい》を買いに来たのかよ」

硬い沈黙を破って立ち上がった与平次が、童女の前にしゃがみ込む。するとお三津と呼ばれた少女は色白の顔をますます強張《こわば》らせ、「や、やっぱり。あたい、帰る」と後じさった。

「馬鹿だねえ。こんな小さな子を怖がらせるんじゃないよ。あんたは顔が厳《いか》めしいんだからさ」

お春が与平次を突き飛ばすようにして、お三津を抱き上げた。小さな腕にひしと抱えこまれた鍋を徳市に渡し、「何か、食い物を入れてあげておくれな」とおよそ雇い主に対するとは思えぬ口調で命じた。

「おい、お春。ちょっと待ちな。その子は」

「頼むってば、親父さん。銭はあたしの稼ぎから引いてくれればいいからさ」

何か言いかける徳市の口をぴしゃりと封じ、お春はお三津の顔を覗き込んだ。

大人たちのやり取りに、穏やかならざるものを感じ取ったのだろう。お三津はお春の腕の中で身を縮こまらせ、「あ、あたい、いい。やっぱり帰るよ」と再度、小声で抗《あらが》った。

「そんなこと、お言いじゃないよ。以前は毎日のようにここに来てくれていたじゃないか。おっかさんは元気かい。よくうちの店を思い出しておくれだねえ」

お三津に口を挟ませまいとしてか、お春の口舌《こうぜつ》は立て板に水の滑らかさである。徳市がやれやれと首を振って、渡された土鍋を竈にかけた。

「お前の兄さんはとんと、この店と縁が切れちまったけどさ。それでもお前とおっかさんの身の上は、みな心配していたんだよ」

その刹那《せつな》、お三津の小さな顔がくしゃっと歪む。それでも泣くまいと引き結ばれた唇の端が、小魚のようにひくひくと震えた。

「お、おっかさんは元気なんだけど――」

薄い肩を波打たせたお三津を、お春は慌ててかたわらの床几に座らせた。少女の目の前に膝を突き、続きを促すようにあかぎれの目立つ小さな手を軽く撫ぜた。

「あ、兄《あん》ちゃんが。兄ちゃんが全然、家に帰ってきてくれないんだ。あたいが心配して山を訪ねても、いっつも間歩に入りっぱなしで」

透明なものが、ぽろぽろとお三津の掌《てのひら》を叩く。それを指先で拭ってやりながら、お春は「そうかい」と肩を落とした。かたわらの与平次と目交《めま》ぜしてから、お三津の肩に手を置いた。

「けど、それはあんたやおっかさんに楽をさせてやろうとしてだろう。なにせ増太郎は今や、兵五郎山の一の稼ぎ頭って聞くよ」

「そ、そうかもしれないんだけど。でも肝心のおあしだって、同じ間歩の手子が届けてくるだけだから、あたし、もう半年あまりも兄ちゃんの顔を見ていないんだ」

いささか意外な人物の名に、金吾は目を見開いた。確かに先ほど与平次たちは、増太郎がかつてこの店の客だったと話していた。しかしそれにしても、目の前で泣きべそをかく少女があの憎々しい増太郎の妹とはあまりに結び付かない。

金吾の驚き顔に気付いたのか、惣吉が丼《どんぶり》と箸《はし》を両手に近づいてきた。

「なんだい。増太郎を知ってるのかよ」

と囁《ささや》きながら、金吾の向かいに腰を下ろした。

「ああ。先ほど山師の家の門口で、振る舞い酒を配っているのに行き当たったんだ」

振る舞い酒という言葉に、惣吉は一瞬、うらやましげな顔をした。だがすぐに表情を引き締め、

「嫌な奴だっただろう」とお三津に聞こえぬよう、更に声を低めた。

「確かにな。実はお春を足止めして、無理やり酒を押し付けまでしてな。お春がくいと飲み干しちまったんで、面食らった様子だったけどよ」

「今のあいつなら、それぐらいやりかねねえさ。けど、一年半ほど前までは違ったんだぜ。この店にも、お三津坊を連れて毎日のようにやってきてさ。俺も間歩稼ぎのあれこれを教えてもらっ

たし、与平次の兄貴とも仲が良かったんだ」

「それがまた、どうしてあんなやくざな奴になってしまったんだ」

「さてなあ。それは俺たちの方が聞きたいぐらいだよ」

互いに身を乗り出してひそひそ話を続けながら、金吾はお春たちに目をやった。

幼いなりに、泣いてもどうしようもないことを悟っているのだろう。お三津は気丈にも涙を拳《こぶし》で拭い、お春の慰めにうんうんとうなずいている。小さな鼻の頭が朱色に染まり、気の早い桜の花のように愛らしかった。

「お三津坊、これを食いな」

握り飯を載せた皿を、徳市が厨《くりや》から運んでくる。お三津は「ありがとう」と小声で礼を述べて、そのうちの一つに手を伸ばした。だがすぐに思い返したように指先を引っ込めたお三津の顔を、徳市が痛まし気にのぞきこんだ。

「おっ母さんには別に拵《こしら》えてやる。これはおめえの分だ。それと今、めっぽう旨い汁を拵えているからな。一緒に持って帰りゃいい」

「あ――ありがとう。おじさん」

腹を空かせていたのか、がばと握り飯に食らいつくお三津に、掘子たちがそっぽを向いたまま肩の力を抜く。一人、また一人と少女に背を向け、再度、世間話を始めた。

「そういえば、聞いたか。下河原のお辰《たつ》が、雇い入れていた吹屋のユリ女《おんな》や吹大工《ふきだいく》に暇を出し始めたらしいぞ」

「なんだって。喜助《きすけ》、それは本当か」

掘子たちが一斉に、話を始めた仲間に詰め寄る。喜助と呼ばれた男は、四角い顎を大きく引いて、「本当だとも」と応じた。

「女が銀吹師《かねふきし》になぞなってどうなるかと思ったが、案の定、二年ももたなかったわけさ。――なあ、市之助。おめえの働く吹屋でも、もう噂になってるだろう。なにせユリ女たちは、揃って耳早だからな」

「あ、ああ。確かにそんな噂は聞いたな」

いつの間にか市之助は、灯火も届かぬほど隅の床几に腰を下ろしている。喜助から無理やり話の輪に引きずり込まれ、歯切れ悪くうなずいた。

吹屋とは銀山内各所に建てられた、民営の製錬所。その経営者である銀吹師は山師から鏈を買い付け、吹屋に勤めるユリ女と呼ばれる女衆が素石と正味鏈（銀を含む鉱石）を選別する。正味鏈は吹大工・灰吹師《はいふきし》といった吹屋所属の工人に渡されて銀に製錬された後、民間の裏目吹所に運ばれ、より純度の高い花降《はなふり》上銀に精製される。そして代官所はこれらの銀を買い上げ、江戸表で定められた公定価格に基づいた銭を、吹屋に支払うのであった。

間歩と吹屋、ひいては山師と銀吹師は、いわば銀山町を動かす両の車輪。このため銀山町の男はすべて掘子として間歩に入り、女は吹屋で鏈拵《くさりごしらえ》（選鉱）に当たるものだと思っていたが、どうやら何事にも例外はあるようだ。

決まり悪げに掘子たちに背を向けた市之助を、金吾はしげしげと見つめた。その体軀《たいく》は与平次や惣吉に比べればひと回りも小柄で、肩にも腕にもおよそ肉らしい肉がついていない。

灯火一つを頼りに間歩に入り、重い鏈を切り出す作業は、大の男でも慣れぬうちはほんの半刻で音を上げると聞く過酷な仕事。おそらくこの市之助は身体が弱く、吹屋で働くしか生計の術《すべ》がないのだろう。

そう気づけば、先ほどから市之助が肩身狭げに振る舞っているのも得心ができた。

「けど、お辰もよく頑張ったじゃねえか。亭主の吉左《きちざ》があんな死に方をした後も、懸命に吹屋を支え続けてよ。たった二年とはいえ、偉いもんだ」

掘子の一人が、喜助の気を逸らすように声を張り上げる。すると喜助は握り飯を食べるお三津にちらりと眼を走らせ、「――そういえば」と溜め息をついた。

「吉左は増太郎の幼馴染だったよな。そう思うと、つくづく増太郎は人でなしだぜ。吉左があんなふうに死んだのも、考えてみれば山師の兵五郎のせいだってのによ」

「それはどういうわけだ」

いささか剣呑《けんのん》なやりとりに、思わず金吾は彼らのやり取りに割り込んだ。その途端、喜助たちがしまったとばかり、そろって口をつぐむ。

初めて顔を合わせた役所の下役に、あけすけな話がしづらいのは当然だ。金吾は咄嗟《とっさ》に、かたわらのちろりを取り上げた。手近な茶碗にその中身をぶちまけて立ち上がり、喜助の胸元に突き付けた。

「まあまあ、飲んでくれよ。別に俺はここで聞いた話を、大森で吹聴するつもりなんぞないんだ。ただ、人死にだのなんだのと気になる言葉が聞こえちまったからさ」

へらへらと笑って見せた金吾に、喜助は仲間と顔を見合わせながらも、酒が満たされた茶碗をおずおずと受け取った。上目を使いながら、あふれんばかりに注がれた酒に唇をつけてから、

「しかたねえなあ」と呟く。自分の隣の床几に金吾を招いてから、再度、酒をすすった。

「頼むから、おいらが話したとは言わねえでくれよ。今度吹屋を閉めるお辰ってのは後家でな。一昨年の夏、亭主の吉左が首をくくっちまい、その後、一人で銀吹師として奮闘していたんだ。ただこれが、なかなか気の毒な話でなあ」

喜助が語ったところによると、吉左はもともと、銀山町南部にある栃畑谷《とちはただに》の山師の息子。幼い頃に崖から落ちて足を痛めたことから、親の跡を継ぐのを諦《あきら》め、折しも売りに出ていた吹屋を買って、その主に納まったのであった。

「ただよ。山師と同じで、銀吹師ってのは一人でできる稼業じゃねえ。それに、山師が持ちこむ鏈にどれほど多くの銀が含まれているかを見定め、少しでも上質の鏈を選び入れるのが腕の見せ所だ」

その点、幼少時から鏈を玩具代わりに育ってきた吉左は、鏈を見る上手であった。このため吉左の吹屋で拵えられる銀の精度は高く、時に裏目吹所の者たちが再度の精錬の必要がないと褒めるほどだったという。

「ところがそんな吉左に近付いてきたのが、山師の兵五郎だ。ここから先はただの噂だけどよ。兵五郎は吉左に、鏈定法（銀山町内でやり取りされる鏈の公定価格）より安値で鏈を売ってやると持ちかけたらしい。けど、それにうなずいた吉左の元に運ばれてきたのは、一貫に四分も銀の混じってねえ、質の悪い鏈だったのさ」

「ひどい話だな。そりゃ、まともな鉉《つる》（鉱脈）から掘った鏈じゃなかろう」

金吾とて、代官所役人の端くれだ。この地の鏈から、おおよそどれだけの銀が取れるかぐらいは知っている。

この山の正味鏈五十貫目あたりに含まれる銀は、概算にして約百三十匁。いくら鏈拵前の荒鏈でも、一貫に四分以下の銀含有量とはあまりに粗悪すぎる話であった。

「ああ。そんなに銀の少ねえ石は、煙穴《けむあな》（間歩から山肌に向かって垂直に掘った通気孔）の石ぐらいなもんだ。けど兵五郎の野郎、それに気付いた吉左が怒鳴り込むと、自分は間違いなくとびっきりの鏈を渡している、それなのに銀が取れねえとは、さてはおめえのところの吹大工どもは下手くそだなと言い返しやがってよ。力ずくで吉左を叩き出した挙句、奴の吹屋は使えねえと銀山町じゅうに吹聴し始めたのさ」

銀山町は狭い。加えて銀吹師の中には新参者の癖に腕のよい吉左を妬《ねた》む者も多かったため、彼の吹屋の悪評はあっという間に町中に広まった。

いくら奉行所が鏈定法を定めているといっても、銀吹の上手い吹屋は山師に対し、幾ばくかの色をつけて鏈を買う。どうせなら上手な吹屋に鏈を持ち込み、少しでも稼ぎを得たいのは人情だけに、それまで吉左のもとに鏈を持ちこんでいた山師たちは、相次いで他の吹屋に足を向けるようになった。裏目吹所までが吉左の持ち込んだ銀に不審の目を向けるようになったのは、言うまでもない。

「それから三月ほどしてからだ。吉左が吹屋の軒下に縄をかけ、縊《くび》れ死んじまったのはよ」

「けどまたなんで吉左は、そんな奴と取引しようとしたんだ。兵五郎の悪辣《あくらつ》さは、それ以前から有名だったんだろうに」

「さあ、そこだ」

酔いが回ってきたらしく、喜助は剛毛に覆われた右の脛《すね》を自分の左の太腿《ふともも》にどんと乗せた。

「さっき、俺は吉左が山師の息子だったと言っただろう。かつてその吉左の親父の元で働いていたのが、当時、下河原一の掘子と言われていた増太郎の親父だったのさ」

つまり、と身を乗り出した金吾に、喜助は酒の酔いで血走った眼を底光らせた。

「そうさ。増太郎と吉左はともに、文化五年戊辰《つちのえたつ》の生まれの幼馴染。以前はあいつらはよく連れ立って、この店にも飯を食いに来たものだ。要は吉左は、増太郎の雇い主ならと安心して、兵五郎の鏈を買うことにしたってわけさ」

三つ目の握り飯にかぶりつくお三津を、喜助はじろりと睨み据えた。お三津の傍らに座っていたお春が、それに気付いて目を尖らせる。ちっと舌打ちをして顔を背けてから、「まあ、あの娘っ子にゃ罪はねえんだけどよ」と喜助は自分に言い聞かせるように呟いた。

「けどよ、吉左が首をくくったのは、間違いなく兵五郎のせいだ。それを知りながら、いまだに兵五郎山で働き続けるばかりか、あいつそっくりの乱暴者になっちまうとは、増太郎はなにを考えているんだろうな」

茶碗に残っていた酒を、喜助はひと息にあおった。悔し気に目を潤ませたその肩を、隣に座っていた小柄な掘子が慰め顔で叩いた。

「よおし、汁が出来たぞ」

無理やり張り上げたような徳市の声に、お春があいよと立ち上がる。湯気を立てる鍋に木の蓋《ふた》を置き、空いた片手でお三津の手を取った。

「お三津坊の家は確か、安養寺《あんようじ》さまの裏だったね。途中で人に行きあたり、鍋をひっくり返しちゃ大変だ。あたしが運んでやるよ」

でも、と目をしばたたくお三津の手を引っ張って、お春はさっさと外に出た。大小二つの影があっという間に夜の闇《やみ》に溶け込むのを見送り、金吾は小さく溜め息をついた。

人が集まれば、それだけ厄介事は増える。ましてや大勢の掘子やユリ女たちの働く銀山町ともなれば、なおさらだ。

だがそれでも、どこに銀山方役人とその縁者がいるか分からぬ大森に比べれば、日々の暮らしに奔走《ほんそう》し、こちらのことなぞ何も聞かぬ掘子に囲まれていた方が、はるかに気楽だ。よし、決めた。今度から暇があるときは、この店に通うこととしよう。

喜助は話を終えてもしばらくの間、厳つい肩を大きく上下させていた。しかしやがて大きく一つ息をつくと、両の手でごしごしと顔を拭って立ち上がった。

「俺たちもそろそろ行くか。——おい、徳市。銭はここに置くぜ」

喜助の言葉に合わせて、同じ山に勤めていると思しき三、四人がぞろぞろ立ち上がる。

どうやら掘子たちは間歩の外でも、働く山ごとに分かれて行動するものらしい。そんな金吾の推量を裏付けるかのように、喜助たちがいなくなると、与平次と惣吉、それに小六は自ずと一つ床几に寄り集まった。

「おおい、市之助。こっちに来ねえか」

与平次の誘いに、市之助が汁をすすりながら細い目を上げる。だがすぐに無言で軽く首を横に振ると、ただでさえ猫背気味の背をますます丸めた。

「ちぇっ、相変わらず陰気な奴だぜ」

聞こえよがしの悪口を叩く惣吉の頭を、またしても与平次がぽかりと打った。

「そういう口利きは止めろと、いつも言ってるだろうが。市之助みてえな腕のいいユリ師がいればこそ、俺たちが切り出した鏈は立派な銀になるんだ」

「それぐらいは分かってるさ。けどよ。あいつの愛想の悪さにゃ、少しぐらい文句を言ったって罰は当たらねえだろう」

てめえ、と与平次が眉を吊《つ》り上げたとき、まるで間合いを計ったかの如く、小六の背の赤子が泣き出した。

「ああ、よしよし。泣くんじゃねえよ」

小六は慣れた手つきで背の赤子を下ろし、胸の前に抱え込んだ。柔らかそうな髪に赤い布が結わえ付けられているところから推すに、どうやら女児らしい。襁褓《むつき》の汚れを手を当てて改めると、

「眠くなっちまったみたいだ」とひとりごちて、その身体をゆっくり左右に揺らし始めた。

合わせて子守歌まで歌い出した小六に、与平次が気勢を削《そ》がれた目を向ける。おい、小六、と苦々し気に呼びかけ、顎先で外を指した。

「おめえもおめえだ。飯を食い終わったのなら、さっさと家に戻れ。餓鬼《がき》がこんな時刻まで、俺たちに付き合うことはねえだろう」

「だけど、おいらだって藤蔵山の銀掘《かねほり》だもの。兄いたちが残るなら、おいらも残るさ」

「ふん、まだ下の毛も生え揃わねえくせに、いっぱしの口を利きやがって。藤蔵はどうしてもと頼むおめえを見かねて、しかたなく柄山負として雇ってやっているだけだ。本当なら、まだ手子稼ぎがやっとの年だってのを、忘れるんじゃねえぞ」

「けっ、覚えているさ。うるさいなあ」

とはいえ、なかなか泣き止まぬ赤子を放ってもおけぬのだろう。小六は再び赤子を背負うと、口をへの字に結んで床几から下りた。

「そこまで言うなら、帰るさ。帰りゃいいんだろうよ」

「おい、待て。明日は寅三《とらみ》つ（午前四時）に山入だからな。遅れるんじゃねえぞ」

わかっているよ、と背で答えて、小六が外へと駆け出す。それと入れ替わりに戻ってきたお春が、「なんだ、がらんとしちまったねえ」と戸口から三和土を見回した。

「山入式祭の翌日は、決まって朝が早いからな。餓鬼はさっさと寝かせておくに限るさ。それよりお春、早かったじゃねえか」

与平次が首をひねるのに、「だってお三津坊がどうしても、上条橋《かみじょうばし》のたもとでいいって言うからさ」と、お春は額の汗を拭った。

「あたしが家までついて行くと、おっ母さんが心配すると思ったんだろうね。まったくまだ小さいのに感心な子さ」

「ああ、まったくだ。それにしてもあんな幼い妹を放り出し、増太郎はなにをしているんだか」

与平次はそう毒づき、かたわらのちろりを覗き込んだ。「おい、酒がねえぞ」と、厨の徳市に向かって、それを軽く掲げた。

「おいおい、おめえもそのあたりで止めておきな。うちも明日からは、いつも通りの商いだ。そろそろ竈の火を落とすから、飯にしてくれ」

徳市が与平次の応えを待たず、勝手に飯と汁を盛る。二枚の折敷を与平次と金吾のもとに運び、竈の火を落としにかかった、その時である。

　がたりと板戸が鳴るとともに、三和土に暗い影が伸びた。市之助がひっと声を上げ、その手から落ちた箸がからりと微《かす》かな音を立てた。

「何でぇ。えらく客が少ねえじゃないか」

　のっそりと店に入ってきた男の背丈は、框《かまち》につっかえそうなほど高い。血走った酔眼でぎょろりと店内を睥睨《へいげい》したのは、増太郎であった。

「おい、徳市。酒だ、酒を寄越せ」

　と喚いて、増太郎は空いた床几をきしませて尻を下ろした。両の肩を音を立てて上下させたかと思うや否や、そのままごろりと床几に横たわった。

　徳市がなにか言いかけるよりも早く、「酒ならもうないよ」とお春が叫ぶ。止めようとする与平次の腕を振り払って、なんだと、と首だけをもたげた増太郎に駆け寄った。

「今日はもう、店じまいなんだ。さっさと帰っとくれ」

「ふざけるな。まだ与平次や惣吉がいるじゃねえか」

「こいつらにも、そろそろ引き取ってもらうところだったのさ。そんなところに、今から酒なんぞ出せるかい。さあ、帰っておくれ」

　うるせえなあ、と顔をしかめて跳ね起き、増太郎はお春を引き寄せた。「なにするんだい」と咄嗟に腕を抜こうとするのを抱きすくめ、

「おめえも酒はいける口なんだろ。何だったら、二人でしっぽり飲もうじゃねえか」

　と、少々呂律《ろれつ》の怪しい舌で言った。

「この野郎。ふざけるんじゃねえぞ」

与平次が怒号とともに、二人の間に割って入ろうとする。だがそれよりも早く、お春は増太郎の胸を力任せに突き飛ばし、形のよい目をきりりと吊り上げた。

「あたしに触るんじゃないよッ。この破落戸《ごろつき》めがッ」

「ふん、お高く止まるんじゃねえ。綺麗な顔して澄ましちゃいるが、おめえだって裏に回れば、その辺りの白首《しらくび》と同じく、色を売って稼いでいるんじゃないのか。大坂《おおさか》から銀山町に流れてきたってのも、あちらにいられねえ理由ができたからって噂だぜ」

「なんだって」

怒りのあまり、お春の顔からすっと血の気が引く。その横顔のあまりの険しさに、金吾は床几から腰を浮かせた。

「陰に回りゃ、銀山町の連中はみんな言ってらあ。徳市の店のお春は、大坂で人に言えねえ商いをしていたに違えねえ。そうでなけりゃ女が一人っきりで、こんな銀山町に流れてくるわけがねえってよ。——おおい、酒だ。いつまで待たせやがる」

お春の形相の凄《すさ》まじさにはお構いなしに、増太郎はまたも床几に寝っ転がった。今度はそのかたわらに与平次が歩み寄り、「おい、いい加減にしろ」とどすの利いた声を浴びせつけた。

「それ以上好き勝手をするなら、今度こそ承知しねえぞ」

「ふん、出来るものならやってみやがれ。だいたい俺がどこで酒を飲もうが、てめえに関わりはねえだろう。こんなすれっからしを庇《かば》うとは、藤蔵山の与平次もつまらねえ奴になっちまったもんだ」

その言葉が終わるのを待たず、与平次は無言で増太郎に摑みかかった。だが増太郎は大きな体軀に似つかわしからぬ素早さで跳ね立つと、与平次の脛を力一杯蹴飛《けと》ばした。それをまともに喰らった与平次の身体が床几に突っ込み、置かれていたちろりや折敷が音を立てて飛び散る。

両手をついて起き上がろうとした与平次の背に、増太郎は雄叫《おたけ》びを上げて組み付いた。与平次はそれに激しく身をよじりながら、増太郎の顎先に肘《ひじ》を叩きこんだ。喧嘩慣れしているのか、見事に急所を捉えたその一撃に、今度は増太郎が三和土に倒れ込んだ。

「この野郎ッ」

体つきは増太郎の方がひと回り大きいが、腕力はさして差がないのだろう。すぐさま立ち上がった増太郎を、与平次が正面から押さえ込もうとする。

もつれ合って壁にぶつかった二人の頭上に、梁《はり》から落ちた埃《ほこり》が降り注ぐ。隅の床几にかけていた市之助が折敷を手に立ち上がり、戸口近くにそそくさと身を寄せた。

「お前ら、喧嘩なら外でやれッ」

徳市が厨から飛び出して来て一喝したが、頭に血が上った二人の耳に届くわけがない。落ちた茶碗が踏みつぶされ、酒の香がぱっと広がる。床几からまだ手つかずの飯碗が落ち、麦混じりの飯が四方八方に飛び散った。

おいおい勘弁してくれよ、と胸の中で吐き捨てながら、金吾は開け放たれたままの板戸の向こうに目をやった。

もう少し時刻が早ければ、通りがかった掘子が二人を引き離したのかもしれない。だが、すでに大半の男たちは明日に向けて早寝を決め込んだのか、外を行く人の気配はない。

勤めの折、木刀を腰にたばさんではいるものの、金吾には剣術の心得がない。だいたいこんな荒くれ者たちを、自分だけで引き分けられるものか。

「兄い、負けるなッ。やっちまえッ」

惣吉はと見れば、取っ組み合う二人の周りをぐるぐる巡りながら、必死に与平次を応援している。これでは駄目だ、やはり自分がどうにかするしかないのか。

そう胸の中で歯がみしながら、金吾が四囲《しい》を見回したとき、「お春。なにをする気だッ」という徳市の絶叫が轟《とどろ》いた。

顧みれば厨の中でお春が、ひと抱えもある汁鍋を竈から持ち上げようとしている。徳市が止めるのも聞かず、湯気を上げるそれを両手でひっ提げ、お春は三和土に飛び出した。なんのためらいも見せぬまま、その中身を増太郎の背に浴びせ付けた。

「熱ッ、何をしやがるッ」

湯気がもうもうと三和土に満ち、増太郎が鬼の形相で振り返る。だがそのままお春に摑みかかろうとした増太郎は、呻《うめ》きとともにその場に膝をついた。

鏝《こて》を押し当てたように真っ赤に染まったその襟首が、みるみるどす黒い紫を帯び始める。与平次がはっと顔を強張らせてその身体を抱え、「水だ、水を持って来い」と叫んだ。

すでに竈の火を落とした後とはいえ、先ほどまで煮えたぎっていた汁を浴びせられたのだ。どんな巨漢であろうとも、たまったものではあるまい。金吾は立ちすくむ徳市を押しのけ、厨の水《みず》甕《がめ》の蓋を払った。懐から引っ張り出した手ぬぐいを叩き込み、濡《ぬ》れそぼったそれを増太郎の襟に押し当てた。

「い――痛えッ。畜生ッ」

悲鳴とともに、増太郎が身をよじる。金吾は身体ごと覆いかぶさるように、その動きを制した。

「動くな。火傷《やけど》がひどくなるぞ」

金吾が生まれ育った江戸はとかく火事が多く、つい三年前には神田佐久間町から出た火が強風に煽られて江戸市中に飛び火し、四千とも五千ともいわれる人死にが出た。当然、火傷の痕を身体に留めた者たちも市中には多く、おかげでちょっとした火難の手当ぐらいは誰でも知っている。

徳市が水を満たした盥《たらい》を、金吾のかたわらに置く。手ぬぐいをそれで濯《すす》ぎながら、「銀山町に医者はいるのか」と金吾は誰にともなく問うた。

三和土の隅で小さくなっていた市之助がおずおずと、「火傷なら、大谷の渓瑞《けいずい》先生がいいよ」とそれに応じた。

「うちの吹屋じゃ、吹大工が怪我をしたときは、いつも渓瑞先生を呼ぶんだ。この時刻なら、まだ起きてらっしゃるだろ」

「よし、わかった。俺が呼んできてやらあ」

身軽に立ち上がった惣吉が、苦しげに呻く増太郎をまたいで、外に飛び出して行く。頼むぞ、とその背に声をかけ、与平次は裾を払って立ち上がった。空の鍋を持ったまま、肩で息をつくお春に近づくや、その頬を平手で打った。

「なんて真似をしやがる。増太郎を殺す気か」

「だって、こいつはあたしのことを白首《しらくび》扱いしやがったんだよ」

お春の双の目尻はこめかみに向かって吊り上がり、唇の端が小さくわななないている。憎々し気に増太郎を睨み下ろすその肩を押さえ、与平次は強引にお春を床几にかけさせた。

改めて眺めれば、白粉《おしろい》や紅《べに》を濃く施したお春の化粧の仕方は、薄化粧を好む江戸女とはずいぶん異なる。江戸・京都と並ぶ三都の一つである大坂は、武士の少ない商業の町。このため町の者は男女を問わず、誰に対しても遠慮のない口を利くと仄聞《そくぶん》するが、それにしても憎い相手に煮えた汁をぶっかけるとは、気性の荒さにも程がある。

「手伝おうか」

おずおずと寄ってきた市之助の手を借りて、濡れ手ぬぐいを繰り返し増太郎の背中に当てる。四半刻《しはんとき》もせぬうちに荒い息が戸口に立ち、惣吉が痩身《そうしん》の老爺を背負って戻って来た。

「おうおう、こんな時刻に血相を変えて飛び込んでくる奴がおるから、てっきり山入式祭の夜にもかかわらず、どこぞの吹屋が働いているのかと思うたになあ」

薬籠《やくろう》を抱えた渓瑞の背丈は、金吾の肩までしかない。枯竹《こちく》を思わせる細い足を忙しく動かし、老医師は増太郎に近付いた。その背を一瞥《いちべつ》するなり、外に向かって顎をしゃくった。

「これほどの傷じゃ。いっそ井戸端に連れてゆき、水をぶっかけた方が早いではないか」

言われてみれば、もっともだ。突然の騒動に、金吾はもちろんこの場の全員が動転しきっていたと見える。

「この手の火傷は浅く見えて、案外、後が恐ろしい。こ奴の身体が冷え切り、風邪を引き込みそうなほど、ざぶざぶと水をかけるのじゃ」

「よし。惣吉、そっちを持て」

徳市が惣吉をうながして、増太郎の足を抱え込む。肩を持ち上げる惣吉と二人、その身体を外に引きずり出すのを見送り、渓瑞は瞼《まぶた》の厚い目で店内を眺め回した。

「それにしても、いくら喧嘩とはいえ、これはいささか手荒に過ぎるのう。あの男は、同じ山の掘子か」

お春の強張った形相や、床几がひっくり返り、飯碗やちろりが散乱する有様に、おおよその次第を悟ったのだろう。呆れ顔の渓瑞に、与平次は首を横に振った。

「いいや。あいつは兵五郎山の掘子だ。先生を呼びに行った惣吉と俺は、藤蔵山で働いているけどな」

「なに、兵五郎山じゃと。それはちと厄介じゃろう」

覆った床几を引き起こして座りながら、渓瑞は白い眉を強く寄せた。

「やっぱり、先生もそう思うかい」

「ああ、もちろんじゃ。兵五郎とそこで働く掘子どもの悪評は、わしとて聞いておるからのう」

開け放たれた厨の裏口の外から、盛大な水の音が聞こえてくる。それをちらりと見やってから、渓瑞は重い溜め息をついた。

「見た限り、あ奴の傷は、命に障りが出るほどのものではない。されど傷口が塞《ふさ》がるまで、十日や半月は動かせぬのもまた事実。そうなれば、あの兵五郎のことじゃ。己の山の掘子を傷つけたと言って、償いを吹っかけてくる恐れは充分にあろう」

「償いですと」

口をはさんだ金吾を顧みもせず、「おお、そうじゃ」と渓瑞は首肯《しゅこう》した。

「掘子が間歩で鏈を掘れば掘るほど、山師は儲《もう》けが出る。つまり掘子を休ませるとは、その間、山師に損をさせるのと同じじゃでな」

金吾は思わず、お春を顧みた。

そんなことになれば、兵五郎は増太郎の療養中の食い扶持《ぶち》まで、お春に負担させるかもしれない。だがどう考えても、この女がそれほどの大金を蓄えているわけがない。

金吾の眼差しにはお構いなしに、お春はつんと顎を上げた。

「ふん、いいよ。払ってやるさ。もっとも五年や十年、かかるかもしれないけどね。その代わり、あたしゃ絶対、あいつには謝らないよ。あの野郎はあたしを白首呼ばわりしたんだから」

ひと言ひと言区切るような口ぶりとは裏腹に、お春の大きな眸《ひとみ》の縁はわずかに潤んでいる。何やら見てはならぬものを眼にした気がして、金吾は顔を背けた。すると与平次はそんな金吾をぐいと押しのけ、「よし、わかった。お春」と身を乗り出した。

「さして多かねえが、俺にだって、幾らかの蓄えはある。もし兵五郎が償いなんぞ吹っかけて来たら、それは俺に払わせてくれ。だいたい取っ組み合いをしたのは、俺だからな」

先ほどから眺める限り、どうやら与平次はお春に気があるらしい。だがここを先途《せんど》と勢い込む与平次に、お春は呆れ顔で鼻を鳴らした。

「馬鹿をお言いじゃないよ。自分の尻ぬぐいぐらい、自分でやるさ。銀山町に落ち着く口実が出来たと思えば、かえってありがたいぐらいだよ」

それより、とお春は外に顎をしゃくった。

「幾らなんでも、増太郎の火傷ももう冷えただろう。あんたらだって、明日は早いんだ。あいつの手当を済ませたら、さっさと帰りな」

与平次の応えを待たず、お春は土間にしゃがみ込んだ。割れた茶碗や銚子を手早く拾い集め始めた背は頑《かたく》なで、下手な言葉を拒む気配がある。

与平次は大きな口をぐいと歪めて、目を泳がせた。だがすぐに両の手を拳に変え、「わかった」と自らに言い聞かせるように言った。

「なら明日、敷入を終えてから、また来るからな。兵五郎がなにを吹っかけてきても、俺が来るまで相手になるんじゃねえぞ。おめえはとにかく、手も口も早いからな」

「うるさいね。あんたに言われたかないよ」

背中で応じるお春にこめかみを掻き、与平次は金吾に目を向けた。

「こんな騒ぎになってすまねえな。けど、徳市の飯は旨いからな。気が向いたらまた来てやってくれよ」

ああ、とうなずく金吾の肩を叩き、与平次は渓瑞をうながして外へと出た。直後、水音が止み、またも増太郎の鈍い呻きが聞こえてきたのは、渓瑞が傷口に油薬でも塗り始めたためと見える。

「こんなものでよければ食わんか。とはいえ汁も菜も残っておらず、すまぬなあ」

濡れた手を拭き拭き戻ってきた徳市が、厨から焦げの混じった握り飯を運んできた。軽く頭を下げてそれを受け取った金吾の脳裏に、つい一刻ほど前、ここで同じように握り飯にかぶりついていたお三津の姿が浮かぶ。

あの少女は今ごろどんな思いで、増太郎の戻りを待っているのか。そして怪我を負い、与平次たちに付き添われて帰る兄を、どんな表情で迎えるのか。

頬張った握り飯が、急に喉につかえ、金吾は拳で胸元を叩いた。「よおし、運ぶぞ」という与平次の声が、ひどく遠くに聞こえてきた。

翌日、気もそぞろに一日の勤めを終えると、金吾はすぐさま銀山町に向かった。

前夜、大勢が列を成していた蔵泉寺口番所は嘘《うそ》のように静まり返り、当番の銀山方役人が板の間であくびを嚙《か》み殺している。

しかし昨夜と何より異なることには、町のそこここからは夜目にも黒々とした煙が上がり、いがらっぽい土煙が一面に垂れ込めている。おかげでほんの数町歩く間にも喉が干上がり、軽い咳《せき》が出るほどだ。

今から間歩に入るのだろう。腰に藁《わら》製の道具入れと円座を下げた四、五人の掘子が、やかましくしゃべり交わしながら、金吾の前を歩いていった。

あちこちの門口に灯が点《とも》り、全身泥だらけの掘子が騒ぎながら、ほうぼうの店に吸い込まれて行く。路地奥の小家の前にたむろする女たちは、色を売る白首に違いない。

昨夜と何も変わらぬ、いやむしろそれ以上の町の喧騒に背を押されながら、金吾は町筋をまっすぐに過ぎ抜けた。確かこの辺りのはず、と目をやれば、兵五郎の家には固く雨戸が立てられ、しんと静まり返っている。

その静謐《せいひつ》がかえって不吉に感じられ、金吾は足を速めた。記憶を頼りに辻《つじ》を折れ、徳市の店の前に立った刹那《せつな》、「ふざけるんじゃねえッ」という怒声がいきなり飛んできた。

開け放たれたままの戸口を覗き込めば、与平次が仁王立ちになって、悠然と床几にかけた兵五郎を睨んでいる。惣吉や小六、喜助といった銀掘たちが固唾《かたず》を呑んで成り行きを見守っているのが、二人の肩越しに見えた。

「銀百匁もの大枚を、こいつが払えるわけがないだろう。無茶もやすみやすみ言え」

その声には、今にも殴りかかりたいのを懸命に押し殺している気配がある。そんな与平次を懐手で仰ぎ、兵五郎は含み笑った。

「なあに、無茶でもなかろうよ。だいたい増太郎は、うちの山でも一、二を争う腕のいい掘子なんだ。それを半月も休ませるとなれば、あいつの食い扶持だけでも約四十匁。そこにわしの損料を合わせれば、百匁だって安いぐらいさ。――なあ、お春」

二人のやりとりにはお構いなしに、忙しげに店内を飛び回っていたお春が、運びかけていた折敷を手近な床几に音を立てて置いた。

「ああ、わかったよ。百匁だろうが二百匁だろうが、払ってやろうじゃないか」

開き直った面持ちのお春を細い目で仰ぎ、よし、と兵五郎は口元をゆるめた。

「そうと決まれば話は早い。なら、これからおめえには、うちの家に来てもらうとするか。雇い入れている掘子の世話やら道具の手入れやら、女手はいくらあっても足りねえからな」

まさか兵五郎のもとに連れて行かれるとは思ってもいなかったのか、お春が目を瞠《みは》る。聞き耳を立てていた惣吉や喜助までが、わずかに腰を浮かせた。

「今日この時からおめえの肩には、百匁の銭がかかっているんだ。それを踏みつけにして逃げ出されちゃ、たまらねえから」

「馬鹿を言うんじゃないよ。あたしがそんな真似をするわけないだろう。月日はかかるだろうが、必ずや百匁払ってやるさ」

「さあ、それはわからねえ。なにせおめえは銀山町の生まれじゃねえからな。糸の切れた凧みてえに流れてきた女じゃ、いつまたどこに去っちまうか、知れたもんじゃねえさ」

お春は一瞬、下唇を噛み締めた。だがすぐに腹をくくったと見え、細い顎を昂然と上げた。

これはまずい。このままではお春は本当に、兵五郎の元に連れて行かれてしまう。そう気づいた途端、自ずと身体が動き、金吾は兵五郎の前に飛び出した。「ちょっと待て」と言いながら、お春の腕を摑もうとする兵五郎の手を払いのけた。

「なんだ、てめえ」

およそ掘子には見えぬ金吾の風体に、兵五郎が眉をひそめる。値踏みする眼差しにひるむまいと、金吾は精一杯胸を張った。

どんなときも取り乱さぬ藤田幸蔵の謹厳実直な横顔が、ちらりと脳裏をよぎる。入相の鐘が鳴ってもなお、代官所の詰所で書き物に励んでいた四角四面なその姿を真似ながら、「この女が、どうかしたのか」と金吾は畳みかけた。

「この女は四日後、大森代官所で行われる法会《ほうえ》の際、厨の手伝いをすることになっている。それを承知の上で、お前はこ奴を連れて行くのか」

嘘ではない。今月十六日、代官所・表上ノ間では大般若経《だいはんにゃきょう》の転読が行われ、その後、大森町の商家から集められた女房たちの手伝いのもと、銀山方・地方役人に酒肴《しゅこう》が振る舞われると決まっている。

すでに酒屋や料理屋への注文も済み、助っ人の女衆の名簿も大森の町役から提出されているが、そこにお春が駆り出されるとはもちろん、たった今思い付いた真っ赤な嘘。案の定、兵五郎は太い眉を寄せ、「お春がだと」と舌打ちした。

「馬鹿ぬかせ。こんなどこの馬の骨とも分からねえ女が、代官所の御用なぞ務められるものか」

「そう言われたとて、わたしは知らん。ただどうしてもこの女を連れて行くのであれば、おぬしの名と住まいを言え。転読の日に、代官所から迎えをやらねばいかんからな」

代官所の言葉に力を込めた金吾に、兵五郎はほんの一瞬、厳つい顔に怯えを走らせた。

そうだ。お春も昨日、言っていたではないか。大森代官が在職していれば、山師たちも悪辣な真似はしないと。

しかも岩田鍬三郎は、昨年、代官に着任したばかり。新代官のひととなりがいまだよく分からぬ今、銀山町や大森町の者たちも下手な真似はできぬはずだ。

「――あんた、代官所のお人か」

兵五郎はおそらく、金吾を手代か手附と勘違いしているのだろう。とはいえただの中間であろうとも、代官所の一員であることに違いはない。

兵五郎の思い込みをあえて正さず、金吾は鷹揚《おうよう》に頤《おとがい》を引いた。すると兵五郎は途端に、「そうでございましたか、代官所の」と、厚い肩をすぼめた。

「そういうことであれば、すぐにお春を連れて行こうとは申しません。転読会《てんどくえ》が終わった後にでも、また改めさせていただきましょう」

幾度も頭を下げながら、そそくさと店を飛び出ていく姿は、驚くほど素早い。それでいてお春を諦めた様子がないのは、さすがは名の通った欲深と言うべきであった。

「ちぇっ、お代官さまのご威光の前にはぺこぺこしやがって」

　夜の闇に吸い込まれるように消えるその背に毒づき、与平次は板戸を乱暴に閉ざした。ふうと息をついて床几にかけた金吾を、目をすがめて見下ろした。

「それにしても、あんな大口を叩いて大丈夫か。兵五郎は以前から、銀山方役人にあれこれ付け届けをしているからな。あんな嘘、ちょっと調べられれば、すぐにばれちまうぞ」

「とはいえそれでも、一日二日はごまかせるだろうよ。それにしても百匁とは、あまりに法外だな」

「ふん、いかにも兵五郎のやりそうな話さ。お春を連れて行き、借財でがんじがらめにして、死ぬまで自分の家でこき使う気なんだろうよ」

「そういえば、増太郎の具合はどうだ。あの後、家に連れて行ってやったんだろう」

　いつしか店の内には、昨夜同様の賑わいが戻ってきている。そんなざわめきの中を忙しく立ち働き始めたお春を見ながら、与平次は金吾の隣にどすんと尻を下ろした。冬にもかかわらず、むっと生暖かい汗の臭いが鼻先に漂ってきた。

「ああ。さっき、間歩帰りに見舞ったが、声も出せねえままうつ伏せで寝ていたぜ。渓瑞先生も二、三日に一度は診に行ってくださるそうだ」

　火傷自体はさしてひどくないが、とにかく範囲が広く、一部は太ももにまで及んでいるという。

「まあ、増太郎にはいい薬になっただろ。これに懲りて、少しはまともになってくれるといいんだがな」

　兄が帰ってこないと泣いていたお三津は、突然、怪我をして戻って来た増太郎にさぞ仰天しただろう。それにしても百匁か、と金吾は小声で独言した。

これが掘子やユリ女であれば、百匁という額は決して返せぬ負債ではない。しかし傾きかけたような店の設《しつら》えを見る限り、お春の稼ぎが多いとは考え難い。いわばお春の如き酌取女《しゃくとりおんな》は、この町の中でもっとも貧しい存在とも言えるだろう。金吾はかたわらの与平次の筒袖を、おい、と引いた。

「お前ら掘子は、稼いだ銭は全部、その日のうちに使ってしまうのか」

急に転じた話題に面くらった顔で、与平次は首を横に振った。

「いいや、そんな馬鹿はいねえよ。怪我や病のせいで、幾日も敷入できねえこともあるからな。いつそうなっても平気なように、みな少しずつ銭を蓄えているはずだ」

特に女房子どもや老親を持つ者は、自分の亡き後を案じて懸命に銭をため込む、と言われ、金吾は大きくうなずいた。

代官所の下役は代官の交替に伴って解任される慣例のため、原則、先の見込みがない。金吾自身、代官所に職を得ている間は必死に銭を貯める癖がついているだけに、与平次の言葉はひどく得心がいった。

よし、と両手を打ち、金吾は与平次の肩を叩いた。

「増太郎の家に行こう。案内してくれよ」

「なんだと。そりゃまた、どういうわけだ」

「増太郎には身内がいるんだろう。つまりあいつは、すぐに食うに困らぬだけの銭をため込んでいるはずだよな」

兵五郎が吹っかけてきた百匁の半分弱は、なるほど療養中の増太郎の食い扶持。だが増太郎が怪我に備えて銭を貯めているとすれば、それをお春が払う必要はない。ましてや今回の火傷の原因が、増太郎自身にあるとすれば、なおさらだ。

「増太郎だって馬鹿じゃない。自分がどうして火傷することになったかぐらい、ちゃんと分かっているだろう。昨夜、医者を呼び、家まで運んでやった恩を着せて、食い扶持はいらんと言わせようじゃないか」

「あの野郎が、そんな殊勝を言うかねえ」

「そうなればまたその時に、別の手立てを考えりゃいいだろう。少なくともここであれこれ頭を悩ませているより、よっぽどましじゃないか」

四角い顎を撫ぜながら、「まあ、それもそうだな」と与平次が立ち上がる。兄い、と呼びかける惣吉に軽く手を振るや、金吾とともに店を飛び出した。

銀山町は町の中心こそ平坦《へいたん》だが、それを囲む左右の山は切り立ち、社寺や集落が山肌に張り付くように点在している。

突っかけた草鞋《わらじ》が脱げそうなほど急な斜面を登っていく与平次は、およそ一日の勤めを終えた直後とは思えぬほど身軽である。掘子とは皆、これほどに元気なものなのか。金吾とて人並みの体力はあるはずだが、与平次を眺めていると自分がひどく虚弱と見えてくる。

坂道を進むにつれて掘子の家が増えていくのか、さすがに界隈《かいわい》に下河原や休谷ほどのにぎわいはなく、軒の低い家の中に、時折ぽつぽつと小さな灯が点るばかりである。そのごく微かな明かりに照らされた往来にもつれ合う大小の影が見えた、と思った刹那、与平次がはたと足を止めた。

喧嘩か。いや、違う。子どもと思しき影が、道を急ぐ大人の袖を摑み、必死に引き留めているようだ。

「あ、兄ちゃんだってずっと、お辰さんには会いたかったはずなんだよ。どうして追い返したりするのか分からないけど、とにかく帰らないでおくれよおッ」

聞き覚えある涙声に、金吾は与平次と顔を見合わせた。

「泣かないでおくれよ、お三津坊。そりゃあたしだって、増太郎に話があればこそ、こうして来たんだ。けど、あんなふうに怒られちゃ、このまま帰るのが一番だよ」

「そんなことないよ。きっと兄ちゃんだって本当は、お辰さんと話がしたいはずだよ」

どこかで聞いた名だと思い出す前に、与平次が金吾を置き去りに走り出した。もつれ合う二人に駆け寄るや、顔をくしゃくしゃにしたお三津をひょいと抱き上げる。女の行く手を塞ぐように仁王立ちになり、「どうしたんだ」とどちらにともなく問うた。

「なんでもないよ。増太郎が怪我をしたと聞いたんで、ちょっと見舞いに立ち寄っただけさ。もっとも、敷居をまたぐ前に枕を投げつけられたけどね」

年の頃は三十手前だろう。女は言いながら顔をしかめ、右肩に手を当てた。

継ぎの当たった木綿の着物を短く着、頭に手ぬぐいを巻いている。小柄で手足も細いが、くっきりした眉には気の強さがにじみ出ていた。

「増太郎め。なんて乱暴な真似をしやがる」

「いいや。あたしが考えなしだったのさ。吹屋を閉めると決めたことも、増太郎には直《じか》に話をしたかったんだけどね」

思い出した。お辰といえば、喜助たちが話題にしていた吹屋の女主だ。金吾は三人に近づく足を速めた。

だが昨夜の噂では、お辰の夫は幼馴染の増太郎を信じて、兵五郎から質の悪い鏈を買い、そのせいで吹屋を傾けて自死したという。ならばお辰にとって、増太郎は夫の敵《かたき》も同然のはず。それだけにお辰の見舞いに、金吾は奇異の念を抱いた。

「帰らないでおくれよ、お辰さん。兄ちゃんのことは、あたしからも謝るからさ」

お三津が与平次の腕の中で身をよじる。ぼたぼたと滴る涙を拭いもせず、「だって」と半ば叫ぶように続けた。

「昨日、兄ちゃんはずっと吉左さんの名を呼んでうなされていたんだ。すまねえ、すまねえ、と幾度も謝っていたよ」

「それは本当か、お三津」

問い質《ただ》す与平次に、お三津は顔を涙で汚しながら、幾度も忙しくうなずいた。

「きっと兄ちゃんは本当は、お辰さんに謝りたがっているんだよ。だから、帰らないでおくれよ。このところ、兄ちゃんは全然家に帰ってこなかったから。だからあたいもおっ母さんも知らなかったけど、今でも兄ちゃんは吉左さんのことで苦しみ続けているんだ。だからこそそれをあたいやおっ母さんに知られまいと、なかなか家にも近づかなかったんだ」

すがるように手をのばすお三津に、「ありがとよ」とお辰は静かに言った。涙で汚れた顔を繻《じゅ》袢《ばん》の袂《たもと》で拭ってやってから、色あせた手絡《てがら》をかけたお三津の頭を小さく撫ぜた。

妹として、兄を悪者にしたくないのは分かる。だがいくら何でも、それは身内の贔屓目《ひいきめ》に過ぎまいか。だいたい今の増太郎は、およそ幼馴染の死を気に病む男とは思い難い。それであれば増太郎はなぜいまだ、吉左を死に追いやった兵五郎の山で働いているのだ、と金吾が感じた時、お辰が唇を引き結んで大きな息をついた。

「実のところを言えば、あたしもお三津坊と同じことを思えばこそ、増太郎と話をしたいと考えたんだ。だけどあの様子じゃ、まだまだあたしは顔を見せない方がよさそうだね」

「――どういうことだ。お辰、おめえ、増太郎を恨んじゃいないのか」

与平次が混乱もあらわに呟く。お辰はそれに、寂しそうに笑った。

「恨み、恨みねえ。まあ、亭主が死んだときは、確かに腹を立てもしたけどさ」

またもお三津の頭を撫でる手つきは優しく、夜目にもその白さがはっきり分かる。仙ノ山から吹き下ろす冷たい風が、お辰の手ぬぐいの端をはためかせた。

「けどあたしはうちの人から、増太郎の話を嫌というほど聞かされてきたからね。うちの人があも信じた増太郎が悪い奴とは、どうしても思えないのさ。――あんた、確か、藤蔵山の掘子だね。うちの人がなぜ山師の息子のくせに吹屋の主になったのか、聞いたことはあるかい」

「足が悪かったからと噂に聞いているが、違うのかよ」

与平次の応えに、お辰は「そうだろう」と微笑した。

「うちの人は身内以外には、本当のわけを話さなかったからね。だから代わりに、あたしが教えてあげるよ。実はそれはすべて、増太郎のためなのさ」

増太郎と吉左は、赤子の頃からの幼馴染。だが下河原一の掘子であった増太郎の父親は、二人が五歳の春、山師であった吉左の父は彼らが十歳の夏、それぞれ気絶《けだえ》で亡くなった。

吉左の家は裕福だったため、父親が亡くなっても暮らしに困りはしなかった。しかし増太郎の母は夫の死後、生活に窮し、間もなく近所の掘子と再婚。さりながら増太郎は義父と反りが合わず、やがて手子として間歩に入り、銀掘稼ぎを始めたのであった。

「そんな増太郎に、うちの人は考えたんだ。山師は掘子ほどじゃなくても、やっぱり間歩に入り、湿気や金気を吸う。だとすれば増太郎がこのまま掘子になり、自分が山師になれば、結局二人とも似たような年で気絶で死んじまうんじゃないか、とね」

いずれ増太郎は女房を娶《めと》り、子を生《な》すだろう。だがいくら掘子が生前に懸命に働いても、稼ぎ手たる夫の没後、残された女房子どもが困窮に喘《あえ》ぐ例は、増太郎の母を筆頭に銀山町に数知れない。

ならば自分はいっそ吹屋を営んでユリ女たちを抱え、そんな寡婦《かふ》に救いの手を差し伸べてはどうだろう。そうすれば増太郎も己の亡き後について気に病むことなく、存分に山稼ぎができるはずだ。

「そう考えて銀吹師になったうちの人が最初に雇い入れたのは、増太郎のおっかさん。残念ながら、数年で腰を痛めて辞めちまったそうだけどね」

吉左が何も語らずとも、増太郎は旧友の突然の商売替えの理由を悟っていたのだろう。やがて吉左の吹屋の評判が高まるにつれ、増太郎は己の雇い主のみならず、存知寄りの人々にも幼馴染に鏈を預けてやってくれと頼み込むようになった。

「じゃあ、兵五郎が吉左の吹屋に鏈を持ちこむようになったのは――」

かすれ声を絞りだした金吾をしげしげと見つめ、お辰はああ、そうさと答えた。

「その三月ほど前から兵五郎山で働き出した増太郎が、うちの人のためによかれと思って勧めたことさ。その頃は自分の雇い主がまさかあんな腹黒とは、当の増太郎も知らなかったんだろうね」

まさか、と金吾は背中に回した手で、こっそり指を折った。

吉左が兵五郎に陥《おとしい》れられて首をくくったのは、一昨年の夏。兵五郎の元で働いていた掘子が一斉に他の山に勤め替えをしたのは、大森代官職が空位だった頃というから、ちょうどその数カ月後だ。

徳市の店に集まる掘子たちは、増太郎の気性が変わったのは一年半ほど昔からと語っていた。そう考えれば、すべてが腑《ふ》に落ちる。

悪気はなかったとはいえ、自らの計らいが幼馴染の死の原因となったことを、増太郎はいまだ激しく悔やんでいる。もはや取り返しのつかぬ過ちゆえの自暴自棄が、あのように荒れた日々に形を変えているのではないか。――だとすれば。

「おい、与平次。急ごう」

言いざま駆け出そうとした金吾の腕を、与平次が「ちょっと待て」と摑んだ。

「急ごうってお前、どこにだ」

「決まっているだろう。増太郎の家だ。俺たちは最初からそのつもりで、徳市の店を飛び出してきたんじゃないか」

お辰は吹屋を閉めると告げるためだけに、彼の家を訪れた。誰も責めてなぞいないのに、ただ一人、後悔に苛《さいな》まれて世を拗《す》ねる増太郎への腹立ちが、金吾を急《せ》き立てていた。

思えば与平次も徳市も他の銀掘たちも、増太郎の乱暴ぶりに呆れてはいても、心から彼を憎んではいない。それなのに増太郎だけが過ぎ去った昔にいまだ囚《とら》われ、兵五郎の手下になり下がっている。

「あいつの心得違いを説いて、その態度をどうにか改めさせてやろう。だいたいこのままじゃ、お三津坊も可哀想じゃないか」

だが、てっきりうなずくとばかり思った与平次は、その途端、鰓《えら》の張った顔をあからさまにしかめた。金吾の腕を更に強く引き、大きく首を横に振った。

「馬鹿ぬかせ。そんな真似をして、何になる。だいたいおめえみたいなよそ者の言葉を、増太郎がおとなしく聞くものか」

「なんだと」

与平次の人の良さは、この二日で嫌というほど分かっていた。だからこそその言葉があまりに信じ難く、金吾は我が耳を疑った。

「他の町は知らんがこの銀山町じゃ、親兄弟、友や仲間が自分のせいで死んじまうことは、決して珍しくねえ。うちの親父は俺の目の前で、間歩の根戸（深い底）に落ちてくたばった。手子を務めていた俺が、吹き消えちまった螺灯の種火をすぐに四ツ留（間歩の入り口）から運んでこなかったせいだ」

似た境遇の奴はこの町にはごまんといらあ、と与平次は妙に静かな口調で続けた。

「いくら増太郎の口利きがあったとしても、兵五郎みてえな腹黒に引っ掛かったのは、吉左が迂《う》闊《かつ》だったからだ。それをてめえ一人が悪かったと落ち込み、自堕落な暮らしを送る奴に、わざわざ心得違いを説いてやる必要はねえ。ふん、増太郎がそんな腰抜けとは、俺もずいぶんあいつをかいかぶり過ぎていたぜ」

物心ついて以来、ほとんど江戸を離れたことがなかった金吾からすれば、親兄弟の死が日常茶飯事のこの地の暮らしは、まったく理解できない。それだけに急に冷ややかになった与平次の口調に、背筋が一瞬で凍えた。

掘子は日々の仕事が厳しいからこそなお己を律し、その日その日の糧《かて》を稼がねばならない。そう与平次は考えているのだろう。なるほど、その厳しさは頭では理解できる。

だが、人とは弱いものだ。銀山町の掘子たちとて、全員が全員、与平次の如く強い心の持ち主ではあるまい。増太郎の如く、取り返しのつかぬ過ちに怯え、遂には悪の道に踏み入ってしまう者がいても、それは当然ではないか。

(そうさ。俺だって——)

江戸・伝通院《でんづういん》にほど近い、尾花沢《おばなざわ》代官所江戸屋敷。昨年夏、かつての上役である小出儀十郎《こいでぎじゅうろう》から、大森に赴任し、岩田鍬三郎の身辺を探れと命じられた時、金吾はすぐさま、これは危うい仕事だと直感した。

代官所下僚《かりょう》の中では出世頭とはいえ、小出は所詮《しょせん》、ただの元締手代である。そんな彼から出た、思いがけぬ命令は、決して小出の発案ではあるまい。彼の背後に大きな意図が働いていることは、金吾にも容易に想像できたからだ。

だがそうと知りつつも、結局、言われるがままに大森に赴任したのは、すべてはわが身の安泰を第一と思えばこそ。すでに若くもなく、さして頭もよくない自分は、もはや清廉潔白《せいれんけっぱく》なままでは生きていけぬのだ。

快活な与平次はこれまで、どんな艱難辛苦《かんなんしんく》に遭おうともくじけず、ただ前だけを向いて生きてきたのだろう。だとすればなるほど、彼に増太郎の心の弱さが分からぬのも道理である。

「けど——だけどこのままじゃ、増太郎は本当に皆からの憎まれ者になっちまうぞ。それでいいのかよ」

「うるさい。だいたい俺たちは百匁を工面するために、ここまで来たんだ。今のお辰の話を聞いただろう。そんなつまらねえことで駄目になっちまう奴が、銭なんぞ出すわけがねえ。話をするだけ、無駄に決まってら。畜生め」

よほど腹に据えかねたのだろう。与平次は足音も高く踵《きびす》を返すや、金吾を引きずるようにして坂を下り始めた。畜生、畜生と繰り返す与平次の声が、風の音に混じって金吾の耳を打った。

それでもなお未練がましく頭を転じれば、お辰がお三津の手を握ったまま、自分たちを見送っている。

二つの寄り添う影法師から目をもぎ離し、金吾はぐんぐんと大きくなる下河原の町の灯を凝視した。

増太郎は今ごろ、暗い家の中で火傷の痛みに耐えながら、もはや取り返せぬ過ちに身もだえしているのだろう。そう思うと、温かな町の灯がひどく残酷なものに感じられた。

強引に連れ帰られた徳市の店で、腹立ち紛《まぎ》れに鯨飲《げいいん》したのが悪かったらしい。翌朝、普段通り代官所に出仕しながらも、金吾は割れるような頭の痛みに苦しめられ通しであった。

（畜生。あの店、どんな安酒を売っているんだ）

幸い岩田鍬三郎は外出嫌いで、当然、中間に供を命じることも滅多にない。中間溜まりである詰所脇の土間にうずくまり、金吾はずきずきと脈打つこめかみを押さえた。

与平次は昨夜、休谷に戻る道すがら、「こうなれば俺の蓄えを吐き出し、お春の借財に充てるしかないな」と語ったが、お春がそんな施しを受けるとは思い難い。

三日後に迫った大般若経転読会には、銀山町の山師・銀吹師も末席に列する。そうなれば自分の嘘なぞすぐに露見してしまおうが、宿酔《しゅくすいいちじる》著しい頭では次なる策なぞ浮かびようがない。

詰所では地方役人たちが小難しい顔で帳面を繰り、算盤《そろばん》を弾《はじ》いている。代官所の下僚である手代・手附は立場の不安定さから、一般に勤めもそこそこに蓄財に走る者が多い。しかし彼らを束ねる元締手代・藤田幸蔵の生真面目さゆえか、大森代官所の地方役人はいずれも陰日向《かげひなた》なく働き、その勤勉さは各地の代官所で働いてきた金吾の目には、少々奇妙にすら映っていた。

ああ、それにしても頭が痛い。呼ばれる恐れがないのなら、井戸端で水で顔を洗ってきても誰も気付かないだろう。一人決めにうなずくと、金吾は小腰を屈《かが》めたまま、土間を横切った。こくりこくりと船を漕いでいる草履取りの島次の横をすり抜け、外に出ようとした。

「どこに行くのだ、金吾」

落ち着き払った声が、背を叩いた。顧みれば山積みになった帳面の隙間《すきま》から、藤田幸蔵が細い目でこちらを睨《ね》めつけている。

「中間とはいえ、おぬしとて代官所の下役人。これまで勤めて来た他の代官所がどうだったかは知らぬが、ここでは勝手な真似は許さんぞ」

金吾と五つ六つしか年は変わらぬであろうに、その物言いはひどく老成している。

しかたなく、「はあ」と頭《こうべ》を垂れたその途端、激しい吐き気がぐうと胸元にせり上がって来た。たまりかねて口元を押さえた金吾に、幸蔵は眉間に皺を寄せた。

筆を置いて縁先に歩み出るなり、「どうした。具合が悪いのか」と膝をついた。

「あ、いえ、その――」

言い訳する息に酒の匂いが混じっているのが、自分でも分かる。

幸蔵もまた、それに気づいたのだろう。聞こえよがしの溜め息をつくなり、ぽんと袴《はかま》を払って立ち上がった。

「そんな有様で、ご奉公が叶《かな》うものか。厨まで来い」

その意味を考えるいとまもなく外に転がり出ると、金吾は庭を回り込んで、代官所の西端に設えられた厨に飛び込んだ。昼餉《ひるげ》にはまだ間があるだけに、勝手賄人《まかないにん》（料理人）は買い物に出ていると見え、広い厨は火の気もなく静まり返っている。

幸蔵は白い足袋《たび》をひらめかせて厨にやってくるや、

「湯を沸かせ。土鍋に半分ほどでいい」

と、竈に顎をしゃくった。

あわてて埋火《うずみび》を掻き立てる金吾の傍らに立ち、懐から小袋を引っ張り出す。茶色く干からびた木の皮のようなものを一摑み、土鍋の中に投げ込んだ。

「湯が半分ほどになるまで煮詰めてから、飲め。少しは楽になるはずだ」

すでに辺りには、甘酸っぱい匂いが漂い始めている。金吾はひくひくと鼻をうごめかせた。

「いったい、これはなんでございますか」

「橙《だいだい》の皮を乾かした橙皮《とうひ》だ。粉を溶いて飲めば胃弱にも効くし、風呂に入れれば身体の冷えを取る」

「藤田さまは医術の心得がおありなのですか」

「これしき、医術というほどのものではない。ちょっと物の本を読めば、記されていることだ。おぬしとて、自分で拵えておけば何かと便利だぞ」

ありがたさよりも先に物知らずを咎められた気になり、金吾は首をすくめた。

手代のほとんどは、元は富農や家持ち町人の次男・三男坊。下僚見習いとして、二、三年、代官所で帳面の筆写や算計の補助に当たった後、書役《かきやく》、並手代と昇進し、優れて才長《さいた》けた者は代官所事務を主宰する元締となる。祖父の代からの渡り中間で、読み書きすらおぼつかない自分とは、そもそも出自が違うのだ。

「それにしても、勤めに障るほど痛飲するとは。銀山町の酒は、それほど旨いのか」

銀山町の語に、金吾は思わずがばと顔を上げた。その狼狽《ろうばい》ぶりがよほど面白かったのだろう。幸蔵は薄い唇の端に、小さな笑みを浮かべた。

「そこまで驚くことはなかろう。銀山町の番所の出入りは、すべて代官所で管理している。それはおぬしとて承知ではなかったのか」

ああ、そうだ。確かにそれは知っていた。だがよもや多忙な幸蔵が、そんな記録にまで逐一目を通しているとは、誰が想像できただろう。この分では自分が銀山町に出入りしている目的までお見通しなのでは、との危惧《きぐ》が胸をかすめる。

そんな金吾の怯え顔に、幸蔵は「別に咎めているわけではない」と続けた。

「わたしを含め、代官所の者はとかく役宅に閉じこもりがちだ。そんな中でわざわざ銀山町まで出向けば、町の者たちの声を色々と聞きもしよう。もし何か気にかかる話を耳にしたなら、教えてくれ」

もしかしたら幸蔵は最初からこれが言いたくて、自分を厨に誘い出したのではないか。沸き始めた土鍋に、金吾は目を落とした。

代官所内の噂によれば、幸蔵は元は韮山代官所の手代。大森赴任が決まった岩田鍬三郎が、是非にと頼んで韮山から譲り受け、元締に据えた辣腕《らつわん》と聞く。だとすれば幸蔵のこの言葉はすなわち、岩田代官自身の下知なのかもしれない。ますます逃げ場のない気分で、金吾は目を泳がせた。

大丈夫だ。落ち着け。いかに幸蔵が切れ者でも、自分の胸の裡《うち》までは探り当てられるわけがない。

だが、そう言い聞かせれば聞かせるほど、背には冷や汗が浮かんでくる。一刻も早くこの場を逃げ出したい気分で、「か、かしこまりました」と金吾は幾度も首肯した。

「もし何か耳にしましたら、必ずやご報告申し上げます」

「ああ、そうしてくれ。ちなみにおぬし、昨日はずいぶん遅くまで銀山町にいたようだが、どこかいい塒《ねぐら》を見つけたのか」

ことここに至っては、下手な言い逃れをする方が詮索《せんさく》されかねない。一介の中間に過ぎぬ自分とは異なり、幸蔵は着実に出世を重ねてきた元締手代。店の場所を明かしたとて、よもや自ら足を運ぶことはないだろうと、金吾は腹をくくった。

「昨夜とその前夜は、徳市なる男が営む休谷の飯屋におりました。藤蔵山の与平次なる男を始め、掘子たちが多く溜まり場にしている店でございます」

「掘子たちがなあ。そ奴らは何か、気がかりな噂はしていなかったか」

それを聞きたいのはこちらだと思いながら、金吾は首を横に振った。

「とりたてて、なにも聞いてはおりません。なにせまだ、二度しか通っておらぬもので」

「何を言う。二晩も足を運べば、掘子どものやりとりも少しは聞こえてくるだろう」

この分では、一つ二つでも店での見聞を語らねば、幸蔵は諦めてくれそうにない。土間に目を落として必死に頭を働かせてから、金吾はおずおずと上目を使った。

「あの……お辰なる女銀吹が営む吹屋が、もうじき閉まるという話はご存じですか」

「ああ、聞いている。吹屋は廃業とともに、灰吹銀精製の鑑札を代官所に返納する定めだからな」

首肯した幸蔵に、では、と金吾は声をひそめた。

「そのお辰の夫は二年前、首を吊って亡くなっているのですが、その原因が兵五郎なる山師にあることはお聞き及びですか。しかも現在、その兵五郎は己の抱える掘子に怪我をさせたと言って、お春という酌取女に法外な銭を吹っかけております」

「法外な銭だと」

大森代官所の勤めは、銀山町から産出される銀の管理のみならず、領内の治安維持・公事《くじ》（訴訟）にも及ぶ。それだけに案の定、幸蔵は細い眉を険しく寄せた。

「それはまたどういう次第だ。詳しく話せ」

だが金吾が待っていましたとばかり、お春が増太郎に鍋の汁をぶっかけた経緯、増太郎と吉左の仲とそれがゆえに起きた兵五郎の悪事について語ると、幸蔵は「ううむ」と唇を引き結んで腕を組んだ。煤に黒ずんだ厨の梁を仰ぎ、薄い瞼を閉ざした。

おかしい。てっきり兵五郎の悪辣に憤り、何らかの手を講じるのではと考えたのに、その横顔には静かな苛立《いらだ》ちすら漂っている。

「――おぬし、名はなんと言ったかな」

「は、はい。金吾と申します」

「金吾、金吾か。わたしが知りたいのは、そんな些末《さまつ》ないざこざではない。銀山町のもっと生々しい声を集めて来い」

「些末な、と仰《おお》せられますか」

銀百匁は、独り身の女には目の玉が飛び出るほどの金額。それを些末ないざこざと評されては、自分ごときが聞き及ぶ噂なぞ一つもない。

なるほど与平次も語った通り、吉左が兵五郎の悪巧みに引っ掛かったのは、畢竟《ひっきょう》、当人の迂闊だ。お春が増太郎に怪我を負わせた非も、半分はお春自身にある。

手弁《てべん》（手代見習い）を振り出しに各地の代官所を巡ってきた幸蔵からすれば、こんな悶着なぞわざわざ取り上げるに値せぬ雑事と映るのだろう。しかしながら代官所の官員には愚かしい争いでも、その日その日を生きる者にとっては一大事。そしてこのままでは、お春の身柄はやがて兵五郎にからめとられるやもしれぬのだ。

「そ、その――お代官所のお指図で、兵五郎を譴責《けんせき》はできませぬか。掘子どもによれば、兵五郎が吉左の吹屋に持ちこんでいたのは、恐ろしく質の悪い鏈だったとやらいいます」

「とはいえ各間歩から取れる鏈には当然、質の良いものも悪いものもあるものだ。それだけで兵五郎とやらを咎めは出来来ぬ」

「そんな――」

金吾が不平の声を漏らしたとき、厨と奥の間を隔てる板戸ががたりと鳴った。

驚いて金吾が振り返る暇もあればこそ。幸蔵が「誰だッ」という誰何《すいか》とともに、板戸を跳ね開ける。だが次の瞬間、半間（約九十センチメートル）あまりも飛びしさると、磨き抜かれた板間にがばと平伏した。怜悧《れいり》な彼には似つかわしからぬ、いささか滑稽《こっけい》なほどの狼狽振りであった。

「こ――これは失礼いたしましたッ」

「ああ、いや。これはわしが悪い。驚かせたな」

困り顔で敷居際にたたずんでいるのは、代官の岩田鍬三郎であった。

またしても勤めもそこそこに、自室で書見に励んでいたのだろう。瞼《まぶた》の垂れた目は真っ赤に充血し、右手指にはあちらこちらに墨がこびりついていた。

「呼べど叫べど、誰も応じぬと思えば、金吾、おぬしこんなところにいたのか。白湯《さゆ》が一杯、欲しいのじゃがな」

「そ、それは申し訳ありません」

しまった。宿酔と幸蔵とのやりとりに気を取られ、本来の勤めを忘れ果てていた。だが、あわてて水甕に走り寄る金吾を待てと制し、鍬三郎は幸蔵に向き直った。

「藤田、おぬしまで厨で何をしておった。多忙なおぬしにしては珍しい」

「はい。実はこ奴がこのところ、銀山町に出入りしておる様子でございまして。町に興味深い噂はないかと尋ねておりました。されど酌取女の借財や、吹屋と山師の争論といったものばかりでとんと役に立たず――」

「い、岩田さまッ」

幸蔵の言葉を遮って、金吾は土間に両手をついた。何か言いかける幸蔵に覆いかぶせるように、「何卒、何卒、兵五郎をお取調べくださいッ」と叫んだ。

「わたしが聞いてきた話は、確かに藤田さまの仰せ通り、さして珍しくない市中の悶着でございましょう。ですが銀山町には、お代官さまのお力を恃《たの》みに思っている者もいるのです」

吉左が兵五郎と取引を始めた一昨年、石見銀山附御料は病のために職を退く代官が立て続き、生野《いくの》代官が兼任して支配を行っていた。もしその時期に、大森に代官さえいれば。そうすれば兵五郎も粗悪な鏈など吉左に売り付けず、増太郎も真人間として暮らし続けられたはずだ。

矢継早にこれまでの見聞を語る金吾に、岩田はさして驚く気配もなく、いささか長めの顎をふうむ、と撫でた。

「なるほどのう。おぬしの言い分も確かにもっともではあろう。とはいえ――」

と、幸蔵と目を見交わす。心得顔の幸蔵が一つ大きくうなずくのを確かめてから、板の間の隅にしゃがみこんで、金吾を見下ろした。

「おぬし、確かここに来る前は、北国や関東の代官所江戸役所にいたそうじゃな。そうなると領国に赴任し、その地その地の者たちの生き様を見るのは、これが初めてか」

「はい。さようでございます。何せこれまで勤めていた代官所では、お代官さまは陣屋（現地役所）に下られず、江戸役所に詰めておられましたもので」

同じ代官所といっても関東や信越界隈《かいわい》のそれは、現地の陣屋には数名の下僚《かりょう》を在留させるのみ。代官をはじめとする役人衆は江戸の分所に詰め、領国には赴任しない。当然、手代を筆頭とする下役たちが一つ役所に寝起きすることもなく、金吾も己の家から役所へと通いで出仕していた。

「そうか。さすれば、かように思うてしまうのもしかたがないのう」

悪に虐《しいた》げられた者を救いたいと考えるのは、人間にとってごく当然の行いではないのか。鍬三郎の意図を汲《く》みかね、金吾は目をしばたたいた。

諸国代官のほとんどは、江戸の勘定所勤務の旗本から抜擢《ばってき》される。もしかしたら鍬三郎もまた幸蔵同様、銀山町の人々の苦衷《くちゅう》になぞ、なんの興味も持てぬ男なのだろうか。

そんな金吾の胸奥《きょうおう》を察したのか、「ああ、怒るな、怒るな」と岩田は軽く手を振った。

「おぬしが浅慮じゃと思うて、かように申したのではない。ともあれ、せっかく銀山町で聞き込んできた諍《いさか》いじゃ。幕領とはいかなるものかを示すためにも、ここは一つ、その兵五郎とやらを呼び召してみることとしよう。――ただし、じゃ」

喜色を浮かべた金吾を制するように、鍬三郎は声を低めた。

「その結果、どんなことが明らかになろうとも、決して不本意とは恨むまいぞ。この世とは人が思う以上にややこしく、思いがけぬ出来事に満ちておる。代官所で働くとは、そういった人の悲喜こもごもを目の当たりにするということじゃ」

誰がなんと言おうとも、兵五郎が腹黒い男であることは、紛れもない事実。いったいそれ以外に、どんなことが明らかになるというのだ。——いや、能書きはこの際、どうでもよい。とにかく代官さえ乗り出してくれれば、お春たちを襲う難局は乗り切れるはずだ。

「では、幸蔵。後はおぬしに任せるぞ。まずは銀山町に出向き、こ奴の申し状の仔細《しさい》を検《あらた》めて参れ。委細はその後じゃ」

「承知いたしました」

言うなり身を翻した岩田に、幸蔵が深々と低頭する。その足音が畳敷の廊下の奥へと去ってから幸蔵は、金吾を振り返って舌打ちした。

「まったく。余計な仕事を増やしよって」

金吾にとっても正直、こんな気詰まりな上役と出かけたくなぞない。だがそれもこれもお春たちのためを思えばこそだ。

（それに——）

岩田の差配が実を結べばよし、仮に失敗したならば、その先は江戸の小出にこの旨を告げ知らせればいい。岩田代官が銀山町の不正に見て見ぬふりをしたと告げれば、彼は自分の働きぶりにさぞ満足するだろう。

「人目については厄介だ。入相の鐘が鳴る頃に、蔵泉寺口番所のあちら側で落ち合うぞ」

そう命じられた通り、日没を待って代官所を飛び出せば、切り立った山を染める残照が、山の稜線《りょうせん》をいっそう黒々と際立たせている。雨が近いのだろう。暮れなずむ空はところどころ汚れたような灰色に淀《よど》み、土の臭いがいつもよりくっきりと鼻を衝《つ》いた。

蔵泉寺口番所の検め場を通り抜ければ、粗末な麻の野袴《のばかま》を穿《は》き、腰に塗りの剝《は》げた大小を帯びた藤田幸蔵が竹矢来の陰にたたずんでいる。

紋付袴姿の先ほどまでとは比べ物にならぬほどみすぼらしげな身形だが、それでも生真面目な気性までは隠せぬのだろう。物差しを突っ込んだように伸びた背が、雑然とした番所にあまりに不釣り合いであった。

御領内にはもともと、武家は少ない。ましてや苗字帯刀を許された銀山方のほとんどが、長年この地に暮らしてきた代々の役人である以上、見慣れぬ武家はすなわち代官所の地方役人といっても間違いではない。

それだけに下河原の町に一歩踏み入れば、そこここから物珍しげな眼差しが飛んでくる。幸蔵は手にしていた笠《かさ》を目深《まぶか》にかぶり、「早くその飯屋に案内しろ」と金吾を急き立てた。

往来は今夜も人で溢れ、全身泥にまみれた男たちが次々と、そこここの店に吸い込まれていく。石を詰めた籠を背に、なだらかな坂を下ってくる人の列は、どこぞの間歩から吹屋まで鏈を運ぶ掘子たちか。よほど、背中の籠が重いのだろう。一歩一歩、地面を踏みしめるその足取りは、鈍重とすら映る。「おおい、どいてやれ」との叫びがどこからともなく起こり、往来の人々がぱっと二手に分かれて道を譲った。

「なんだ、与平次じゃないか」

列の中に見覚えのある顔を見つけて声を上げた金吾に、列の先頭に立つ与平次が「おお」と応じる。背負子《しょいこ》の紐《ひも》が肩に食い込んだのか、軽く顔をしかめながら、与平次は金吾の背後に眼差しを向けた。

「なんだ、今夜はお代官所のお方もご一緒か」

「ああ、そんなものだ。お前らはどこに行くんだ」

与平次の目から幸蔵を隠すように、金吾は一歩前に進み出た。万事おおらかな与平次の気性が、今夜はひどくありがたかった。

「お辰の吹屋に、最後の鏈を運ぶ道中だ。明日には炉の火を落としちまうそうだからな」

「なんだと。そんなに早く吹屋を閉めるのか」

しまった、と金吾は内心歯がみした。

兵五郎の悪事を暴いても、吉左の遺した吹屋が人手に渡っては何にもならない。ぐずぐずしている暇はない。かくなる上は一刻も早く、岩田に兵五郎を呼び召してもらわねば。救いを求めるように頭を転じた金吾を押しのけるように、この時、幸蔵がずいと歩み出た。

笠の縁をわずかに片手でもたげ、

「では、そのお辰の吹屋に行くには、おぬしらの後をついて行けばよいのか」

と、与平次に問うた。

その尊大な口調に、与平次は眉根を寄せた。だが金吾の上役であれば礼を欠いてはならぬと思い至ったのか、すぐに「ああ、そうさ」と答えた。

「それはちょうどよい。ではおぬしの後に従って、その吹屋を先に見に行こう」

「お待ちください、藤田さま」

そんなことよりも、今は兵五郎の悪事を暴くのが先ではないのか。あわてて制しようとした金吾に、幸蔵は冷たい目を向けた。

「お辰とやらの吹屋は、ここからさして遠くないはずだ。寄り道をしたところで、たいした時は食わぬのではないか」

「それは確かに仰《おお》せの通りですが」

反駁《はんばく》する金吾を無視して、幸蔵は与平次をうながして歩き出した。

仲間の掘子たちはすでに先に行ったと見え、往来には再び人の波が戻っている。そのただなかを一歩一歩足を踏みしめるようにして歩む与平次の姿は、牛が重い軛《くびき》をつけられて田畑を耕すさまに似ていた。

幸蔵は本当に、事の次第が分かっているのだろうか。寄り道をすればするほど、兵五郎の詮議は後になる。その結果、お辰が身代を失ってしまっては、なんの意味もないではないか。

鬢《びん》を掻きむしりたいほどの衝動に、金吾は両の手を拳に変えた。もしかしたら岩田や幸蔵は最初から、自分の言葉に耳を傾ける気なぞなかったのではないか。ことに岩田は代官とはいえ、赴任からこの方、ろくに領内巡検《じゅんけん》もせずに書物ばかり読みふけっていた怠け者。それだけに金吾の誓願をのらりくらりとかわそうとして、この幸蔵を遣わそうとしただけでは。

とはいえ一介の中間に過ぎぬ自分が、幸蔵に文句なぞつけられはしない。激しい焦燥に歯を食いしばり、金吾は与平次たちの後を追った。

いつしか道は町の中心から逸《そ》れ、山を仰ぐばかりの斜《なぞえ》に沿って、軒の低い平屋が一軒、また一軒と張りつく集落に踏み入っている。足元がずるりと滑ったのに見下ろせば、道の両端には溝が切られ、そこからあふれ出した泥水がほうぼうの路面を洗っていた。

「おおい、気をつけろよ。このあたりは滑るぞ」

先を歩いていた与平次が、振り返って怒鳴る。「何なんだよ、この水は」と金吾は叫び返した。

「馬鹿野郎。銀山町に来ておきながら、そんなことも分からねえのか。この界隈に建っているのは、全て吹屋だ。鉚を灰吹（灰吹銀）に変えるには、ずいぶんな水がいる。だからあちこちからこんなに水が流れ出しているのさ」

ふと顔を上げれば、お辰の吹屋に鉚を運び終えたと思しき掘子たちが、ぞろぞろと坂を下って来る。その中には、惣吉や喜助の姿も交じっていた。

「どうした、与平次。なにを手間取っているんだよ」

「後ろにおいでなのは、お役人さまかい。こんなところに珍しいじゃないか」

そう言いながら我がちに坂を下る仲間に、与平次はちっと舌を鳴らした。

「ちぇ、みなで一度に坂を上がれば、泥に足跡が残っていて歩きやすいのによ。あんたたちに呼び止められたせいで、えらい迷惑だぜ」

与平次のすぐ後ろを歩いていた幸蔵が、草履ばかりか足袋《たび》までを泥まみれにしながら、「それは済まんな」とさして悪く思っていなさげな口調で詫《わ》びた。

「まあ、いいってことよ。けど、一人だけこうも遅れちまうと、吹屋の方ではもうすべての鉚が運び込まれたと勘違いして、鉚蔵《くさりぐら》の鍵をかけちまうかもしれねえ。まあ、お辰の吹屋となりゃあ、あいつにわけを話して謝りゃいいだけだがな」

「なるほど、鉚蔵とはそれほど管理が厳しいのか」

「そりゃ、そうさ。銀吹師にとっちゃ、鉚がいっぱいになった蔵はなによりの宝。吹屋を誰かに譲り渡す際なんぞは、証文と一緒に蔵の鍵を渡すのがお定まりなほどだ」

さすがの与平次も、重い鉚を背に泥だらけの坂道を上がるのは辛いのだろう。幸蔵に教える声には、荒い息が混じっている。

半町（約五十メートル）あまりもある長い坂を上り切ると、与平次はもうもうと煙を上げる一軒の平屋に近付いた。

「ちょっと、ここで待ってろ」

そう言い置いて入っていった土間には大きな井戸が設《しつら》えられ、四、五人の女が水を張った盥を前に胡座《あぐら》をかいている。盆のようなものをしきりに水の中で動かし、残った中身をかたわらの桶に集めているのが、薄暗がりの中で望まれた。

間歩から掘り出された鏈を銀に変えるには、小さく砕いて素石を捨てた鏈を水の中で揺り動かし、銀を含んだ部分だけを集めるユリ（比重選鉱）という作業を経ると聞く。彼女たちがユリ女か、と眺めていると、与平次がやれやれと首を振りながら表に出てきた。

「女どもに聞いてきたが、やっぱり鏈蔵には鍵がかけられちまったとよ。しかたねえから、俺は奥の間に声をかけて鍵を開けてもらうぜ。あんたたちはどうする」

「そうだな。ここまで来たついでだ。お辰とやらの顔でも拝んで行くか」

こうなれば、幸蔵の気が済むまで付き合うしかない。金吾は幸蔵とともに、吹屋に向かう与平次の後を追った。

吹屋の仕事は、鏈から不要な素石を取り除く「鏈拵」に始まり、燃え盛る炉に正味鏈を放り込んで貴鉛《きえん》（鉛と銀の化合物）を取り出す「素吹《すぶき》」、更にそれを灰の上に置いて熱し、鉛と銀を分離させる「灰吹《はいふき》」と工程が多い。このため中庭を囲んだ数棟の平屋はそれぞれ異なった作業をしていると見え、中には軒先からもうもうと黒煙を吹き上げている一棟もある。

与平次は慣れた足取りで庭を横切ると、二棟の蔵に挟まれた小さな家に近付いた。どうやら「奥の間」とは銀吹師が暮らす家を指すらしい、と金吾はようやく思い至った。

「けど、お辰の顔なんぞ見ても、何も面白くねえけどなあ。金吾といいあんたといい、今度の代官所のお人は変わり者ぞろいだぜ」

「確かにそうかもな。ところでこの吹屋は間もなく閉まるそうだが、その後のことはおぬしは知っておるのか」

幸蔵に問われ、「そういえば、俺も聞いてねえなあ」と与平次は首をひねった。

「しくじりさえしなければ、吹屋ってのは実入りのいい商売だからな。吹屋が閉まるらしいと噂が立つと、大概、銀山町の中からそこを買いたいという奴が出てくるもんだ。もしかしたら、すでに売り先が決まっているのかもしれねえな。ついでにお辰に尋ねるか」

軒の深い小家に近付くや、与平次は掛け声とともに背中の荷を足元に下ろした。どすんという鈍い地響きが消えるのを待たず、「おおい、お辰。俺だ、与平次だ」と薄暗い土間の奥に向かって喚き立てた。

「惣吉たちから遅れちまって、ようやく鏈を運んで来たんだ。すまねえが、蔵の鍵を――」

張りのある呼びかけが、唐突に途切れた。驚いてその顔を見れば、元々ぎょろりとした眼は真ん丸に見開かれ、家の中に釘づけになっている。

「おい、どうした」

あわてて金吾が駆け寄るのと、家の奥で狼狽した足音が交錯《こうさく》したのはほぼ同時。

外の明るさに慣れた目に、軒の深い家内はあまりに暗い。それでも家の奥に設えられた裏口が慌ただしく開き、ずんぐりとした人影が外からの明かりを正面に受けて、まっしぐらに裏手へと駆け出していく様だけは、金吾の目にもはっきりと捉えられた。

（あれは――）

見間違いか。いや、そんなはずはない。金吾は立ちすくむ与平次を押しのけて、家の中に飛び込もうとした。だがそれより一瞬早く、家の奥からお辰が転がるように走り出て来た。

「なんだい。こんなに大勢で」

と、取りつくろうように言いながら、乱れた襟元を慌ただしく掻き合わせた。

その髷《まげ》は大きく傾き、くっきりと赤い唇の紅《べに》が、しどけない気配を添えている。とはいえ化粧には慣れていないのか、唇の端からはみ出した紅の色が、その白い肌には不釣り合いであった。おかしい。以前、増太郎の家の近くで会ったお辰は、紅はおろか白粉《おしろい》っ気すらない簡素な身拵えだった。それが吹屋の店じまいを間近にした今、なぜかような濃い化粧を施す必要があるのだ。

「おめえ――」

与平次がうめきとともに、お辰に歩み寄る。お辰は瞬時、微かな怯えを頰に走らせた。だがすぐにきっと唇を引き結び、「なにか言いたいことがあるのかい」と傲然《ごうぜん》と顎を上げた。

まるでそれを合図にしたかのように、幸蔵が思いがけぬ敏捷さで踵を返した。そのまま庭をまっすぐ横切ると、黒煙を上げる平屋の間を縫って、もと来た往来へと飛び出した。

「ちょ、ちょっと、何をするんだいッ」

お辰が血相を変えて、その後を追おうとする。与平次はその腕をむずと摑むと、「さっきの野郎は、山師の兵五郎だったじゃねえか」と低い声を絞りだした。

「どういうことだ。なんでこんな時刻に、あいつがここにいる。それにおめえのその姿はいったい――」

「うるさいねえ。あんたにゃ関わりないだろう」

きっと眉を吊り上げ、お辰は与平次の腕を振り払った。真っ赤に塗られた唇のせいで、その形相は昔、絵草紙《えぞうし》で見た鬼女のように、金吾には思われた。

「いくら閉めることになってるって言ったって、あたしはまだこの吹屋の主だよ。掘子の分際で仮にも銀吹師に楯突《たてつ》くとは何事だい。なんだったらあんたの雇い主の藤蔵に、文句をつけに行ってもいいいんだよ」

「なんだと。お前、正気で言っているのか」

「ああ、正気も正気だよ。当然だろう。女が一人で世を渡って行こうと思ったら、使える限りの手立ては使わなきゃやっていけないんだ」

唇を頬の片側に歪め、お辰はせせら笑った。

「あたしは後家。兵五郎さんだって、三年前に長年連れ添った女房を亡くしたやもめ同士なんだ。あんたなんかにつべこべ言われる筋合いは、これっぽっちもないんだよッ」

お辰の夫の吉左は、兵五郎の所業ゆえに命を絶った。それだけに金吾はもちろん与平次も徳市の店に出入りする誰もが、お辰は兵五郎を憎んでいるとばかり思い込んでいたが、それは全くの勘違いだったのか。

「なんだい。その小汚いものでも見るような面は。あたしが兵五郎と深間《ふかま》になったのが、そんなに許せないのかいッ」

あんたたち男に、亭主に勝手に死なれたあたしの苦しみが分かるものかッ、と叫び、お辰は更に爛々《らんらん》と目を光らせた。

「だいたいあんたたちは、うちの人が縊れ死んだときに、いったい何をしてくれたんだ。気の毒に、悪辣な奴に引っ掛かったのが悪かったと口先で慰めるばっかりで、飯の一杯でも食わせようとしてくれたかい」

「お辰――」

「あの亭主が身勝手に死んで以来、あたしに親切にしてくれたのは、兵五郎さんただ一人さ。この吹屋を続けるのにも、どれだけ力を貸してくれたか分かりゃしない」

それは決して吉左を死に追いやった後悔ゆえでも、ましてや寡婦となったお辰への親切ゆえでもないだろう。だが女房を残し、勝手に先立った吉左への怒りに震えていたお辰には、それだけで充分だったのに違いない。

男である金吾には、女が一人で世を渡る苦労は理解できない。だが思い返せば、毛を逆立てた猫のようなお春の強がりも、自死した夫をこれっぽっちも悼《いた》まぬお辰の怒りも、すべては同じ苦しみから生じているのではなかろうか。

仮に夫が亡くなったとしても、吹屋は残る。働いているユリ女や吹大工、灰吹師たちの身の上を思えば、お辰が唯一近付いてきた男に頼ったとしても、誰が文句を言えよう。

「放せ、放しやがれ、てめえッ」

という怒号が思いがけぬほど間近で聞こえ、二つの影がもつれ合うように戸口から転がり込んできた。

「ちょ、ちょっと何をするんだよ。この人もあたしも、なにも悪さなんざしてないだろッ」

兵五郎の腕を背後にねじりあげた幸蔵に、お辰が血相を変えて噛みつく。その癇性《かんしょう》な罵声《ばせい》なぞそ知らぬ顔で、幸蔵は兵五郎を土間に突き飛ばした。両手の埃を軽く払い、「やれやれ、これでやっとすべて得心できたぞ」と奇妙なほどゆっくりとひとりごちた。

「実を申さばすでに代官所には、この吹屋の主が替わる旨の売渡願が届けられておった。ただそこにはこの吹屋が山師の兵五郎に、わずか二十貫で売り渡されると記されておってな。その値があまりに不思議じゃと岩田さまは仰せだったのだ。だが、この様を見れば、それも納得がゆくな」

「に、二十貫。この吹屋が二十貫だと」

ユリ女を始めとする多くの男女を使う吹屋は、その分、儲けも大きい。二十貫の売り値があまりに破格であることは、金吾にすらすぐさま察しがついた。

目を瞠《みは》ってお辰と兵五郎を見比べる与平次を一瞥し、つまり、と幸蔵は続けた。

「このお辰は己の男に尽くさんとして、ここを二束三文の値で譲ることにしたわけだ。いや、もしかしたら表向きに証文こそ交わしても、実際には銭のやりとりなぞ一文も行わぬ手筈《てはず》だったのかもしれんな」

「な、なにを言いたいんだい、あんた。あたしが自分の店をどう処分しようが、他人にゃ関係ないだろうッ」

――その結果、どんなことが明らかになろうとも、決して不本意とは恨むまいぞ。

厨での岩田の言葉が、不意に金吾の耳の底に甦《よみがえ》った。

銀山町における採掘・銀の製錬はもちろん、間歩・吹屋の運営には、すべて代官所の目が配られている。このため岩田は代官所に提出された吹屋売渡願から、お辰の売買の詳細を――いや、お辰と兵五郎の関係まで推測していたのだろう。だからこそあのように自分に念を押し、幸蔵をこうして遣わしたのに違いない。

夫を死に追いやった山師を憎み、一人気丈に吹屋を営む寡婦。そんなものは男の幻想だ。この騒がしく、厳しい銀山町を生きる女は、かような男の夢になぞ、付き合ってはいられぬ。そんなことも分からなかった自分の甘さが身に迫り、金吾は足元をよろめかせた。

「この銀山町は本来、江戸の勘定所の支配地。山師や銀吹師に運営を任せているだけで、間歩や吹屋を管理するのは代官所の務めだ。それにもかかわらず、地方役人の目を欺《あざむ》き、法外な安値で吹屋の取引を図っただけでも、充分な悪事となるな」

静かな幸蔵の口調の向こうに、岩田の人を食ったような笑顔が透けて見えるかのようだ。あの代官はすべてを端《はな》から承知の上で、自分の誓願を容《い》れたのか。震えとも恐怖ともつかないものが、金吾の背を静かに這《は》い上がっていた。

「ち、違うッ。俺ァ、吹屋なんぞ買おうとは思っちゃいねえ。この女が勝手に、俺に押し付けようとしてきただけだッ」

顔じゅうを口にした兵五郎の絶叫が、狭い中庭に轟く。その途端、お辰の目がぎょっと大きく見開かれ、「あんた――」という呻きがその唇をついた。

「だ、だいたい俺は自分の間歩だけで結構な稼ぎを得ているんだ。それなのに、こんなしけた吹屋なんぞ欲しがるものか」

吹屋の偽りの譲渡をきっかけに、他の悪事までが芋づる式に露見してはたまらないと思ったのだろう。見る見る顔色を失うお辰には目もくれず、兵五郎は「本当だ」と繰り返した。

「ちょっと親切にしてやったら、この女が一人で勘違いしただけだ。なあ、信じてくれ」

「あ、あんたって人は――」

お辰が両目を吊り上げて、兵五郎に駆け寄ろうとする。その肩をぐいと摑み、「なるほど。ではこの吹屋がおぬしに売られるという話も、そもそもなかったと考えていいのか」と幸蔵は念を押す口調で言った。

「あ、ああ。もちろんだ」

「そうか。それはよかった。ではすべて、これは何かの間違いだったわけだな。――だがな」

押さえつけられたままの兵五郎に、幸蔵はぐいと顔を寄せ、もともと細い目を更にすがめた。

「聞いたところでは、おぬしの周囲には様々な噂が絶えぬとか。山師の本分は、山稼ぎ。幾ら責めはあるとはいえ、飯屋の女子に大枚をふっかけるなぞといった余事にばかり精を出しておると、いつまたこのように人目につくか分からんぞ。その時はわたしではなく、お代官さまが直々におぬしを詮議なさるかもしれんなあ」

「あ――あんたは。い、いや、あなたさまは、お代官所の――」

震える声を漏らしながら、兵五郎は青ざめた顔で幸蔵を仰いだ。だがそれには応えぬまま、幸蔵がどんとその肩を突き飛ばすや、尻で這いずるようにして、半間あまりも後じさった。

まだ唇を震わせるお辰をまるで無視して、せわしく胸元の土を払い落とす。そのままぎこちなく頭を転じるや、兵五郎は脱兎《だっと》の勢いで、吹屋の外へと駆け出して行った。雨が近いのか、水の臭いをはらんだ風がその背を叩き、足元に小さな旋風《つむじ》を描いた。

「ち――畜生ッ」

急に強くなった風音を遮って、お辰が絶叫する。がくりとその場に両手をつくと、紅を施した爪を地面に突き立てた。

その背は激しくわななき、ぼとぼととこぼれた涙が手許《てもと》の土を黒く染めている。その名を呼んで駆け寄ろうとした与平次が、ぐいと唇を引き結んで立ちつくした。

お辰とて当然、兵五郎の性悪ぶりは承知していたはずだ。だが夫に先立たれ、頼る者のいなかったお辰は、それでもなお彼にすがらずにはいられなかった。それだけに如何《いか》に窮地にあったとはいえ、己の献身をあのように悪《あ》しざまに評された悔しさは、およそ男である自分たちには理解できぬものであろう。

（だが――）

お辰の背に目を据え、金吾は胸の中で呟いた。

昨夜、お辰は増太郎の元を訪ね、吹屋を閉めると伝えようとしていた。自分を置いて縊れ死んだ夫を心底憎んでいるとすれば、その朋友《ほうゆう》であった増太郎のことを、そこまで気にかけはすまい。

不遇ゆえに世を怨《うら》み、悪辣な男と深間になったとしても、きっとお辰は心の底では自らの過ちに気付いていたはずだ。ならば鍬三郎が兵五郎の保身を暴き立てた今、お辰は己一人で、この銀山町で生き直すことができるのではないか。

空はいつしか灰色の雲に覆われ、激しさを増した風が中庭に茂る山椿《やまつばき》の枝を激しく揺らしている。

はるか遠くで雷鳴が轟《とどろ》き、吹きすさぶ風が更に強くなった。

「――帰るぞ」

幸蔵がぼそりと呟いて、踵を返す。立ちすくむ金吾を忌々《いまいま》し気に振り返り、「なにをしている」と声を尖らせた。

「は、はい。ただいま」

与平次は金吾たちの挙措に気づいているのかいないのか、拳を握りしめたまま、お辰を凝視している。少なくとも与平次がかたわらにいる限り、お辰が妙な血迷い沙汰《ざた》を起こすことはないだろう。坂を下り、そのまま大森へと引き上げる幸蔵を、金吾はあわてて追いかけた。

幸蔵はまっすぐ道の果てを見据えたまま、一言も口を利こうとしない。銀山町とは裏腹にしんと静まり返った夜の大森の町を抜けて代官所に戻ると、そのまま御白洲《おしらす》の東へと回り込んだ。

痩せた松の木が植えられた庭の果ての一間に、ぽつりと明かりが点《つ》いている。ためらいも見せずその縁側に近づくと、幸蔵は庭先に片膝をついた。

「戻りましてございます」

ご苦労、との声とともに、障子が開く。あわてて庭の隅に平伏した金吾と幸蔵を交互に見比べ、岩田はわずかに目を和《なご》ませた。

「虫出しの雷が鳴っておるな。道中、降られなんだか」

いいえ、と低頭して、「すべて岩田さまのお眼がね通りでございました」と幸蔵は続けた。

「さようか。ならばおぬしを行かせるほどのこともなかったのう。――金吾、如何《いかが》であった。酌取女の借財は、片付きそうであったか」

「は、はい。あの分であれば、兵五郎は女子にふっかけた百匁は諦めるに違いないと見えました」

地面に額をこすりつけたせいで、岩田の表情はよく見えない。だが金吾はその時、岩田の口元に淡い笑みが浮かんでいるような気がした。

「この地の冬はひどく厳しかったが、それでもようやく春が来るようじゃ。だとすれば、あの雷はおおかた春を告げる春雷という道理じゃのう」

春雷、と金吾は口の中だけで呟いた。先ほど兵五郎を打ち、お辰を慨嘆《がいたん》の底に叩き落とした幸蔵の言葉。それがまるで岩田の手許から放たれた、厳しくも温かい雷のように思われた。

長い冬の後には、必ず春が来る。年によってはなかなか春が巡り来ず、雷が鳴り、冷たい雨が降る折もあるかもしれない。しかしその雷は確実にいつか、春を呼ぶ春雷に代わるのだ。

荒くれ者の増太郎の中に旧友を失った後悔がひそんでいるように、世を恨むお辰の中にも他者を思う優しさは宿っていた。ならば恐ろしい春雷が春の訪れを告げるかの如く、兵五郎との関わりもまた、お辰にとっての新たなる季節を告げるきっかけとなるのではないか。

「疲れたであろう。ゆっくり休めよ」

ねぎらいの声とともに、静かに障子が閉ざされる。途端にまた雷が響き、大粒の雨がばらばらと降り始めた。

「これはかなわん。風邪を引いてしまうな」

幸蔵が袴の股立《ももだ》ちを取って、走り出す。その後に従いながら、金吾はもう一度、岩田の部屋を振り返った。

たった一枚の売買書から、お辰と兵五郎の関係にまで思いを致すとは。あの飄々《ひょうひょう》たる姿の裏に、岩田はどんな深謀遠慮を秘めているのか。忘れかけていた薄ら寒さが、再度、金吾の背を追い上る。それを振り切るように、金吾は濡れた砂利を蹴立てて走り出した。

（いや、そんな。まさかな――）

雨はますます激しさを増し、代官所の軒瓦《のきがわら》に小さな水飛沫《みずしぶき》を立てている。遠くでまた春雷が轟き、金吾の耳にそれは、これから始まる日々の先触れの如く響いた。

第二章　炎熱《えんねつ》の偈《げ》

耳をつんざく蟬《せみ》の声が、眩《まばゆ》い夏陽《なつび》とともに大森代官所に降り注いでいる。白々と土の乾いた庭には陽炎《かげろう》が立ち、長く続く土壁を揺らめかせていた。

中間《ちゅうげん》の金吾はそれでも軒の深い土間に直《じか》に膝《ひざ》をつけば、ひんやりとした湿気が全身を包むが、威儀を正して執務に当たる地方《じかた》役人たちはそうもいかない。そろって顔を赤らめ、額からたらたらと汗を流した姿は、見ている側までが暑っ苦しく感じられるほどであった。

「おい、じいさん。大森の夏ってのは、いつもこんなに厳しいのかい」

土間の隅に控えた金吾は、沓脱《くつぬぎ》の脇にかしこまる草履《ぞうり》取りの島次に、小声で問うた。

石見国大森代官所は、険阻《けんそ》な山々に三方を取り巻かれている。真冬の雪の深さは覚悟していたが、この暑さときたらいったいどうしたことだ。

「いいや、今年はまた格別じゃのう。これほどの暑さはわしも初めてじゃ」

「へえ。じゃあ、間歩《まぶ》の奴らも大変だな」

額の汗を拳《こぶし》で拭《ぬぐ》った金吾に、島次は皺《しわ》の刻まれた顔に嘲《あざけ》りの笑みを浮かべた。

「なんの、あいつらがつらいものか。掘子どもにとって、夏は一番過ごしやすい時期じゃぞ。なにせ外がどれだけ暑かろうとも、間歩の中は始終、氷室《ひむろ》のただなかのような涼しさじゃでなあ」

「へえ、そういうものかい。じいさん、よく知ってるな」

四ツ留（間歩の入り口）からあちら側は、銀掘《かねほり》しか立ち入れぬ異境。銀山附御料四万五千石余を支配し、仙ノ山から産出される銀を管理する大森代官所の役人衆であろうとも、踏み入ることは叶《かな》わない。それだけに島次の語る間歩の有様に、金吾は素直に驚きの声を漏らした。

「冬は冬で、どれだけ外が寒かろうとも間歩内はほんのり暖かい。つらい間歩稼ぎにも、楽なことはあるわけじゃ」

そういえば昨夜、徳市の店で見かけた掘子たちは、連日の暑さで食の進まぬ自分をよそに、相変わらずにぎやかに飲み食いしていた。なるほど、それは間歩内の涼しさもあったわけか。間歩稼ぎの辛さも忘れ、金吾はいささかうらやましい思いで、連子窓《れんじまど》の向こうにそびえる仙ノ山に目をやった。

「それにしてもこの暑さは、たまったものじゃないよなあ。なあ、じいさん。ちょっと水でも飲みに行かねえか」

額に大汗をかいて働く役人たちには悪いが、この気楽さこそ中間《ちゅうげん》稼業のいいところだ。だがうなずきあった二人が、小腰を屈《かが》めたまま土間から這《は》い出そうとしたとき、「こら待て」という藤田幸蔵の制止が詰所の奥から飛んできた。

「どこへ行くつもりだ」

「いえ、その——ちょっと」

口ごもる金吾を、幸蔵は細い頤《おとがい》をつんと上げて見下ろした。金吾同様に目をさまよわせる島次にちらりと眼差《まなざ》しを向けてから、「おぬしらに言い忘れておったが」といつもの淡々とした口調で続けた。

「本日より、御役所の井戸の水はそのまま飲んではならん。飲用する際は必ず、湯冷ましにしろとの代官さまの仰せだ」

「そんな殺生《せっしょう》な」

素《す》っ頓狂《とんきょう》な声を漏らした島次が、あわてて片手で自分の口を押さえる。とはいえ文句を言いたいのは、金吾とて同様であった。

生水が身体《からだ》に悪いのは、無論承知している。ただ代官所の庭にある井戸は、指先が凍えるほど冷たい良水が湧《わ》く名井。この灼熱《しゃくねつ》の暑さの中、それを飲用してならぬとは、あんまりな下命であった。

「しかたあるまい。なにせこのところ、大森の町には痢病《りびょう》（赤痢《せきり》）が流行《はや》っておる。流行り病が広がるのを防ぐには、食い物と水に気を配るのが一番だ。代官所から死人を出す羽目になっては、岩田さまのご威光にも差し障る。冷水が飲めぬぐらい、我慢しろ」

大森の町に最初の痢病患者が現れたのは、十日前。大森の町役人を務める豪商・田儀屋《たぎや》の小僧が、高熱とともに激しい下痢を起こして寝付いたのであった。

田儀屋は宿屋・両替商など複数の店を営むかたわら、代官所の公金出納に携わる掛屋《かけや》として、公用にも深く関わっている。それだけに主《あるじ》である田儀屋三左衛門《さんざえもん》はすぐに、小僧を今は使っていない炭小屋に移して医師を呼んだ。だがそれを嘲笑《あざわら》うかの如《ごと》く、間もなく近隣の家々には同じ症状を訴える病人が続出し、どうやら痢病らしいとの噂《うわさ》が立つに至ったのであった。

とはいえ高い塀で囲まれた代官所のただなかまで、そう簡単に病は忍び入って来まい。幸蔵らしい周到さに呆《あき》れつつも、「分かりました」と金吾は形だけはしおらしくうなずいた。

「なにせ夏は、病が流行る季節だ。おぬしの外歩きにまで文句は言わぬが、くれぐれも身体には気を付けろ」

領内で疫病が広まり、多数の死者でも出れば、それは代官である岩田鍬三郎の失態となる。それだけに念押しする幸蔵の口調は、いつも以上に鋭かった。

ただおとなしく低頭してその場をやり過ごしたものの、一日の勤めを終えて中間長屋に戻れば、がらんとした板間には熱気が籠《こも》り、今から煮炊きをする気には到底なれない。

そもそも島次や勝手賄人《まかないにん》を含め、代官所に勤める下男のほとんどは大森町からの通いの奉公人。代官所内に役宅を与えられている手代・手附《てつけ》も、事あるごとに大森の町に繰り出している最中、自分一人の外歩きにどれほどの影響があるものか。

座り込んだばかりの畳を両手でついて、金吾は立ち上がった。それでも念のため、長屋に余所《よそ》目《め》がないことを確かめてから、そそくさと銀山町に向かった。

この半年、毎日のように通い詰めている下河原の町は今日も変わらず賑《にぎ》わい、男たちが泥すら落とさぬまま、路傍に出した縁台で酒を酌《く》み交わしている。

そういえばここのところ大森町では、露台《ろだい》で夕涼みをする人々を見かけなくなった。代官所の日々はこれまでとさして変わりはないが、それでも流行り病の影は確実に大森の人々の暮らしを蝕《むしば》んでいるのだろう。

それに比べれば銀山町の騒がしさはこれまでと何ら変わりがなく、そもそも大森に流行る痢病の件を知っているのかすら疑わしい。

（そういえば昨夜、与平次たちも流行り病のことなんざ、一言も口にしなかったな）

徳市の店は今日も混み合い、与平次が惣吉や小六とともに中央の床几《しょうぎ》で飯をかきこんでいる。足元に積み重ねられている藁《わら》編《あ》みの円座はしきまつ、掘子たちがそれぞれ腰に下げている道具入れは松入と呼ぶことを、金吾は最近になってようやく知った。そしてそれらがまだ泥で汚れていないということはすなわち、彼らは今日はこれから敷入《しきいり》というわけだ。

「よう、今日は遅かったな」

慌ただしげに飯を口に押し込みながら、与平次は器用に片眉だけを跳ね上げた。

金吾の大森代官所への赴任が決まった際、江戸の中間仲間はみな申し合わせたように、鄙《ひな》の地は食い物が貧しいぞと語った。それだけに金吾は当然、日々の飯は雑穀ばかりになろうと覚悟していたが、いざ大森に来てみれば、代官所内はもちろんこの徳市の店ですら、出される飯は麦まじりの白米。稗《ひえ》や粟《あわ》を食わされたことは、一度とてない。

「酒かい。それとも飯かい」

愛想の欠片《かけら》もないお春に、「とりあえず酒をくれ」と告げ、金吾は与平次の隣の床几に腰かけた。

「なあ、聞いているか、与平次」

よほど急いでいるのだろう。いち早く飯を食い終えた惣吉と小六が、土間のしきまつを引っ掴《つか》む。先に行け、と彼らに怒鳴《どな》ってから、与平次は何がだとばかり、目だけで金吾をうかがった。

「少し前から大森町で、痢病が流行っていてな。なかなか治まる様子がないらしい。そのうち銀山町でも病人が出るかもしれんから、気をつけろよ」

「何を今更。そんなもの、昆布山谷界隈《こぶやまだにかいわい》じゃもう半月も前から流行っているぞ」

「なんだと」

昆布山谷は、休谷から山を東に分け入った集落。銀山町の鎮守である山神宮にもほど近い、窪地である。

驚き顔の金吾を呆れたように仰ぎ、与平次は碗に残っていた飯を残らず頰張《ほおば》った。

「昆布山谷の銀掘がばたばた倒れちまったせいで、こっちは大忙しさ。おかげで朝にひと稼ぎしたってのに、またも敷入させられると来たもんだ」

なるほど与平次たちが常以上に忙しそうなのは、そういうわけか。だが少なくとも先ほど通ってきた下河原の人々は病に怯《おび》える気配なぞ皆目なかったし、この徳市の店の客とてそれは同様だ。首をひねりながら、不審を口にした金吾に、「当たり前だろうが」と与平次は少々苛立《いらだ》った様子で吐き捨てた。

「病ごときが怖くって、間歩稼ぎができるもんか。どうせ俺たち掘子は、四十までは生きられねえ。痢病や咳病《がいびょう》（インフルエンザ）でくたばるのも、気絶《けだえ》にやられちまうのも、さして変わりはねえのさ」

「おおい、与平次。そろそろ、鉦《かね》が鳴るぞ」

奥の床几から立ち上がった四、五人の掘子が、与平次の肩を叩《たた》いて飛び出して行く。それと前後して外から響いてきた甲高《かんだか》い打音は、掘子の交替時刻を告げる鉦の音である。

「おめえ、そんなことを気にかけて、わざわざ教えてくれたのか。その気遣いにゃ礼を言うが、もう少し、この町のことを知った方がいいぜ」

腰の松入をばたばたと揺らして、与平次が店を出てゆく。碗や箸《はし》の散らばった床几を片付けていたお春が、「まったく、与平次の言う通りだよ」とせせら笑った。開けっ放しの板戸から吹き込んできた生ぬるい風が、急にがらんとした店内に渦を巻いた。

「あんた、もう幾月、銀山町に通っているんだい。いい加減、それくらい承知してもよかろうにさ」

「ちぇっ、うるさいな。それより、酒はまだかよ」

舌打ちを浴びせつけた金吾に、お春は悪びれた風もなく踵《きびす》を返した。待つ間もなく戻って来ると、口の歪んだちろりと茶碗を一つ盆に載せて床几に置き、代わりに与平次たちが使っていた折《お》敷《しき》を取り上げた。

「それにしても、与平次の話は本当なのか」

「流行り病のことかい。昆布山谷はずいぶんひどいみたいだね。それに近隣の栃畑谷や石銀《いしがね》あたりでも、ぽつぽつと病人が出ているらしいよ。そのうち、この辺りにも広がってくるだろうねえ」

銀山町はもっとも大森に近い下河原を筆頭に、石銀・昆布山谷・栃畑谷・大谷・休谷のいわゆる銀山六谷から成る。そのうち、南方の石銀・昆布山谷・栃畑谷に病人が出ているとすれば、その数はすでに大森の比ではあるまい。

これから更に病が広がれば、働くことのできる掘子はますます数が減るだろう。そうなれば当然銀の採掘量も、それに伴って激減するのかもしれない。――とそこまで考えて、金吾は内心、膝を打った。

（これは、願ってもない好機じゃないか）

大森代官の最大の任務は、つつがない銀の産出。それが疫病で妨げられたとなれば、岩田にとっては言い逃れの出来ぬ瑕疵《かし》になるはずだ。

だが、さっそく江戸の小出儀十郎に文を——と考えかけ、金吾は唇を引き結んだ。疫病の流行を喜ぶとは、銀山町の人々の死を喜ぶことと同義。いったんそう気づいてしまうと、たった今覚えた胸の弾みがひどく後ろめたく思われる。

金吾は茶碗の酒を、ぐいと飲み干した。

（小出さまはなんでまた、俺なんかに白羽の矢を立てたんだろうなあ）

小出儀十郎は、今年四十歳。金吾が三年前まで働いていた越後国《えちごのくに》水原《すいばら》代官所・江戸役所での上役で、藤田幸蔵同様、手弁《てべん》を振り出しに元締《もとじめ》まで登り詰めた辣腕《らつわん》である。全国に数ある代官所の中でも、とびきり有能な者しか任ぜられぬ大坂代官所に派遣されたこともあり、当時の代官からも厚い信頼を得ていたとも噂されていた。

ただ水原代官所・江戸役所への出仕は、金吾も小出儀十郎もそれぞれの家からの通いであったため、上役と下郎と言っても、金吾が小出と言葉を交わす機会はほとんどなかった。それだけに昨夏、急に彼から呼び出しを受けたときは、何かの間違いではないかとすら疑いもした。

なにせ金吾は読み書きもおぼつかないし、とびきり気が利くわけでもない。自分より目端《めはし》の利く中間なぞ幾人もいる中、あえて己《おのれ》が選ばれたとすれば、それはむしろその平々凡々さを買われたのかもしれない。

そもそも小出はなぜ自分に、岩田鍬三郎の監視を命じたのか。この半年、どれだけ頭を絞っても、その理由が皆目分からないことが、金吾の胸に小さな石のように蟠《わだかま》っていた。

手代たちから聞き出した限りでは、岩田は下野《しもつけ》・足利《あしかが》藩の郷士の出。若くして江戸に出、古川《ふるかわ》氏清《うじきよ》なる旗本が塾頭を務める算塾にて、高弟の一人に数えられていたという。その後、勘定奉行に任ぜられた古川氏清の徒士《かち》となった岩田は、持ち前の算術の知識を買われて、支配勘定・勘定と立身し、このたび五十歳で初めて代官として大森に赴任したのである。

勘定とは幕府の財政・税収を管理する勘定所の下役で、算術はもちろん、公事《くじ》、相場などありとあらゆる行政に通じねばならぬ実務職。才能ある人物が下僚から抜擢《ばってき》される例が大半で、いかに師の推挽《すいばん》があったとて、無能な輩《やから》が就ける役職ではない。

つまり経歴からうかがう限り、岩田はあんな茫洋《ぼうよう》とした見かけに似合わぬ有能な男ということになるが、ならばなぜ小出は――そして彼の背後にいる何者かは、そんな岩田の挙動に目を光らせているのか。

金吾のような中間にはよく分からないが、勘定所内ではとかく才ある者が立身し、そうでないものはすぐさま勤め替えを命じられるという。諸国に約四十ある代官所の中で、大森代官所はまず中規模の役所だが、何せ鄙の地だけにその代官職は勘定所内でもさして格は高くないと聞く。

岩田に恨みのある人物が、彼が石見に任ぜられたのを機にその足を引っ張ろうとしているとも考えられるが、ではそれが誰かと考えると全く予想がつかない。

自分が誰のため、何のためにここにいるのかすら分からぬ事実は、時に激しい苛立ちと不安となって金吾を揺さぶる。とはいえ、それを引き受けてしまったのは、他ならぬ自分自身だ。ならば少なくとも銀山町・大森町に流行り始めた疫病について、小出に報告せぬ理由はない。

この時、四、五人の掘子たちが、

「まったく、夜になっても暑いなあ。これなら間歩にもぐっていた方がよっぽどましだ」

と口々に言い合いながら、どやどやと店に入ってきた。

たった今、間歩から出てきたばかりなのか、彼らが身動きする都度、土の臭《にお》いが店内に広がる。

そのうちの一人が金吾の姿に、「おっ、来ていたのか」と近づいてきた。時折、この店で顔を合わせる、喜助《きすけ》という栃畑谷の掘子であった。

「今夜は妙に客が少ないなあ。藤蔵山の奴らはどうしたんだ」

「与平次たちなら掘子が足りないとかで、さっき敷入していったぞ。そういえば栃畑谷界隈は大変らしいな」

ああ、とうなずく喜助の顔に、暗い影が落ちた。それが額や頬にこびりついた泥のせいばかりではないと気づき、金吾は眉をひそめた。

「もしかして、お前の家も誰か悪いのか」

「ああ、六つになる倅《せがれ》がな。一昨日から下痢が止《や》まねえんだ」

下河原の薬屋で腹に効くという煎《せん》じ薬を買い求めたものの、一向に効き目がない、と喜助が表情を暗くした、その時である。

店の外でばたばたという慌ただしい足音が起こるや、喜助の名を呼び立てながら、やせ細った老人が店に転がり込んできた。はっと顔色を変えた喜助に駆け寄るや、「すぐに家に帰れッ」とひび割れた声で叫んだ。

「太介《たすけ》坊が虫の息だ。今なら、まだ間に合うだろう。早く行ってやれッ。それと、おめえの女房が――」

「なんだとッ」

老人の言葉を遮って、喜助は床几から跳ね立った。まだ何か続けようとする老人を押しやると、そのまま疾風《はやて》の如《ごと》く店を飛び出す。その双眸《そうぼう》は吊《つ》り上がり、金吾はもちろん、同じ山の掘子たちの存在すら忘れ果てたかのような形相であった。

「ちょ、ちょっと待てッ」

振り返れば知らせに駆けてきた老爺《ろうや》が、床几に腰かけて大きく肩を上下させている。お春が汲《く》んで寄越した茶碗の水を一気に仰ぎ、「あの野郎。人の話を最後まで聞きやがれってんだ」と毒づいた。

「どういうことだよ、治兵衛《じへえ》さん」

掘子たちがわらわらと駆け寄るのに、治兵衛と呼ばれた老人は開け放たれたままの戸口を見つめ、軽く首を横に振った。

「まだ話には続きがあるんだ。あいつの女房のおのぶだよ。以前からひどく信心深い女だったが、一粒種の病に動転しちまったらしい。この暑いのに囲炉裏《いろり》の火をがんがんと焚《た》いて、不動明王さまの絵に祈ってやがる。この干天《かんてん》続きの最中、火でも出さなきゃいいんだがな」

治兵衛を取り囲んでいた掘子たちが、一斉に得心顔になる。そのうちの一人が、「あれさえなけりゃあ、出来のいい女房だってのになあ」と溜《た》め息《いき》をつき、がしがしと頭を掻《か》いた。

「だいたい一粒種の太介坊も、山神宮さまに幾度もお百度を踏んだ末に生まれたって子だろう？ それが可愛い盛りで苦しんでいるともなれば、そりゃあお不動さまにもすがりたくなるだろうけどよ」

「それにこの間から、正覚寺の坊主が描く不動明王さまの絵が、流行り病に効くって評判だろう。おのぶはそれを何枚も買いこんで、囲炉裏のぐるりの壁に貼っているらしいぜ」

「信心もあそこまで行くと、気味が悪いよなあ。いくら恋女房といっても、喜助の奴もよく我慢しているものだ」

正覚寺の坊主といえば、住持の叡応しかいない。酒癖の悪い破戒僧の鰓《えら》の張った顔を思い出しながら、金吾は男たちの中に割り込んだ。

「おい、待ってくれ。本当に叡応の絵は、病に効くのか」

そろってこちらを顧みた男たちが、どっと笑う。「そんなわけがないだろう」と口々に言いながら、金吾の背を乱暴に叩いた。

「あの叡応は、元は浜田《はまだ》の御城下で絵師をしていた男でな。仔細《しさい》はよく知らんが、三十そこその頃に遁世《とんせい》して銀山町に移り、無住だった正覚寺に住みついたらしいんだ」

にわか発心《ほっしん》だけに、叡応は読経《どきょう》も説法も不得手であるが、絵筆を握らせればそこそこ達者な絵を描く。このため彼の主たる稼ぎは、銀山町内の店の提灯《ちょうちん》絵《え》や不動明王や大日如来《だいにちにょらい》の絵を手がけることで賄《まかな》われているのだ、と掘子たちは語った。

「けどまあ、喜助とおのぶも気の毒に。さっき見た様子では、到底、太介は助かるまい。明日か明後日は、葬式じゃろ。おぬしらも今のうちに、山師にその旨を伝えておいた方がいいかもしれんぞ」

言いながら、治兵衛がおもむろに床几から立ち上がった。そのまま立ち去るのかと思いきや、不意に足元を見おろし、素《す》っ頓狂《とんきょう》な声を上げた。

「なんと。こんなところに松入が落ちているぞ。こりゃあ、喜助のものじゃないのか」

仲間の掘子たちが、大きく膨らんだ松入をどれどれと取り上げる。古びた山鎚《やまつち》や鉄子《てっこ》、山箸などの間歩道具を引っ張り出し、「ああ、本当だ」と顔を見合わせた。

「やれやれ。命の次に大事な道具を忘れていくとはなあ。太介坊が虫の息となれば、それもしかたねえか」

「すまねえけどよ、治兵衛さん。栃畑谷に戻るついでに、これを届けてやってくれ。本当ならおいらたちの仕事なんだろうが、少し休んだらまたすぐに敷入なんだ」

掘子たちが言いながら、床几の上に松入を置く。だが、鉄製の山道具を納めた松入は見るからに重たげで、およそ小柄な老人が運べるとは思いがたい。

弱ったのう、と眉を寄せる治兵衛を見るに見かね、金吾は「俺が持っていってやろうか」と声を上げた。

栃畑谷は大谷筋から川一つ隔てた高台の集落。ここからなら往復しても一刻もかからない。いくら痢病が流行っているといっても、松入を運んでやるぐらいなら、罹患《りかん》することもないだろう。それに小出に流行り病の一件を知らせるとすれば、少しは我が目でその様を見ておかねばとの思いもあった。

「おお、ありがたい。そうしてくれるか」

金吾を新参の掘子とでも、勘違いしているらしい。嬉《うれ》しげに礼を述べる治兵衛に従って徳市の店を出れば、往来は夜が深まるにつれてなお賑わい、およそ恐ろしい痢病が流行っているとは思いがたい。

とはいえ道を折れ、山神宮へと至る長い階段を横目に長い坂を上れば、栗林《くりばやし》を背後に従えた栃畑谷の集落は灯《ひ》の数も少なく、心なしか淀んだ風が金吾の頬を撫《な》でるばかりである。

道端の空き地は切り開かれ、まだ形の整った土まんじゅうが三つ、四つと並んでいる。あれは、と金吾が呟《つぶや》いたとき、先を行く治兵衛が「おお、あそこじゃ」と村の中ほどに建つ茅葺《かやぶき》の一軒家を指した。

その戸口の隙間《すきま》からは明るい灯が漏れ、すでに寝静まった四囲の家々の輪郭をかえって暗く沈ませている。と、いきなりその戸が開き、「助けてくれえッ」という絶叫とともに、ずんぐりとした人影が飛び出して来た。

何かにつまずいたのだろう。人影が悲鳴とともに、往来の真ん中で横転する。それと同時に家の中からもう一つ、黒い影が走り出したかと思うと、転んだ影に飛びかかった。

「ち、畜生ッ。おめえが――おめえが、験《げん》のねえ絵なんぞ売りつけたのが悪いんだッ」

辺りの静寂を破る怒声には、聞き覚えがある。金吾は小脇《こわき》に抱えていた松入を放り出した。

「何をするんだ、喜助ッ」と叫びながら、倒れた人影に拳を振るおうとする男を突き飛ばした。

門口から漏れ出す明かりが、涙に濡《ぬ》れた喜助の顔を赤々と照らしつけている。喜助は止めに入ったのが誰かも理解しておらぬ形相で、両膝《ひざ》で押さえつけた男にわななく指を向けた。

「こ、こいつが悪いんだッ。こいつがうちの女房に怪しげな絵を売りやがってッ」

「違うッ。わしは決して自分から売りつけたわけではない。おぬしの女房が寺に参り、どうしても不動明王さまの尊像が欲しいと言ったのではないか」

喜助にうつぶせに踏みつけられながら叫び返しているのは、なんと正覚寺住持の叡応だ。その顔は相変わらず朱に染まっているが、さすがに酒の酔いは吹き飛んでいるのだろう。懸命に言葉を続ける口調は、いつぞやの酔態が信じられぬほどに明瞭《めいりょう》であった。

「だいたいおぬしの倅は、煎じ薬を飲んでいたのじゃろうが。それが効かなんだのは、気の毒じゃが定命《じょうみょう》じゃ。わしを殴って気が済むのなら、好きにすればよい。されどそれでも、息子は戻って来ぬぞ」

喜助の顔が、目に見えて青ざめる。まるで死人を思わせる面持ちに、金吾は叡応を制しようと、あわててその肩を叩いた。だが叡応はそれで口をつぐむどころかますます、「だいたいおぬしは、銀山町の掘子じゃろうが」とがらがら声を張り上げた。

「普段、死と隣り合わせの毎日を過ごしておきながら、自分の息子の死にだけは狼狽《うろた》えるなぞ、勝手にもほどがあるぞ。実の親がそれでは、倅もこの世に未練が生じてしまおうて」

ふらりと身体を揺らして、喜助が立ち上がる。唇の端をわななかせ、一、二歩後じさったかと思うと、突然、叡応の尻《しり》を蹴飛《けと》ばした。

「この——この、糞《くそ》坊主がッ」

喉《のど》も裂けよとばかりに喚き立て、喜助は踵を返した。そのまま家に飛び込むや、ぴしゃりと音を立てて板戸を閉ざす。その場に倒れ込んだまま、鈍い呻《うめ》きを上げる叡応の顔を、金吾はのぞきこんだ。

「大丈夫か、叡応」

「お、おお。大したことはないわい」

それでも顔をしかめて四つん這いになると、叡応は黒染の衣の尻を片手で小さく撫でた。星明かりに照らされたその唇は切れ、法衣《ほうえ》の片袖《かたそで》が引きちぎられている。どうやら家内でも散々に殴り飛ばされ、かろうじて逃げ出したところに金吾たちが通りかかった様子であった。

怖々と近づいてきた治兵衛が、首だけを伸ばして、そんな叡応をうかがった。

「こりゃあ、ひどい。それにしても喜助がこんな真似《まね》をするとはなあ。おまえ、なにか下手なことを言ったんじゃなかろうな」

「馬鹿ぬかせ。これでも拙僧は出家だぞ」

痛たた、と顔をしかめながら、叡応はよろよろと立ち上がった。

「そもそもわしは昆布山谷の知り合いが死んだと聞き、経を手向《たむ》けに来たのじゃ。そのついでに、喜助の女房から倅の具合が悪いと聞かされていたのを思い出し、具合はどうじゃと立ち寄っただけだと申すに。いきなり家内に引きずり込まれ、殴られるわ罵《のの》しられるわ……まったく大変な目に遭《お》うたわい」

口元にこびりついた血と泥を拳でぐいと拭い、叡応は足元にけっと痰《たん》を吐き捨てた。およそ坊主とは思い難い野卑さであった。

「親しき者の死は、哀《かな》しいのが当然。子を失った親であればなおさらとは、わしとて思う。じゃが幾らなんでもあの夫婦は、いささかおかしかろうぞ。女房は妙に信心深いし、夫はそれを止めもせずに、哀しみに暮れるばかりと来たものだ」

支えようとする治兵衛の手を断って歩き出した叡応が、すぐに鈍い呻きとともにしゃがみ込む。急いで駆け寄って検《あらた》めれば、転んだ際に痛めたのか、左の足首が右の倍ほどに腫《は》れあがっていた。

「しかたがないなあ。ちょっと待ってろ。寺まで送って行ってやる」

正覚寺は確か、銀山町の西南端である坂根口《さかねぐち》番所の近く。ここからであれば、そう遠回りにもならない。

金吾は喜助の家に小走りに駆け寄った。どこからともなく洩れる低いすすり泣きに耳を塞ぎたい思いで、敷居際にそっと松入を置き、叡応の側《そば》に走り戻った。

「重ね重ね、手間をすまぬのう。喜助にはわしからよくよく説教をしておくゆえ、どうか堪忍してくれ」

ぺこぺこと低頭する治兵衛と別れ、金吾は叡応を支えて坂道を下った。そうでなくとも蒸し暑い夜である上、叡応は金吾よりはるかに大柄。肩を貸しているだけで、額に汗が噴き出してくる。これまで酔って喚く姿しか見たことがなかったが、さすがに迷惑をかけているとは感じているのだろう。

「悪いなあ。どこの間歩も忙しい最中に付き合わせてしもうて」

と、叡応は太い眉を寄せ、しおらしげに詫《わ》びた。

「さして遠回りではないから、気にするな。それに、俺は掘子じゃない。大森代官所の中間だ」

「なんじゃと。見慣れぬ顔と思えば、そういうことか。それにしても何故《なにゆえ》また代官所の者がこんなところにおる」

自分が徳市の店の馴染みであることを明かし、先ほど店で起きた一部始終を語って聞かせると、叡応はますます眉間に皺を寄せ、「それはまた酔狂な」と呟いた。

「銀山町には、あの店より酒も飯も旨《うま》い飯屋は幾軒もあるぞ。今度拙僧が案内してやるわい。酒とて、徳市の店のそれはすぐ悪酔いもするじゃろう」

「それは確かになあ」

そう素直に答えたものの、他の店に行ってみたいとも思わない。ほうぼうの町筋の飯屋の名を上げる叡応に、金吾は生返事をした。

大谷のはずれまで来ると、叡応は「ここじゃ」と崩れかけた石段を指差した。夜のこととて定かではないが、石段の両端には草が生い茂り、その上に建つ伽藍《がらん》の明かりを半ば覆い隠している。

「おおい、栄久。いま戻ったぞお」

酒焼けした叡応の叫びに、石段の果てに小さな人影が飛び出してきた。鞠《まり》を思わせる素早さで石段を駆け降りるや、金吾に肩を支えられた師僧の姿に大きな目を瞠《みは》った。

「どうなさいました。またどこかで喧嘩《けんか》でも」

「なあに、大したことはない。ちょっともめごとに巻き込まれただけじゃ」

強がる叡応を疑わし気に仰ぎ、栄久は金吾の反対側から師僧の身体を支えた。三人でもつれ合うようにして石段を上がり、庫裏《くり》の上り框《がまち》に叡応を座らせた。

これで用は済んだと、額の汗を拭って立ち去ろうとする金吾に、「ああ、待て待て」と叡応は両手を振り回して呼びかけた。

「ここまで連れてきてもろうて、何の礼もせんわけにはいかん。——こら、栄久。なにをぼんやりしておる。早く、酒を持ってこんか」

「いや、待ってくれ。俺はそんなつもりで、送ってきたわけじゃない」

「そんなことを言うな。どうせ一人でも飲む酒だ。ここまで来たついでと諦《あきら》め、しばし付き合ってくれ」

怪我に酒気はよくなかろうが、元々が酒浸りの生臭坊主である。諫《いさ》めたとておとなしく従うとは思い難い。

叡応の無理には慣れているのか、栄久が徳利と縁の欠けた湯呑《ゆのみ》を二つ、両手に摑んで駆けてくる。しかたなくそれを受け取ると、金吾は上り框に胡座《あぐら》をかいて、酒を注ぎ分けた。

嬉しそうに湯呑を手にした叡応が、ひと息でその中身を飲み干す。今度は自分で酒を注ぎ、

「それにしても、まいったのう。おのぶとやらが変わり者なのは薄々知っておったが、亭主までがああも血の気が多いとは」

と、思い出したように腰をさすった。

「喜助は普段、そんな奴じゃないけどな。息子の死がよっぽど応えたんだろうよ」

「最前はああ申したが、噂によればあ奴らはわし同様、浜田から流れてきた夫婦らしいからのう。先祖代々、銀山町に暮らす奴らに比べると、いざという時の覚悟が違うのかもしれん。ふうむ。そう考えれば、わしもいささか言い過ぎたわい」

へえ、と金吾は目を瞠った。銀山町の掘子は稼ぎがよく、近隣からこの町に住みついて間歩稼ぎをする者もいるとは聞いていたが、あの喜助がそうだとは初耳であった。

言われてみれば、お春も元は大坂から流れてきた身と聞くし、目の前の叡応とて浜田出身、かくなる自分は江戸の出だ。そう考えるとこの地は、極めて種々雑多な人々によって成り立っているのかもしれない。

「それにしても、早死にが決まり切っている掘子稼ぎに手を染めるとは、あいつら夫婦には何か

わけがあるのかい」

「さあ、そこまではわしも知らん。ただあのおのぶは、喜助の恋女房。元は同じ奉公先で働いていたのが、何やら事情が出来、手に手を取って銀山町にやって来たと聞いた気もするな」

飲んだくれてはいても、さすがに一山《いちざん》の住持。銀山町のあれこれの噂は、耳に入っていると見える。

庫裏の片隅でごそごそやっていた栄久が、欠けた鉢に香の物を盛って運んでくる。「おお、よく気がついたのう」とその頭を乱暴に撫で、叡応は墨のこびりついた指で大根の漬物を摘《つま》み取った。

栄久は板間にちょこんと膝をそろえ、嬉しそうに酒を啜《すす》る師僧をまっすぐ見つめている。湯呑の酒が空になった一瞬を狙いすまし、「ところで叡応さま」とはきはきと口を挟んできた。

「お留守の間に、下河原の方がお二人、不動明王さまの絵が欲しいとお越しになりました。叡応さまはご不在ゆえとお引き取り願いましたが、次においでになられましたら、お譲りしてもよろしゅうございますか」

「おお、ちょうど三、四枚、描き上げたばかりだ。それでよければ、買ってもらえ」

かしこまりました、と両手を突く栄久は折り目正しく、この荒れ寺にはおよそ相応《ふさわ》しくない品の良さである。何を好きこのんでこんな酔っ払いに仕えているのやら、と呆れながら、金吾は勧められるままに湯呑に口をつけた。

どれだけ貧乏暮らしでも、酒にだけは銭を惜しまぬのだろう。驚くほど濃い酒の香りが、汗ばんだ身体を心地よく満たした。

「それにしても、銀山町ではひどく痢病が流行っているようだな。そうなるとあんたも、ずいぶん忙しいいんじゃないのか」

「ふん、ふざけるな」

鼻先でせせら笑い、叡応は丈夫そうな歯でばりばりと漬物を噛《か》み砕いた。

「どれだけ人死にが出ようとも、わしのような生臭坊主に枕経《まくらぎょう》を上げさせる酔狂者は滅多におらん。わしもその方が気楽じゃがな」

先ほど叡応は昆布山谷まで経を手向けに行ったと語っていたが、それは極めて稀《まれ》なことらしい。だいたい、と叡応はひとりごちるように言葉を続けた。

「代々の銀山町の掘子どもは、この世に神も仏もおらぬことぐらい、よう分かっておるよ。ならばわしの如きにわか発心の仕事は、ますます少ない道理じゃわい」

挫《くじ》いた足が痛むのだろう。眉を寄せて足首を撫でてから、「そんなことより」と叡応は話頭を転じた。

「おぬしも中間ともなれば、代官所のお役人衆を間近に見ておろう。今回の流行り病、代官所はどのような手を打つおつもりなのだ」

「どのような、と言われてもなあ」

しがない中間に過ぎぬ金吾に、代官や地方役人がなにを考えているか、分かろうはずがない。だが金吾がごまかすように呟くや、叡応は板間に荒々しく湯吞を置き、真っ赤な顔をぐいと突き出した。

「銀山町の衆は、代官所にとっては大切な働き手。それをみすみす見殺しになさることはあるまいが、流行り病は一旦《いったん》広がり始めると、後は焔《ほのお》が風を受けたが如く広がり続けるものじゃ。ぐずぐずしておると、大変なことになるぞ」

その野太い声は、朱に染まった顔とは不釣り合いに硬い。金吾は我知らず、居住まいを正した。

「今から百年ほど前の享保《きょうほう》年間（一七一六から一七三六）に、諸国を飢饉《ききん》が襲った折、当時の大森代官でいらした井戸平左衛門《いどへいざえもん》さまは国内を隈《くま》なく巡検なさり、年貢米の免除やお救い米の支給に奔走《ほんそう》されたそうじゃ。されどもともとお身体が弱かった井戸さまは、そのあまりのご尽力ゆえに病を得られ、遂《つい》に六十二歳を一期《いちご》に亡くなられた。その後も石見銀山附御料や石見国内、出雲国《いずものくに》の衆は井戸さまのご恩を忘れず、今日《こんにち》でもあちこちの村にそのご遺徳を讃《たた》える碑文が建てられておる。御柵之内《おさくのうち》（銀山町）から鞆《とも》が浦《うら》へ続く街道の途中にある月輪寺《げつりんじ》などは、いまだに井戸さまの位牌《いはい》を御仏前に据え、月々の供養を申し上げているそうな」

そんな稀代《きたい》の名代官を見習い、一日でも早く病を封じる策を取ってもらいたいものじゃ、と叡応は嘆息した。

井戸平左衛門の名は、金吾も耳にしたことがある。勘定所の勘定として三十年あまり勤務し続けた後に大森代官に任ぜられ、わずか一年半ほどの在任期間のほとんどを未曽有《みぞう》の飢饉への対応に費やしたという人物だ。

確かに金吾が大森に来た道すがら、石見国内のところどころには彼を顕彰《けんしょう》する碑が建てられていたし、領内の寺院の中には彼の命日である五月二十六日に欠かさず追善法要を行う寺もあると聞く。

「大谷の渓瑞をはじめとする医師たちも、私財をなげうつ覚悟で診療に励んでおるらしいがなあ。

なにせ山の中のこととて、肝心の医薬が足りぬらしい」

「そうか。渓瑞先生がか」

いつぞや、徳市の店に背負われてきた老医師の痩軀《そうく》が脳裏に明滅し、金吾は小さく呟いた。

「おお。あの医師は、銀山町ではそれと知られた奇特な御仁。すでに存知寄りの浜田の薬屋に使いを送り、薬を取り寄せているそうじゃ。じゃがそれだけでは、焼け石に水。ここはなんとしても、お代官所のお力がなければのう」

酒に酔って大森の町をうろついている姿から、てっきり質《たち》の悪い生臭坊主とばかり信じ込んでいたが、どうやら叡応の胸裏には銀山町の人々への懸念が宿っているらしい。ならばせめてもう少し酒を控えれば、周囲からの帰依《きえ》は驚くほど篤《あつ》くなろうに。

「分かったよ。俺みたいな中間が何を出来るわけでもないが、もし代官所で動きがあったら、すぐに知らせてやるさ」

「おお、そうしてくれ。よろしく頼むぞ」

だがそう請け合って寺を辞したものの、二日三日と日が経っても、一向に代官所が具体的な救済策を取る様子は見えなかった。

島次が聞いてきた噂では、痢病は大森・銀山両町ばかりか、近郷の村々にも広まりつつあるらしい。医師を頼む銭のない者の中には、かつての名代官・井戸平左衛門に頼ろうとばかり、彼の供養を営む月輪寺に日参し、その位牌に手を合わせる例もあるという。

岩田鍬三郎にせめて井戸の半分の人望があれば、ご領内の者たちはどれほど安心することか。しかし滅多に代官所の外に出ず、面倒なことはほとんど藤田幸蔵に任せている岩田に、それを望むのは無理というものだ。

江戸の小出は銀山附御料の現状を知れば、さぞ膝を打って喜ぶだろう。さりながら文を送ることはいつでもできる。まずは岩田がこの難局にどう立ち向かうのかを見極めねば、と金吾はいっそう領内に目を配り始めた。

病は日を追うにつれていよいよ広まり、遂には銀山方役人の中にも病人が出た。だがそれでも一歩、銀山町に踏み入れれば、掘子たちは相変わらず慌ただしげに働いており、死の足音を恐れる気配はない。

いつの間にか、勤めに復したのだろう。徳市の店では、あれほど息子の死に動揺していた喜助までもが、仲間たちとともに飯を食らっている。とはいえその表情は以前に比べればはるかに暗く、金吾の目には懸命に働くことで辛《つら》い別れを忘れようとしているかに映った。

「おお、今日もこの店はよく混んでいるのう」

そんな張りのある声とともに、小柄な影が店の土間に落ちたのは、太介の死から半月後。暦こそ秋を迎えたものの、夜の蒸し暑さは一向に治まらぬ曇天《どんてん》の夕であった。

厨《くりや》から顔を出したお春が、「あれまあ、渓瑞先生」と素っ頓狂な声を上げる。そろそろ飯を頼もうかと顔を上げた金吾を無視して、戸口に向かって小腰を屈めた。

「これは、お珍しい。診察の帰り道でいらっしゃいますか」

白い豊かな髪を総髪に結ったその影は、大谷の医師・渓瑞である。瘦《や》せた頬にからりとした笑みを浮かべ、いやいや、と彼は背後を顧みた。

その眼差しの先を追えば、大きな木箱を背負った五十がらみの男が、物珍しげに店内を覗きこんでいる。店内の金吾や掘子たちの視線に気付き、あわててぺこりと頭を下げた。

銀山町ではついぞ見ぬほど色が白く、ぽってりとした二重瞼《ふたえまぶた》が臆病《おくびょう》な兎《うさぎ》を思わせる。きっちりと襟《えり》を重ねた木綿の単《ひとえ》といい、使い込まれた紺の前掛けといい、如何《いか》にも物堅い商家の奉公人然とした男であった。

「こ奴は浜田お城下の薬屋・小石屋《こいしや》の二番番頭で、平蔵《へいぞう》と申してな。今朝方、わしの元に薬を運んできてくれたのだ」

今日は一日、渓瑞の煎じ薬作りを手伝い、明日、日の出とともに城下に帰るという。せめてもの礼に飯を食わせてやろうとここに連れて来たのだ、と老医師は続けた。

「なにせわしは男やもめ。通いの婆さんの下手な飯では、こ奴を寄越してくれた小石屋の主に申し訳ないからなあ」

「わたくしはそれで構いませんのに。お気遣いいただいてしまい、畏れ入ります」

平蔵と呼ばれた番頭が、あわてて渓瑞の言葉を引き取る。それをいやいやと制し、「まあ、とりあえずは酒じゃな」と渓瑞は厨の奥で働く徳市に目をやった。

「それにしても、病が広まれば広まるほど掘子は大忙しと見える。まったく、銀山町とは不思議な町じゃ」

四半刻《しはんとき》ほど前に馴染《なじ》みの掘子たちが一斉に間歩から戻って来たばかりとあって、狭い店は大賑わい。金吾はかろうじて床几の隅に座を占められたが、与平次を中心とする藤蔵山の掘子なぞは、壁際に立ったまま飯を食らっている。

それもこれも病人が出れば出るほど、無事な掘子が忙しくなり、最近ではまだ手子《てご》にも使い難いほど年若い童《わらし》や、銀山町で人手が足りぬと聞きつけた近郊の者たちまでが、間歩に入り始めているためだ。おかげで古参の掘子たちは幾つもの間歩をかけ持ちしながら新参者の世話を焼き、ろくに休む暇もないと聞く。

「おおい、あんたたち。渓瑞先生がお越しだよ。食い終わった奴は、床几を譲っとくれ」

お春がぐるりを見回して怒鳴るや、数人の掘子がばらばらと立ち上がる。それを待っていたように、遠くで敷入の時刻を告げる鉦が鳴り、喜助を含めた五、六人が「急げ、急げ」と言い合いながら、店の奥から駆け出して来た。

その刹那《せつな》、「お、お前。喜助じゃないか」という叫びが店内に轟《とどろ》いた。戸口に立っていた平蔵が、その傍らをすり抜けようとした喜助の腕を両手で摑んだ。

驚いて振り返った喜助の口が、ぽかんと大きく開かれる。以前より肉の落ちたその顔から、見る見る血の気が引いていくのを、金吾ははっきりと見た。

「やっぱり、そうだ。わたしだ、小石屋で一緒にご奉公をしていた平蔵だ。浜田のお城下から行方をくらませてどうしているかと思っていたが、お前、銀山町にいたのか」

「ち、違う。人違いだッ」

ひび割れた声で喚き、喜助は平蔵の手を振りほどこうとした。だが平蔵はかえって双の手に力を込め、「おのぶさんはどうしたんだ。お前たちのことを、旦那《だんな》さまはいまだに心配していらっしゃるんだぞ」と早口でまくしたてた。

「と、とにかく、放せッ。放してくれッ」

狼狽《ろうばい》も露わに後じさり、喜助は平蔵の胸を両手で突いた。そうでなくとも、日がな一日、岩壁に向かい、重い鏈《くさり》を切り出している掘子は、力が強い。たまりかねて尻餅《しりもち》をついた平蔵を見おろし、喜助は身体をわななかせた。

「お——俺とおのぶはもう、小石屋の奉公人じゃないんだッ。俺たちのことは放っておいてくれッ」

思わぬ成り行きに店の中は静まり返り、中には箸を宙に浮かせたまま、呆気《あっけ》に取られている掘子もいる。喜助は周囲からの眼差しにはお構いなしに、足をよろめかせて店を飛び出した。固唾《かたず》を呑んでいた掘子仲間たちが、あわててその後を追う。

肩がすぼむほどに大きな息をついた平蔵に、渓瑞が小走りに近づいた。その尻の泥を手ぬぐいで払ってやりながら、「なんとまあ、乱暴な男じゃ」と毒づいた。

「あれは確か、栃畑谷あたりに住んでいる掘子じゃな。あやつ、元は小石屋の奉公人じゃったのか」

渓瑞の言葉にこくりとうなずき、平蔵は心ここにあらずといった様子で手近な床几に腰かけた。

「ですが、あいつは本当はひどくおとなしい奴なんです。きっと、わたくしが急に声をかけたのが悪かったのでしょう」

そう呟く平蔵の顔からは、完全に血の気が引いている。荒い息をつきながら両の手を腿《もも》の上で組み、「それにしても喜助が——」とひとりごちた。

「おい、あんた。どうしても喜助と話をしたいなら、七つ時（午後四時）すぎにもう一回、ここに来りゃあいい。あいつら、ひと仕事終えたあとは、必ずここの飯を食いに寄るはずだぜ」

壁際の与平次が、厨の徳市を箸で指す。さりながら平蔵はそれに小さく首を横に振り、「いいえ、止めておきます」とかすれ声を落とした。

「懐かしさのあまり、あいつにはあいつの暮らしがあるってことを、すっかり忘れておりました。きっと喜助は今、この銀山町で、おのぶさんと平穏に過ごしているんでございましょう。だったら余計なことなぞ、思い出させない方がいいに決まっています」

「平穏、平穏なあ。必ずしもそうは言えねえ気がするがなあ」

与平次は飯碗と箸を左右の手にしたまま、平蔵の向かいの床几に尻を下ろした。

「一粒種の太介はつい先日、痢病で死んじまったし、女房のおのぶは界隈でも有名な信心深さと来たもんだ。太介坊が亡くなってからは、今度はその後生を祈るんだと言って、亭主をほっぽり出してあちらこちらの寺参りに走り回っているらしいぜ」

「おのぶさんがですって。それは何かの間違いではないですか。わたくしが知るおのぶさんは、そんなお人ではありません」

平蔵がぎょっと眼を見開いた。薄い眉の端がぴくぴくと魚そっくりに跳ね、その驚愕《きょうがく》の大きさを物語っていた。

「いいや、間違いなんかじゃねえさ。なあ」

と振り返る与平次に、金吾は慌てて首をうなずかせた。かたわらの渓瑞までが、「おお、確かにこいつの言う通りじゃ」と与平次の言葉を引き取った。

「あ奴の息子が病んだ折、わしも一度、様子を見に行ったがな。壁という壁に、不動明王の図像やらほうぼうの社《やしろ》のお札やらが貼られ、いったいどこの辻堂《つじどう》に迷い込んだかと疑うほどじゃったわい」

「お札、お札ですか」

平蔵の肩が何かを辛抱するかのように上下する。そのまま何か考え込む様子で足元に目を落としていたが、不意に己の懐に手を突っ込んで胴巻を取り出すと、それを与平次の手に握らせようとした。

「お願いがあります。これを喜助かおのぶさんに渡してもらえないでしょうか」

「なんだって」

与平次は咄嗟《とっさ》に跳ね立って、胴巻を払いのけた。すると平蔵はいよいよ強く胴巻を突きつけ、

「お願いですッ」と唇を震わせた。

「二人が夫婦《めおと》になり、息子まで生まれていたなんぞ、わたくしはついぞ知りませんでした。本当なら自分で渡すべきですが、おそらく訪ねて行ったとて、二人は会ってくれないでしょう。ですからせめてこれを、わたくしの代わりに——」

この時、お春がぬっと腕を伸ばし、平蔵の手から胴巻をひったくった。その中身を確かめるように軽く手を上下させてから、「持って行ってやるのはいいけどさ」と細い顎《あご》をつんと上げた。

「そこまで言うなら、わけを聞かせちゃくれないかい。ただ銭を運べと言われちゃあ、あたしたちも気味が悪くてならないんだよ」

「お、おお。そうだ。お春の言う通りだ」

与平次が床几から半端に腰を浮かせたまま、声を張り上げた。

「渓瑞先生のお連れを疑うわけじゃねえけどよ。喜助があんたを避けるってことは、なにかいわくがあるんだろう。昔がどうあれ、今のあいつは俺たちの仲間だ。うっかりあんたの手助けをし

て、嫌な思いをさせるわけにはいかねえ」

平蔵は困惑した面持ちで、己の足元に目を落とした。だがすぐに顔を上げ、「分かりました」と強く頰を強張《こわば》らせた。

「本来であれば小石屋の旦那さまのお許しを得ねばなりませんが、ことが喜助とおのぶさんに関わるとなればお許し下さるでしょう。その代わり、滅多なことがない限り、どうぞ口外は無用に願います」

おお、と首肯《しゅこう》しようとして、店内にまだ相当な数の客がいると気付いたのだろう。与平次は四囲を見回し、「おめえら、しばらくこっちに近付くんじゃねえぞ」と肉の厚い掌《てのひら》を振った。

「惣吉、小六。見張りをしてろ。これから俺たちは大切な話をするからよ」

そう言い置いて、お春と二人、平蔵に向かってぐいと顔を寄せた。

その様に金吾は一瞬、自分は席を外すべきではと考えた。だがその刹那、眉を吊り上げて叡応に殴りかかっていた喜助の顔が脳裏に明滅する。

「ま、待ってくれ。差し支えなければ、俺にも話を聞かせてくれ」

と、与平次の隣にあわてて身をもぐり込ませた。

「そういえば、金吾。あんた、太介坊が亡くなった夜、喜助の家に忘れ物を届けに行ってくれたんだったねえ」

お春の言葉に、平蔵がちらりとこちらを見る。まるで礼を言うかのように金吾に軽く低頭してから、

「喜助とわたくしは、同い年。お互い、十歳の春に小石屋にご奉公に上がり、以来、無二の友と

して仲良くしてきた同輩でございました」

と、訥々《とつとつ》と声を落とした。

小石屋は浜田城下でもっとも繁華な町筋である蛭子町《えびすちょう》に店を構え、当代の惣右衛門《そうえもん》で四代目を数える老舗《しにせ》。当然、奉公人の数も多く、小女《こおんな》や小僧を含めると、二十余人が常に働く大店《おおだな》という。

「万事、要領の悪いわたくしに引き比べ、喜助はいつも明るく、気のよく回る男。手代に取り立てられたのは共に十八の年でございましたが、わたくしより喜助の方が番頭さんや旦那さまからの信頼が厚いのは、誰の目にも明らかでございました」

しかしそんな矢先、思いがけぬ事件が起きた。生まれて半年あまりの惣右衛門の次女が、若い女中が絵草紙に夢中になっている隙に縁側から落ち、介添えなしでは歩けぬ身となってしまったのである。

薬屋という商売柄か、小石屋は代々信心ごとを嫌い、家族が疱瘡《ほうそう》に罹《かか》っても疱瘡絵を枕辺に飾るどころか、平癒《へいゆ》祈願すらさせぬ家風であった。それだけに当代も常々、小僧はもとより女中や小女にも、学問の必要性を説いていた。

「世迷言《よまいごと》を信じる暇があるなら、手習いをなさい。御籤《みくじ》や占いに一喜一憂するぐらいなら、草紙の一冊も読みなさい」

女中が絵草紙に夢中になったのも、そんな惣右衛門の言いつけを守った末のこと。だが可愛い盛りの娘の怪我に、さすがに動転したのだろう。惣右衛門は必死に非を詫びる女中を、「こんなことになるんだったら、神頼みでもされた方がよっぽどましだった」と怒鳴りつけたのであった。

「――その女中ってのは、もしかして」

お春が小声で口を挟むのに、「はい。おのぶさんでございますよ」と平蔵は静かに応じた。

喜助はそれ以前から、四歳年下のおのぶに淡い思いを抱いていたらしい。それゆえ、普段は冷静な主の激昂《げっこう》を見るに見かねたのだろう。

遂には主の前に躍り出て、

「家内の者に、あれほど勉学をしなさいとおっしゃったのは旦那さまではありませんか」

と、反駁《はんばく》したのであった。

「おのぶさんは旦那さまの言いつけに従って、懸命に字を学び、絵草紙まで読めるようになったんです。そりゃあ、確かにお嬢さまから目を離したのは、おのぶさんの過ちでしょう。ですがその失態ではなく学問をしたことを叱《しか》るのは、道理に背きはいたしませんか」

それまで主に口答え一つしたことのない喜助の弁駁《べんばく》に、惣右衛門は怒りよりも先に虚を突かれた顔になった——と、平蔵はまるで昨日のことのように続けた。

惣右衛門の妻や町役の懸命のとりなしもあり、おのぶが罪に問われることはなかった。とはいえこれまでのように店には置いておけぬ、とおのぶが暇を出されたその日、喜助も忽然《こつぜん》と小石屋から姿を消した。店の者は誰言うとなく、喜助はおのぶを追ったのだろうと囁《ささや》き合った。

「喜助はきっと、旦那さまに抗弁したわが身を顧み、もはやお店《たな》にはいられぬと思い定めたのでしょう。急いで郷里に使いが遣《や》られたものの、行方は分からずじまい……ですがそれから日が経つにつれ、旦那さまはあのときの悔いをことあるごとに口になさるようになりました」

足を痛めた小石屋の次女は美しい娘に育ち、今年の春、薬屋仲間の元に望まれて嫁いでいった。惣領《そうりょう》息子にも嫁が決まり、そろそろ隠居を考え始めた惣右衛門にとって、一時の激昂から店から叩き出したおのぶと、それを追いかけて去った喜助の二人は、喉に刺さったまま抜けぬ魚の小骨のようなものであったのだろう。番頭に取り立てられた平蔵に碁の相手を命じては、「喜助とおのぶはどうしているんだろうねえ」と呟く折も頻繁《ひんぱん》という。

「なるほどなあ。そう聞くと、あんたが喜助を呼び止めたのも無理ねえや」

与平次がぼりぼりと腕を掻きながら、相槌《あいづち》を打った。

平蔵は叶うことなら喜助とおのぶを浜田に連れ帰り、惣右衛門に引き合わせたいのだろう。それが難しければせめて二人に銭を渡し、少しでも主に代わって償いをしたいと考えたわけだ。

「けどねえ。喜助やおのぶさんの最近を思うと、ここは何もせずに帰ったほうが親切ってものじゃないかねえ」

お春が眉をひそめるのに、「そうじゃな。わしもそう思うわい」と渓瑞が割り込んだ。

「おぬしの話を聞いて、ようやくわかった。おのぶさんのあの信心は、小石屋の主の叱責をいまだに気に病み続ければこそなのじゃろう。小石屋が二人に悪いと思うておろうがおるまいが、あの夫婦はいまだ深い悔恨の中で生き続けておるのじゃ」

そう考えれば、薬屋の女中であったおのぶがなぜ信心に精を出しているのか、夫の喜助がそれに異を唱えぬのかも理解できる。きっとおのぶは惣右衛門から浴びせつけられた言葉をいまだ抜けぬ心の棘《とげ》として抱え、読み書きよりも信心の方が喜ばしいと——自分が絵草紙ではなく、暦を手にしていれば、幼い主の娘は怪我をせずに済んだと考えている。言い換えれば今の彼女にとって信心とは、世の難事を避けるために高く心に巡らせた壁なのだ。

お春と渓瑞の意見に、平蔵は目に見えてうなだれた。

「では、わたくしはいったいどうすればいいのでしょう」

「知らぬ顔をすることじゃ」

渓瑞が間髪を入れず、きっぱりと言い放った。

「一旦途絶えてしまった人と人の交わりは、双方が望まぬ限り、再び結び合わせるべきではない。ましてや一方がそれを避けておるのであれば、強いて関わりを持たぬことこそが相手のためじゃ」

真実、喜助とおのぶの身を案じるのであれば、何も見なかったことにして浜田に帰れ、と渓瑞は続けた。

「とはいえ、おぬしは忠義者じゃでなあ。ここでの見聞を主に告げるなと言うても、難しかろう。何ならわしが共に店に参り、ことの次第を話してやってもよいぞ。惣右衛門どのとて諄々《じゅんじゅん》と事の理非を説けば、二人の苦しみも分かってくれようでなあ」

「——少し、考えさせてください」

そう言って、平蔵は床几に置かれっぱなしになっていた酒器に勝手に手を伸ばした。

平蔵は決して、頭の悪い男ではない。あれこれ悩みはしたとて、結局は渓瑞の言葉に従い、おとなしく銀山町から立ち去るだろう。

金吾と同じことを考えたのか、お春が肩で大きな息をつく。かたわらの与平次を、ちょいと、と肘《ひじ》でつついた。

「それにしてもおのぶさんは今度は、どこの寺に信心に行っていなさるんだい。太介坊が甲斐《かい》なく死んじまった後となりゃあ、町内の寺々へのご信心も薄れそうなものだってのに」

「人づてに聞いた話だが、どうも御柵外の月輪寺に、毎日、足を運んでいるらしいな。それ、昔、ここの代官さまだったっていう井戸なんとかさまをお祀《まつ》りしているお寺さ」

その寺名はこのところ、折に触れて聞いている。金吾は耳をそばだてた。

「最近は井戸なんとかさまのご遺徳にすがって病を避けようと考えた近郷の奴らが、月輪寺で念仏三昧《ざんまい》を繰り返しているらしい。おのぶさんはそんな連中と一緒になって、井戸さまのご位牌に詣でているんだと」

「へええ、御柵外までねえ。そりゃ感心だけど、身体の方は大丈夫なんだろうか。太介坊の看病だけでも、随分参っているだろうに」

眉をひそめたお春によれば、銀山町から月輪寺に続く街道は、かつてその先の鞆が浦へと銀を運んでいた山道。山嶺《さんれい》の腹を縫って走る急峻《きゅうしゅん》な道で、柵之内から月輪寺までは片道一刻余りかかるという。

「そんな遠方まで足を運び、道中、何事もなければいいのだけど。喜助は女房がそんな真似をしているのと知っているのかねえ」

「おそらくな。とはいえ、止めてもしかたがないと諦めているんだろうよ。本当は誰か、付き添ってやった方がいいんだろうがなあ」

与平次が溜め息をついたとき、開けっ放しの門口から吹き込む風が不意に涼しくなった。おや、とその場の全員が目を上げる暇もあればこそ、夜空の向こうに稲光が走り、どうと激しい風が狭い店を揺らす。ばらばらと豆をこぼすにも似た音が、薄い屋根の向こうで鳴り響いた。

「雨か。これはしまった。生薬《しょうやく》を庭で夜干しにしっぱなしじゃ。わしの分だけならいざ知らず、頼まれものまで濡らしては申し訳が立たん。わしは帰るぞ」

渓瑞が酒の入った茶碗を投げ捨てて、店を飛び出す。それをあわてて追いかけようとした平蔵の足が、敷居際ではたと止まった。

遠ざかる渓瑞の背と与平次やお春を忙《せわ》しく見比べ、ぐいと唇を引き結ぶ。店内に向かって、深々と頭を下げた。

与平次が首にかけっぱなしの手ぬぐいをあわてて取って、礼を返す。それにもう一度低頭してから、平蔵は篠《しの》突《つ》く雨のただなかへと飛び出した。

ばしゃばしゃという足音が、あっという間に遠ざかる。やれやれと軽く首を振り、お春は与平次の脇腹を小突いた。

「あんた、ややこしいことを聞いちまったねえ」

「ああ、まったくだ。あっちは肩の荷を下ろした気分だろうけどよ。聞いちまったこっちはどうすればいいんだか。――それにしても、ひでえ雨になったな」

与平次が戸口から片手を突き出して、顔をしかめる。ふとお春を振り返り、「そういえば、それこそおのぶさんは今日は家にいるんだろうな」と問うた。

「月輪寺じゃこのところ、夜っぴいての読誦三昧《どくじゅざんまい》をして疫病の鎮静を願っていると聞くぞ。この時刻から敷入ってことは、喜助は明け方まで家に帰らねえ。もしかしておのぶさんはそれをいいことに、今夜も月輪寺に行っているんじゃねえか」

これでおのぶの心身が人並みであれば、与平次も要らぬ心配はすまい。だが太介が亡くなって日が浅く、心身ともに消耗《しょうもう》している最中の夜参りは、あまりに危険。ましてやこんな荒天ともなれば、険阻な山道で足を滑らせる恐れもあった。

「兄い、おいらが喜助の家を見てくるよ」

小六が背負っていた赤子を床几に下ろし、止める間もなく外に走り出る。ほんの四半刻も経たぬうちにずぶ濡れで駆け戻って来るや、水に濡れた犬そっくりに土間でぶるっと身体を震わせた。

「誰も家にいなかったよ。どれだけ呼んでも応えがなかったから間違いないさ」

「なに、本当か」

「間違いないよ。念の為、隣の家の奴に尋ねたら、おのぶさんは日暮れ前に出かけて行ったと話していたもの」

雨はますます激しさを増し、一向に止む気配がない。畜生、と床几を拳で打って、与平次はがばと顔を上げた。

「おい、惣吉。おめえ、明日は休みだったな。これからひとっ走り、月輪寺まで行くぞ。ついて来い」

その途端、惣吉はひどく情けない表情で、えっと叫んだ。おろおろと目を泳がせる面はなぜか、今にも泣きそうに歪《ゆが》んでいる。

「そ、そんな。俺、これから約束があるってのに」

「こんな雨のただなかに、約束だと」

与平次の口調が、剣呑《けんのん》に尖《とが》る。だがすぐになにかに思い至った様子で、ぐいと惣吉の肩を抱き寄せた。

「もしかしておめえ、お紋《もん》を待たせているのか」

まるで朱を差したかのように、頬骨の目立つ惣吉の顔が赤らんだ。口ごもって下を向く背を平手で叩き、「畜生。そういうわけじゃ、無理も言えねえじゃねえか」と与平次は肩を揺らした。

「しかたがねえ。金吾、おめえでいいや。ちょっと一緒に来てくれ」

どうしてこちらにお鉢が回って来るのか、皆目、理解が出来ない。目を丸くした金吾に、「しかたねえだろ」と与平次は続けた。

「山道は危ねえんだ。ましてやこのざんざ降りの中で足弱を連れ帰るとなりゃあ、少なくとも二人はいなきゃ危なくてならねえ」

「そりゃわかったけど、蓑《みの》も笠《かさ》も用意がねえぞ。どうするんだ」

「雨具ならあるぞ」

徳市が言い置くなり、裏の物置に駆けていく。煤《すす》にまみれた蓑笠を二組抱えて来て、「ちと古びているがな」と付け加えた。

なるほど汚れを払って身に着ければ、蓑はあちらこちらの糸が切れて穴が開いているし、笠とてかぶる端から目深《まぶか》に傾いてくる。とはいえそれでも、あるとないとでは大違いだ。

与平次に急《せ》かされながら身支度を整えて飛び出せば、往来はさすがに静まり返り、そこここの店先に並べられた床几が大粒の雨に打たれたままになっている。そのただ中を小走りに急ぎながら、与平次が金吾を顧みた。

「すまねえな。付き合わせちまってよ」

「まあ、いいさ。乗りかかった船って奴だ」

これが与平次以外の相手であれば、同行なぞごめんだと思っただろう。さりながら与平次の言動がすべて純然たる厚意から出ているると知るだけに、すげなくはねつけることも叶わない。俺も人がいいよなあ、と金吾は笠の裡《うち》で苦笑した。

「実は惣吉の野郎、かれこれ一年近くも前から、市之助と同じ吹屋で働く娘っ子に入れあげていてよ。そいつとようやく逢引《あいびき》の約束を取り付けたとなりゃあ、無理もさせられねえってわけさ」

あいつにゃ早く所帯を持たせてやりたいからなあ、と呟いて、与平次は足を急がせた。

金吾の見る限り、銀山町の男はおおむね十八、九歳で世帯を構える。それに比べればすでに惣吉はいい年齢ということになるが、かくいう与平次自身、三十を間近にしながら独り身なのはどういうわけだ。

金吾の不審の目に、与平次は笠の縁から落ちる雨滴《うてき》を掌で払った。

「俺ァ、いいんだよ。どれだけ時間がかかっても、お春を口説き落とすと決めているんだからな」

とはいえ金吾が見る限り、お春が与平次に叩く遠慮のない口は、あくまで馴染みの客に向ける親愛に過ぎず、男女の好意とはほど遠い。もっともそんなことは、与平次自身がもっともよく分かっているのだろう。「急ごうぜ」と短く言って、足を速めた。

番所を抜け、山道を登りながら与平次が語ったところによれば、月輪寺はもともと、鞆が浦への往還の途中で行き倒れた荷負を弔《とむら》うべく建てられた小寺。現在は近隣の村の住持が時折、掃除に来るだけの破《や》れ寺という。

そんな寺にあちらこちらから人が寄り集まるという事実は、流行り病がどれだけ村々に蔓延《まんえん》しているかを物語っている。今回の流行り病、代官所はどのような手を打つおつもりなのだ——という叡応の言葉が、金吾の耳底に甦《よみがえ》った。

少なくとも金吾の見る限り、岩田鍬三郎が痢病に対して、何らかの施策を行う気配はない。なにせ天領である銀山附御料は、勘定所の直轄地《ちょっかつち》。賑恤《しんじゅつ》や医薬の支給を行うには、まず江戸・勘定所の許しを得ねばならない。大森から江戸までは、往復約二十日。もしかしたらすでに江戸勘定所に判断を仰ぐ使いこそ送っているのかもしれないが、現状では生水は飲むな、大森町・銀山町に出かける折は病人の住まいの近くは避けろ、といった指示が、役人たちの間に内々に下されている程度だ。

(いっそ江戸表からの指示なぞ待たず、岩田さまが何か手を打って下されば――)

胸の中でそう呟いた自分自身に、金吾は足を急がせながら思わず目を見開いた。

馬鹿な。もともと自分は彼の失態をあげつらうために、石見国まで遣わされたのではないか。岩田の失政を喜びこそすれ、彼に期待してどうする。

だが自らにそう言い聞かせれば聞かせるほど、茫洋《ぼうよう》とした顔を雨空に向けていた代官の姿が眼裏《まなうら》に閃《ひらめ》く。かつて井戸平左衛門は、勘定所の指示も待たずに領内を歩き回り、激しい飢饉から人々を救うべく奔走した。そんな名差配を、あの代官に望まずにはいられぬのはどういうわけだ。

「見えたぞ、あれだ」

与平次の声に我に返れば、雨に降り込められた坂の下に小さな灯がちらちらと揺れている。近くに川があるのだろう。激しい水音が、驚くほど近くに聞こえた。

「少し風が弱くなったな。この分じゃ、引き上げる頃には雨も止んでいるかもしれねえぞ」

先ほどまで垂れ込めていた雲はところどころが切れ、星影が二つ、三つ、その隙間から顔を出している。耳を澄ますと雨や川の音に混じって、低く地を這うに似た読誦《どくじゅ》が聞こえ、寺に近付くにつれ、それは金吾の身体を揺さぶるほどに大きくなった。寺に詰めかけた大勢の男女が声を揃《そろ》えて、勤行《ごんぎょう》を行っているのだ。

傾きかけた寺門をくぐれば、草生《くさむ》した境内には四、五十人ほどの男女が座り込み、本堂を取り巻いている。いや、境内だけではない。堂宇の広縁にも、更にその向こうの広間にも数え切れぬほどの人々が膝を連ねている。与平次同様、袖なし単《ひとえ》に腰縄を巻いた掘子もいれば、どこぞの奉公人と思しき前垂れ姿の小女も交じっている。赤子を抱き、頭に手ぬぐいを巻いた母親に、腰の曲がった老爺――なまじ人気《ひとけ》のない山道を歩んで来ただけに、文字通りに老若男女入り混じった人の列は、金吾の目に異様にすら映った。

本堂にはわずかに燭台《しょくだい》が置かれ、小さな灯が堂内にひしめく人々の顔に深い陰影を刻んでいる。ただその一方で屋外の男女の姿はいずれも闇に沈み、顔貌《がんぼう》まではっきりと分からない。

「これじゃ、おのぶさんを見つけるだけでひと苦労だな」

寺門の基壇の上から伸び上がり、与平次はうんざり顔をした。

「しかたがねえ。ちょうど読経もひと区切りついたようだ。みんな引き上げるかもしれねえし、ここで待とうぜ」

だが与平次の言葉とは裏腹に、堂内に座った人々や境内にひしめく者たちは、申し合わせたように口をつぐんでもなお、一向に動く気配を見せない。まるで何かを待っているかのような気配に、金吾はもっとも手近にいた三十がらみの男の肩を小突いた。

「なあ、お前ら。まだ帰らないのか」

大森の町人だろうか。男は浅黒い顔に不審を浮かべて、金吾を顧みた。

「なんだ。あんたら、知らずにお寺に来たのか。これから近隣のご住職のお身内が、ありがたい薬湯を下さるのさ。それをいただかずに帰っちゃあ、何のためにはるばるやって来たのか分かりゃしないぜ」

「お薬湯だと」と与平次が驚きの声を上げる。そりゃあ知らなかった、と男の顔と本堂をせわしなく見比べた。

「いったい、いつからそんなことが始まったんだ」

「確か、四、五日前からになるな。――ああ、それ。始まったぞ」

男の声に促されたかのように、境内の人々がどっと本堂へと押し寄せる。一瞬にして生じた人垣越しに、数人の男が一抱えもある桶《おけ》を本堂の縁先に運んでくるのが見えた。

すでに雨は霧雨と変じ、暈《かさ》をまとった半月が雲の切れ間からわずかに顔をのぞかせている。まだ湿り気を帯びた風が、濃い薬の匂いを孕《はら》んで、境内を吹き渡った。

広縁を取り巻く人々は、いつの間にかみな手に手に竹筒を握り締めている。次々と差し出されるそれに、桶の傍らに立つ男たちが杓子《しゃくし》で薬湯を注いでいた。

「おっ、いたぞ。おのぶさんだ。それ、あの松の木の下だ」

月影に明るむ境内を見回していた与平次が、爪先立《つまさきだ》って一点を指す。その先では、やつれた面差しの大年増が古びた竹筒を胸元で抱きしめ、じっと広縁を仰いでいた。

「あの様子じゃ、お薬湯とやらをいただくまで帰るつもりはなさそうだな。少し待ってから、声をかけるか」

「それにしても、与平次。このお薬湯ってのは、何なんだ」

いつの間にか、先ほどの三十男は姿を消している。広縁に押し寄せる人波の中に、それと思しき横顔が小さくひらめいた。

「病の流行を見かねた誰かが、見よう見まねで薬湯を拵《こしら》えているのかもな。こういっちゃ何だが、大した効き目はねえだろ」

与平次が大きな鼻をうごめかしたとき、「こら。押すな、押すな」という権高な声が辺りの喧《けん》騒《そう》を圧して響き渡った。

「御薬湯はまだたくさんあるから、争うな。腹を下している者には、持ち帰った後に湯を差し、温め直して飲ましてやれよ。まだ痢病にかかっていない者は、猪口《ちょこ》に一杯ずつ飲めば病よけになるぞ」

叩きつけるに似た口ぶりには、聞き覚えがある。まさか、と金吾が目を見開いたとき、誰かが本堂から燭台を持ち出したのだろう。広縁がぱっと明るみ、桶の傍らに立つ背の高い人物の姿を照らし出した。

「ふ、藤田さま――」

金吾が我知らず呼びかけたのと、広縁の男がこちらを見たのはほぼ同時。だが確かに眼が合ったにもかかわらず、藤田幸蔵は無表情に顔を背け、「御薬湯がなくなることはないから、押し合うな」と更に言い募った。

どういうことだ、と目を凝らせば、柄杓《ひしゃく》で薬湯を注ぎ分けている男たちには見覚えがある。いずれも幸蔵の配下である代官所の手附《てつけ》たちだ。そろって粗末な野袴《のばかま》を穿《は》き、手ぬぐいで髪を隠している。

まさか、と金吾は唇を震わせた。

先ほど、突然の雨に転がるように駆けて行った渓瑞の姿が脳裏をよぎる。あのとき渓瑞は、頼まれものの生薬を共に干していると口走りはしなかったか。

（そうか――）

かつて井戸平左衛門は、江戸表の指示を待たずに領内を巡り、人々の苦衷《くちゅう》を救ったという。だが、人を救う手立ては決して一つだけではない。藤田ばかりか手附たちまでがここにいるとなれば、彼らを差配できる者はたった一人。そう、岩田は井戸代官とは異なり、あくまで自らは表に出ぬまま、病に苦しむ者たちを救おうとしているのだ。

疫病は手を打つのに時間がかかればかかるほど、より多くの人々を苦しめる。それゆえ本来なら江戸表の差配なぞ待ってはいられぬが、だからといってその許しを得ぬまま代官所が公然と救民を行っては、勘定所の面目は丸つぶれ。だからこそ岩田は腹心の幸蔵たちを用い、こんな形で薬を配ろうと決めたのだろう。寺での薬湯配布となれば、仮に勘定所から見咎められたとて、公の賑給ではなく仏前への寄進だったと言いわけが立つ。

己の職分を超えて何かを施すのは、たやすい。さりながら岩田はあくまで代官としての立場を忘れず、人々を救う策を勘案した。江戸に遣わした使いが戻るまではこのやり方を通底させ、正式な返答が勘定所から寄せられ次第、大掛かりな賑恤に切り替える腹に違いない。

見えぬ手で背を打たれるに似た衝撃が、金吾の全身を貫いた。

代官所の帳簿は年毎に江戸表に送られ、勘合を受ける。そのため桶いっぱいに煎じられた薬の代金が、代官所から出ているとは思いがたい。岩田はおそらく、自費で小石屋から生薬を購《あがな》ったのだろう。

藤田幸蔵たちを取り巻く人垣はいよいよ厚く、柄杓を握る彼らの額には玉の汗が浮いている。

金吾は両の手を強く拳に変えた。基壇から飛び降りるや人波をかき分け、「おおい、退《ど》け。退いてくれ」と喚いた。

「俺にもなにか手伝いをさせてくれ。煎じ薬作りでも、桶洗いでも何でもやるぞ」

四囲の人々が、驚き顔でこちらを顧みる。「なるほど、そりゃあいいや」との大声がして、与平次が金吾の後を追ってきた。

「おのぶさんをただ待つのも能がないからな。あの薬を信じる奴らがいるんだったら、手助けするとするか」

金吾だけならともかく、与平次にまで気付かれると厄介《やっかい》と考えたのだろう。藤田が灯火の及ばぬ暗がりに、急いで顔を背ける。手ぬぐいを目深にかぶり直し、薬湯を汲む他の男たちの陰に身を隠してから、

「庫裏の竈《かまど》で、もう一桶分、薬湯を煮ている。手伝ってくれるのならば、それをここまで運んでくれ」

と、作り声で差配した。

「よおし、分かった。待ってろよ」

足早に本堂の裏へ向かう与平次の後に従いながら目をやれば、おのぶは広縁のすぐ際で不安そうに眉根を寄せている。薄い唇がわずかに開き、そこからのぞいた小さな歯が灯火を受けてぼん

やりと光っていた。

きっとおのぶは薬湯を持ち帰った後も、家に祀った神仏を拝み、次の日にはまたどこぞの社寺に参詣《さんけい》を重ねるのだろう。さりながらどれだけ心の底から祈っても、人は死ぬ時は死ぬ。そしてどんな良薬が存在しようとも、おのぶの如く苦しむ人の心までは癒《いや》せない。たった一つ、そんな者にも手を差し伸べられるものがあるとすれば、それは誰かを支えようとする同じ人間でしかないのではあるまいか。

そうか、と金吾は呟いた。喜助がなぜおのぶの信心を止めようとせぬのか、ようやく分かった気がした。

喜助はかつて小石屋でおのぶが受けた苦しみを、誰よりもよく知っている。そして今また実の子を失った悲しみの深さを、自らもともに味わっている。

学問も薬も祈りも、決して人を救いはしない。喜助はそれを嫌というほど理解していればこそ、おのぶをただ見守り続けることで、彼女に手を差し伸べているのだ。

「おおい、金吾。なにをぐずぐずしてるんだ。さっさと来いよ」

与平次が広縁の端で喚いている。すぐに行く、とそれに怒鳴り返し、金吾は強い薬湯の匂いに鼻を蠢《うごめ》かせた。

この世は辛く、不条理だ。だが、おのぶが壁に貼った不動明王の図像が叡応の手になるものであり、この月輪寺で配られる薬が岩田が手配したものであるように、学問も薬も祈りも——この世の哀しみも喜びも、すべては人ゆえにもたらされる。ならば人を救えるものもまたたった一つ、人でしかないのではあるまいか。

澄んだ鉦《かね》の音が響いた。薬をいただき、これからそれぞれの村に帰るのだろう。濡れた竹筒を懐に押し込んだ者たちが、本堂の古びた阿弥陀如来《あみだにょらい》座像の前で、鉦を叩いて手を合わせているのだ。南無阿弥陀仏、という読誦が、小波の如く巻き起こった。

そうだ、人は人によってこそ救われる。おのぶを喜助が支え、その喜助に銀山町の者たちが手を差し伸べ続ければ、いつの日かきっとあの夫婦にも真実、平穏な日々が訪れるのだろう。

風が吹き、薬の匂いが渦を巻く。それが一組の夫婦を見守る人々の思いそのもののように、金吾には思われた。

第三章　銀の鶴

からりと晴れた秋空のはるか高みを、数羽の鳥が列を成して渡ってゆく。雁《かり》か、それとも鶴か。大森代官所の御門前を掃く箒《ほうき》の手を休め、金吾は豆粒ほどの大きさの鳥をぽかんと仰いだ。

ここ石見国邇摩郡大森は、三方を険阻《けんそ》な山に囲まれた窪地である。このため山の少ないお江戸に慣れた金吾の目にはひどく空が狭く映り、深い壺《つぼ》の底から天を仰いでいるような気分にすらなる。

金吾が大森代官所の中間《ちゅうげん》となって、じきに一年。朝な夕な吹き荒れる埃《ほこり》っぽい風にも、昼夜を問わぬ銀山町の賑《にぎ》わいにももはや慣れたが、この狭っ苦しい空だけは幾度仰いでも息が詰まる。

「いいよなあ。渡り鳥は」

柄にもない呟《つぶや》きが口をついた時、「なにをふざけている」と険しい叱責が代官所の内側から飛んで来た。見れば腕の中に分厚い帳面を積み上げた元締手代の藤田幸蔵が、書物蔵から続く渡り廊下の半ばからこちらを睨《にら》みつけていた。

「まったく、我々の忙しさをよそ目に、いい気なものだな」

このところ幸蔵を筆頭とする手代・書役は、帳面仕事に忙しい。それもこれもすべてはこの夏、銀山附御料を吹き荒れた疫病《えきびょう》のなせるわざであった。

大森・銀山両町を中心に近辺の村々にまで広がった痢病《りびょう》の嵐は、岩田が内々に行わせた医薬賑恤《しんじゅつ》と、その後の江戸表の指示に基づく医師の派遣の甲斐あって、夏の終わりとともに終結した。さりながらそれまでの間に領内では死人が相次ぎ、銀山町だけでも掘子やユリ女、吹大工を含めた七十余名が命を落とした。

大森代官所では毎年十月の末、この一年の間に鋳造された灰吹銀を大坂銀座へ送り出すのが慣例である。だが銀山で働く者が減れば、残された者がどれほど頑張っても、その分、銀の産出は減る。それゆえこのところ幸蔵たち地方《じかた》役人は、本年の灰吹銀貢納額《こうのう》をどうにか減免してもらうべく、江戸の勘定所に宛てて頻繁に嘆願書をしたためているのであった。

幸蔵が蔵から帳面を持ち出したのも、過去の飢饉《ききん》時の記録を参照するためだろう。そう思うと、のんびり空を仰いでいた長閑《のどか》さに肩身が狭くなるが、なにせ金吾は読み書きは仮名と簡単な漢字を拾うのがせいぜい。手代たちの手伝いなぞ、したくてもできるはずがない。

ふんと鼻を鳴らした幸蔵が、真っ白な足袋の裏を閃《ひらめ》かせて詰所に向かう。そのかたわらの白砂に金吾はあわてて、膝をついた。

「あの、藤田さま。わたしにも何か、お役に立てることはありますか。読み書きそろばんはとんと不得手ですが、力仕事であればなにか」

姓名や身分をあらわにして、施しを行う者は世に数多《あまた》いる。しかし三月前の痢病流行時、大森代官・岩田鍬三郎は、江戸表からの指示を待たぬまま、身分を隠して医薬を配らせ、多くの人々の命を救った。己《おのれ》の名を秘した上、江戸勘定所の立場まで慮《おもんぱか》る行いは、ある意味では名代官と名高い井戸平左衛門にも劣らぬ差配ぶりとも言える。

それだけにこのところ金吾は、どうにかして岩田鍬三郎に近付き、その人となりを我が目で改めたいと考えていた。

結局、小出儀十郎に書簡を送る前に、銀山附御料の疫病は沈静してしまったが、だからといって彼から与えられた密命を忘れたわけではない。むしろそれを果たすためにも、鍬三郎の真実の姿を見定めねばならぬ、そんな気がしていた。

「手伝いだと」

幸蔵が細い目をすがめて、金吾を顧みる。すげなく断られるやもとの予想を裏切り、「そこまで言うのであれば、おぬしに頼むか」と虚空に目を据えた。

「実はな。五年前の灰吹銀量を記した帳面が、どれだけ探しても見つからん。帳面方(記録係)に調べさせたところ、どうも銀山方組頭どのにお貸ししたままになっているらしいのだ。ついてはおぬし、これからひとっ走りご自宅にうかがい、お返しいただいて来い」

代官とともに江戸から赴任する地方役人とは異なり、銀山方役人は代々大森町に居住し、間歩《まぶ》や吹屋の実質的な管理に当たる。とはいえ地方役人同様、銀山方役人もまた代官所に出仕している以上、なにもわざわざ自邸まで訪ねずとも、当人に問い質《ただ》せばよかろうに。

不審が顔ににじんでいたのだろう。幸蔵はじろりと金吾を見おろし、「実は十日ほど前から、河野さまは腰を痛めて、臥《ふ》せっておられる」と付け加えた。

「痛みのあまり、起き直ることはもちろん、三度の飯すらろくに喉を通らぬとの話だ。ご自宅にうかがえと申したのは、全てそれゆえだ。分かったら、さっさと参れ。念の為に言っておくが、何分急ぎの話ゆえ、とにかく辞を低くして、丁寧《ていねい》にお尋ねするのだぞ」

「は、はい」

藤田幸蔵からすれば、金吾なぞ一介の又者《またもの》に過ぎない。そのせいかあれこれと指示する口調には露骨な侮《あなど》りがにじんでいたが、この男の切れ者ぶりを承知しているだけに、もはや腹の立ちようがない。

遠ざかる幸蔵の背に一礼すると、金吾は中間小屋に箒を放り込み、代官所を飛び出した。

銀山方役人の大半が代官所の近隣に役宅を与えられている中、河野長兵衛は大森町の南端に自邸を構え、普段はそこから出仕している。

まだ日が高い時刻だけに町筋には大勢の人が往き来し、元気のいい売り子の声がそこここの店から響いてくる。隠れ鬼でもしていて、物陰から飛び出して来たのだろう。天秤棒《てんびんぼう》を担いだ青物売りの老爺《ろうや》が、往来を駆ける子供たちの姿に驚き顔でたたらを踏んだ。

代官所の勤めがあるだけに、こうして昼日中に大森の町中を歩くことは滅多にない。それだけに金吾の目に喧騒《けんそう》に満ちた大森の町並みはひどく物珍しかったが、これから訪ねる河野長兵衛は、銀山方役人の中でも一、二を争う口やかましい人物。金吾も今まで数え切れぬほど、門前の掃除がいい加減だの、お仕着せの半纏《はんてん》の袖がほつれているだのと小言を喰《く》らってきただけに、草履《ぞうり》の足は自然と重くなった。

白粉《おしろい》の匂《にお》いが微《かす》かに鼻をつくのは、路地の奥に小間物屋があるからか。連れだって買い物に来たと思しき数人の娘たちが、かしましくしゃべりながら、店先で品定めをしている。

大森町は代官所の陣屋町でもあるだけに、掛屋《かけや》や郷宿《ごうやど》、両替商といった商家が多い。小間物屋や呉服屋といった商店の中には銀山町に出店を置いている店もあるが、掘子やユリ女を相手とする出店と大森の本店では、置いている品が随分異なるらしい。このため身形《みなり》に気を使う若いユリ女の中には、髪に結わえる手絡《てがら》一枚を求めるだけのために、わざわざ大森の本店を訪れる洒落者《しゃれもの》もいると聞く。

折しも買い物が終わったと見え、娘たちがぱたぱたと路地から出てくる。足を止め、彼女たちを先に行かせてから金吾は何気なく小間物屋の店先に目をやった。

先ほどは娘たちの陰に隠れて気が付かなかったが、肩や四肢に逞《たくま》しく肉をつけた男が一人、当惑した様子で瀟洒《しょうしゃ》な店の門口に突っ立っている。それが与平次の弟分である掘子の惣吉と気づき、金吾は目を丸くした。

普段の袖なしに足半《あしなか》、しきまつを腰に下げた風体とは異なり、紺の一色染め袷《あわせ》を丈長に着ているが、残念なことにそれが奇妙なほど似合っていない。金吾の眼差《まなざ》しには気づかぬまま、惣吉はおずおずと店の奥に声をかけた。前垂れをつけた奉公人が板の間に膝をつき、目の前の小盆にあれこれと何か並べている。手許まではっきり見えないが、きらりと小さな輝きが弾《はじ》けたところからして、数本の笄《こうがい》か簪《かんざし》を惣吉に見せているらしい。

（そうか、例のユリ女に贈るんだな）

かねて思いを寄せていたユリ女といい仲になった惣吉が仲間から冷やかされている姿は、金吾もしばしば目にしている。

惣吉はいささか気が短いが、稼ぎのよい掘子。お紋とやらいうそのユリ女がどんな娘かは知らないが、惣吉が相手ならさぞいい所帯が構えられるだろう。

この様子では、次の春までに祝言《しゅうげん》の話がまとまるのかもしれない。金吾は足音を殺して、路地の横を通り過ぎた。

思いがけぬ出来事のおかげで、足取りがわずかに軽くなる。しかも更に幸いなことに、道中、人に尋ねながら訪《おとな》えば、河野長兵衛の腰の具合は聞いていたよりも軽快していた。

金吾の訪いを知るや、すぐに庭先に招き寄せ、

「五年前の灰吹銀量の記録とな。――ああ、確かにわしが借りっぱなしにしておる。いや、すまぬ、すまぬ」

と、床から半身を起こして、気難しい日頃には珍しい磊落《らいらく》な笑顔を見せすらした。

父祖の代からこの地に根を下ろしている銀山方役人は、江戸からやってきた代官や地方役人と反りが合わない。ことに藤田幸蔵がまた、そんな相手の気持ちには斟酌《しんしゃく》せぬ慇懃《いんぎん》無礼《ぶれい》な態度を取るとあって、代官所内でも銀山方と地方が親しく言葉を交わすことは稀《まれ》だ。それが珍しく幸蔵から使いを寄越して尋ね事をしたのが、よほど愉快だったのだろう。

明日までには探して代官所に届けさせると請け合ったばかりか、女中に命じて織部《おりべ》の湯呑《ゆのみ》に酒を汲ませ、一皿の醤《ひしお》とともに金吾に勧めすらした。

「大変ありがたくは存じますが、まだ勤めの途中でございますので」

「固いことをぬかすな。それともお代官さまに従って江戸から下ってきたおぬしには、銀山方役人の酒は飲めぬのか」

白いものの目立つ長兵衛の眉に、途端に険しい影が兆《きざ》す。

しかたがない。幸蔵も長兵衛の機嫌を取るためだったと言い訳すれば、真っ赤な顔で代官所に戻ったとて怒りはせぬだろう。

腹をくってひと息に湯吞を干せば、よほどいい酒だったのか、胃の腑《ふ》がすぐさまかっと火照った。

「ご馳走《ちそう》、まことにありがとうございます。では、これにて失礼いたします」

「まあまあ、待て。見事な飲みっぷりじゃが、それでは味がよく分からなんだじゃろう。もう一杯、今度はゆっくり飲んで行け」

否《いな》やを言う暇《いとま》もない。長兵衛は大きく手を打ち鳴らすと、広縁に膝をついた女中に「もう一杯だ」と命じた。半月近くもの間寝付いていたところに、いい暇《ひま》つぶしが出来たと思っているのか、ひどく楽しげな口調だった。

「今度はなみなみと注いでやれよ。惜しむではないぞ」

「よろしいのでございますか、旦那さま」
二十六、七歳と思《おぼ》しき年増の女中が、なだめる口振りで長兵衛を仰ぐ。柳の葉を思わせる切れ長の目が、ひどく美しい女であった。
「構わん、構わん。銀山方組頭のわしが、お代官所の中間を労《いたわ》っているのだ。誰が文句をぬかすものか」

ちらりと金吾を見やってから立ち上がった女中は、先ほどよりも一回り大きな素焼きの湯吞を運んできた。長兵衛の命じた通り、縁までたっぷり酒が注がれ、取り上げる端からこぼれそうである。

「では、ありがたくいただきます」

こうなっては長兵衛の気が済むまで、相手をするしかない。深々と頭を下げて金吾が湯吞に手を伸ばしたとき、「ところでなあ」と長兵衛がふと思いついたとでもいうように口を開いた。

「おぬしのような中間や手附《てつけ》でも、時折はお代官さまと顔を合わせよう。いったいあのお方は、常はどのような御仁《ごじん》なのだ」

なるほど、磊落に紛《まぎ》らして自分を引き留めたのは、これが目的か。努めてさりげなく湯呑に口をつけながら、金吾は長兵衛を上目でうかがった。

長兵衛の不審も当然だ。なにせ岩田は代官の職務にはさして熱心と見えず、昼間から自室に引っ込んでいることも多い。祭礼や間歩《まぶ》・吹屋の巡回など、人前に出ねばならぬ勤めは辛うじて果たすが、長兵衛たち銀山方役人の請願の対処などはすべて幸蔵に押し付けている。銀山方役人からすれば口うるさい代官は定めて面倒臭かろうが、だからといってこれほど柳に風の人物となれば、それはそれで対応に苦慮しているのに違いない。

「はあ、どのようなと仰せられましても。わたくしの如《ごと》き中間は、直にお目にかかることも稀でございますので」

「なるほど。ならばこれまで他の代官所で働いた折に、岩田さまの噂《うわさ》を聞きはしなかったか。なにせあの岩田さまは、江戸勘定所のお歴々から是非にとの推挽《すいばん》を受け、この地の代官に選ばれた御仁なのだろう」

「そうなのですか」

思いがけぬ話に、金吾は目をしばたたいた。

任国に赴任《ふにん》せねばならぬ大森代官職は諸国代官の中でも難職とされ、ここを見事に勤めあげた代官はしばしば勘定所組頭や吟味役に抜擢《ばってき》されもする。これまでどこの代官所にも赴任した経験のない岩田が、突如大森代官に任ぜられたことには不審を抱いていたが、それがよもや勘定所内からの強い推挙とは。

金吾の驚き顔に、かえって面食らったのだろう。「なんだ、おぬしは知らなんだのか」と、長兵衛は髭《ひげ》の伸びた顎《あご》をぼりぼりと掻《か》いた。

「わしも岩田さまの新任が決まった折、大草《おおくさ》さまのご下僚《かりょう》からちらりとうかがっただけじゃがな。なんでも勘定として勤めていらした間は、勘定所にその人ありと言われた切れ者じゃったそうだぞ」

岩田の前任である大森代官・岸本弥太夫《きしもとやだゆう》は病弱で、赴任してほんの半年で、病を口実に江戸に引き上げてしまった。このため岩田が着任するまで、銀山附御料の支配は隣国である但馬国生野《たじまのくにいくの》代官・大草太郎左衛門《たろうざえもん》が兼任し、大森にはその下役が地方役人として詰めていたのであった。

大草家は代々、各地の代官を歴任する名家。それだけに太郎左衛門につき従う下僚も、叩き上げの良吏ばかりと仄聞する。このため根も葉もない噂を河野長兵衛の耳に入れるとはどうにも考え難かったが、さりとてその評判と現実の岩田の姿は、どうにも乖離《かいり》があった。

「まあ、いい。おぬしも知らぬのであれば、今の話は忘れろ」

ぶっきらぼうに言ってから、長兵衛は「痛たた」と腰を押さえた。

「これはいかん。また痛み出してきよった。——おおい、お伊予《いよ》。お伊予はおらぬのか」

長兵衛の呼び声に、先ほどの女中が小走りに駆けてくる。呻《うめ》く長兵衛を介添えして床に寝かせるや、「すぐに薬を煎《せん》じてまいりましょう」と断って立ち上がった。

「では、河野さま。わたくしはこれで失礼いたします。大変に御馳走《ごちそう》をいただき、ありがとうございました」

「では、お送りいたしましょう」

引き際と察して頭を下げた金吾に、お伊予が庭下駄を突っかけた。恐縮する金吾を案内して裏の木戸を開け、小さな声を上げて立ちすくんだ。

「どうかしましたか」

お伊予の肩越しに往来を見れば、斜め向かいの長屋の軒下にひどく瘦《や》せた男が頰《ほお》かむりをして佇《たたず》んでいる。目深《まぶか》にかぶった手ぬぐいのせいで面差しまでは分からぬが、金吾の姿にびくっと肩を揺らすなり、踵《きびす》を返して駆け出した。

「おい、お前。ちょっと待て」

胡乱《うろん》なまでの男の狼狽《ろうばい》ぶりに、金吾はその後を追おうとした。だがそんな金吾の腕を、お伊予があわてて「お待ちください」と押さえた。

「あ、あれは――あの人は、あたしの古馴染《ふるなじ》みです。ちょっと頼みごとをしていた品を、届けにきてくれたんです。どうか旦那さまには、内緒にしてくださいな」

金吾の肘《ひじ》を捕らえたお伊予の掌《てのひら》は、思いがけず熱い。こちらをまっすぐ仰ぐ潤んだ目に、金吾は少なからず当惑した。

「あんな頰かむりなんかするから、つい驚いちまって。でもあっちもあたしが思いがけず客人なんぞを案内して出てきたんでびっくりしたんでしょうよ。だってほら、旦那さまのご気性のせいで、このお宅は客人が少ないもので」

「そ、その、古馴染みというのは」

「そんな野暮は言いっこなしですよ」

お伊予はくくと鳩が啼《な》くに似た声を立て、金吾の胸をとんと突いた。

懐に香袋でも忍ばせているのだろう。花の香りと紛《まが》うほど明るい匂いが、金吾の鼻先にたゆたった。

「それよりも、本当に旦那さまには黙っておいてくださいな。ご存じの通り、ひどい堅物でいらっしゃるから」

「あ、ああ。わかった」

河野長兵衛は男やもめ。一人息子はすでに銀山方山方助役として御直山《おじきやま》の四ツ留番所に詰め、ほとんど大森には帰って来ない。それだけにお伊代は長兵衛の身の回りの世話を焼くために雇われた、通い女中なのだろう。主《あるじ》の口やかましさとはおよそそぐわぬ婀娜《あだ》っぽさに目を奪われた金吾に小さく笑い、お伊予はすばやく身を翻《ひるがえ》した。

金吾とて一人前の男である。江戸にいた頃は中間仲間と連れ立って岡場所にも通い、馴染みの女の一人や二人いたが、そういえば大森に来てからこの方、色っぽい話ともご無沙汰《ぶさた》である。この町には色町はないが、銀山町では掘子相手に春をひさぐ店が幾軒となく軒を連ねているのは、すでに目にしている。

(そうだ。与平次にでも頼んで、一度、連れて行ってもらうか)

与平次と艶っぽい話をしたことはないが、あの男とて決して、お春に操を立てているわけではなかろう。そう思うと矢も楯《たて》もたまらなくなり、金吾は日暮れを待ちかねて、銀山町の徳市の店へと向かった。

だが折悪く、店に与平次の姿はない。泥まみれで飯を食っている惣吉と小六に尋ねれば、旧知の山師に頼まれ、今夜は他の間歩に敷入しているという。

噛《か》み砕いた飯をつまみ、背中の赤子に与えていた小六が、「兄いに何か用なのかい」とこまっしゃくれた口を利いた。

「うるせえや、餓鬼《がき》は黙ってろ」

店のおおまかな場所は分かっているが、一見《いちげん》の客だと思われて、とんでもない不器量を敵娼《あいかた》にされてはたまらない。これで先ほど惣吉を見かけていなければ彼に案内を請うところだが、女に贈る品をあれほど嬉しげに選んでいたところに行き合っては、さすがにそれも頼みづらかった。

「ちょいと、今日は酒も飯もいらないのかい。それなら、さっさと床几《しょうぎ》を空けとくれ」

小六の背の赤子の頭を撫でながら、お春が毒づく。しかたがない。今夜はおとなしく引き上げようと腰を浮かせた途端、折しも暖簾《のれん》をくぐって入ってきた市之助と目が合った。

ひょろりとした身体をいつも居心地悪げに縮めた市之助は、下河原の吹屋で鏈拵《くさりごしらえ》を生業《なりわい》としている。生まれ付き身体が弱いため、間歩深くに潜って鏈を切り出す掘子にも、間歩内外の連絡や道具の運搬を務める手子《てご》にもなれず、まだ十二、三歳の頃から女たちに交じっての吹屋稼ぎを続けているのだ。

何せこの銀山町の全ては、銀掘たちによって支えられている。彼らが深い土中を切り開いて鏈を得ればこそ、吹屋も大森の町も在り得るのだ。それだけに鏈拵しかできぬ自らを肩身狭く感じているのか、毎夜のようにこの店を訪れる癖に、市之助は始終独りぽっちで、掘子とはめったに言葉を交わさない。それでも与平次などはそんな彼が気にかかってならぬらしく、酒を分けてやったり、あれこれと世間話を持ち掛けるが、市之助の側はさして嬉しげな顔も見せない。このため惣吉や小六などは陰に回ると、市之助に対し、「ふん、役立たずが」と露骨な嘲《あざけ》り口を叩いていた。

だが普段であれば、金吾と目が合っても無表情に下を向くばかりの市之助が、今日はなぜか怯《おび》えた表情を頬に走らせた。おどおどと金吾の眼差しを避けるその姿に、「もしかして――」と金吾は声を上げた。

「おめえ、今日の昼過ぎ、大森町にいなかったか」

もともと色の悪い市之助の面上から、途端に血の気が引く。やはり、と金吾は一歩、市之助に歩み寄った。

先ほど河野家の裏口で見かけた人物は、男にしては奇妙なほど骨組みが細かった。古馴染みというお伊予の言葉のため、てっきり大森の住人だとばかり考えていたが、改めて向き合えば間違いがない。あれは市之助だったのだ。

「おめえ、なぜさっき、逃げだしたりしたんだ」

つい難詰《なんきつ》した金吾に、市之助はわなわなと身体を震わせて後じさった。咄嗟《とっさ》に金吾はその腕を摑《つか》み、「別に逃げることはねえだろう」と更に詰め寄った。

珍しい市之助と金吾の諍《いさか》いに、惣吉たちが何やら囁《ささや》き交わしている。それに気づいたのか、蒼《そう》白《はく》の顔に狼狽を走らせ、市之助は震える声を絞り出した。

「あ、あんたは――」

そのうめきは、耳を澄まさねば聞き取れぬほど小さい。他の掘子に聞かれるのを恐れているらしいと察し、金吾は市之助に顔を寄せた。

「あんたは、お伊予といつからの仲なんだ」

「なんだと。てめえ、なに言っていやがる」

市之助の小さな目を、金吾は驚いて見つめ返した。その挙動から己の勘違いに気づいたのか、市之助は「違うのか」と息を呑んだ。

「馬鹿ぬかせ。俺はあのお屋敷に、代官所の御用でうかがっただけだ」

その答えでようやく、金吾が代官所の下役だと思い出したのだろう。市之助の身体から力が抜ける。そのまま、手近な床几に崩れ落ちるように尻《しり》を下ろした。

「そ、そうか。そうだったのか」

その呟きには、隠しきれぬ安堵《あんど》がありありと滲《にじ》んでいる。艶のない市之助の頬にじんわりと血の色が戻るのを金吾はまじまじと見下ろした。

「納得したなら、今度はこっちが尋ねる番だ。おめえ、いったいあのお伊予とどういう仲なんだ。なんでまたさっきは逃げ出したりした」

金吾の声を聞き咎《とが》めたのだろう。二人の様子をうかがっていた掘子たちのただなかから、「お伊予だって」と調子外れの声が上がった。

「なんだ、市之助。おめえまだ、あの女が忘れられねえのか」

「やめとけ、やめとけ。一度、袖《そで》にされた女にすがるなんぞ、男らしくねえぞ。——いや、待てよ。考えてみりゃあ、鏈拵しかできねえおめえはそもそもこの町じゃ女みてえなものなんだから、それぐらいがお似合いかもしれねえな」

男たちがどっと笑う。市之助は堪《た》え兼ねたように立ち上がると、金吾を押しのけて外に飛び出した。石にけつまずいたらしく、戸口で一度つんのめりながらも、そのまま足をもつれさせて暗い道の果てに駆け去った。

「おい、おめえら。いい加減にしねえか。うちの店にとっては、市之助だって立派な客なんだぞ」

徳市が厨《くりや》から苦々しげな顔を突き出し、掘子を一喝する。真っ先に市之助にからかいの声を投げた男が皆目悪びれもせぬまま、「やめてくれよ、親父《おやじ》さん」とそれを顧みた。

「俺たちァ、市之助のためを思って、忠告してやったんだぜ。だいたいあんな腰抜け野郎には、お伊予みてえな女は端《はな》っから釣り合っちゃいなかったんだ。それがどういう塩梅《あんばい》か、同じ吹屋で働いていたあいつと夫婦《めおと》約束までしたかと思えば、結局、お伊予は大森町へ勤め替え……。要はお伊予は、あんな梅雨空の濡《ぬ》れ雑巾《ぞうきん》みてえな市之助の面《つら》を、これ以上見たくねえと思ったわけだろうよ」

市之助が出ていった戸口と声高にまくしたてる掘子を、金吾は呆気《あっけ》に取られて見比べた。世の中、男女の仲ほど分からぬことはないとは分かっている。しかしあの市之助とお伊予が夫婦約束とは、釣り合わないにもほどがあった。

「お前らはそう言うがなあ。市之助とお伊予は互いに親がいねえ。それを案じたあいつらの雇い主の銀吹《かねふき》が、早くに連れ合いを見つけてやろうと計らったんじゃねえか。それにあの頃は、お伊予だって満更じゃなかったと聞くぞ」

徳市のなだめ声に、先ほどの掘子が馬鹿馬鹿しいと鼻を鳴らした。

「だいたい娘っ子ってのは、所詮《しょせん》、気まぐれなものなんだ。昨日まで惚れた腫れたと言い合ってたって、明日にゃ風向きが変わるなんてのは、よくある話。それをまあ、市之助はいつまでもぐずぐずと言いやがるんだからなあ」

嘲りを含んだ掘子の言葉に、それまでにやにやと成り行きをうかがっていた惣吉の表情が真顔に変わった。懐の中から慌てて小さな布包みを引っ張り出して不安げな目を注いだのは、お紋とやらの心変わりが急に不安になったのだろう。

しかし、金吾は知っている。先ほどお伊予は古馴染みに頼みごとをしていると漏らして、金吾を無理やり引き留めた。それは市之助の側も同様で、思いがけぬ金吾の姿に逃げ出しはしたものの、お伊予の願いとやらを聞き届けようと考えればこそ、わざわざ大森町に足を運んでいたのだろう。だとすれば色恋とは無縁かもしれないが、お伊予と市之助の間には当人たちにしか分からぬ関わりが結ばれているようだ。

徳市の制止にもお構いなしに、掘子たちはいまだに市之助を嘲り続けている。とはいえここで金吾が割って入ったとて、彼らは更に市之助の女々しさを論《あげつら》うだけだろう。ここに与平次がいれば、と苦々しく感じながら、金吾は店の外へと歩み出た。お春の忌々《いまいま》しげな舌打ちを背に大森町へ引き上げると、残っていた冷や飯に湯冷ましをぶっかけて掻き込んだ。

翌朝、常の如く詰所の土間に控えれば、手代や書役たちは昨日にも増してあわただしげに、あるいは帳面を繰り、あるいは書き物に励んでいる。そんな中、眉間《みけん》に深い皺《しわ》を刻んだ藤田幸蔵が金吾の控える土間に近づいてきたのは、短い秋の日が地面に長い影を刻み始めた七つ時。気の早い鴉《からす》が、代官所の裏山でギャアギャアと騒ぎ始めた頃であった。

「河野さまより、いまだ帳簿が届かんぞ。本当に、今日のうちに届けると仰せられたのだな」

昨日、金吾が真っ赤な顔で代官所に戻ったとき、幸蔵は射るような眼で上り框《がまち》に立ち、「顔を洗え」と真っ先に命じた。そして、河野長兵衛の言葉を伝える金吾に向かい、「本当に明日、お渡し下さると仰《おっしゃ》ったのだな」と執拗《しつよう》なほど念押しをしたが、その時からすでに、金吾が酔いに任せて誤りを告げているのではと疑っていたのだろう。朱を帯び始めた陽《ひ》を受けたその表情は、昨日以上に険しかった。

「はい、さようでございます。間違いありません」

金吾の抗弁に、幸蔵はわざとらしく溜《た》め息《いき》をついた。形のよい眉を癇性《かんしょう》にしかめ、「まったく、昨日のうちにお預かりして帰ってくれれば、こんな手間もかからなんだのに」と聞こえよがしに吐き捨てた。

「しかたがない。お忘れになっておられるのかもしれぬ。これよりお屋敷にうかがい、今度こそちゃんとお返しいただいて来い」

よほど急いでいるのだろう。幸蔵は金吾の応えも待たずに踵を返し、御広間のもっとも奥の机の前に腰を下ろした。手代や書役たちがすぐさま彼を取り囲み、矢継ぎ早に指示を求め始める。

帳面が戻って来ぬのは金吾の非ではないが、これでは抗弁すればするほどかえって幸蔵の怒りを買いかねない。金吾はひとつ溜め息をついて、代官所を飛び出した。

往来の家々はすでに茜色《あかねいろ》に染まり、そこここから旨《うま》そうな煮炊きの匂いがこぼれ始めている。帰路につく商人を押しのけながら道を急げば、折しも河野家の裏口からお伊予が半身をのぞかせているのが、往来の果てに望まれた。

ちょうどいい。長兵衛に目通りを願って帳面の件を問いただす前に、まずはあの女中に主の機嫌を尋ねよう。

しかしながらそう考えて足を速めた金吾はすぐに、手近な土塀《どべい》にがばと身を寄せた。塀の内側から張り出した楠《くすのき》の枝の陰になってよく見えなかったが、お伊予のかたわらに大柄な男が立っていると気づいたのだ。

首だけを突き出して窺《うかが》えば、男の体軀《たいく》はがっしりと厳《いか》めしく、痩せぎすの市之助とは似ても似つかない。木綿の袷《あわせ》に前垂れをつけた身拵えは、明らかに商家の奉公人のそれであった。

「だから心配することはないよ。その程度の金子《きんす》なら、あたしが工面してあげるからさ」

「けど、お伊予さん――」

言い返す男の声はお伊予のそれに比べて低く、話の内容までは聞き取れない。しかしながら遠慮を繰り返す男に対し、お伊予が「大丈夫だよ」「あたしに任せておおき」と畳みかけていることだけははっきり耳に届いた。

「そりゃ確かにあたしも、ろくな蓄えなんぞないよ。けど、金策のあてはあるんだ。だから余計な心配はもうおよしな」

二人の年はさして変わらないが、お伊予の口調は姉が弟を諭すそれに似ている。

まだ何か言いかける相手にはお構いなしに、お伊予は暮れなずむ空を仰いだ。「それ、もうお帰りよ」と、男の肩を軽く突いた。

「こんなところで油を売っていると、また旦那さまに怒られちまうよ。二、三日うちにはきっと用意が出来るから、枕を高くしておいで」

すまない、と頭を下げた男が、小走りにこちらへと近づいてくる。金吾はあわてて立ち小便を装って、土塀に向き直った。男の足音が遠のくのを待ってからおそるおそる顧みれば、すでにそこにお伊予の姿はなく、河野家の裏木戸も固く閉ざされている。

しかたなく表門に回って案内を請うと、当のお伊予がさもしおらしげに式台に膝をついた。

「すみませんねえ。旦那さまはお加減が悪く、目通りはできぬと仰せです」

金吾の立ち見には気付いていないと見え、頰にえくぼを浮かべて頭を下げた。

「では、せめて帳面だけでもお返し願えませんか。本日中に代官所にお戻しくださるお約束だったのです」

「帳面、帳面ですか。ちょっとお待ちください。うかがって参りましょう」

気軽に跳ね立って奥に向かうお伊予の背に、昨夜、店を飛び出していった市之助の姿と先ほどの男のそれが重なった。

金策という言葉が、胸の底に小石の如く沈んでいる。嫌な思いを振り払うように金吾が大きく息をついたとき、お伊予が小風呂敷の包みを運んできた。

「これでよろしゅうございますか。旦那さまにお尋ねして、ご自室よりお持ちしました。間違いがなければいいのですが」

聞けば河野長兵衛は昨夜から腰痛がぶり返し、今は鍼医《しんい》の往診を受けている最中という。中間の分際で勝手に中身を検《あらた》めるわけにはいかないが、長兵衛がそれと指したのであれば、まず間違いあるまい。礼を述べた金吾に、お伊予はにっこりと笑った。

「これだったら昨日お越し下さった際に、あたしが旦那さまに申し上げてお探しすればよかったですねえ。申し訳ありません」

「いいえ、どうぞお気遣いなく。では、確かにお預かりいたします」

風呂敷包みを押し頂き、金吾は丁寧に化粧が施されたお伊予の顔を凝視した。なにか、と言うように微笑《ほほえ》んで小首を傾《かし》げるお伊予に、結局なにも問えぬまま、河野家を辞した。

金策の当てとは、いったい何だ。そこに市之助が関わっている恐れは充分あり得るが、金吾がそれを問いただしたところで、お伊予が素直に口を割るわけがない。

（市之助がどんな女にだまされようが、そもそも俺とは関わりないからなあ）

昨日は掘子たちの謗《そし》り口を不快と感じたが、金吾とて決して市之助を好いているわけではない。しとしとと長雨が続く夜なぞは、上目遣いに人をすくい見る癖や、店の片隅で陰気に背中を丸めるその姿に、見ているだけで苛立《いらだ》ってくる。

虚弱な市之助が銀山町で肩身の狭い思いをしていることは、理解している。だが、それと誰が話しかけても露骨に避ける人付きあいの悪さは、まったく別の代物だ。

金吾は一つ大きく頭を振ると、茜色に輝き始めた往来を代官所に向かって駆け出した。そのままの勢いで詰所の土間に転がり込み、板間に座す幸蔵に向かって、「戻りましてございます」と叫んだ。

「おお、来たか」

ねぎらい一つかけぬまま、幸蔵が風呂敷包みをひったくる。素早くその中身を確かめてから、御広間の書役たちを強い眼差しで見回した。

「よし、これで今夜のうちに嘆願書を仕上げられるぞ」

「では、藤田さま。わたくしは銀山町の裏目吹所に行き、本日までの上銀の精製量を改めて参ります」

手代の一人があわただしく席を立つ。その背中に幸蔵が、「おい、待て」と制止を投げた。

「間もなく、入相《いりあい》の鐘も鳴ろう。この時刻から慣れぬ銀山町に行くより、おぬしには代官所内でなすべきことがあるはずだ。使いは、そこなる金吾に頼むとしよう」

これでお役御免とばかり思い込んでいただけに、金吾は弾かれたように顔を上げた。

「なに、難しいことではない。銀山町六軒の裏目吹所に参り、昨年十月から今日までの上銀の産出高の総量を聞き取って来るだけだ」

吹所にはすでに数日前に使いをやり、嘆願書にこの一年の産出量を記すべく、後日、各吹所の扱った正確な銀量を尋ねると通告済み。それゆえ金吾が訪ねてゆけば、すぐに銀高を記した書き物を渡してくれるはずだ、と幸蔵は告げた。

裏目吹所は清吹所《きよふきしょ》とも呼ばれ、銀吹師が吹屋で製錬した灰吹銀を、更に上質の花降《はなふり》上銀に精錬する民間の施設である。この花降上銀には銀吹師・裏目師（裏目吹所の経営者）たちの極印が打たれ、後日、銀吹師はこれを代官所に持参し、上銀百目あたり慶長銀百十九匁《もんめ》の公定価格で買い取ってもらうのである。

この一年に買い入れた花降上銀の記録は、もちろん代官所にも残されている。しかしより正確な総量を調べるためには、銀山町に六軒ある裏目吹所を巡り、その総額と合致させるに如《し》くはない。

幸蔵は金吾がかねて銀山町に出入りしていると知っている。そのため、嘆願書作成に忙しい最中、有能な手代を遣わすより、金吾を使った方が早いと考えたのだろう。さりながら、銀山町内の裏目吹所計六軒は、銀山町じゅうに散在している。それを一軒一軒訪ね歩けば、代官所に戻るのは夜更け近くになるだろう。

「どうせ我々は、今夜は寝ずの勤めだ。戻って来るのはいつでもよいぞ」

金吾の不平面には知らぬ顔で、幸蔵が平然と言い放った。

大坂銀座に銀を送り出す秋は、大森代官所にとって一年でもっとも多忙な季節。約二十日間の大坂までの道中を差配する掛役人《かかり》の選出に始まり、運送用の駄馬・人足の差配、道中にかかる費《つい》えの算出、更には銀を受け取る大坂銀座とも、書状で綿密な打ち合わせを重ねねばならない。ましてや今年はそれに先立ち、江戸に嘆願書まで送るのだから、藤田幸蔵たち手代の多忙は推測するに余りがあった。

「わかりました。では、行ってまいります」

しかたがない。これも宮仕えの悲しさである。重い吐息を飲み下し、金吾はまず蔵泉寺口番所にもっとも近い、下河原の裏目吹所に向かった。美髯《びぜん》の裏目師は待っていたとばかり金吾を迎えると、すぐに巻紙に筆を走らせ、そこに大きく切り封を施した。

「お役人さまがたもご苦労さまでございますなあ。それもこれも銀山町の衆のためのお計らいでございましょう。まことにありがとうございます」

裏目師によれば、これまで飢饉や疫病、また災害がこの地を襲う都度、歴代の大森代官はほぼ必ず産出銀の減少を咎め、その都度、銀山町の人々は常以上の働きを強いられてきたという。それだけに先月、今年の貢納銀減免を江戸に嘆願するとの知らせが代官所からもたらされた時は、銀山町の誰もがわが耳を疑ったという。

「とはいえ銀山町の衆も、お代官さまのお情けにただすがっておるわけではありませぬぞ。男も女もこれまで以上に懸命に勤めに励み、来年の大坂貢上の折は必ずや、定め以上の銀をお納めしようと誓い合っておりますのじゃ」

くれぐれも代官所の皆さまに御礼をお伝えくだされ、と念押しする彼に見送られて往来に出れば、裏目吹所の近隣の吹屋には赤々と灯《ひ》が点《とも》り、そこここの煙出《けむだ》しから上る真黒な煙が夜空をざらりと汚している。

掘子が昼夜の別なく間歩で働く以上、吹屋も夜を日に継いで銀を拵えるのは道理。しかしながら裏目師の言葉を耳にした直後だけに、心なしかその煙までもが常より量が多いかに映る。

もし岩田鍬三郎が江戸への嘆願を行わなければ、銀山町の衆はこれまで以上に辛い勤めを強いられただろう。そう思うと面倒とばかり感じていたこの数日のあれこれが、急に意味のあることと感じられてくる。

やはり岩田は奇妙な代官だ、と金吾は思った。それと同時にこみ上げてきたのは、この件は小出儀十郎に報告する必要があるのだろうか、というためらいであった。

金吾がわざわざ文を送らなくとも、産出銀減免願の一件はすでに小出の耳にも届いているだろう。だとすればあえて金吾から金釘《かなくぎ》流の書簡なぞ送る必要もあるまいが、実のところ、銀山町に来てから間もなく一年になるにもかかわらず、金吾が江戸の小出に送った文は、無事に大森に到着したとの一通のみ。自室に籠《こも》りがちな岩田の日常や御領内外での内々の薬の賑恤など、その気になれば知らせるべき話題は、それ以降も幾つもあった。しかし金吾はその都度、渋々筆を取ってはほんの数行で書きかけの文を破き、結局、全ての報告を見合わせてきたのである。

（せめて、代官所の日々の様子だけでもお知らせせねばなあ）

決して密命を忘れているわけではない、との釈明もつけ加えねば、小出とて金吾が怠けているのではと疑うだろう。ああ、それにしても裏目師の老爺の長話で、思いがけず時間を食った。こんな調子で銀山町を回っては、代官所への戻りは本当に明け方になってしまう。

半纏《はんてん》の懐に納めた書簡を片手で押さえて、金吾はぬかるんだ道を下り始めた。間歩や裏目吹所とは異なり、女たちが多く働く吹屋はさすがにこの時刻には閉まるのか、そこここの吹屋の土間には灯がなく、人の気配も絶えている。そんな中、一穂《いっすい》だけ明かりが点された吹屋をひょいと覗き込めば、大きく開け放たれた土間の真ん中で、一人の男が放り出された盥《たらい》やユリ盆を片づけている。市之助であった。

普段から骨の目立つ肩が、淡い灯火の元でいっそう薄っぺらく映る。金吾はあわてて顔を背け、足を急がせた。

市之助が掘子衆から侮《あなど》られていることは、承知している。だがこんな時刻に一人で鏈拵場の片付けをしているとなると、彼は同輩たるユリ女からも見くびられているのかもしれない。

そういえば市之助が徳市の店に顔を出すのは、いつも夜が更けてから。てっきり吹屋の勤めが遅くまであるのだと思っていたが、あれは毎夜、片付けを押し付けられていたからではあるまいか。

ゆるやかな坂を下る足が、我知らず止まる。金吾は灯が点々と連なる銀山町を見回した。まるでそれを待っていたかのように、坂の下から冷たい風が吹き上がり、手にしていた提灯《ちょうちん》を小さく揺らす。

金吾は泥を蹴立《けた》てて、踵を返した。そのまま坂を駆け上がって吹屋の土間に飛び込むなり、目を丸くする市之助の手から、重ねられたユリ盆をひったくった。

「これは、どこに片づけりゃいいんだ」

改めて見れば、土間はそこここに盥や盆が散らばり、まだ水が満たされたままの盥すらある。無言の市之助に背を向け、金吾はその中身を土間の片隅に切られた溝にぶちまけた。

柔弱な市之助は確かに苛立たしい。しかしだからといって、市之助のおとなしさをいいことにこんな真似をしてよいわけがない。

空になった盥を土間の隅に寄せ、傍らにユリ盆を積み重ねる。ほうぼうに在する鶴嘴《つるはし》や金槌を笊《ざる》に手早く放り込むと、金吾は泥に汚れた手を軽く払った。

「おい。徳市の店に行こうぜ。上役に面倒な仕事を押し付けられて、俺もまだ勤めの最中なんだ。ここらで腹ごしらえをしておかなきゃ、到底保《も》ちゃしねえ」

驚きのあまり、礼を述べることすら忘れているのだろう。市之助は小さく唇を開けたまま、ぽかんと金吾を見つめている。その背を強く叩き叩き、金吾は市之助を吹屋の外へと導いた。

先ほどよりも強くなった風が辻《つじ》の柳の枝を揺らしている。ちょっと待ってくれ、と断って、市之助が吹屋の戸口に錠を下ろす重たげな音が、風の冷たさを更に際立たせる。ぶるっと身体を震わせた金吾に、市之助が目を伏せたまま、ぼそりと小声で礼を述べた。

「なあに、礼を言われるようなことじゃねえよ。それよりおめえ、いつも一人で片付けをしているのか」

つい声を尖《とが》らせた金吾に、市之助は怯えたように肩をすくめた。だがすぐに、ほうっと一つ大きな息をつき、「しかたがないんだ」と金吾の顔を見ぬまま呟いた。

「俺は見ての通り、弱っちいからな」

「馬鹿ぬかせ。そりゃあ確かに与平次みてえな掘子に比べれば、非力だけどさ。それでもユリ女どもに比べれば、はるかに力はあるだろう」

そういうことじゃない、と言いたげに、市之助は軽く首を横に振った。しばらくの間、そのまま無言で金吾と肩を並べて坂を下っていたが、やがて徳市の店の明かりが遠くに見えてくると、縫い付けられたかのようにその場に足を止めた。

「――やっぱり、俺はやめておこう。あんた、一人で行ってくれよ」

「なんでだよ。いいじゃねえか。どうせ飯はどこかで食うんだろ」

「いや、ちょっと用事を思い出したんだ。誘ってくれて、ありがとうよ。嬉しかったぜ」

金吾は咄嗟《とっさ》に、市之助の腕を摑んだ。だが市之助は思いがけぬ強さでそれを振り払い、そのまま大股に走り出した。

一瞬だけ見えたその横顔は青ざめ、ひどく硬い。まるでそんな彼を留めるかのように、この時、「なんだ、市之助じゃねえか」という聞き覚えのある声が、道の果てから聞こえてきた。

「もう帰るのか。今日はまた、珍しく早かったんだな。お春の機嫌はどうだったい」

暗がりの奥からやってきた与平次が、市之助の行く手を塞《ふさ》ぐ。おい、と金吾は声を張り上げた。

「与平次。そいつを引きとめてくれ」

今日もまた、他の間歩に敷入《しきいり》していたのだろう。与平次の全身は砂と泥に汚れ、半町も離れているのに汗の臭いがむっと漂ってくる。

だが与平次がなんだと、と応じるよりも早く、市之助は足をもつれさせながら駆け出した。その荒々しい足取りに呆気に取られたのか、与平次が遠ざかる市之助と駆け寄る金吾を見比べる。

「いったいどうしたっていうんだ。おめえ、市之助に何か言ったのか」

と首をひねった。

「いいや。俺にもまったく、わけが分からねえ。ただ、吹屋に居残っているところを見かけ、徳市の店に行こうと誘っただけなんだが」

吹屋での一部始終を語った金吾に、与平次はちっと舌を鳴らした。足元の小石を足半《あしなか》の爪先《つまさき》で踏みにじり、「あの女郎《めろう》ども、まだそんな真似を続けていたのか」と毒づいた。

「市之助も市之助だ。困ったことがあればいつでも言えと告げておいたのによ。あんな細っこい癖に、妙なところは意地っ張りと来てやがる」

他の掘子とは違い、与平次は市之助を見かけるたびに声をかけ、時には無理やり同じ床几へと誘うことすらある。親切なんだな、と呟いた金吾に、与平次は当然とばかりうなずいた。

「そりゃそうさ。今でこそ家移りしちまったが、俺はもともと下河原の出でな。もう二十年も昔、あいつが初めて勤めていた吹屋の裏に、親父たちと住んでいたんだ。餓鬼の頃は、遊んでもらったこともあるんだぜ」

銀山町の男児は十歳前後で、坑内の雑用を便じる手子《てご》として、各山の山師に雇われる。つまり市之助は少年の頃から、間歩では用立たぬと見なされ、吹屋に勤めていたわけか。

骨と皮ばかりに痩せているためにどうにも年齢が判じがたかったが、与平次の話から推し量るに、市之助は与平次よりも年上。しかもそろそろ三十路《みそじ》に差しかかろうという年頃らしい。その年齢をこっそり指折り数えながら、金吾は市之助のあの頑《かたく》なさのわけが少し分かった気がした。

徳市や叡応といった例外はあるものの、銀山町で若者以外の男を見かけることは、極めて珍しい。深い間歩の底に入り、日がな一日鏈を切り出し続ける掘子たちは、みな四十歳を待たずに気《け》絶《だえ》に倒れるからだ。

吹屋で働くユリ女のほとんどは、掘子の家族。夫や父親を病で失った彼女たちにとって、同じ男でありながらこの先ものうのうと生きながらえるであろう市之助は、嘲笑《ちょうしょう》と蔑視《べっし》——更には他に向ける先のない怒り哀しみを投げつける格好の相手なのではあるまいか。そして同様に市之助もまた、年を経た者が次々倒れてゆく銀山町にあって、たった一人残されねばならぬ我が身に、忸怩《じくじ》たるものがあるのに違いない。

いくら与平次が優しく、また逞《たくま》しくとも、彼もまた遠からず市之助より先に死ぬ。それが分かっていればこそ、市之助は与平次にすら頼ってはならぬと決めているのであろう。いうなればこの銀山町の中で、市之助だけがたった一人、異端として生きねばならぬのだ。

そう気づいた途端、あの男を内心嘲笑《あざわら》っていた自分が、ひどく愚かしく——そして情けなく思われてくる。金吾は与平次に背を向けた。

「おい、どこに行くんだ」

与平次は気の利く男だ。だがそんな彼ですらどうやら市之助の孤独にまで思いが至っておらぬらしいとなれば、彼はこれまでどれほど辛い日々を過ごしてきたことか。

昼からなにも食べていないため、金吾の腹の虫は先ほどからしきりに哀れな声を上げている。だがもし徳市の店で、またも市之助を嘲る言葉を耳にすれば、今度こそ冷静ではいられぬだろう。与平次の声を振り切って、金吾はわき目も振らずに往来を駆けた。

そのままの勢いで大谷の裏目吹所に駆け込んで用を便じ、ついで休谷を経て、栃畑谷、昆布山谷、石銀《いしがね》にまで足を延ばす。

その頃には半分に欠けた月が山の端に顔を覗かせ、金吾の足元に長い影を曳《ひ》き始めていた。夜更けに差しかかって一層冷たさを増した風が、朱に染まった金吾の顔をひたひたと叩いていた。

「このような時刻まで、お役目ご苦労さまでございます」

夜通し銀吹を行っているとはいえ、こんな時刻の来客は稀《まれ》なのだろう。裏目師たちはみないずれも目を丸くして金吾を出迎えたが、ことに最後に立ち寄った本谷裏目吹所では、裏目師が自らの夜食と思しき握り飯に塩を添えて差し出してくれた。

「これはすまん。ありがたく食わせてもらうぞ」

起伏の多い銀山六谷を駆け回った足は、すでに棒のように疲れ切っている。あっという間に握り飯を食い終えて白湯《さゆ》をすする金吾に、「お疲れのご様子でございますなあ」と、四十がらみの裏目師は気の毒そうに言った。

「これより、お代官所までお戻りなのでしょう。足弱な折は、下り坂こそ難所……。何卒《なにとぞ》、お気を付けくださいませ」

なにせここ本谷は石銀の奥地に数えられ、銀山六谷の中でももっとも山奥。蔵泉寺口番所に戻るだけでも、先ほど通り過ぎた石銀を経て、小山を二つも越えねばならぬ。

この分では、代官所に戻る頃には本当に夜が白んでいるかもしれない。うんざりした気分で草鞋《わらじ》の紐《ひも》を結び直す金吾に近付き、「もしよろしければ」と裏目師は続けた。

「少々細くはございますが、ここからまっすぐ下河原に降りられる谷道がございます。よろしければ、ご案内いたしましょうか」

「それは助かる。頼めるか」

博多の豪商・神屋寿禎《かみやじゅてい》がこの地で本格的な銀の採掘を始めたのは、今から約三百年前の大永六年（一五二六）。ただそれより二百年も以前から、石見国銀脈があることは広く知られており、神屋寿禎が開発を始めた頃には、地上に露出している銀鉱脈は大半が掘り尽くされていた。

このため新たなる銀を求める山師たちは、岩盤に露出した鉱脈をそのまま地中に追いかけて掘り進め、鏈押《ひお》し掘りという採掘法を編み出した。それでもめぼしい銀を掘り尽くすと、今度は山に坑道を穿《うが》って鉱脈を求め、それが間歩から鏈を切り出す現在の採掘法の端緒となったのである。

何せ採掘の歴史が長いだけに、仙ノ山の山肌には至るところに間歩の入り口や空気穴が掘られており、中にはもう百年も昔に鏈を採り尽くし、入り口が深い草に覆われている穴も数多かった。素人目《しろうとめ》にはいったいどこに間歩が口を開けているか分からぬため、下手に穴へ足を突っ込めば、そのまま何十間という地の底に滑り落ちてしまう恐れもある。それを警戒して、ここまでの道中、なるべく山道を避けてきただけに、裏目師の申し出はまさに渡りに船であった。

「普段は土地の者しか通りませんが、山間《やまあい》を縫うために起伏も少なく、急ぎのお方にはもってこいでございます」

裏目師は手早く身拵えをして立ち上がり、金吾の先に立って歩き出した。

本谷は今から二百年ほど前までは、仙ノ山一帯の中でももっとも銀の産出量が多いと言われた地域。初代銀山奉行・大久保長安《おおくぼながやす》が馬に乗ったまま敷入したとも言われる奉行間歩（大久保間歩）、その大久保の腹心であった山師が開削した釜屋《かまや》間歩など、大規模な間歩の痕跡《こんせき》がそこここに残っているが、残念ながら主だった鏈はすでに掘り尽くされ、かつての勢いはない。今日では石銀内の一部として扱われ、銀山六谷の中に名前すら挙げられぬ土地であった。

裏目吹所にだけは煌々《こうこう》と灯が点っていたものの、その左右に建つ吹屋はしんと静まり返り、かろうじて採掘を続けているらしき二、三の間歩の入り口にちらちらと灯が揺れるばかり。小さな家が身を寄せ合うように並ぶ集落を抜けた途端、辺りはあっという間に深い闇に覆われた。

裏目師の持つ松明《たいまつ》の火を頼りに窺えば、そこここの斜《なぞえ》には崩れた小屋が雨に打たれた朽葉の如く幾棟も張り付いている。往時に建てられた掘子たちの住まいや吹屋の跡に違いないが、なまじ賑やかな下河原や休谷を見慣れているだけに、その風景はひどく物悲し気であった。

「さびれておりましょう」

生い茂る竹をかき分けて先を歩いていた裏目師が、金吾の胸の裡《うち》を見透かしたかのように、背中越しに含み笑った。

「かつてこの界隈《かいわい》は、千軒を超す家々が建っていたとやら聞きますが、ご覧の通り、今はまったくその面影はございませぬ。わたくしはこのさびれように慣れきっておりますが、銀山の男にしては珍しく八十の齢《よわい》を重ねて亡くなった祖父なぞには、この谷の衰退がそれはそれは情けなく映ったようでございましてなあ」

この地のかつての隆盛を知る老人からすれば、下河原や休谷といった山裾《やますそ》の集落は新参者。そんな村々の住人が小さな間歩を蟻《あり》の巣の如く掘り巡らせ、本谷をはるかに超す量の鏈を切り出しているのが悔しくてならなかったのだろう。おぬしら若い者の心がけが悪いからじゃ、と杖《つえ》で打たれたことも一度や二度ではなかった、と裏目師は自嘲する口調で続けた。

確かにこの一年間の花降上銀の生産記録を見る限り、本谷の産出量は他に比べて極めて低い。徳市の店のような飯屋も見当たらず、下河原の町筋の如き賑やかさもなく、まるでこの町だけが山裾の繁栄から取り残されたかに映る。

銀山町内にも様々な栄枯盛衰があり、他の地域の繁栄を羨《うらや》む者も、自らの集落の凋落《ちょうらく》ぶりを自嘲する者もいる。身体が弱いというだけで、市之助を掘子やユリ女たちが嘲るように、銀を産むことのみを課せられ続ける銀山町のただなかにも、様々な人の思惑は激しく渦巻いているのだ。その上、この町を管理する銀山方役人、彼らを統括する代官所の者たちまでを考えあわせれば、さして広くもないこの一帯にいったい幾つの力の渦がひしめき合っていることか。

（お代官さまは、それらすべてに目を配っておられるのだろうか――）

金吾が胸の中でそう呟いたとき、先を行く裏目師がはたと足を止めた。

「見えましたぞ、あれが蔵泉寺口番所でございます」

その肩越しに目をやれば、重なり合った裸木越しの足元にぼんやりとした明かりが二つ見える。なるほど、あれは番所の左右に掲げられている高提灯。つまりここは下河原の町の北東端の丘の上というわけだ。

「この坂を下りれば、龍昌寺《りゅうしょうじ》の裏に行き当たります。山門は夜でも開け放たれておりますので、そのまま寺の境内を突っ切られれば、後は子供でも分かる道のりでございましょう」

これまで参拝をしたことはないが、龍昌寺は豪壮な石垣の上に伽藍《がらん》を構える大寺。長い石段の上に佇立《ちょりつ》していた山門を思い出しながら、金吾は裏目師に低頭した。

「ありがとうございます。おかげで助かりました」

「いえいえ、わしら本谷の者にとっては、通い慣れた道。大したことではございません。それより、お役目まことにご苦労さまでございます」

松明を振り振り、来た道を戻っていく彼を見送り、教えられたままに坂を下る。だがいったいどこで間違えたのだろう。いつしか道は斜面に向かってどんどん斜めに逸《そ》れ、はたと気が付けば、夜目にも黒々とした龍昌寺の伽藍ははるか後方へと去っている。代わって眼下に広がる下河原の町の灯は長く点々と連なり、夜空の星を一列に足元に撒《ま》いたかのようだ。どうやら番所を目指していたはずが、むしろ離れた方向に向かっているらしい。

まあ、いい。どうせここまで来れば、下河原の町は目と鼻の先。適当に歩いていても、そのうち知ったところに出るだろう。そこから通りを駆ければ、今度こそ大森に戻れるはずだ。

なまじ草深い本谷から戻って来ただけに、木々の向こうに見える町並みは眼にひどく明るく、どこからともなく聞こえてくる騒《ざわ》めきまでが頼もしい。やがて足元はよく踏み固められた道に変じ、左右にちらほらと小さな家々が建ち並び始めた。近隣に間歩があれば、夜を日に継いで働く掘子の姿が見られるはずだが、四囲はしんと静まり返り、人の気配はない。だがそれでも不思議に界隈《かいわい》の光景に覚えがある気がして、「ああ、そうか」と金吾は両手をぽんと打ち合わせた。

(あそこに見えるのは、下河原の裏目吹所じゃないか)

記憶があるのも当然だ。金吾が今しがた下ってきたのは、どうもつい三刻ほど前に訪った裏目吹所の背後の丘らしい。つまり自分はほぼ一晩を費やして、仙ノ山をぐるりと一回りしてきたわけだ。

先ほどと同じ道をたどりながら代官所に向かえば、東の空はすでにわずかに白み、気の早い鴉《からす》がどこか遠くで鳴いている。

次の鉦まで間があるためか、往来は夜明け直前の静謐《せいひつ》さに包まれている。市之助の働く吹屋にも通り過ぎざまちらりと眼を投げ、金吾は眉根を寄せた。

先ほど、市之助を手伝って鏈拵場を片付けた際、金吾は確かに市之助が板戸に錠をかける音を耳にした。だがどういうわけか今、その板戸はわずかに開き、ぽっかりと真っ暗な闇が隙間《すきま》に口を開けている。

金吾はおずおずと板戸に近づいた。目を押し当てれば吹屋の奥に微《かす》かな明かりが揺れ、そのそよぎに合わせるように、大きな影が板壁に伸び縮みを繰り返している。

(まさか、物取りでは——)

その言葉が稲妻のように閃《ひらめ》き、金吾は身体を固くした。

銀山町の周囲は八つの番所が設けられ、柵之内《さくのうち》と異称される町内からの銀の不正持ち出しを監視している。それゆえ銀山町内ではかえって間歩でも吹屋でも銀の管理は緩やかで、金吾はこれまで日中の吹屋の軒下に、無造作に灰吹銀を納めた叺《かます》が積み上げられているのを幾度も目にしていた。つまり当人さえその気になれば、町内で銀を盗むこと自体は容易なのだ。

とはいえ物取りと思ったのは早合点で、吹屋の衆が一日の支度に取りかかっているということも充分ありえる。金吾は息を詰め、戸口の隙間に更に顔を押しつけた。

その途端、がたり、と何かが覆るような音がして、人影ががばと小さくなる。その場に身を伏せたのだと思った刹那、金吾は己の喉がからからに干上がっているのに気付いた。

もし内にいるのが吹屋の者なら、思いがけぬ物音に身を隠す必要はない。つまりあの人影はやはり、物盗《ものと》りに違いない。

番所まで駆け、不寝番の銀山方役人を呼んでくるか。いや、そんなことをしている間に、物盗りはさっさと逃げ出してしまうかもしれない。

金吾は腰に帯びている木刀の柄《つか》に、手をかけた。道場に通ったこともなく、見よう見真似で振り回すことしかできないが、それでも脅し程度にはなるだろう。草鞋の紐が緩んでいないことを素早く確かめ、そろりそろりと吹屋の板戸を押し開く、尻から肩へと這いあがってきた震えを振り払うように、「誰かいるのかッ」と屋内に向かって叫んだ。

土間の奥の上り框に点っていた灯が、大きく揺れた。同時にかたわらの壁に影が大きく伸びあがり、床から起き直った人影がぎょっとこちらを顧みる。

その手許《てもと》で小さく何かが煌《きら》めいたのを確かめる間もあればこそ、「こ――この銀盗人がッ」と叫んで金吾は走り出した。

だが人影は意外な敏捷《びんしょう》さで立ち上がると、板間を更に奥に向かって駆け出した。裏手に通じる戸口に体当たりを食らわせるや、そのまま裏庭に転がり出る。よろめきながら立ち上がろうとするその背に、金吾は怒号とともに飛びかかった。

握りしめたままの木刀を闇雲に振り回し、相手の顔といわず胴といわず殴りつける。すると相手は突然両手で頭を抱えるや、抵抗するそぶりもなく、がくりとその場にうなだれた。

とりあえず縄だ、と思ったものの、懐には手ぬぐい一本入っていない。しかたない。相手の帯をほどき、それで高手小手《たかてこて》に縛り上げよう。そう考えて手を伸ばせば、その腰は骨が浮き出るほどに痩せ、手も足もひどくひょろ長い。

一角が白み始めたとはいえ、空はまだ大半が藍色《あいいろ》に沈み、己の手許すら定かには見えない。だがこれほど細っこく骨組の薄い男が、銀山町にそうそういるわけがない。

「おめえ……まさか市之助か」

薄闇のただなかで、市之助が顔を背ける。その頬をぐいと掴み、「なにをしているんだ、おめえ」と金吾は震える声を絞りだした。

「この町内じゃ、石ころ一つだってお上のものだ。それなのに、なんて真似をしやがる」

蔵泉寺口番所の隣は広場になっており、掘子や山師など銀山町の者が町内から不正に鏈や銀を持ち出した際には、ここで処刑が行われる定めという。とはいえ銀山町の衆もこと銀の管理に関する大森代官所の苛烈《かれつ》さはよく知っているだけに、この四、五十年は刑場が用いられることは皆無だと金吾は聞いていた。

無言の市之助を膝の下に踏まえたまま、金吾は四囲を見回した。火や大量の水を扱う吹屋は、銀山六谷のどこでも集落から少し離れたところに建てられており、この下河原でもまたその例に洩《も》れず、周りに人家はない。金吾の怒鳴り声や、裏口の板戸を破った音のけたたましさにもかかわらずいまだ誰も駆け付けて来ないところからして、この騒ぎに気付いている者は皆無なのだろう。

畜生、と小さなうめきが口を突く。金吾はその場に跳ね立つと、市之助の腕を掴んで引き起こした。

「さっき盗んだ銀を返せ。そして、今すぐここから逃げろ」

「――なんだと」

「ぐずぐずするな。首と胴が離れてもいいのか」

馬鹿な真似をとは、承知している。だが長年、町の者たちに虐《しいた》げられ続けたこの男をみすみす死なせる冷徹さは、金吾にはない。

幸い、金吾は代官所の下役。盗人を見かけて追いかけたが、相手は奪った銀を置いて逃げ去ったと言えば、役人たちも承知するはずだ。

だが金吾の言葉に、市之助は大きく首を横に振った。「い、いやだ」と唇をわななかせ、自らの懐を片手で強く押さえた。

「馬鹿を言うんじゃねえ。死にたいのか」

金吾は無理やり、市之助の懐に手を突っ込んだ。掘子に比べれば格段に非力とはいえ、鏈を砕き、水洗いをして鏈拵を行う市之助は案外、膂力《りょりょく》がある。撥《は》ねのけようとするのをもう一度力任せに組み伏せるうち、小さな布包みがかしゃりと硬い音を立てて地面に落ちた。

はっと血相を変えた市之助を突き飛ばし、金吾は布包みを拾い上げた。だが布を引き剝《は》いで中身を改めれば、その中身は案に相違して、奉書紙に包まれた裏目銀ではない。夜目にも白々と輝く、一本の銀の簪であった。

「か、返せッ」

我が目を疑った金吾の手から、市之助は簪をひったくった。胸元にそれを抱え込んで地面にうずくまり、「お役人を呼ぶなら、呼びゃあいい」と肩を震わせた。「けど、誰が何と言おうと、この簪だけは俺のものだ。これだけは、首を切られたって放さねぞ」

「どういうことだ。お前、いったい何をしているんだ」

混乱と怒りに、激しい眩暈《めまい》すら覚える。金吾は吹屋を振り返った。

先ほど市之助がうずくまっていたのは、鏈拵場の隅に拵えられた板間だった。通常ならば鏈拵場の頭であるユリ頭がそこから、土間で働くユリ女たちを差配する場だ。

ユリ頭は間歩から運ばれてきた鏈の計量を監視・記録し、その後の鏈拵の差配をする大切な役職。おおむね銀吹師の女房や年を経たユリ女が務めることが多く、吹屋の要とも呼ぶべき女であった。

「か――かれこれ、二年も前のことだ」

しゃくり上げるように肩を揺らし、市之助は銀の簪をいっそう強く抱え込んだ。

「あのユリ頭の婆あめ、俺がこの簪を大事に懐に入れているのを見つけ、ユリ女どもと一緒になって、腹を抱えて笑いやがった。銀山町でそんな簪を持っていちゃあ、いつお役人さまに見咎められるかしれないよなんぞと言って、強引に取り上げて板間の帳場にしまい込んじまったんだ」

たった一人、後片付けをさせられていた市之助の姿が甦《よみがえ》り、金吾は大きく息をついた。

「これはお伊予がわざわざ、俺に戻して寄越した大事な品なんだ。それをあいつら、小馬鹿にしやがって」

呻きに似た声で市之助が語ったところによれば、もともとこの銀簪は今から八年前、吹屋の主がお伊予と彼の縁を取り持とうとした折、大森町の小間物屋で市之助がなけなしの蓄えをはたいて買い求めたものという。

「俺だって最初から分かっていたさ。お伊予はあんなに綺麗で賢いんだ。こんな半端者の俺には釣り合わねえってことぐらいよ」

心の底でまさかと思いつつも、それでも銀吹師から持ち掛けられた縁談に、市之助は胸の弾みを抑えられなかった。結局のところ、お伊予がいずれは大森町で暮らしたいと言い出したのをきっかけに縁組は白紙となったが、心づくしの簪を返されてもなお、市之助はお伊予を恨むことができなかった。

「だって、そうだろう。駄目になっちまったとはいえ、一度はお伊予は俺との縁談に耳を傾けてくれたんだ。それまでずっと誰からも、男の出来損ないだと言われていたこの俺にさ」

金吾の耳の底に、お伊予の明るい声が甦った。初めて出会う金吾にすら、あれほど屈託なく話しかけてきたお伊予が、この病弱な男にどのように接していたのか、なんとなく察せられた。

「だからお前は、お伊予の金策の頼みにも、力を貸してやろうと思ったのか」

ああ、と金吾の言葉を封じるように答え、市之助は両手で頭を抱えた。

「お伊予はあんな女だから、大森に行ってからは男がらみのいざこざが絶えなかったんだ。最初に奉公に出たお店《たな》じゃ、やもめの番頭に言い寄られた末、妙な噂をお店で流されちまったし、次の奉公先じゃ女中仲間に嫌われ、散々な目に遭ったらしい」

だがどんな時も、お伊予は時折訪ねてくる市之助に明るく自分の境遇を語り、「けど、大丈夫さ。どうにかなるって」とからりと笑った。その態度は、市之助を見下し、嘲笑うユリ女たちとは天地ほどに異なり、もはや手の届かぬ相手と知りつつも、市之助はお伊予を訪うことをやめられなかった。

「銀山町の連中が、お伊予のことを尻軽だのあばずれだのと呼んでいることは知っているさ。けど俺を始終小馬鹿にするあいつらと、こんな俺にも笑いかけてくれるお伊予と。俺がどっちを信じるべきか、そんなこと考えるまでもないだろう」

そんなお伊予から相談を持ちかけられたのは、二月前。珍しくお伊予の方から呼び出され、最近勤め替えたばかりの河野長兵衛の屋敷に市之助は出かけて行ったという。

「――所帯を持ちたい男が出来た。そう言われたんだ」

溜め息に紛らすように言い放ち、市之助は空を仰いだ。

「相手の男は最初の奉公先で一緒だった手代で、お伊予が番頭に言い寄られているのをずっと腹立たしく思っていたらしい。半年ほど前、たまたま往来で行き合ったのが縁で親しくなり、とうとう夫婦約束までしたんだと」

「それでいいのか、お前」

金吾が目を吊り上げるのに、市之助は乾いた笑みを浮かべた。地面の上に胡座《あぐら》をかき、しかたないじゃねえか、とぽつりと言った。

「俺はこんな身体だ。女子供の手も借りたいほどに忙しい銀山町だからこそ仕事があるだけで、大森なんぞじゃ働きようもねえ」

ただ、相手の男には一つだけ問題があった。女手一つで彼を育て上げた母親が寝付き、その薬代のためにお店に借金を重ね続けているという。

お伊予と所帯を持とうにも、借財のある身ではそれもままならない。祝言を挙げる暇があれば前借りしている給金を返せと言われるに違いない、と嘆くお伊予に、市之助は思わず「俺が金策してやる」と口走ったのであった。

——おめえが昔、俺に突き返した簪、あれを質に入れれば、二分や一両にはなるはずだ。なんといってもあれは総銀で、鋳《い》つぶしたって随分な値が付くからな。

しかしながら肝心の簪はとっくの昔にユリ頭に取り上げられ、市之助の手許にない。乏しい蓄えをかき集め、どうにかならぬかと思案したが、やはり銀の簪に比肩できるほどの額ではない。

銀山町では、間歩や吹屋からの銀・鏈の持ち出しは確かに御法度《ごはっと》。とはいえ元々自分の持ち物である簪を取り戻すのだ。なんの遠慮がいるだろう。

「馬鹿なことをしているとは、分かっているさ。お伊予だって、俺ならどうにか金を貸してくれるのではと見込んで、あんな話を聞かせたんだろう。けど、俺にはこれしか手立てがなかった。いや、俺があいつにこうしてやりたいと思ったんだ」

その刹那《せつな》、金吾の胸に浮かんだのは、無数の小屋がそここで無残に朽ち果てていた本谷の光景だった。

銀の出なくなった山を細々と穿ち続けるあの地の者たちは、昔日の繁栄を輝かしい過去として記憶しながら、諦念《ていねん》とともに日々を送っている。

人の世とは結局、願うようにならぬことの方が多い。金吾とて、そうではないか。岩田代官の身辺を探ろうとしても思うままにならず、こうして夜中にもかかわらず藤田幸蔵にこき使われている。

そんな中で自分の境涯に諦《あきら》めをつけながらも、それでもなおお伊予の幸せを願おうとしている市之助は、もしかしたら銀山町の誰よりも強く、逞しい男なのではなかろうか。

金吾は市之助が握りしめたままの簪に目を落とした。長い間、帳場の引き出しに放り込まれっ放しになっていたのだろう。その輝きはくすんでいるが、それでも市之助が身じろぎする都度、白く澄んだ光を放つ。

縁談が決まりそうになった際に市之助が買ったというのだから、簪に彫り込まれた二羽の鳥はおそらく、夫婦和合を表す鴛鴦《おしどり》なのだろう。だがそれにしては少々首が長すぎ、見ようによっては不格好な鶴とも映る。

「――簪を売るあてはあるのか」

「ああ、大森の道具屋に、もう相談はかけてあるんだ。古びちゃいるが、目方がある品だからな」

そうか、と首肯し、金吾は板戸が外れたままの吹屋を再度振り返った。ユリ頭はきっと、市之助の簪を無理やり奪い取ったことなぞ、とうの昔に忘れていよう。ただ、内側から裏口が壊されているとなると、銀吹師は吹屋内で盗られているものはないかと不審を抱くかもしれない。

市之助は簪を大事そうに懐に納めた。金吾の眼差しを追って、ぽっかりと暗い口を開いた吹屋に顎をしゃくった。

「ああ、あの裏口なら言い訳ができるぞ。これまで一人で鏈拵場の片付けをしていた時、幾度となく外からつっかえ棒をかけられ、閉じ込められたことがあるんだ。昨夜も同じ真似をされ、たまりかねて裏口から飛び出したと言えば、何とかなるだろう」

「……お前、本当に色々な目に遭っているんだな」

「まあな。とはいえ、大概のことはもう慣れたさ。だから、お前はもう行けよ」

いつしか空の色は明るい紺に染まり、仙ノ山のくっきりとした稜線《りょうせん》がそこに弧を描いている。あと四半刻もせぬうちに、そここの家からは人々が起き出し、町は普段通りの朝を迎えよう。間歩から這い出した銀掘《かねほり》と、新たに敷入する銀掘が四ツ留で挨拶を交わし、あちこちの吹屋の窓から灰色の煙が上がり出そう。

わかった、とうなずいて二、三歩、坂を下り、金吾は市之助を顧みた。辺りの闇は刻々と遠のき、たたずむ市之助の姿を折しも差し入り始めた曙光《しょこう》の中に浮かび上がらせている。

その影は相変わらず、吹く風にも折れてしまいそうに細く、頼りない。しかし銀の簪を握りしめた拳にはきっと、金吾には思いも寄らぬ力が込められているのに違いない。

静かに明るむ空に背を押され、金吾は下河原の町を走り抜けた。「なんじゃあ、夜通し銀山六谷を歩き回っていたのか」とあきれる銀山役人に手形を示し、人の増え始めた道をひたすら駆けた。

「遅くなりましたッ」

大きく門が開かれたままの代官所に飛び込めば、御広間では目を血走らせた地方役人たちが必死の形相で机に向かっている。金吾の声に顔を上げ、「戻ったかッ」とばらばらと上り框に詰めかけた。金吾が懐から取り出した六通の書簡をひったくり、すぐさま手許の帳面と突き合わせ始めた。

「よし、これで嘆願書を仕上げられるぞ」

「すぐに取りかかれ」

うなずきあった地方役人が急いで机に向かうのを眺めるうち、どっと眠気と疲れが押し寄せてくる。金吾は思わず、その場に両手をついた。

「ご苦労だったな」

顔を上げれば、藤田幸蔵がにこりともせずにこちらを見下ろしている。他の役人同様、夜通し仕事に励んでいたであろうに、無精ひげ一本生えていない怜悧《れいり》な顔が、今はいささか不気味ですらあった。

「ただそれにしても町内を回るのに、丸一晩かかるとは。いささか遅すぎではないか」

「申し訳ありません。なにせ、本谷や石銀界隈は不案内なもので」

とはいえ昨夜、どれだけ時間がかかっても構わぬと言ったのは他ならぬ幸蔵だ。胸の底に湧いた反発を押し殺しての弁明に、幸蔵はふんと鼻を鳴らした。

「不案内、不案内なあ。およそ、そうとは思えんが。おぬしほど銀山町に通じている者は、これまでの代官所の者の中にはおるまいて」

不気味なほど冷ややかな口調に、金吾は幸蔵の顔を凝視した。その途端にこちらを見詰め返してきた幸蔵の眼差しは、まるで氷を含んでいるかのように冷たく、また鋭い。

尻から背中へと、冷たいものがじわじわと這い上がってくる。どういう意味だ、と叫び出したいほどの恐怖に襲われたその時、「藤田さま、よろしゅうございましょうか」と書役の一人が、幸蔵の傍らに膝をついた。

広げた帳面を示し、何事か指示を仰ぎ始めた彼から顔を背け、金吾は土間をよろめき出た。

代官所の庭には眩《まぶ》しいばかりの朝日が射し、形のよい松の枝で数羽の雀がしきりに囀《さえず》っている。だが今の金吾には、朝を告げる鳥たちの啼き声も、厨から漂ってくる甘い飯の匂いも、皆目届いてはいなかった。

（今のはどういう意味だ――）

中間長屋の自室に転がり込み、草鞋を履いたまま上り框に尻を下ろす。いつの間にか、背中には一面に粟《あわ》の粒が立っていた。

幸蔵が何の根拠もない軽口を叩くわけがない。それにあの冷たい眼差しは、いったい。

不安と楽観が交互に渦を巻く。こみ上げる不安を打ち消そうとすればするほど、あの藤田幸蔵であれば、という思いが黒雲のように胸を襲った。そう、あの幸蔵であれば。金吾の過去の勤め先から小出儀十郎との関係を割り出し、その企《たくら》みに勘付いたとて何ら不思議ではないのでは。

ただそれであれば、黙って自分を見張ればよかろうに、なぜ怪しんでいるぞと言わんばかりの態度を取るのか。もしや幸蔵は自分を不審に感じてはいても、いまだ確たる事実を把握してはおらぬため、ああいった形で鎌をかけたのか。だとすればここで動揺しては、かえって幸蔵の思う壺《つぼ》となる。

（どうすればいいんだ――）

そもそも金吾は小出儀十郎から、岩田代官の落ち度を探せと言われただけで、藤田幸蔵のような辣腕の存在なぞ告げられてはいなかった。それだけにこんな事態に直面した場合の策は全く考えていなかったが、事ここに至っては、とにかく幸蔵の疑いの目から逃れることに邁進《まいしん》するのみ。そのためにはただひたすら勤めに励み、後ろめたさなど微塵《みじん》もにじませぬことだ。そうだ、それしかない。

「おおい、金吾。いるのかあ」

不意に間延びした声がして、草履取りの島次がぬっと戸口から顔を覗かせた。上り框の金吾と鼻先を突き合わせそうになり、蛙《かえる》のように飛び退いた。

「あ、ああ、驚いた。なんでまた、そんなところに座っているんだ」

薄い胸を片手で軽く撫で、島次は背後に顎をしゃくった。

「手代さまが、御広間でお呼びだぞ。河野長兵衛さまのところに、また行ってこいだとよ」

腰が引けそうになるのを、金吾は奥歯を嚙みしめて堪えた。

ここが勝負どころだ。もし金吾が少しでも後ろめたげな挙動を示せば、幸蔵はやはり自分の目に狂いはなかったと考えるだろう。せめてあと一年、いや半年でも構わない。何とかこのまま幸蔵を欺き、己の勤めを果たさねば。

島次に礼を言って、長屋を飛び出す。庭の端で一瞬大きく息をつくと、「お呼びでございますか」と大声で叫びながら、御広間脇の土間へと駆け込んだ。

「おお、来たか。銀山町から戻ったばかりのところをすまぬが、藤田さまのご下命だ。この帳面を河野長兵衛さまの元にお返ししてきてくれ。お代官さまの文も共にだ。決して粗略に扱うなよ」

手代の一人がそう言いながら、御広間のもっとも奥に座す幸蔵の前から、見覚えのある包みを運んでくる。その上には岩田鍬三郎の手蹟《て》と思しき書翰《しょかん》が一通、添えられていた。

「かしこまりました、行ってまいります」

土間に平伏しながら、目の隅でうかがった幸蔵の表情は水を打ったかのように静かで、その内奥は皆目うかがい知れない。金吾は胸の底で、大きな息をついた。

大丈夫だ。少なくとも自分は今、小出と全く音信を交わしていない。仮に幸蔵がどんな疑念を抱いていたとしても、尻尾《しっぽ》さえ摑まれなければ、恐れる必要はないはずだ。

だが、小出儀十郎は――そして藤田幸蔵は、いったい何を知っているのだろう。彼らの手先として使われながらも、たった一人、何も告げられていない我が身が腹立たしく、またひどく情けない。

もし自分が一介の中間などでなければ、何の理由も明かされぬまま、こんな山中に追いやられはしなかっただろう。あの軟弱と見えた市之助ですら、大切な女のために我が身を顧みぬ覚悟を決めている。それに引き換え自分は学問も剣術も不得手で、ただ下郎として人から追い使われるばかりとは。

（いいや、俺だって――）

藤田幸蔵には遠く及ばぬとしても、たとえば今からでも学問を積めば、いずれは手代程度には立身できるはずだ。そこから更なる研鑽《けんさん》次第では、いずれは代官所の一つも切り盛りする存在となれるのではないか。

必死にそう自分に言い聞かせ、金吾は大森の町を駆け抜けた。もはや見慣れた河野家の門を叩き、「御代官所から参りましたッ」と声を張り上げれば、ちょうど朝餉《あさげ》の支度をしていたのだろうか、お伊予が前垂れで手を拭《ぬぐ》いながら姿を現した。息せききって来意を告げた金吾に、困ったように眉を下げた。

「それは朝早くからご苦労さまでございます。ただ、旦那さまは今日もお腰が優れずにいらっしゃいまして。お目通りは叶わぬと思いますよ」

「では、これをお渡しください。代官所よりの文も添えてございます」

金吾が差し出した包みを受け取ると、お伊予は「ちょっとうかがって参りましょう」と断って、屋敷の奥にとって返した。待つ間もなく小走りに戻って来るや、

「お代官さまから直々に文をいただき、知らぬ顔は出来ぬ。返信をしたためるゆえ、暫時《ざんじ》、待たせておけ、とのことでございます」

と金吾に笑いかけた。

「承知いたしました。では、しばらく供待ちに控えております」

寝起きもままならぬ長兵衛が文を記すとなれば、優に四半刻はかかるだろう。棟門に設《しつら》えられた狭い供待ちに腰を下ろし、金吾は腰に帯びた木刀の柄にぐいと両手をかけた。

振売《ふりうり》の八百屋が長閑《のどか》な売り声を上げながら、門前をゆっくり通り過ぎて行く。もしかしたら河野家が贔屓《ひいき》にしている男なのか、開かれた門からちらりと内側を覗きこみ、供待ちに控えた金吾の姿に驚いた様子で頭を下げた。

「すみませんねえ、お引き留めしてしまいまして。もうしばし、お待ちくださいませ」

ようやく厨仕事が落着したのか、お伊予が木盆に湯呑を載せて運んできた。こんな日に酒など飲まされてはたまらないと金吾は狼狽したが、幸いにも中身はただの白湯であった。

「いえ、河野さまのお加減はいかがですか」

「腰ばっかりは、日にち薬でございますからねえ。ゆっくり養生していただくよう、お医者さま

からも仰せつかっているのですが、なにせ旦那さまは気短でいらっしゃいますから」

ふふ、と含み笑ったお伊予の目が、この時、不意に門の外に流れた。「おや、嫌だ」という険しい呟きがその唇から洩れたと思うと、お伊予は金吾を置き去りに門の外に駆け出した。

その姿を目で追えば、向かいの屋敷の壁ぎわに見覚えのある男がたたずんでいる。以前、お伊予から金策は任せるようにと励まされていた奉公人風の男だ。

そうか、あれがお伊予が所帯を構えると決めたという相手か。市之助の胸裏を考えると複雑な気分で、金吾が白湯を啜《すす》ろうとした刹那、

「どの面下げて、あたしの前に出て来たんだいッ」

というお伊予のけたたましい叫びが、往来に響き渡った。

仰天して上げた目に、小脇に抱えていた木盆を振り上げるお伊予の姿が飛び込んでくる。ひっと声を上げて身をすくめた男の足元に、お伊予は力一杯それを叩きつけた。

「二度とあたしの前に姿を見せるんじゃないよッ。あたしは嘘つきは大っ嫌いなんだ」

「ま、待ってくれよ、お伊予さん。本当のことを隠していたのは、謝るよ。ただ、俺ァ、お伊予さんに嫌われたくなかっただけなんだ」

「ふん、そりゃあ、残念だったね。けどこっちはもう二度と、あんたなんぞには会いたくないんだよッ」

吐き捨てざま、お伊予はぐいと男に詰め寄った。怯えた様子で棒立ちになった男の足元から、中央にひびを走らせた木盆を拾い上げる。わざとらしくその埃を払い、「二度と来るんじゃないよッ」と毒づいて踵を返した。

この界隈はもともと、銀山方役人が多く暮らす屋敷町である。それだけに時ならぬお伊予の怒号に、向かいの屋敷から中間が顔を覗かせ、往来を行く人々までもが物珍しげに二人を眺めている。

好奇を剝《む》き出しにした彼らの眼差しに、耐えきれなくなったのだろう。男が顔を蒼《あお》ざめさせて、走り出す。もっとも近くの辻を転がるように折れた姿を顧みもせず、お伊予は蓮《はす》っ葉《ぱ》な笑みを金吾に振り向けた。

「すみませんねえ、みっともないところをお見せしちまって」

「い、いいや。それよりも、いいのか。さっきの男は、おぬしの思い人なんだろう」

あまりに意外な成り行きに、ついつい口調が砕ける。するとお伊予もまた、腹立ちを隠し切れぬ面持ちで、「ふん、思い人なんかであるものかい」と朋友に接するような態度で吐き捨てた。

金吾の隣に乱暴に腰を下ろし、「聞いておくれよ」と眉を吊《つ》り上げたまま続けた。

「あいつは、あたしが数年前に奉公していたお店《たな》の手代でね。久々に行き合ったのが縁になって、実は夫婦約束を交わしたんだよ。あいつの病気のおっ母さんの薬代や、そのために拵えた十数両の借金まで、あたしが肩代わりしてやろうと腹をくくってね」

けどね、と舌打ちして、お伊予は膝に置いた盆を、親の敵を見るような目で睨み据えた。

「昨夜になって、あいつ、とんでもないことを白状しやがったんだ。おっ母さんの病なんてものは、真っ赤な嘘。借金ってのも、本当はお店の仲間に連れていかれた賭場《とば》で拵えたものなんだってね」

しかも、この期に及んでそれを告白したのは、お伊予の懐の深さに感じ入り、嘘を吐《つ》き続けるのが心苦しくなったからではない。あまりに溜まった借財に、せめて一両でもいいから先に返済しろと賭場の主から迫られ、しかたなくお伊予に真実を告げたのであった。

ふざけるなってんだ、とひとりごち、お伊予は苛々と右手の親指の爪を噛んだ。

「祝言まで嘘を吐き通すんだったら、まだいいさ。けど今になって、実はとんでもない理由を白状するなんざ、あたしを馬鹿にするにもほどがあるじゃないか。あたしはもう何を聞かされてもあいつの言いなりだって、そう安く見くびられていたってわけだろう」

怒り狂って男を追い返そうとしたお伊予に、彼は「おめえがそんな生真面目な奴だとは知らなかった」と呟いたという。それはきっと、かつて番頭に言い寄られた末、身持ちが悪い女だと吹《ふい》聴《ちょう》されて店を辞めることになったお伊予を、とんでもないあばずれだと考えてのことだったのだろう。もしかしたら男がお伊予と所帯を構えようとしたのも、そういった噂のある女であれば、自分の言うなりになると思っていたのかもしれない。

「では、あの男とは――」

「当ったり前だよ、これっきりに決まってるじゃないか。ああ、もう、これだから男ってのは、信用がならないんだ」

がしがしと二の腕を掻きむしるお伊予の頬は火照り、双眸《そうぼう》は雲母《きら》を刷《は》いたように煌《きら》めいている。その生気に満ち満ちた横顔とは裏腹に、痩せこけ、土気色をした市之助の面を金吾は思い出した。かつて、お伊予は市之助を古馴染みと呼んだ。そこには掘子の如き嘲《ちょう》笑《しょう》に代わり、真っすぐな信頼だけが含まれていたと感じたのは、金吾の考えすぎだろうか。

ただ身体が弱いがために銀山町で虐げられる市之助と、その奔放《ほんぽう》さからあばずれと謗《そし》られるお伊予。何もかもがまったく正反対な二人の道は、今更重なり合いはせぬのだろう。されど銀山町と大森町、隣り合う二つの町で似た苦しみを受ける彼らは、今もなお心の底では互いを信じあっているのに違いない。

　吹屋の帳場で眠りについていた簪の鳥は古び、もはや空を翔《か》けるが如き華々しさはなかった。だがお伊予の恋が破れた今になって思い起こせば、二つの縁組の破談に関わったあの奇妙な鳥は、やはり鴛鴦ではなく鶴だったとしか考えられない。そして窶《やつ》れ、地を這うしかない弱々しい鶴にもきっと、人並みの願いはあるのだ。

「ああもうッ」

　と堪えかねたように怒鳴って、お伊予が盆に拳を打ち付ける。中央まで走っていた木割れがますます大きくなるのを横目に、おい、と金吾はお伊予の腕を摑んだ。

「この町の道具屋を教えろ。それもただの家財道具じゃなく、古い簪を買ってくれそうな店だ」

「なんだい、藪《やぶ》から棒に」

　お伊予は虚を突かれたように目をしばたたいた。しかし、「早く」と畳みかける金吾の真剣な面持ちに、考え込む顔で顎先に指を当てた。

「そうだねえ。それだったら、光照寺《こうしょうじ》にほど近い高野屋《たかのや》って店だろうよ。他の店は小間物は不得手だけど、あの店の爺《じじい》はなかなか目が利くからね。けど、なんだい、あんた。売りたいものがあるのかい」

「高野屋だな。よし、わかった」

　金吾は尻《しり》っ端折《ぱしょ》りをして立ち上がった。

市之助はこの顚末《てんまつ》を知ったら、お伊予の縁談が壊れたと喜ぶのか、それとも相変わらずの彼女の不運を嘆くのか。いや、きっとどちらでもあるまい。誰よりも弱々しく、それがゆえに強靭《きょうじん》な市之助はきっと、世の幸も禍事《まがごと》もあるがままに受け止め続けるのだろう。ならばせめてあの銀の鶴だけは、空を共に翔けぬ代わりに、ただ寄り添って彼の元に留まり続けてもいいではないか。

「ちょいと、旦那さまの文はどうするんだい」

「後で取りに来る。預かっておいてくれ」

背で怒鳴り返して、棟門を飛び出す。

大森の朝空は高く澄み、長く伸びた一筋の絹雲が、地上に薄い影を落としている。決して飛べぬ二羽の鶴の幻のように淡く、だからこそいつまでも消えぬ清《きよ》げな雲であった。

第四章　ありし月

仙ノ山から吹き下ろす湿気を孕《はら》んだ風が、庭の塀に沿って植えられた菊を小さく揺らしている。河野長兵衛は早朝から一心に続けていた書き物の手を止め、色あせ始めた大輪の黄菊に目をやった。

険しい山が町を取り囲んでそびえる石見国大森町は日当たりが悪く、庭の松にしても梅にしても枝ばかりがひょろりと細長く伸び、どれだけ肥《こえ》を与えても、無様なことこの上ない。その点、菊は寒さにも虫の害にも強く、仙ノ山から朝な夕な吹く強風にも負けることなく、大輪の花を咲かせる。

加えて、現在、河野長兵衛の屋敷の庭に咲く大輪の菊は、長兵衛が庭いじりが趣味と聞き付けた先代の大森代官・岸本弥太夫が、着任の折、わざわざ持参した江戸菊。長兵衛の丹精の甲斐《かい》あって、あれから五年を経てもなお、毎年、美しく咲き誇る自慢の逸品であった。

軽い足音がしたかと思うと、通いの女中のお伊予が、縁側に折り目正しく両手をつく。

「旦那さま、代官所よりお使いがお越しでございます」

と張りのある声で言って、頭を下げた。

「もうそんな時刻か。されどまだ、帳面の筆写が終わっておらん。どうせ使いは中間の金吾じゃろう。明日出直すように命じて来い」

「はい、かしこまりました」

お伊予がにっこりと笑って、立ち上がる。万事心得たと言いたげなその笑みに、長兵衛は胸の裡《うち》でこっそり、この女が河野家に奉公を始めてからの年を数えた。

確か口入屋がお伊予を初めて河野家に連れて来たのが、現・大森代官である岩田鍬三郎の着任前日だったから、そうなるとこの女はすでに四年余りもこの家に奉公を続けていることとなる。

初めてお伊予を眼にしたときは、その艶《あで》やかな容貌《ようぼう》にろくな女中ではあるまいと侮《あなど》った。しかしいざ屋敷に置いてみれば、お伊予は何事にも骨惜しみをせず、くるくると独楽《こま》の如《ごと》くよく働く。今日のように代官所から中間《ちゅうげん》が遣わされても上手にあしらう気働きのよさに、これはいい女中を雇い入れたものだと長兵衛は満足しきっていた。

「それにしても、四年。もう四年か――」

我知らず洩《も》れた呟《つぶや》きは、決してお伊予に向けられたものではない。彼女がこの屋敷に来たのとほぼ同時に、大森代官所に赴任した岩田鍬三郎の間延びした顔付きを思い浮かべ、長兵衛は大きく溜め息をついた。

石見銀山附御料の譜代の地役人である銀山方役人は、同心・下役まで合わせると、約八十人。河野家はその中でも、代々、組頭を仰せ付けられている由緒正しい家柄で、遡《さかのぼ》ればその祖は天《てん》文《ぶん》年間（一五三二～一五五五）にこの一帯を支配した尼子《あまご》家の家臣に行き着く。それだけに長兵衛の知る限り、歴代の大森代官は常に河野家に一目置き、着任・退任の際は相応の礼物を贈り合うのが恒例になっていた。

それが当代代官の岩田鍬三郎ときたらどうだ。江戸から着任した折に贈って寄越したのは、上は組頭から下は草履取りまでがそろって、手代《てだい》たちで搗《つ》かせた餅《もち》がひと重ねのみ。そのあまりの質素さに、河野はてっきり岩田は日を改めて何か贈り物を寄越すのだろうと考え、返礼に用いる絹をお伊予に準備させもした。しかし待てど暮らせど岩田の使いが屋敷を訪れる気配はなく、あっという間に四年の歳月が経ってしまった。

これが地役人との付き合いも知らぬ愚か者であれば、まだ理解できる。さりながら少なくともこの四年間、岩田の支配にはこれといった不首尾がない。それがただの幸運によるものでないことは、領内に疫病が流行《はや》った折も、働き手の減少に伴って銀の産出量が激減した折も、代官所が迅速な差配を行ったことから明らかだ。いずれの際も、岩田はそれらは全て地方役人の行ったことだとばかり、素知らぬ顔を決め込んでいたが、そもそも手代手附《てつけ》衆が代官の指示なくして勝手に働くわけがない。茫洋とした外見と見るからにやり手の元締手代に全てを韜晦《とうかい》するかのような岩田のやり口に、長兵衛はただただ不快ばかりを募らせていたのであった。

銀山方組頭の勤めは、銀山方諸掛《しょがかり》と代官との連絡に始まり、銀山内の諸作事や御銀蔵開封の立ち会い、更には銀生産に関わる諸帳面の勘合など、多事に亘《わた》る。三年前、持病の腰痛を悪化させて寝ついて以来、こうしてあれこれ口実を拵《こしら》えては勤めを休み、本来、代官所で行うべき帳面の勘合すら自宅で実施するようになったのは、今一つ本性の知れぬ岩田を困らせてやろうという意地の悪さゆえ。だが腹立たしいことに、岩田はそれを責めも叱《しか》りもせぬ代わりに、格別困った様子もなく、代官の勤めを果たしている。

他の銀山方役人の手前、こうなっては河野長兵衛も引っ込みがつかない。しかたなく数日に一度、代官所から中間の金吾が運んでくる帳面に勘合を行い、諸事の立ち会いの際は屋敷から直接銀山町に出向く。配下の銀山方役人たちは、毎日の出仕の前後に河野家を訪れて、日々の勤めの報告を行い、その中で代官に決裁を仰ぐ事柄があれば、長兵衛が文書に仕立てて、呼びつけた金吾に渡すという不可思議な勤務が、もう三年も続いているのであった。

大森は統治者の入れ替わりが激しい町で、慶長五年（一六〇〇）に大久保石見守長安《おおくぼいわみのかみながやす》が初代石見銀山奉行に任ぜられて以来、この地を支配してきた奉行・代官は計五十四名。ほとんどの代官が着任から三、四年で江戸に引き上げていることを思えば、そろそろ岩田鍬三郎もこの地を去ってもよさそうなものだが、不思議なことに配下の銀山方役人から聞く限り、その気配はいっこうに感じられない。

「ううむ。分からぬ男だ」

ぽってりと肉づきのいい岩田鍬三郎の姿を脳裏に思い浮かべ、長兵衛は己《おのれ》に言い聞かせるように呟いた。

先代代官であり、現在は江戸勘定所に詰める岸本弥太夫に長兵衛が内々に文を送って尋ねたところによれば、岩田の大森着任は勘定奉行直々のお声がかりによるという。代官に任ぜられる者は各地の代官職を転々とすることが多く、岩田のように五十歳にもなってから遠隔の代官に着任する者は極めて稀《まれ》。それもこれも奉行の差配となれば納得がゆくが、ではそれはいったい何故かと考えると、やはり首を傾げずにはいられない。

少なくともこの十数年、仙ノ山から産出される銀の量は良くも悪くも一定で、銀山六谷の掘子たちにも一揆《いっき》や寄合の気配はない。勘定所に取り立てて目をつけられねばならぬことなぞ、特に何もないはずだ。

「ううむ、分からぬ」と再度、長兵衛が繰り返したとき、お伊予が縁側を回り込んで再びこちらに近付いてくるのが見えた。

「どうした。金吾はおとなしく戻って行ったのだろう」

「はい、さようでございます。ですがちょうどそれと入れ替わりに、田儀屋《たぎや》の三左衛門《さんざえもん》さまがお越しになられまして――」

お伊予はそう言いざま、ちらりと玄関の方角を振り返った。どこか悪戯《いたずら》めいた笑みを口元に浮かべ、「どういたしましょう」と続けた。

「やはりお引き取りを願いますか」

お伊予は主《あるじ》を主とも思っていないところがあり、時折、こういった無駄口を叩《たた》く。長兵衛は顔をしかめ、「馬鹿を言うな。すぐに通せ」と叱《しか》りつけた。

代々、大森町の町役人を務める田儀屋は、大森町では宿屋に両替商、それに銀山町では山師《やまし》・銀吹師《かねふきし》をも兼ねる、領内きっての豪商。掛屋《かけや》として大森代官所の公金出納《すいとう》に携わることから苗字帯刀を許され、熊谷《くまがい》三左衛門と名乗っている。

その祖先は、天正《てんしょう》年間（一五七三～一五九三）、毛利氏が石見銀山を支配した折の山奉行を務め、この地が天領となった後には、銀山方役人として召し抱えられた時期もあったという。それだけに身分こそ異なれ、河野家と熊谷家はもう幾代も前から往き来が頻繁《ひんぱん》で、今年四十歳になる三左衛門は長兵衛にとって、実の甥《おい》も同然の間柄であった。

「河野さま、大変ご無沙汰《ぶさた》しております。お取り込み中でございましたか」

文机《ふづくえ》の上に置かれた硯《すずり》の海が乾いていないのを、素早く見て取ったのだろう。三左衛門は色白な顔に、恐縮の表情を浮かべた。

十七年前、父親の急逝を受けて当主となった時、三左衛門はまだ二十歳そこその若年だった。それが店の身代を立派に支え続けたばかりか、四年前には田儀屋が多額の貸付を行っていた石見浜田《はまだ》藩松平《まつだいら》氏の所替えの噂をいち早く聞き付け、数万両に及ぶ貸付金を見事回収しさえした。

近隣の商人たちからもこぞって一目措かれている男だけに、長兵衛の挙動を敏感に読み取ったことなぞ、今さら驚く話ではない。気にするな、と長兵衛は顔をほころばせた。

「お役所に出仕せぬ代わり、ここで勤めを果たしているからな。特に急ぎのことではないゆえ気にするな」

「それは安堵《あんど》いたしました」

と微笑し、三左衛門は背後に控えた供の小僧の手から、風呂敷包みを引き取った。形のよい干魚を盛った竹籠《たけかご》を取り出し、「これはつまらぬものでございますが」と長兵衛の膝先《ひざさき》に進めた。

「いや、好物だ。いつも済まぬな」

お伊予を呼んで籠を下げさせると、三左衛門はまだ七つか八つと思《おぼ》しき小僧を促して立ち上がらせた。「お女中にお願いして、厨《くりや》で待っていなさい」と柔らかな口調で命じてから、さてとばかり長兵衛に向き直った。

「今朝方まで、浜田のお城下に出向いておりまして。いやはや、お国替えからすでに丸三年も経てば、お城下もすっかり落ち着いたものでございますな」

「そうか、もうそれほどになるのか。早いものだ」

田儀屋三左衛門の言葉に、河野長兵衛は感慨深く首肯《しゅこう》した。

大森町の南西十三里（約五十二キロメートル）に城を構える石見国浜田藩六万一千石の現在の藩主は、松平権少将斉厚《ごんのしょうしょうなりあつ》。しかし彼が上野国館林《こうづけのくにたてばやし》から石見に移封を命ぜられる四年前まで、浜田は長らく松井《まつい》松平家の支配する土地であった。

四年前の天保《てんぽう》七年（一八三六）、浜田松原《まつばら》浦の廻船問屋《かいせんどんや》・会津屋《あいづや》八右衛門《はちえもん》が、浜田の沖に位置する鬱陵島《うつりょうとう》（竹島）を拠点として、朝鮮や清《しん》などの諸外国と密貿易を行っていたことが発覚。しかもこの貿易には、浜田藩の国家老・国年寄はもちろん、当時、老中の任にあった藩主・松平康任《やすとう》までもが関与していたことが暴かれ、大坂西町奉行・矢部定謙《やべさだのり》の手によって、会津屋八右衛門は浜田藩の勘定方とともに捕縛された。この前代未聞の密貿易に対し、幕府は苛烈《かれつ》な処分を実行し、直接の関与が明らかとなった藩の重職たちは軒並み切腹。会津屋は斬刑《ざんけい》に処され、松井松平家は康任の永蟄居《えいちっきょ》を仰せ付けられた上、陸奥国棚倉《むつのくにたなくら》に移封となったのであった。

そうでなくとも、松井松平家の財政の苦しさは石見国内では知らぬ者がおらぬほどで、お城下の豪商はもちろん、大森の田儀屋や津和野《つわの》の堀《ほり》家といった近隣の富商からも、多くの借財を重ねていた。それだけに藩ぐるみの密貿易が幕府によって暴かれてからというもの、藩に金子を用立てていた商家は軒並み借財の取り立てに奔走《ほんそう》し、お国替えに伴うお城下の混乱と相まって、その騒動は大森から滅多に離れぬ河野長兵衛の耳にも姦《かしま》しいほどであった。

「それにしても、おぬしが自ら浜田に出向くとは珍しいな。もしかして、松平権少将さまのご家中からもご用立てを命じられたのか」

「とんでもない。幾ら松井松平家さま相手に損をせずに済んだとはいえ、お大名貸しはもう懲《こ》り懲《ご》りでございますよ」

顔の前で軽く手を振りながらも、三左衛門は切れ長の目の底をわずかに光らせた。

「ただ、本日、こちらにおうかがいしたのは、まんざら先のお国替えと無関係ではございません。わたくしはこれまで、当家の重宝である『ありし月』の茶入を、長兵衛さまにお目にかけたことがございましたでしょうか」

「ありし月だと。さてなあ、わしはおぬしと違って、とんと芸事には疎《うと》いでな。田儀屋での茶会の折に見せてもろうたかもしれんが、申し訳ないことに全く覚えておらんわい」

熊谷家の当主は代々、能や茶湯に熱心な数寄者《すきしゃ》。ことに三左衛門は若い頃から茶湯を愛し、京から著名な茶人を呼び寄せては、自邸でたびたび茶会を催してもいた。しかしながらそんな折にしばしば招待を受けながらも、長兵衛はどうにも窮屈《きゅうくつ》な茶席が苦手でならず、田儀屋に代々伝わる名物類もどれ一つ記憶に留めていない。

それでもかろうじて、「ありし月」の名が記憶に残っていたのは、茶席での披露の折、その銘《めい》が大江千里《おおえのちさと》の手になる「植ゑし時　花待ちどほに　ありし菊　うつろふ秋に　あはむとや見し」の『古今集《こきんしゅう》』の歌にちなんでいると気づいたために違いない。

長兵衛は庭の菊に、素早く目をやった。

植えた時には、花を楽しみにしていた菊だが、その色が移ろう秋にこうも早く逢《あ》うとは思ってもみなかった——過ぎ行く秋の早さを詠嘆した千里の歌は、まさに今の季節にうってつけの秀歌である。

ただ、その茶入が自分にいったいなんの関わりがあるのか、と内心、首をひねったのに気づいたのだろう。「実を申しますと」と三左衛門は、長兵衛に向かって、軽くひと膝詰め寄った。

「四年前、松井松平家さまがご家中ぐるみで密貿易を行っていたと露見した折、わたくしはちょうどご家中小姓頭の大槻玄蕃《おおつきげんば》さまに、ありし月をお貸ししていたのでございます。八月に亡き父君の十七回忌を兼ねた茶会を行うため、ぜひ名物と名高いありし月を使いたいと、熱心に仰せられたもので、つい――」

浜田藩の悪事が明るみに出た後の幕府の動きは、迅速であった。藩の要職は例外なく禁足を仰せつけられ、江戸表の寺社奉行・町奉行・勘定奉行と大目付・目付の五者が審理を行う五手掛《ごてがかり》によって、わずか半年で関係者の処罰と松井松平家の転封《てんぽう》が決定した。

それだけに田儀屋三左衛門は、松井松平家に用立てていた一万両余りの取り立てに奔走するのが精いっぱい。「ありし月」の件をようやく思い出した頃には、藩主一家とその家中は棚倉に移ってしまった後であったという。

「なるほどなあ。陸奥棚倉といえば、白河《しらかわ》ノ関のほど近く。いかに大切な茶入であろうとも、そうそう簡単には引き取りに行けぬか」

「ええ、さようでございます。それでもしばらくは諦めきれず、知る辺を頼って棚倉においでのはずの大槻さまに文を送りもいたしました。されど、届いているのやらいないのやら、まったく梨《なし》のつぶて。ところがあれから四年も経った今になって、その大槻さまの家士を名乗る御仁から、突如、我が家に文が届いたのでございます」

「ほほう。それはまたどういった用件じゃ」

「その文によれば、大槻玄蕃さまは棚倉に移って以来、病みつかれ、昨年、家督をご子息に譲られたとか。ありし月を返さぬまま、長い歳月が過ぎたことを気に病んでおられ、お返事をいただき次第、自分が大森まで返しに参りたい——という旨が記されておりました」

そう語りながらも、三左衛門の表情がいま一つ優れぬのは、四年を経てもたらされた文の送り主が本当に大槻玄蕃の家士なのかを疑っているためだろう。

ようやく話が見えてきた。いかに大森町随一の豪商であろうとも、やはり三左衛門は町人に過ぎず、棚倉に移封となった松井松平家やその臣である大槻玄蕃の動向を摑《つか》むことは難しい。要は三左衛門は、その文の真偽を改めてほしいと長兵衛に頼みに来たわけだ。

「その家士とやら、名はなんと記されておった」

「はい。溝曽路主税《みぞろちから》さまと仰《おつしや》るそうでございます。ただ我が家は、父の代より大槻さまと親しくさせていただいておりましたが、正直、溝曽路さまなぞという家士がおいでだったかどうか、店の者もとんと覚えておりませんで——」

ふうむ、と長兵衛は顎《あご》を撫《な》でた。これが以前のように代官所に出仕している頃であれば、地方《じかた》役人に命じて調べさせもできた。さりながら世を拗《す》ねて自邸に籠《こも》りきりの今、急に代官所に頼み事をして、借りを作るのも腹立たしい。

「とりあえずは、溝曽路とやらに会ってみればよいではないか。持参したのが本当におぬしの茶入であれば、まず大槻家からの使いと見て間違いあるまい」

「そう簡単に仰せられますが、河野さま。そのためには我が家に、溝曽路さまとやらを迎え入れねばなりません。身元も確かでない御仁を奥にお通しするのは、商人《あきんど》としては出来れば避けたいものでございます」

田儀屋三左衛門の言い分も、分からぬではない。なにせ大森一の商人である田儀屋の本宅は、蔵だけでも大小合わせて六棟。母屋の地下には石蔵まで拵《こしら》えられているとの噂《うわさ》すらあり、当然ながらその警戒は厳しい。雇い入れる奉公人は三代前まで身元を改め、少しでも胡乱《うろん》な点があればすぐに暇を取らせるとも囁かれていた。

これが他店からの使いであれば、営んでいる酒屋や掛屋に招き入れて話を聞けばいい。されど仮にも松井松平家の小姓頭を務める大槻家の家士を名乗られては、そうもいかない。「確かにのう」とうなずき、河野長兵衛は腕を組んだ。

「長年の付き合いであるおぬしの頼みだ。そういう次第であれば、どうにか致そう。ただ、いずれにしたところで、遠方の地である陸奥棚倉の事情を知るには、ひと月ふた月はかかると覚悟せねばなるまいぞ」

「なるほど、さようでございましょうな。ただあまりに返事を長引かせるのも先さまに失礼でございますし、そうなりますとやはりわたくしが直《じか》にお目にかかるしかありませんか」

困り切った様子で、三左衛門が溜め息をつく。長兵衛は「いや、待て」とそれを制した。

「それほど心配であれば、その溝曽路とやらとの面会は、我が家で行えばよかろう。さすれば客人への礼も欠かず、おぬしの懸念も払拭《ふっしょく》できるのではあるまいか」

「よろしいのでございますか」

三左衛門が愁眉《しゅうび》を開くのに、長兵衛は大きく首肯した。

本来であれば、一介の家士と三十俵三人扶持《ぶち》の銀山方組頭ではつり合いが取れないが、なにせ松井松平家は密貿易という大罪を犯し、半ば配流《はいる》の如く、棚倉に遣《や》られた境遇にある。ましてや四年越しの不意の使いともなれば、河野長兵衛が同席しても何ら不審はあるまい。

「その溝曽路とやらには、とりあえず我が家を訪《おとな》うよう伝えるがいい。大森から棚倉までは、片道二十日程度じゃろう。まあ、遅くとも来月中には、姿を現すであろう」

「ありがとうございます。では、そのように計らわせていただきます」

幾度も礼を述べて三左衛門が帰っていくと、長兵衛は座布団を片付けに来たお伊予を呼び止めた。

「ひとっ走り、代官所まで行ってな。銀山町方の滝沢平八《たきざわへいはち》に、わしが呼んでいると伝えてきてくれ。ああ、すぐに連れてくる必要はない。ただ、代官所からの帰り道に立ち寄らせればよい」

「かしこまりました」

にっこり笑ったお伊予が、手早く座敷を片付けて立ち上がった。間もなく、裏木戸の開く音が立ったかと思うと、軽い足音が往来を駆け抜けて行く。長兵衛はおもむろに風に揺れる菊に目を当てた。

田儀屋三左衛門はひどく警戒するが、実際のところ、「ありし月」が大槻家にあると知っている者はそう多くはないはず。それを持参すると伝えてきた家士が偽者などということが、果たしてあり得るだろうか。

（まったく富める者ほど、つまらぬ事をいちいち気に病むものじゃな）

とはいえそれでも、約定は約定だ。銀山町方役人の滝沢平八は、まだ年こそ若いが気働きの出来る男。去年までの三年間、立て続けに大坂銀座までの灰吹銀運搬役である上納出役を勤めた彼であれば、松井松平家の家中の様子を知る伝手《つて》も有しているだろう。

ただ夕刻にやってきた滝沢にことの仔細を告げ、よろしく頼むと言い置いたものの、それから半月、ひと月と日が経《た》ち、庭の菊の花弁が悉《ことごと》く散り果てた頃には、長兵衛は「ありし月」の一件などころりと忘れ果てていた。そうでなくとも銀山方役人にとって、毎年十月下旬に行われる灰吹銀の大坂銀座への輸送は、一年でもっとも大切な勤め。さすがの長兵衛も暦が冬に差しかかってからは、もたらされる書類のあまりの多さに、たまりかねて大森代官所に出仕する日々が続いた。

なにせ大森から上納される灰吹銀は、日本国内を流通する貨幣へと変わる大切な資源。それだけに代官所の役人はこの時期、銀山方・地方を問わず、輸送する灰吹銀の計量や押印に余念がない。今年もまた上納出役に選ばれた滝沢平八を始め、掛役人として銀とともに大坂まで上る銀山方役人の送別の宴会も、ほうぼうでたび重なった。

長兵衛は本来、生真面目《きまじめ》な気質。それだけに数日、立て続けに代官所に出仕し、配下の者たちの多忙を眼にすると、自分一人が自邸で臍《へそ》を曲げているのが居心地悪く感じられる。

結果、まだ暗いうちから代官所に出向き、夜遅くまで仕事に明け暮れるという以前通りの日々が始まったのである。

「旦那さま、今日もお戻りは遅うございますか」

長兵衛は男やもめで、妻は二十年も昔に難産の末に命を失った。代わりにこの世に生まれ出た一粒種の倅《せがれ》はとうに元服し、現在は銀山方山方助役として龍源寺間歩《まぶ》の四ツ留番所に詰めている。このため本来なら長兵衛が出仕しようが家に留まろうが、その暮らしに口を挟む者はいないのだが、お伊予はだからこそ長兵衛の生活を自分が案じねばと考えているのだろう。朝餉《あさげ》の給仕をしながら、上目遣いで主の顔をうかがった。

「うむ、そうじゃな。すでに御用銀の支度は整い、あとは出立の日を待つばかりじゃが、まだ往来の郷に送る米の手配が済んでおらぬからなあ」

大森から大坂銀座までの行程は、約二十日。尾道《おのみち》から先は、瀬戸内の湊《みなと》湊《みなと》々を泊まり行く船旅だが、それ以前の石見から備後国《びんごのくに》へと至る道中は、険しい山道の打ち続く難所。街道筋の村々から人馬を徴発する助郷役《すけごうやく》だけでは、村の者たちが口実を作って手助けを拒むため、前もって各村に大森代官所から米や味噌《みそ》を送り、賃金に代えることになっていた。

「どうにも、お疲れのお顔をしておられますよ。今日ぐらいは、なるべく早くお帰りくださいませ」

口やかましく畳みかけるお伊予が疎《うと》ましく、長兵衛が飯をかきこみながら生返事をしたとき、「ご免、ご免つかまつる」という訪《おとな》いが玄関で弾《はじ》けた。

「はあい。どなたですかね、こんな朝早くに失礼な」

お伊予は口では文句を言いつつも、「失礼いたします」と一礼してから立ち上がった。待つ間もなく玄関から引き返してくるや、

「あの――お客さまがお越しでございます」

と首をひねりながら、敷居際に膝をついた。

「こんな刻限にか。礼儀を知らぬ客人だな。いったい誰だ」

「はあ、溝曽路主税さまとお名乗りになられました。ずいぶん遠方からお越しになられたのか、笠《かさ》も道中羽織も埃《ほこり》まみれでいらっしゃいます」

溝曽路だと、と問い返して箸《はし》を置いてから、それが田儀屋三左衛門が話していた男だと気付くまでは、ひと呼吸ほどの間が空いた。ああ、と膝を叩きながら外に目をやったのは、こんな早朝に大森に到着したのであれば、溝曽路とやらはいったい昨夜はどこの宿場に泊まったのだろうと思ったからだ。

「大森を間近にして矢も楯も堪《たま》らず、昨夜は夜通し街道を歩いて、たった今、たどりついたのだと仰せでした」

「それはまた、変わった男じゃな。とりあえず漱《すす》ぎを使わせてから、上げてやれ。腹を減らしておろうゆえ、飯も出してやるのじゃぞ」

ただ、幾ら溝曽路主税が逸《はや》る気持ちを抑えかねて訪ねて来ようとも、さすがにこの多忙の最中、勤めを怠けるわけにはいかない。

「日暮れまでには戻るゆえ、待たせておけ。ああ、それと田儀屋にこの件を知らせよ。例の客人が来たと言えば、三左衛門には分かるはずじゃ」

そう指図して代官所に向かえば、大坂への出立を三日後に控え、門内にはそこここに馬繋《うまつなぎ》の杭《くい》が打たれ、運搬に用いる俵や背負子《しょいこ》が山の如く積み上げられている。

壁際に沿って薪が積まれ、篝火《かがりび》の支度が整えられているのは、出立前夜に御銀蔵から灰吹銀が運送用の牛の背に積まれる際は、蟻《あり》の這《は》い出る隙《すき》もないほど厳重に四門を固め、煌々《こうこう》と明かりを点《とも》すためだ。

大坂への灰吹銀上納が終われば、大森の町には本格的な冬がやってくる。そうなれば長兵衛はまた自邸に引っ込み、時折訪れる配下の者や中間だけを相手に帳簿の勘合に勤《いそ》しむ毎日となるだろう。

鉄製の篝火台の足元では、親指の先ほどの大きさの寒菊が北風に身を震わせるように揺れている。その鮮やかな紫色がかえって、やがて来たる冬の厳しさを思い起こさせた。

河野さま、と呼ばれて顧みれば、銀山町方の滝沢平八が詰所の戸口に立っている。足早に長兵衛に近付き、「先だって仰《おっしゃ》った、棚倉の件でございますが――」と声を低めた。

「大変遅くなり、申し訳ありません。大坂銀座に詰めている知人に、ようやく文を送りました。顔が広い男でございますゆえ、上納のためにそれがしが大坂にたどり着く頃には、少しは調べがついているかと」

「それはすまぬな。手間をかける」

「いいえ、大したことではございません」

塩梅のいいことに、溝曽路主税なる男もやってきた。万事慎重な田儀屋三左衛門も、「ありし月」を前にした上、大坂銀座の役人を動かしてまで大槻家の動向を調べたとなれば、いい加減納得するだろう。

大急ぎで仕事を終えて帰宅すれば、座敷では知らせを受けて駆け付けたと思しき田儀屋三左衛門が、真っ黒に日焼けした三十がらみの男と硬い顔で向かい合っていた。いったいどれだけの時間、そうして二人で対峙《たいじ》し続けていたのか、長兵衛の戻りに心底安堵《あんど》した様子で肩の力を抜き、

「お邪魔してございます」と両手をついた。

「おお、待たせて済まぬな」

三左衛門にうなずきかけながら、長兵衛は同じく手をつかえた男を横目でうかがった。

頬骨《ほおぼね》の高い馬面は、ぐいと引き結ばれた大きな口とあいまって、ひどく意志の強い印象を受ける。ぎょろりと眸《ひとみ》を動かして長兵衛を仰ぎ、「初めてお目にかかります」と無骨な外見にふさわしい低い声で挨拶《あいさつ》を述べた。

「それがし、松平周防守《すおうのかみ》さまがご家中にて、代々小姓頭を仰せつかっております大槻家が家士、溝曽路主税と申します。先ほどは早旦《そうたん》よりの訪いにもかかわらず、ありがたきご接待を賜り、御礼申し上げます」

「まあまあ、堅苦しい挨拶は不要じゃ。それがしがこの家の主、大森代官所にて銀山方組頭を仰せつかっておる河野長兵衛。すでに田儀屋の主よりの文で存じておろうが、この三左衛門とはかねてよりの馴染《なじ》みでな」

存じております、とでも言うように、主税が軽く頤《おとがい》を引く。なぜかその挙措《きょそ》が尊大に映り、長兵衛は瞬間、軽い苛立ちを覚えた。しかしまあ気のせいだろうと思い直し、「おぬしの来訪を聞き、ならばぜひ同席をと申し出たのだ」と続けた。

「おぬしからすれば、見知らぬわしが居合わせることはいささか面白くないやもしれぬが、まあわしと田儀屋の長年の厚誼《こうぎ》に免じて、許してくれ」

「いいえ、それは当然のお計らいかと存じます」

その慇懃《いんぎん》な口ぶりから推すに、三左衛門が主税の来訪に不審を抱いていることなぞ、すでに予想していたのかもしれない。武張った見かけによらず、これは案外な切れ者かもしれん、と長兵衛が改めてその日焼けした面を見つめたとき、「あの、失礼いたします」との声がして、お伊予がまた顔をのぞかせた。

「なんじゃ、お伊予」

「いま、田儀屋のご本宅から子守女さんが一人、息せき切って駆けて来られました。三左衛門さまに急ぎの御用と仰っています」

「わたくしにですか」

「ええ、なにやら銀山町の方で、ご差配を仰がねばならぬことが起きたとか」

銀山町でとなれば、それは田儀屋が営む五つの間歩か二軒の吹屋を巡ることだろう。ただ日々の仔細は各間歩・吹屋の掘子頭や銀吹師に任されているはずで、わざわざ三左衛門が出張らねばならぬ出来事なぞ、そうそう起きぬはずだ。

失礼いたします、と断って席を外した三左衛門は、お伊予が替えた茶が冷めきるほどの時間が経ってから戻って来た。誰にともなく軽く頭を下げて座り直す横顔に、「何事か起きたのか」と長兵衛は声をかけた。

御直山《おじきやま》以外の間歩・吹屋のあれこれは、原則、代官所の与《あずか》り知らぬところ。ただ掘子の暴動や喧嘩《けんか》、もしくは火事や落盤、湧水《ゆうすい》といった事故や事件が発生した場合は、役人が出張って事後処理に当たることもある。だが三左衛門はつるりと白い顔に苦笑を浮かべ、「ご心配には及びません」と軽く低頭した。

「実を申しますと、大谷にある間歩の水吹子《みずふいご》が先日から少々調子が悪うございまして。栃畑谷の間歩から今は使っていない水吹子を運ぶよう手配をしていたのですが、いざ組み直してみるとそれが壊れていたらしく、わざわざ子守女にことづけてそれを知らせてきたのでございます」

水吹子とは、間歩内で湧き出す水を汲《く》み出す道具。竹筒で拵えた水鉄砲を大きくしたような構造で、深い間歩での採掘には不可欠な仕掛けであった。

現在、国内で採掘が行われている銀山は、但馬国生野《たじまのくにいくの》、佐渡国鮎川《さどのくにあゆかわ》、出羽国院内《でわのくにいんない》など十指に余る。ただそれらの山々で往々にして山はね（落盤事故）が起き、多くの掘子が命を落とすのに対し、ここ仙ノ山は鉱脈が堅固なのか、そういった事故とはほぼ無縁。ただその代わり、仙ノ山は一尺（約三十センチメートル）掘れば水一升と呼ばれるほど湧水が多く、各間歩は鏈を掘りながらいかに迅速に湧水を外に汲み出すかに、工夫を凝らしていたのであった。

なにせサザエの殻で拵えた燭台一つを頼りに、お互いがすれ違うのがやっとの狭さの敷《しき》（坑道）に入ってゆく掘子たちにとって、岩壁や足元から湧き出す水は外界への出口をふさぐ恐ろしい存在。実際、水吹子が突然故障し、幾人もの掘子を死なせた間歩が銀山町に幾つもあることは、大森の役人ならば知らぬ者がなかった。

「それは大変ではないか」

「お気遣いいただき、ありがとうございます。ただ、大谷の間歩で使っていた水吹子は、不調とはいえまだ動きますので、とりあえずはそれを用いるように申しつけておきました」

席を外していた間に、腹が据わったのだろう。「そんなことより」と三左衛門は主税に向き直った。

「わたくしが大槻さまにお貸ししていた茶入を、はるばる陸奥《みちのく》よりお持ちくださったとのこと。甚《はなは》だ失礼とは存じますが、まずは検《あらた》めさせていただいてもよろしゅうございますか」

「もちろんでございます」

主税は傍らに置いていた打掛袋に手を伸ばした。分厚い綿で幾重にもくるまれた古びた小箱を取り出すと、丁寧《ていねい》な手つきで綿を取り払い、三左衛門の前にずいと進めた。

「さあ、どうぞお検めを」

小箱から取り出された仕覆《しふく》の裂《きれ》は、鱗紋《うろこもん》の金襴《きんらん》。田儀屋三左衛門がその紐をゆっくりと解いて取り出した茶入はどっしりと肩の張った志野肩衝《しのかたつき》で、裾に向かってすぼまるなだらかな曲線が鄙《ひな》びた土の風合いと相まって、落ち着いた景色を醸《かも》し出していた。

この茶入であれば、わずかに見覚えがある。長兵衛は胸の中で小さく首肯した。

三左衛門は畳に両肘をつき、茶入をためつすがめつ眺めた。遂《つい》には蓋《ふた》を外し、金箔《きんぱく》が施された蓋裏まで丁寧に検めた末、「――間違いありません」と肩の力を抜いた。

「これは間違いなく、拙宅の『ありし月』でございます。無事にお返し下さったこと、御礼申し上げます」

「いえいえ。この方こそ、長らくの拝借何卒《なにとぞ》お許し下されと、主より仰せつかっております」

溝曽路主税が深々と頭を下げ、手許の打掛袋を片付け始める。

客の用が一区切り付くのを待っていたのだろう、「茶をお替え致します」と、お伊予が敷居際に膝をついた。

「では、溝曽路さま。これにてお返しいただきます」

「お待ちください。ここからご自邸までは、いささか距離がおありでしょう。ここに綿がございます。よろしければ、これにて箱をおくるみ下さい」

そそくさと茶入を箱に片付ける三左衛門に、主税がにじり寄る。

「いえ、さして遠くはありません」

と三左衛門が断ろうとするのにはお構いなしに、「ありし月」を納めた箱を取り上げ、広げた綿にくるむその傍らに、お伊予がそっと茶を置こうとした時である。

主税の肘が大きく動き、たった今、供されたばかりの湯呑に当たった。あっという声とともに、香り高い茶が畳にこぼれ、主税が狼狽《ろうばい》した面持ちで立ち上がる。

茶入を納めた箱が倒れ、ごとんという不穏な音とともに、仕覆に納められた茶入が畳の上に転がり出た。

「あああッ」

絶叫とともに、主税が茶入に飛びつく。わななく手で仕覆の紐を解き、「これは――」と呻《うめ》いた。

弾かれたように駆け寄った三左衛門の頭越しに覗きこめば、象牙《ぞうげ》製の茶入の蓋が傷つけたのだろうか。茶入の口が、二分（約六ミリメートル）ほど欠けている。お伊予がひっと喉を鳴らして飛びしさり、「申し訳ありませんッ」と畳に額をこすりつけた。

長兵衛が見る限り、お伊予は三左衛門や主税の邪魔にならないよう、充分に気を使って茶を運んできた。その湯呑を倒した上、咄嗟《とっさ》に立ち上がろうとして箱を倒したのは、明らかに主税の失態。しかしながらこの家の主として、よもや客人の過ちを責めるわけにはいかない。

三左衛門は主税の手から「ありし月」をひったくり、そこに凝然《ぎょうぜん》と眼を落としている。

「それがしが悪うございますッ。どうかお許し下さいませ」

と濡《ぬ》れた畳に平伏する主税をぎこちなく顧み、「しかたありません」と頬にかろうじて笑みを浮かべた。

「形ある物は、いつかは壊れるもの。長らく手許を離れていたこの茶入を、こうしてお戻しいただけただけでも、わたくしには嬉しゅうございます」

とはいうものの、傷は傷。茶入が完品であるに越したことがないのは、誰の眼にも明らかだ。わなわなと身体を震わせるお伊予を、長兵衛は睨《にら》みつけた。

「お伊予。おぬしはなんという失態を――」

「おやめくださいい、河野さま。本当にこれしきのこと、大した話ではありません」

三左衛門は声を荒らげた長兵衛を制してから、「溝曽路さまもどうぞお手をお上げください」

と主税をうながした。

「大槻さまには申し訳ありませんが、この四年、わたくしは『ありし月』はもはや戻ってこないと考えておりました。それがこうして戻って来たのですから、茶入の傷の一つや二つにどうして腹を立てましょう」

田儀屋は大森屈指の豪商。「ありし月」程度の茶道具なぞ、蔵にうなるほど納められている。三左衛門の言葉はあながち強がりではあるまいが、だからといって茶入を損なった過ちを帳消しにできるものではない。

「それよりも、溝曽路さま。わざわざ大森までお越しになられたのは、『ありし月』を返されるためだけでございますか」

ひどく強引に話題を転じた三左衛門に、主税はいささか虚を突かれた面持ちで、「え、ええ」とうなずいた。

「それであれば、長旅の疲れが取れるまでの間、我が家にご滞在になられてはいかがでございますか。なにせ石見国から奥州までは、あまりに遠うございます。四、五日の間、骨休めをなさってから発《た》たれた方が、道中の足も軽いというものでございましょう」

「それは確かに、ありがたいお申し出でございますが――」

三左衛門からすれば、棚倉からはるばる茶入を届けに来た主税を胡乱な輩《やから》と怪しんだことが、後ろめたくてならぬのだろう。困惑する主税に、「是非、そうなさって下さい」と畳みかけた。

「実を申しますと、溝曽路さまにお預けすべき大槻さまへのお礼の品も、まだ整っておらぬのでございます。どうかこの田儀屋を助けると思い、しばしゆるりとお過ごしくださいさい」

三左衛門はまだ畳に両手をついたままのお伊予を顧み、「すみませんが、うちの小僧をお呼び下さい」と言った。あわてて跳ね立ったお伊予がすぐさま供待ちに控えていたと覚しき小僧を連れてくると、これから客人を伴い帰ると店に先ぶれするよう命じた。

「数日ご滞在いただくから、西の離れがいいだろうね。ゆっくりご逗留《とうりゅう》いただけるように、部屋を整えさせておくれ。くれぐれも粗相がないようにするんだよ」

へえ、と頭を下げて、小僧が踵《きびす》を返す。それを満足げに見やってから、三左衛門は畳の上に置きっぱなしにされていた茶入を静かに仕覆に納めた。

「これは後日、金覆い（金継ぎ）をして、また茶会の折に使わせていただきましょう。お返し下さり、本当にありがとうございました」

深々と頭を垂れる三左衛門に、主税がどう応じればいいのか分からぬといった表情で、礼を返す。

茜《あかね》を増し始めた夕陽が、そんな二人の横顔を明るく照らし付けていた。

田儀屋の本宅の用意が整い、迎えの駕籠《かご》が河野家に差し回されてきたのは、それから四半刻あまりが経った頃であった。

「河野さま、こたびは本当にありがとうございました」

主税の乗り込んだ駕籠の傍らに立って深々と頭を下げてから、三左衛門は「ところで」と声を低めた。

「あのお女中のことは、これ以上、お叱りにならないで下さい。どうか、お願いします」

「ああ、分かった。気を使わせて済まぬな」

一行を見送って座敷に取って返せば、お伊予が水を張った盥《たらい》を傍らに置き、茶の染みた畳を拭《ふ》いている。さすがに恐縮しきった顔でうなだれるのに、

「もはや、傷ついた茶入は元に戻らぬ。田儀屋も気にせぬようにと言っておったぞ」

と慰めの声をかけながら、長兵衛はぐるりと座敷を見回した。

（お伊予はあの時、溝曽路や田儀屋が誤って湯呑に触れぬよう、少し離れた場所に茶を置いたはずじゃ）

それにもかかわらず主税が湯呑を覆したのは、彼が奇妙なほど大きく左腕を動かせばこそ。お伊予がその前に声をかけ、茶を置いているのを目にしていただろうに、そちらに向かってわざわざ腕を振った主税の姿が、長兵衛にはどうにも胸にひっかかってならなかった。

これが田儀屋三左衛門であれば、まだうっかりしたということもあり得よう。しかしながら溝曽路主税は下士とはいえ、歴とした武士。しかも奥州棚倉から大森までの使いを任されるほどな

のだから、主からそれなりに信頼されている男と考えねばなるまい。そんな男が迂闊《うかつ》にも茶を覆した上、それに驚いて跳ね立つような無様を見せるものだろうか。

「ありし月」が本物である以上、彼が大槻玄蕃の使いであることは間違いない。それにもかかわらず何故主税は、わざわざあの茶入を傷つけるような真似をしたのか。まかり間違えば、茶入が粉々に砕ける恐れすらあったというのに。

考えれば考えるほど、主税に対する疑念が募る。懸命に畳を拭くお伊予の後ろ姿を、長兵衛は深く腕を組んで見下ろした。


翌日、代官所に出仕した長兵衛は、日が傾き始めた帰り道、田儀屋へと足を向けた。

田儀屋の本宅は大森代官所の斜め向かいに建っており、広さは約四百坪。裏庭だけで長兵衛の屋敷がすっぽり収まりそうな広さで、四囲に巡らされた塀は代官所のそれに劣らぬほど高かった。

「これは、河野さま――」

突然の長兵衛の訪いに、顔見知りの番頭が走り出て来て、板間に両手をついた。

「せっかくお運びいただきましたが、今日は主は朝から銀山町に出向いております。この分では、戻りは夜遅いかと存じます」

「大谷の壊れた水吹子の件か」

「よくご存じでございますなあ」

番頭が目を瞠《みは》るのに、「ならば、昨日、三左衛門が連れ帰った客人はどうした」と長兵衛は畳みかけた。

「はい、あのお方であれば、主とご一緒にやはり銀山町にお出かけでございます」

なんだと、と瞠目した長兵衛に、「一度、銀山なるものを見たいと仰せられたそうでございます」と番頭は付け加えた。

大森町から銀山町に入るには手形が必要だが、これは確固とした書式があるわけではない。その者の身分出自さえ判別できれば充分なため、まだ旅の途中である溝曽路主税であれば、道中手形でも代用できる。

「その……あ奴になにか、不審な点はなかったか」

長兵衛の問いかけに、番頭はきょとんと眼をしばたたいた。「いや、いい。要らぬことを聞いた。忘れてくれ」と踵を返しかけた長兵衛の背に、そうでございますなあ、と思慮深げに言葉を続けた。客人に不快な思いをさせまいという、商人ならではの配慮がにじみ出た口振りであった。

「不審というほどではございませんが、あの溝曽路さまというお方は、実にお優しい方でございますな」

そうか、と足を止めた長兵衛に、番頭は肉付きのいい顎を揺らして首肯した。

「今朝、溝曽路さまに朝餉を差し上げた女中がそう申しておりました。何でも、この家に奉公をして、辛いこと哀しいことはないかとお声がけくださったそうで」

もともと田儀屋は、奉公人を大事にする店。それだけに、辛いことなぞ何一つない、と女中が応じると、主税は「そうか」と笑って、小粒銀を一つ、懐紙に包んで握らせたという。

「皆で旨《うま》いものでも食えと仰っていただいたそうで、わたくしからも御礼に上がりました」

田儀屋の本宅に滞在する客は、京都から招かれた茶人や絵師、浜田の医師や近隣の藩に仕える侍など多種多様である。それだけに主税の気前の良さにも、番頭はさしたる疑いを抱いていない様子であった。

しかしながら、主税の旅はまだ道半ば。この後、はるばる奥州まで戻ってゆかねばならないのに、そうも気前よく女中に銭を与えるものだろうか。少なくとも長兵衛であれば、決してそんな豪儀な真似はしない。

また来る、と言い置いて田儀屋を出ると、長兵衛は唇をへの字に結んだ。

三左衛門に相談をかけられた折、とりあえず使いの男に会ってみればよいではないかと勧めたのは、他ならぬ自分だ。それだけにもし主税が何らかの目的を胸に隠して田儀屋に入り込んだとすれば、何としてもそれを暴《あば》き立てねばならないが、さりとて彼が悪人だと疑うだけの証拠はいまだ何一つない。

「分からぬ男だ」

と独言して歩き出そうとした先では、十歳前後の子守女が半纏《はんてん》で背負った赤子をあやしながら田儀屋の店前を行き来している。

三左衛門はなかなか子に恵まれず、この春にようやく男児が生まれた折には、長兵衛も自ら祝いを持参したものだ。そういえば昨日、水吹子の件を知らせに来た子守女とはこの娘かもしれない。

「精が出るな」

長兵衛の労《ねぎら》いに、子守女はなぜか頬を強張《こわば》らせた。よく肥えた赤子の尻を支えながらぺこりと頭を下げたかと思うと、「あの、お役人さま」と不安そうに上目を使った。

「もしかして、大谷の間歩でまたなにか起きたのでございますか。旦那さまも朝から銀山町に行かれたまま、お戻りになられませんし――」

この大森町では、武士といえば十人が九人まで銀山方役人か地方役人。それだけにこの少女は、銀山町で椿事《ちんじ》が出来《しゅったい》したために、長兵衛が田儀屋を訪《おとの》うたと勘違いしているらしい。

「いやいや、そういうことではないぞ。わしはただ、代官所の勤めの帰りに、ふと思いついて立ち寄っただけじゃ。それに三左衛門が銀山町に行ったままなのは、昨日壊れた水吹子の件じゃろう」

長兵衛が顔の前で軽く手を横に振った途端、子守女はよそ目にもそうと知れるほど、「ああ、よかった」と胸を撫でおろした。

「もしやおぬし、銀山町の出か」

「はい、そうです」

大森町と銀山町両町には、人の往来が多い。間歩稼ぎに伴う知れ切った早死にを避けるべく、あえて大森町に息子を奉公に出す家が銀山町にある一方で、命と引き換えに大金を稼げる銀山の暮らしに惹《ひ》かれ、自ら間歩稼ぎを買って出る若者も大森町に多いためであった。

「あたしの兄ちゃんが、三左衛門さまの大谷の間歩で働いているんでございます。旦那さまには本当によくしていただいていて」

「そうか。兄と離れての暮らしでは、さぞ心配が多かろう」

子守女はおそらくその兄の計らいで、田儀屋に奉公に出ているのだ。だとすれば兄妹の両親はもはやこの世の者ではないのかもしれない。

「ええ。ですけど、仙ノ山が水の多い山ってのは、銀山町の者は誰だって知っています。兄ちゃんだってこれまで幾度となく突然の水に遭っていますから、それしきなら心配しません」

「やはり怖いのは、竪穴《たてあな》への転落か」

「ええ、出水なんて、銀山町じゃあ毎日のことですからね」

先ほどまでの不安顔など忘れた様子で、少女は大人びた口を叩いた。

なにせ真っ暗な地中を縦横無尽に走る間歩には、壁に刻まれたわずかな凹凸《おうとつ》のみを頼りによじ登る長い竪穴が、数え切れぬほど穿《うが》たれている。自分が勤める間歩であれば、まだどこが危険かを熟知しているが、鉱を追って掘り進める中でうっかり他の間歩に行き当たった末、深い穴に掘子が転落する事故も、銀山町には珍しくない。

加えて、あまりに深く掘られた間歩の根戸《ねど》（坑内の深い穴の底）は、人が息をするのに足るだけの風（空気）がない。このため間歩の入り口にはどこも、奥に風を送る板踏みや唐箕《とうみ》といった器材が置かれ、柄山負《がらやまおい》が交替で通気に努める。だが、もはや銀を掘り尽くして捨てられた間歩ともなれば、当然そういった風送りは行われていないため、他の間歩に踏み込んで穴に落ち、そのまま気を失って掘子が息絶える事故も、仙ノ山では頻々《ひんぴん》と起きていたのであった。

とはいえ銀山町に存在する二百余りの間歩の中でも、大谷にある田儀屋三左衛門のそれは目立ってよく盛る（上質の鉱石を多く産出する）間歩。当然、田儀屋の側も厳重に留山《とめやま》（坑内の土砂崩れ防止のために坑木《こうぼく》を立てる作業）を行い、掘子の事故や怪我にも目配りをしていよう。

「大丈夫だ。田儀屋の営む間歩であれば、滅多なことは起こるまい」

役人に請け合われたことで安堵したのか、少女がぱっと顔を明るませた時である。

「これは、河野さま。珍しいところでお目にかかりますな」

という声がして、代官所の方角からやってきた紋付袴《はかま》姿の男が、長兵衛に向かって深々と頭を下げた。

痩《や》せぎすな体躯《たいく》と、細い目を底光りさせた怜悧《れいり》な顔には、嫌というほど覚えがある。代官・岩田鍬三郎の懐刀と囁《ささや》かれる元締手代、藤田幸蔵であった。

鬱陶《うっとう》しい奴に会った、と長兵衛はつい顔をしかめた。しかし幸蔵はそれにはまったく知らぬ面で、「最近はお身体の調子もよろしいご様子、祝着至極《しゅうちゃくしごく》でございます」と無表情に当てこすりを言った。

なにせ初めて岩田鍬三郎が手代・手附を引きつれて大森に着任した時から、長兵衛はとかくこの若い元締手代が目障りでならなかった。

茫洋とした代官を補うかのように、勤めには勤勉な上、頭も切れる。しかしながらそもそも地《じ》方《かた》役人とは、この地では新参者。これまでの代官の下僚《かりょう》はみな、分からぬことは銀山方役人に尋ね、万事自分たちを立ててきたというのに、幸蔵とその配下の手代・手附はこれまでの慣例や決まり事を無視して、まるで銀山方を己の配下の如くこき使う。

たとえば、代官所内に建つ灰吹銀蔵の管理は、代々、銀山方御銀蔵掛の仕事。平生の銀蔵の開閉の立ち会いはもちろん、銀の出納記録の作成、銀吹師《かねふきし》から買い上げた灰吹銀の支払いなども行う他、代官所内の金銭の収支の勘合にも当たる重要な勤めである。さりながら藤田幸蔵は大森に着任してからわずか半年後、岩田の下命と称して、突然、御銀蔵掛から代官所の経理に関する職務を取り上げ、銀蔵の管理のみに専念するよう、銀山方役人に申し渡したのであった。

確かに御銀蔵掛の本分は銀の出納であり、他事に関わるなという幸蔵の言い分も道理に叶《かな》っているが、長年、代官所の支払い一切を任されてきた御銀蔵掛が一方的な通達に納得するわけがない。結局この件は悶着《もんちゃく》の末、地方役人・銀山方役人からそれぞれ一名を選んで、新たに勘定方に任ずることで落着した。

そんな突然の命令が幸蔵一人の思いつきによるものではなく、岩田の指示であることはよく分かる。ただ代官の片腕を務める元締手代ともなれば、地役人の反感を買いそうな下命はそれとなく諫め、代官所内が丸く収まるように計らうべきであろう。以来、長兵衛はこの元締手代を目にするたび、舌打ちしたい思いを堪えるのに必死であった。

うむ、と言葉少なにうなずいた長兵衛に目礼すると、幸蔵はつかつかとこちらに近付いてきた。長兵衛の背後で箒を抱えていた子守女に、「主はおるか」と低く問うた。

「大森代官所元締手代の藤田が訪ねてきたと、田儀屋三左衛門に伝えてくれ」

「だ、旦那さまはお留守《けお》でございます」

無表情な幸蔵に気圧されたのか、子守女が後じさりながら答える。なに、と目を瞠った幸蔵に、

「おぬしが田儀屋に用とは珍しいな」と長兵衛は話しかけた。

「三左衛門であれば、今日は朝から銀山町に出向いているらしい。それにしても、いったい何の用だ」

幸蔵は薄い唇を引き結び、じろりと長兵衛を顧みた。目上を目上とも思わぬその傲岸《ごうがん》な態度に腹が立つが、往来の真ん中でそれを咎《とが》めるのも代官所の威信に関わる。

「いえ、大したことではありません」

「馬鹿を申せ。代官さまのご信任篤いおぬしが、つまらぬことでわざわざ田儀屋の主を訪うものか」

わずかに声を荒らげた長兵衛を仰ぎ、幸蔵はやれやれとでも言うように、軽く息をついた。子守女の耳を憚《はばか》ってかぐいと顔を寄せ、「田儀屋に妙な客人が来ていると、耳にいたしましたもので」と、ほとんど吐息に近い声で囁いた。

「田儀屋は大森代官所の掛屋。三左衛門は出来た男でございますが、それでも誤って胡乱な者を迎え入れることも皆無とは申せますまい」

ですが留守であればしかたありません、と言い捨てて踵を返す幸蔵の肩を、長兵衛は慌てて摑んだ。

「待て、藤田。おぬし、いったい何を知っておる」

「何を、と仰せられましても」

とぼけるな、と長兵衛は眉を吊《つ》り上げた。

大森町は狭い。見知らぬ旅装の男が、駕籠に乗せられて田儀屋の本宅に入っていったとの噂が藤田幸蔵の耳に届いたこと自体は、なんの不思議もない。ただ田儀屋が諸国からの客人をしばしば滞在させている中で、なぜ幸蔵は溝曽路主税に目を止めたのか。

自分たち銀山方役人は、所詮《しょせん》は大森で生まれ、大森で死んでいく身。この地の出来事には通じていても、江戸をはじめとする遠方の事象には疎い。もしかしたら幸蔵は江戸勘定所を通じ、主税なる男に関して何か聞き及んでいるのではあるまいか。もしそうだとすれば、あの男はやはりただの家士ではない。何かしらの目的があって、田儀屋に入り込んだこととなる。

三左衛門は田儀屋と河野家の累代《るいだい》に亘《わた》る交誼《こうぎ》があればこそ、自分の目を信じてくれた。胡乱な男がまんまと店に入り込むのを見過ごしたとなれば、亡き父や祖父にも面目が立たない。幸蔵に向かって、長兵衛は一歩詰め寄った。

「河野さまこそ、何をご存じでそれがしをかように詰問なさるのでございます」

もともと長兵衛は、腹芸が苦手である。人を食ったような幸蔵の口ぶりに、かっと頭に血が上った。

「おぬしが不審を抱いているのは、あの溝曽路なる男だろう。いったいあ奴は何が目的で、長らく田儀屋がお貸ししたままになっていた茶入を届けに来たのだ」

その途端、幸蔵は軽く眉を撥ね上げた。「茶入、茶入でございますと」と呟き、なるほど、と一つ首肯した。

「用心深い田儀屋がなぜ、素性の確かならぬ者をあっさり本宅に入れたかと訝《いぶか》しんでおりましたが、そういう次第でございましたか」

「なに。もしやあ奴はやはり、松井松平家さまのご家中ではないのか」

気色ばむ長兵衛に、「いいえ、ご家中であることに変わりはないらしいのですが――」と幸蔵が応じた時である。

どどどと地響きを立てながら、銀山町に続く長い坂道を五、六人の男が駆け下りてきた。「退《ど》けッ、退いてくれッ」と喚《わめ》いて往来の人々をかき分け、長兵衛たちには目もくれぬまま、まっすぐ田儀屋の本宅へと飛び込んだ。

「た、大変です、番頭さんッ」

よほど息せき切って、ここまで駆けてきたのだろう。上り框《がまち》にしがみつくようにして叫んだ先頭の男の帯は半ば解け、脛毛の生えた足は太腿《ふともも》まで剝《む》き出しになっている。皆が揃って、紺縞《こんじま》の木綿のお仕着せ姿であるところからして、どうやら田儀屋の奉公人らしい。

「どうしたんだい、お前たち」

狼狽しきった顔の番頭に向かい、「大谷が――大谷の間歩で水が出ましたッ」と男たちが口々に叫んだ。

なにッ、と怒鳴《どな》って、番頭が帳場の中に跳ね立つ。裸足《はだし》のまま土間に飛び降り、手近な男の襟首を摑んだ。

「水吹子はどうしたんだ。なんとか修繕が出来たんじゃなかったのか」

「それが、朝方から調子が悪く、手子《てご》どもがかえこし桶《おけ》（溜まり水を汲み出す桶）で水抜きをしていたのでございます。幸い、今日は水の出が少なく、これであれば水吹子がなくてもどうにかなると思っていた矢先、根戸からどっと水が吹きあがって――」

「旦那さまは。それに、うちの掘子衆はどうした」

「旦那さまとお客人、それにお供申し上げていた店の衆は、ちょうど間歩外の四ツ留小屋にいらして無事でした。ただ、切場（採掘現場）にいたはずの掘子が四人、どれだけ待っても間歩から上がってまいりません」

うわぁあん、と甲高い赤子の泣き声が響いた。子守女が言葉にならぬ叫びを上げながら、三和土《たたき》に飛び込む。はっと振り返った男の一人にしがみつき、「あ、兄《あん》ちゃんは、兄ちゃんは」とひび割れた声で喚《わめ》いた。

「お三津。おめえの兄ちゃんは――」

解けた帯もそのままに、男が声をぐもらせる。少女の顔がくしゃくしゃに歪《ゆが》み、うわあッと激しい慟哭《どうこく》がその口を突いた。誰もが表情を曇らせた土間から眼をもぎ離し、長兵衛はその場を駆け出そうとした。

大谷は銀山六谷の中でも、特に間歩の多い地域。田儀屋の間歩のすぐ傍らには、代官所が公費によって経営している御直山もある。田儀屋の間歩の底から吹きあがった水がすぐに治まればよいが、万一、四ツ留から溢《あふ》れ、周囲の間歩に流れ込みでもすれば、被害は更に大きくなる。

「お待ちください、河野さま。それがしも共に参ります」

藤田幸蔵が珍しく頬を堅くして、長兵衛に追いすがった。

本来、幸蔵たち地方役人の勤めは、代官所内の事務。それだけに如何《いか》に間歩で出水が起きたとはいえ、幸蔵が銀山町に立ち入るのは珍しいが、今の長兵衛にはそれを怪しむだけの暇はなかった。

暮れはじめた坂を一気に駆け上がり、蔵泉寺口番所へと至る辻《つじ》を折れる。雲が出て来たのだろう。普段よりもいささか早く黒ずみ始めた空を仰ぎ、長兵衛は眉を寄せた。

間歩の中は、昼も夜も変わりのない闇。だがそれでも人を集め、手近な間歩から空いている水吹子を運ばせるには、夜の作業は不便極まりない。ことによっては、これ以上の犠牲を出さぬために、水抜きの手筈だけ整え、取り残された掘子の救出は朝を待たねばならなくなるかもしれない。

掘子たちはみな、山を縦横無尽に掘り進めて鉉《つる》を探る。このため、今回、水が出た場所よりも切場が高く、掘子たちのところまで水が至っていないことも充分に考えられる。ただ仮にそうだとすれば、普段、唐箕《とうみ》によって切場まで送られている風は今、あふれ出た水によって遮られているると想定せねばならなかった。

「これは河野さまに、藤田さま――」

すでに出水の報告が届いているのだろう。本来、役人が三名、中間が二名詰めているはずの番所はがらんとして、留守番の役人が一人で忙しげに手形を検めている。

銀山方組頭と元締手代という珍しい組み合わせに瞠目した役人に、「出水の様子はどうじゃ」と長兵衛は嚙《か》みつくように問うた。

「は、はい。すぐに近隣の間歩より、水吹子を運ぶとともに、手すきの掘子に水の搔《か》い出しを指示しております。ですがどうやら、水は間歩のかなり奥から湧いているらしく、持ち込んだ水吹子で事足りるかどうか」

高低差のある間歩内の水抜きでもっとも威力を発揮するのは、長い木樋《もくひ》を横にずらりと連ね、人力で水を汲み上げる大型揚水器・角樋《かくひ》。ただ、これはそれぞれの間歩の地形に合わせて拵えられるため、他の間歩に流用するのは難しい。一方で、一本の木樋で拵えられた水吹子は、角樋に比べれば小型なだけに移動が容易だが、当然、汲み上げられる水量は多くない。

「それは厄介じゃな」

顔をしかめた長兵衛に、「田儀屋の水吹子は、確か角樋に劣らぬほど多量の水抜きをし得る規模なのでしょう」と、幸蔵がかたわらから口を挟んだ。

「ならば、一刻も早くその水吹子の修繕をした方が早いのでは」

「そんなこと、おぬしに言われずとも分かっておるわい。田儀屋も昨日のうちから修理を試み続けたもののどうしても本調子にならず、挙句、こんな有様になったのではないか」

苦々しく言い捨てて、長兵衛は番所を飛び出した。

すでに銀山町内にも出水の一件は広まっているらしく、下河原の町筋は常にも増して騒がしい。吹屋の外まで歩み出て、不安げに顔を見合わせているユリ女たちの姿もあった。

人混《ひとご》みをかき分け、「どけどけッ。邪魔だッ」と怒鳴りながら疾駆《しっく》する男たちは、田儀屋の間歩の掘子の朋友《ほうゆう》だろうか。裾からげして往来の真ん中を駆ける彼らを追って大谷へと向かえば、御直山である龍源寺山（龍源寺間歩）の二町（約二百メートル）ほど北、仙ノ山の裾を流れる小川の向こうの小屋の前に、二、三十人の男たちが寄り集まっている。

銀山町では、坑内に雨風が吹き込まぬよう、間歩の入り口に四ツ留小屋という小屋が建てられている。だが普段であれば、大勢の掘子や手子が出入りする小屋の入り口からは、ざぶざぶと音を立てて水があふれ出し、右往左往する彼らの足を洗っていた。

「駄目だッ。水の勢いが強すぎるッ」

間歩の奥から駆け戻って来たのだろう。全身ずぶ濡れで叫ぶ大柄な掘子に、男たちがどっと駆け寄った。

「間歩に入ってすぐの犬登り（弱い勾配《こうばい》のついた上り斜面）が、まるで大雨の後の川みてえになってるんだ。上ろうとしても、あまりの勢いに押し流されちまう」

「この間歩はその犬登りを半町進んだあと、今度は急に下り坂になる。増太郎たちがいる切場は、その坂の果てから、雁木《がんぎ》（竪穴で梯子《はしご》代わりに用いる切り込みのある丸太）を五、六本分も上がった奥だ」

田儀屋三左衛門から間歩の経営を任されている山師であろう。五十がらみの男が図面を手にして、掘子たちのやりとりに割って入った。

「出水は下り坂の途中の根戸からだ。間歩をどうにか通り、根戸の水さえ汲み出すことが出来れば――」

「畜生ッ」

ずぶ濡れの大柄な掘子が、髪からぼたぼたと滴る水を拭おうともせず、己の腿《もも》を悔し気に拳で打った。名前は知らないが、確かこの近くの藤蔵山《ふじぞうやま》で働いている掘子であった。

出水場所が斜面に開いた竪穴の底となれば、切場に水が迫るまでまだ幾ばくかの猶予はあろう。しかしながらこのまま水が湧き続ければ、間歩そのものが水に浸かり、掘子たちの退路が絶たれる。

竪穴に水吹子を設置して水を汲み出そうにも、そもそもそこまでたどり着くことすらできぬのだろう。男たちの顔には、焦燥の色が濃かった。

「しかたがねえ。こうなりゃ、様子見なんぞしちゃいられねえ。吹子を持って突っ込むぞッ」

男は四ツ留小屋の外に積み上げられていた水吹子の部材に飛びついた。木製の樋を抱え上げ、再び間歩に飛び込もうとするのを、周囲の掘子があわてて羽交い締めにした。

「やめろ、与平次。おめえまでが死んじまう」

「ふざけるな、このまま増太郎たちを見殺しにしようってのか」

与平次と呼ばれた掘子が顔中を口にして喚くのに、「見殺しにはしねえッ。あいつらは俺たちの仲間だ」と山師が怒鳴り返した。

「じゃあ、どうするっていうんだ。増太郎がどんな覚悟で精根を入れ替え、新しい間歩で働き始めたのか、おめえだって承知であいつを雇い入れたんだろう。少しでも早く、根戸に吹子を差し入れなけりゃあ、本当に切場に水が迫っちまうぞ」

そう喚いた与平次が取りすがる掘子たちを突き飛ばして間歩に飛び込もうとした途端、間歩の奥からの水がどっと堰《せき》を切ったように増えた。掘子たちがそろって足をすくわれてたたらを踏み、中にはその場に尻餅《しりもち》をつく男もいた。

「だ、大丈夫か」

「転ぶんじゃねえぞ」

掘子たちが互いに助け合いながら、水から上がる。山師がずぶ濡れになった図面を胸元に丸めて押し込み、ぎりぎりと奥歯を食いしばった時、「みな、大丈夫ですか。怪我はないですか」と叫びながら、田儀屋三左衛門が小屋から走り出て来た。

近隣の掘子や手子ともども、水の掻い出しをしていたのだろう。普段は裾長に着付けた着物の裾は尻端折《しりはしょ》りされ、両袖を襷《たすき》でからげている。およそ大森一の豪商の主とは思えぬその風体に、長兵衛はそんな場合ではないと思いつつも、心底仰天した。

「ご心配いただき、ありがとうございます。俺たちゃこれしき慣れておりますので」

全身からぼたぼたと水を滴らせた与平次が、両手で袖を絞りながら頭を下げる。「それより、旦那さま」と、勢いよく水を溢れさせる間歩を顧みた。

「増太郎たちを助ける手は、他にねえんですかい。あいつらはきっと切場で、助けを待っておりますぜ」

「分かっています。それは承知しているのですが——」

悔しげに唇を噛んだ三左衛門の目が、人垣をかき分ける長兵衛のそれとかち合う。頭を下げようとした三左衛門を、長兵衛は急いで片手で制した。

「大事の最中じゃ。礼はよい。それより、四ツ留から切場までは、どれほど離れている」

「しめて一町（約百メートル）に少し足りねえぐらいでさあ」

三左衛門の言葉を遮って、与平次が無理やり割り込んできた。

「あの水はすり鉢の底みてえになった下り坂の途中から、ざぶざぶ湧いてきているんでさ。おそらく今ごろ、切場にかかる雁木の真下は、一面、水で満たされちまっているはずでございます」

銀山町の間歩の幅は、狭いところで三尺（約九十センチメートル）、広いところでも五尺（約百五十センチメートル）程度。高さはいずれも六尺（約百八十センチメートル）に満たないだけに、いったん水が湧けば、それが間歩を完全に満たすのにさしたる時間はかからない。

湧き出した水を掻い出せぬのであれば、間歩内に縄を張り、泥水の中、掘子にそれを握らせて四ツ留まで帰らせるしかない。ただそのためには誰かがまず縄を荷《にな》って切場まで向かわねばならず、それはまさに死と隣り合わせの作業であった。

「水吹子が使えねえなら、もはや縄を渡すしかありやせん。田儀屋の旦那さま、どうか俺に行かせてくだせえ。幸い、この間歩には、二、三度、手伝いで入ったことがあります」

「駄目です。藤蔵山の衆を、みすみす危険な目には遭わせられません」

三左衛門は額を青澄ませながらも、首を横に振った。

「この出水は、うちの間歩の騒動です。手伝いだけならばともかく、田儀屋の面目にかけて、そんな危ない仕事を他の山の衆に頼めるものですか」

「じゃあ、どうするっていうんですかい。この間歩の腕利きの掘子たちは、増太郎以下、全員が切場に入っちまっているんですよ。まだ下の毛も生えてねえような手子や柄山負を出水の中に追いやるなんざ、それこそ死んでこいというも同じでございましょう」

言うが早いか、与平次は止めようとする掘子仲間の手を振り切って、高樋《たかひ》の脇に置かれている荒縄を摑んだ。しかし三左衛門は思いがけぬ敏捷《びんしょう》さでそれに駆け寄るや、「待ちなさい」と与平次の手から縄をひったくった。

「この間歩は、代々の田儀屋の持ち物です。こうなれば、わたくしが切場に向かいましょう」

あまりに思いがけない言葉に、二人を見守っていた掘子がどっとどよめく。山師や田儀屋の奉公人と思しき男たちが、「だ、旦那さま、それは」と狼狽を顔に浮かべた。

「心配は要りません。田儀屋の男児はみな、元服前には必ず我が家の間歩に入らされるものです。だいたい我が家の者の苦難を救わずして、何のための店の主ですか」

だがそれはあくまで持山の実情を教えるため、前後左右を熟練の掘子たちに固められての巡見。だいたい屈強な掘子ですら音を上げた水の中を、三左衛門のような男が無事に歩き通せるわけがない。

「無茶を仰らないでください、旦那さま。万一のことが起きれば、わたしはご本家の皆さまにどうお詫《わ》びすればよいのです」

山師の男が三左衛門の袖に取りすがる。とはいえそう言う彼自身、次々と水を吐く間歩に入る覚悟はないのだろう。誰か三左衛門の代わりになろうとする者はいないかと探るように、おろおろと四囲を見回した、その時である。

「お――お待ちくださいッ」

四ツ留小屋から一人の男が飛び出して来た。三左衛門の腕から縄を奪い取り、「それがしが間歩に入りますッ」と怒鳴ったのは、あの溝曽路主税であった。

「なにを仰るのですか、溝曽路さま」

耳を疑う顔になった三左衛門を、主税は強い眼差しで見つめた。

「それがしはどこの山師にも雇われておらぬ身です。ならばこの間歩の苦難を手伝うのに、何の支障がありましょうか」

ぐるりを見回し、「誰か、間歩の造りをお教えください」と怒鳴る主税に、山師が濡れて皺だらけになった図面を片手に駆け寄った。

「雁木がある場所までは、打拐《うちかい》（坑内の上り下りに使う丸太を横たえた足場）もなく、ほぼまっすぐ。ただ、鎚手《つちて》（右手）には仕道（現在は使われていない古い坑道）が何カ所か切られています。壁から鑿手《のみて》（左手）を放さず、まっすぐお進みください」

「間歩の中は、真っ暗なのですね」

「はい。ただ、切場にいる増太郎たちは必ずや、螺灯《らとう》の火を守っているはずでございます。頭上にぼんやりと明かりが見えましたら、そこが奴らのいる切場です」

承知した、と首肯《しゅこう》し、主税は荒縄の束を肩に斜めがけした。

そうこうする間にも、四ツ留からは絶えることなく水が溢れ、目の前の川に向かって音を立てて注ぎこんでいる。夕空はいつしか藍《あい》を増し、田儀屋の奉公人たちが松明《たいまつ》の用意を始めていた。

主税は唇を真一文字に引き結び、どっどと音を立てて水を吐く四ツ留を睨みつけた。その傍らに与平次が駆け寄ったかと思うと、縄の端をくるくるとほどき、小屋の柱に力を込めて結わえ付けた。

「おっと。もう少しだけ、待ってくだせえ」

と言って、煮しめたように汚れた手拭いを、懐から引っ張り出した。

「中は完全に真っ暗だ。外の明るさに慣れた目じゃあ、すぐに足を水にさらわれちまう。四ツ留まで、俺が手を引いて差し上げますから、これで目を覆った方がいいですぜ」

「なるほど。かたじけない」

礼を述べて手拭いで目元を隠した主税の手を、与平次が摑む。三左衛門の顔色を素早くうかがってから、ざぶざぶと溢れ出る水を蹴散らして間歩に踏み入った。

「ここが壁でさあ。どうぞお気をつけてくだせえよ」

激しい水音を縫ってそんな言葉が聞こえてきたかと思うと、次の瞬間、またしても全身ずぶ濡れになった与平次が転がり出るように四ツ留から飛び出して来た。

掘子たちが唇を引き結び、間歩の奥を見つめる。仮に主税が間歩で足を滑らせれば、その身体は奔流に押し流され、すぐにここまで運ばれてくるだろう。しかしながら暗い間歩から溢れ出るのは、待てど暮らせどただの水ばかり。どれだけ目を凝らしても、主税の姿はない。

日はすでに山の端に隠れ落ち、西の山稜《さんりょう》にわずかな残照を留めるばかりとなっている。そこここに松明が点《とも》されたため、辺りは昼かと疑うほどに明るいが、見回せばすでに野次馬たちは大半が散り、中にいる掘子の親類縁者と思しき十名ほどが不安げな顔を寄せ合うばかりである。

「切場までは、だいたいどれぐらいの時間がかかるのですか」

この場にはいささか似つかわしくない落ち着いた問いは、藤田幸蔵のものだ。

その風体から、代官所の地方役人だと察したのだろう。山師がいささか緊張した面持ちで、

「慣れた掘子であれば、あっという間にたどりつくかと」と応じた。

「ただ、これだけ水が出ていると、よほど足の強い男でも歩きづらいものでございます。実際、先ほど与平次はあまりの水の勢いにたまりかね、犬登りの途中で引き返してまいりました。その上、敷入に慣れていらっしゃらないお侍さまとなりますと――」

どうにか坂を上り切ったとしても、次に待ち構えているのは水で満たされた窪地《くぼち》。加えて、万一、切場の灯を見落とせば、その先に広がる数町もの間歩に迷い込む恐れもある。

田儀屋三左衛門はただでさえ血の気の乏しい顔をますます青ざめさせて、四ツ留を凝視している。主税にもしものことがあったならば、棚倉の大槻家にどう詫びればいいのか、と思い巡らしているのに違いない。

「まあ、あの御仁であれば、よっぽどのことがないかぎり大丈夫でございましょうよ」

幸蔵はそうぼそりと呟くと、四ツ留小屋の脇に置かれた床几《しょうぎ》に腰かけた。

「なんじゃと。それはどういう意味じゃ」

という長兵衛の問いかけには知らん顔で、星の瞬《また》き始めた空を仰いだ。

そう言えばそもそもこの男はなぜ田儀屋を訪れていたのか。年の割に狷介《けんかい》な幸蔵のことだ。問い詰めたとて理由をおとなしく告げるとは思い難いが、少なくともあの主税について、何事か知

っているのは間違いなさそうだ。表情の見えぬ幸蔵の横顔を、長兵衛はじろりと睨みつけた。

まるでそれと合わせるように、四ツ留からどっどと音を立てて溢れ続けていた水が、突如、大きく揺れた。真っ暗な間歩の奥にひときわ暗い影が差す。足首を水に洗わせたまま、小屋のぐるりに佇《たたず》んでいた掘子たちが一斉に、「あ――ああッ」と叫ぶ。次の瞬間、泥水を蹴散らし、争うように四ツ留に向かって駆けだした。

「ま、増太郎だ、増太郎だぞッ」

掘子たちの喚きとともに、真っ暗な水の向こうから大柄な男が姿をのぞかせた。全身を泥水に汚しながらその場に座り込み、「た――助かったッ」と天を仰いだ。

「お前ひとりか、他の奴らはどうしたッ」

与平次が増太郎の肩を両手で摑んで揺さぶり立てるのを待っていたかのように、また間歩から溢れる水が揺らぐ。増太郎同様、疲れ果てた様子でその場に膝をついた男に、掘子たちが再び歓喜の声とともに駆け寄った。

一人、また一人と間歩の奥から戻って来た男たちはみな、大きな傷は負っていないらしい。やがて最後に、雲を衝《つ》くかと思われるほどの大男と溝曽路主税が互いを支えるようにしながら姿を現したときには、おびただしい水音をかき消すほどの歓声が山間《やまあい》の谷を揺るがせた。

与平次と呼ばれていた掘子が大男に走り寄り、言葉にならぬ叫びとともにその肩を抱いた。

「あ、ありがとうございます。本当にありがとうございますッ」

四ツ留を一歩出るや、足をよろめかせて水の中に座り込んだ主税に、助け出されたばかりの掘子はもちろん、四ツ留を遠巻きにしていた男女までが走り寄って手を合わせる。しかし主税はもはやそれに応えるだけの力も残されていない様子で、山師の手を借りてふらふらと立ち上がった。

「間歩にいたのは、これで全員かッ。間違いないなッ」

三左衛門は普段の穏やかさをかなぐり捨てて、増太郎たちに幾度となく念押しした。そして四ツ留小屋に向かって駆け出しながら、「そこを開けろッ。皆を休ませるんだッ」と声を嗄《か》らして命じた。

「それに医者だ。渓瑞《けいずい》先生をお呼びしなさい」

「は、はいッ」

奉公人の一人が、下駄を鳴らして走り出す。

さすがは日夜敷入を重ねている掘子だけに、疲労と恐怖に頬を強張《こわば》らせているものの、増太郎たちはいずれもしっかりと自分の足で歩き始めている。それよりもむしろ顔を紙のように白くした主税の方が、もはや身動きすらままならぬと見えた。

「だ、大丈夫でございます。何卒、お気遣いなく」

それでも懸命に手を振って、三左衛門を安堵させようとする主税に、幸蔵が歩み寄った。石でも踏んだのか、ちょうどがくりと身体を傾がせた主税の二の腕を摑み、「そなたさまは――」とまるで今日の天気を取り沙汰《ざた》するような口調で話しかけた。

「松井松平家藩校の水術師範、大久保儀三郎《おおくぼぎさぶろう》どののご子息、主税どのでございますな」

主税の双眸《そうぼう》が驚愕《きょうがく》に見開かれる。しかしながら、取られた腕を振り払うだけの力は残されていないのだろう。むしろ崩れ落ちるようにその場に突っ伏しかけた彼を、あわてて駆け寄った長兵衛と幸蔵が左右から支えた。

「水術師範の子息じゃと」

海に面した浜田藩で水術（水泳）が盛んであることは、広く知られている。藩校・長善館《ちょうぜんかん》では周防国《すおうのくに》に起源を持つ光世《こうせい》流の水術を藩士に伝授し、武芸の一種としてその練達を奨励していた。長兵衛の記憶に間違いなければ、光世流水術は一子相伝。浜田藩の水術師範は歴代、徒士頭《かちがしら》の職を与えられており、間違ってもその息子が同じ家中の家士として働くわけがない。

「ち、違います。わたくしは――」

両手をもがくように振り回す主税の顔は、ますます血の気を失っている。その狼狽しきった挙動こそが、幸蔵から突き付けられた言葉が事実であることを如実に物語っていた。

「ええい、申し開きをするなッ」

かねてより胸の底に沈んでいた幾つもの疑念が、一度に吹き上がる。長兵衛は怒声とともに、主税の右腕を背中にひねり上げた。この男が命がけで掘子たちを助け出したことなぞ、一瞬にして脳裏から消し飛んでいた。

「いったい、どういうわけだ。何ゆえ身分を偽って、田儀屋に潜り込んだッ」

「ど、どうなさいました。河野さま」

三左衛門が驚愕に目を瞠って、小屋から駆け戻ってくる。それを「近づくな。こ奴は大槻家の家士なぞではないッ」と制して、長兵衛は主税の腕を摑む手に更に力を込めた。

「で、ですが。溝曽路さまがお持ちくださいました茶入は、間違いなく我が家の『ありし月』でございました」

「その品とて、大槻家から盗み出したものやも知れぬ。いずれにしても、この者が胡乱な輩《やから》であることに変わりはないわい」

「ち、違いますッ。盗品ではありませんッ」

主税がひび割れた声で、長兵衛の言葉を遮った。

「確かに——確かにそれがしは大槻家の家士ではありませんッ。ですがあの茶入は間違いなく、大槻家より田儀屋に届けるよう預かった品です」

「ならば何故、己の姓を偽ったッ。心中に後ろ暗いところがあればこそであろうッ」

幸蔵がこの時、「まあまあ、河野さま。お待ちください」と言いながら、眉を吊り上げた長兵衛の肩に手をかけた。

「そのように頭ごなしの詮議では、聞き出せる話も聞けなくなりますぞ」

「うるさいッ。おぬしは黙っていろッ」

主税の素性を、なぜ幸蔵が見抜いたのかは分からない。だがこの可愛《かわい》げのない男にかねてよりの不審の正体を言い当てられた口惜《くや》しさが、長兵衛をますます高ぶらせた。

「なんじゃ、なんじゃ。何を揉《も》めておる」

折しも薬籠《やくろう》を抱えて駆け付けてきた医師の渓瑞が、長兵衛たちを忙しく見回す。その怪訝《けげん》な眼差しから主税をかばうように三左衛門が前に出、「いえ、何でもありません」と四ツ留小屋を指した。

「それよりも、掘子たちを早く診《み》てやってください。いずれも大怪我はしておらぬようですが、足を挫《くじ》いているらしき者が、二人ほどおりました」

「おお、それは急がねば」

渓瑞が痩せた足を励まして、小屋へと駆ける。それを見送ってから、三左衛門は主税を顧みた。

「どうやら、この場で簡単に済む話ではないようでございますな。後の事は店の者に任せ、大森の我が家まで戻りましょう。仔細《しさい》はそこでうかがうということで」

とはいえ、大谷から田儀屋までは約二里（約八キロメートル）。長兵衛や三左衛門、幸蔵はともかく、全身ずぶ濡れの主税の唇は青紫に染まり、自らの足では到底歩けそうにない。しかたなく濡れた衣を着替えさせてから、手空きの掘子のうち特に力のありそうな者に彼を背負わせ、一行は早足で大森に向かった。

すでに間歩の一件が伝えられているのか、田儀屋では番頭が安堵の表情で四人を出迎えた。それに向かって、「茶は要りません。しばらくの間、誰も近づかないように」と命じ、三左衛門は皆を離れに導いた。

大谷を出る際に温石《おんじゃく》を渡され、無理やり白湯《さゆ》を飲まされたのが功を奏したのだろう。ここまでの道中で、主税の顔にはようやく血の色が差し始めている。逃げ道を塞《ふさ》ぐように左右に座を占めた長兵衛と幸蔵、困惑に顔を強張らせた三左衛門を静かに眺めてから、主税は「――お許しくだされ」と両手をついた。

「詫びて済む話ではなかろう。何故、身分を偽ってこの家に近付いた。いや、それ以前に、先ほど藤田が申した姓名はまことなのか」

長兵衛の矢継ぎ早の詰問に、主税は小さく頤《おとがい》を引いた。

「間違いではありません。それがしの名は、大久保主税。父は松平下野守《しもつけのかみ》さまご家中にて徒士《かち》頭《がしら》を勤めておりました大久保儀三郎。ただ父は、四年前の冬、奉公構いを仰せ付けられた末に病没いたしましたゆえ、現在、それがしは旧知の家々より雑用を仰せつかり、かつかつ口を糊《のり》しております」

奉公構いとは、主より奉公を差し止められた上、家禄《かろく》を召しあげられる事を意味する。武家においては切腹に次いで重い処罰だけに、長兵衛は意外な思いで主税の顔を凝視した。

四年前といえば、浜田藩の廻船問屋・会津屋八右衛門の密貿易が明るみに出、その黒幕とされた松井松平家の家中に大勢、処罰者が出た年である。

長兵衛と三左衛門が目を見交わしたのに気づいたのか、主税は「さようでございます」と静かに続けた。幸蔵に姓名を言い当てられ、もはや隠し事はできぬと腹をくくったと思え、観念したような面持ちであった。

「父の奉公構いは、抜け荷を行っていた会津屋の奉公人を数名、水練の弟子に取っていたゆえでございました。勘定方・橋本三兵衛《はしもとさんべえ》さまからのご推挙を受けて、入門を許した弟子たちでしたが、そもそも橋本さまと会津屋はかねてよりの懇意……。それゆえ我が父にも悪事に関与していたのではとの疑いがかけられたのでございます」

浜田藩勘定方の橋本三兵衛は、国家老・岡田頼母《おかだたのも》、国年寄の松井図書《まついずしょ》ともども、会津屋の密貿易に黙認を与えた人物とされている。それだけに三人に切腹や斬首が仰せ付けられた際、主税の父もまた死罪を覚悟したが、橋本三兵衛が頑として大久保儀三郎の関与を否定したために、切腹のみは免れられたのだ、と主税は訥々と語った。

そんな主税を労るような口調で、三左衛門が「そうでしたか、橋本さまが」と相槌を打った。

「勘定方でいらした橋本さまのことは、よく覚えております。お心の優しいお方でございましたな。大きな声では申せませんが、あのお方が会津屋の抜け荷を是とされたのも、ご家中の財政の悪化を見るに見かね、なんとか藩の御金蔵を肥やさねばとの忠心からでいらしたのでしょう」

「ええ、そのはずでございます」

と応じて、主税は突然、声を尖《とが》らせた。

「されど、田儀屋どの。そなたさまは橋本さまが命を賭《と》して救おうとしたご家中に対し、あまりな非道をなさいましたな。それがしは橋本さまを始めとする勘定方の衆の苦しみをわずかでも思い知らせねばと考え、はるばるそなたさまを訪ねてきたのでございますぞ」

「非道でございますと」

三左衛門がわずかに身を引くのに、主税は太い眉を吊り上げた。

「さよう、そもそも橋本さまたちが天下の大罪と知りつつ、抜け荷に手を染められたのは、二十万両もの借財を抱えた藩の財政を立て直さねばとお考えになってのこと。されど事が露見し、罰として棚倉へのお国替えが仰せ付けられた途端、そなたさまや津和野の堀家といった近隣の豪商は、貸しつけた金子を少しでも取り立てるべく、勘定方に矢の催促をなさったではありませぬか」

橋本三兵衛は会津屋の抜け荷に加担したことを咎められ、武家にもかかわらず江戸・鈴《すず》ケ森《もり》の刑場で斬首となった。有能な勘定方であった橋本三兵衛を失ったばかりの松井松平家にとって、棚倉お国替えとほうぼうの商家から始まった返済の催促はまさに泣きっ面に蜂《はち》……遠縁である下《しも》野壬生《つけみぶ》藩や越前鯖江《えちぜんさばえ》藩から借財し、辛うじて支払いを済ませたものの、おかげでお国替えから四年を経た今でも、松井松平家は貧乏のどん底にあるという。

「橋本さまのご弁明のおかげで命拾いをしたそれがしの父は、今年の春、長患《ながわずら》いの末に棚倉で亡くなりました。死の間際まで橋本さまへのご恩を忘れず、ご家中のこれからを案じていた父の気持ちを思うにつけ、それがしはそなたさまたち商人に、せめて一言、ご家中のみなの怨《うら》みのたけを思い知らせてやらねばと考えたのでございます」

父の儀三郎は頑固な男で、奉公構いになった後も松井松平家への忠誠を誓い、国替えに際しては共に棚倉へ移住を行った。かつての水練の弟子たちはそんな儀三郎をこれまで同様、師として遇し、お城の南を流れる久慈《くじ》川で稽古《けいこ》を請い、慣れぬ陸奥の地での苦衷《くちゅう》について相談を持ちかけもした。

田儀屋から「ありし月」を借り受けていた小姓頭・大槻玄蕃は大久保儀三郎の愛弟子《まなでし》で、師の逝去に際しては僧侶《そうりょ》の手配から埋葬まで一手に引き受けた人物。父の四十九日の席で、そんな彼から長らく返し損ねている茶入の話を聞き、主税はこれは強欲な商人たちにその非道を思い知らせる好機だと考えた。

「ならば、それがしが大森まで届けに参りましょう。父を最期まで師と遇して下さったお方の難儀に知らぬ顔はできませぬ」

と申し出、玄蕃から茶入を預かって棚倉を発ったのであった。

「そうか。おぬし、それで、我が家で『ありし月』をあのように。最初から田儀屋の目の前で茶入を割り、驚き騒ぐところにかねてよりの恨み言をぶつけるつもりだったな」

思わず割って入った長兵衛に、主税は「さようでございます」と静かに応じた。

だが、さぞ動転しようと思っていた三左衛門は意外にも、ほとんど動じず、かえって主税を屋敷に招き、大森滞在中の宿を買って出た。それは三左衛門を強欲な商人とばかり考えていた主税にとって、大いなる誤算だったのに違いない。

実際、長兵衛の目から見ても、三左衛門は万事慎重で物静かな男。それだけに主税はお伊予をかばい、客人をもてなそうとする三左衛門の姿に、これが激しい転変の中で苦しむ浜田藩から借財を取り立てた羅刹《らせつ》のような男かと悩んだのだろう。田儀屋の奉公人に対し、辛く哀《かな》しいことはないかと尋ねたのも、どうにかこの商人の欠点をあげつらおうとしてだったのだ。

「元より田儀屋どのに危害を加えるつもりはありませなんだ。ただご自身の行状の幾ばくかでも思い知っていただければと、そう思っておりました」

そう続ける表情はつい先ほどまでとは別人のように静かで、わずかな悔いすらにじませていた。

「ですが、先ほど、他の間歩の掘子衆の手を拒み、自ら深い間歩に入らんとなさった田儀屋どののお言葉に、それがしは雷に打たれたような心持ちになりました。すべての苦衷を他人のせいにしていた我が身を省《かえり》み、いたたまれぬ思いすらいたしました」

「はて、わたくしは何を申しましたでしょう」

三左衛門が困惑顔で、首をひねる。だが長兵衛には彼のどの言葉が主税の胸を打ったのか、教えられずとも分かった気がした。

――この出水は、うちの間歩の騒動です。手伝いだけならばともかく、田儀屋の面目にかけて、そんな危ない仕事を他の山の衆に頼めるものですか。

――だいたい我が家の者の苦難を救わずして、何のための店の主ですか。

田儀屋にとって、浜田藩の窮乏はあくまで「他の山」の出来事。いかに田儀屋が大店《おおだな》であったとて、一万余両もの借財を踏み倒されては店の浮沈にも関わる。仮にそれで店が保たずば、多くの奉公人たちは路頭に迷い、明日の米にも困る者すら出てくるだろう。田儀屋の暖簾《のれん》を第一と考えるのは、主として至極当然であった。

数万の領民を擁する藩と、奉公人を抱える商人。身分はまるで異なるとしても、ともに多くの命を預かる身であることに変わりはない。

多額の負債を抱えていた浜田藩は、いわば「他の山」の力に頼り切っていたのだろう。だが田儀屋は自らの山は自らで守らんと腹をくくり、他者の協力を拒んだ。

藩にしても人にしても、他者の力を借りることは決して悪ではない。ただ、己の身を守るべく協力を断った他者を悪と謗《そし》ることは、己の苦衷《くちゅう》に他者を引きずり込もうとするに等しい罪。藩ぐるみの密貿易の露見とお国替えという大事件の中で、そんな当然のことすら忘れ果ててしまっていた主税は、田儀屋の凜然《りんぜん》とした覚悟に、横っ面を叩かれるに似た衝撃を受けたのだろう。そう、水の溢れる深い間歩に、思わず飛び込んでゆくほどに。

いまだ己の言葉を思い出せぬらしい三左衛門に向かい、主税は手をつかえた。

「田儀屋どの、それがしは家中の苦難を独り決めにそなたがたのせいと思い込み、愚かな怨みをぶつけんとしておりました。その愚行、何卒お許しください」

「い、いいえ。滅相もありません。商人にとって、時に誰かから恨まれるのはいたしかたないことでございます」

三左衛門があわてて主税の手を上げさせようとするのを眺めながら、長兵衛は「ありし月、か」と胸の中で呟いた。

主税がはるばる棚倉から運んできた茶入の銘は、移ろう季節の早さを驚く『古今集』の一首にちなんでいる。もしかしたら大槻玄蕃が茶入を返却せぬまま遠い棚倉まで持ち去り、請求の文を送られても知らぬ顔を決め込んだのは、突然の凋落《ちょうらく》に遭った松井松平家家中を、あまりに早く訪れた秋に重ね合わせたためかもしれない。さりながらかつての季節を懐かしんだとて、過ぎた日々はもはや戻らぬのだ。

偶然とはいえ、あの茶入が欠けたのは、よい辻占《つじうら》だったのかもしれない。そう、主税は怨みを抱き、ありし時を懐かしむばかりだった日々をこの大森で終え、きっとこれから先、新たな季節へと踏み出すのだから。

「溝曽路――あ、いえ、大久保どのは、それでこれからどうなさるおつもりでございますか」

それまで無言で三人のやりとりを見守っていた藤田幸蔵が、傍らから口を挟んだ。

「先ほどまでのお話をうかがうに、大久保どののお怨みは他の豪商にも向けられていたご様子。ならば津和野や浜田にも、この先、足を延ばすおつもりだったのでございましょう」

ええ、と主税は乾いた笑いを片頬に浮かべた。

「お察しの通りでございます。ですが、田儀屋どのの生き様に触れた今、それもまた愚かな事と知りました。明日にもこの地を離れ、棚倉に戻りまする。大槻さまにもすべてをお伝えし、茶入を欠いてしまった詫びを申し上げねばなりませぬゆえ」

「それはようございました。だとすればここでそれがしから大久保どのに一つ、餞別話《せんべつ》をお伝えせねばなりませぬな」

にっこり笑った幸蔵に、「餞別でございますと」と問い返してから、そういえば目の前の男は何者だと思ったのだろう。怪訝《けげん》そうに眉をひそめた主税に、幸蔵は慇懃《いんぎん》に頭を下げた。

「申し遅れました。それがし、大森代官所元締手代、藤田幸蔵と申します。わが主である代官・岩田鍬三郎は、かつては江戸勘定所の勘定。そのこともあり、会津屋の抜け荷事件については以前より関心を抱いておりまして、大森着任からこの方、こつこつと調べものを続けておったのでございます」

驚きの声を上げたのは、主税だけではない。長兵衛はもちろん三左衛門までが、腰を浮かせた。

「そんな中で、四年前の御詮議の折には明らかにならなんだ事実も、主は徐々に摑んで参ったのでございますが……有体《ありてい》に申しますと大久保どの、いかにお国替えの憂き目に遭ったとはいえ、現在も松井松平家が在り続けていられるのは、他ならぬ豪商のおかげでもあるのでございますぞ」

「それはどういう意味でございますか」

驚いて頭を巡らせる主税の視線の先では、三左衛門がぽかんと口を開けている。どうやらここから先は、田儀屋ですら知らぬ話が始まるようだ。

「松井松平家さまに大枚をお貸ししていたのは、一に津和野の堀家、二に大森の田儀屋でございます。このことは大久保どののもご存じでございましょう」

幸蔵の問いに、主税はいまだ話の先行きが見えぬ顔で「え、ええ。それはもちろん」と応じた。

石見国鹿足《かのあし》郡津和野の堀家は、大森代官の支配の下、畑《はた》ヶ迫《さこ》・笹《ささ》ヶ谷《だに》といった大銅山の経営に当たっている裕福な山師。近隣の諸藩、ことに津和野藩亀井《かめい》家なぞは江戸より諸役を仰せつかるたびに堀家から数千両におよぶ借金を重ね、堀家もまた諸藩への貸し付けばかりか、銀山附御料地内での河川工事や代官所・番所修造の際にも積極的に御用金を調《ととの》えていた。

「会津屋の一件が露見した折、江戸表では松井松平家の悪事は明々白々として、御家取り潰《つぶ》しにすべきとの議論が盛んだったそうでございます。さりながらその折に問題となったのが、浜田藩に多枚を用立てていた堀家の存在……浜田藩が取り潰されれば、当然、堀家は借金を回収できず、莫大《ばくだい》な損を蒙《こうむ》りますからなあ」

そしてその結果、堀家が傾いたとすれば、影響は石見銀山附御料と周辺の諸藩へも及び、それはもはや浜田藩一藩の問題では収まらなくなる。大名貸しを行っている諸国の豪商は堀家の轍《てつ》を踏むまいと貸し付けを渋るだろうし、そうなれば各藩は公儀から万事物入りな諸役を命じられても、金策が叶わなくなるかもしれない。

諸藩への貸し付けと御料地への金子用立てを盛んに行っていた堀家の名は、江戸表でもよく知られている。それだけに老中たちは浜田藩の存続ではなく、お取り潰しに伴う堀家への影響を第一に考え、松井松平家への処罰の手を緩めたのだと、幸蔵は語った。

「なるほど、御家が傾き、棚倉への移封が命じられた折、田儀屋や堀家は借金の取り立てを行ったでしょう。その結果、ご家中の方々がいまだに苦しんでおられるのも、よく分かります。ですがそもそも御家の罪がお国替え程度で許されたのは、他ならぬ商家のおかげでもあったのですよ」

幸蔵が口をつぐむのと同時に、主税の身体がわなわなと震え出した。両手の爪を畳に突きたて、

「それがしは——それがしはなんと愚かな真似を——」と呻いた。

「お、お許しくだされ、田儀屋どの。それがしはまことに、目の前のことばかりに囚《とら》われてしも

うておりました」

主税はこれまで、松井松平家から借財を取り立てた商人はすべて、敵同然と思い込んでいたのだろう。それが陰ながら松井松平家を救っていた事実に、脳天を殴られたような顔をしていた。

「大久保さま、お手をお上げ下さい。だいたい御家をお救いしたのは、津和野の堀さまであって、わが田儀屋ではございません」

「いいえ、堀家であろうが田儀屋どのであろうが、それがしの知らぬところでご家中をお守りくださった方々がいらしたことは事実。それにもかかわらず、己の苦しみばかり申し立てんとした自らの愚昧《ぐまい》、我がことながらあまりに情けなくてなりませぬ」

きっと主税は棚倉に戻ったならば、大槻玄蕃をはじめとする家中の者たちに、自分たちは陰ながら救われていたのだ、と告げるのだろう。

陸奥国棚倉は雪深く、額面上の石高よりも現実の実高が少ない悪地である。国替えから四年、いまだ慣れぬ地で苦しむ松井松平家の者たちにとって、その知らせは必ずや心の励みになるに違いない。

もし大森を訪わなかったならば、主税はこの先ずっと田儀屋や堀家を恨み続けただろう。そう考えれば、「ありし月」こそ傷ついても、その来訪は無駄ではなかったのだ。

「さてと、それがしはこの辺りでご無礼いたします。田儀屋どの、邪魔をいたしました」

藤田幸蔵が突然、乾いた口調で言って立ち上がる。あわてて向き直ろうとした三左衛門や主税には目もくれず離れを出ていく背に、「おい、待て」と長兵衛は呼びかけた。

「それであれば、わしも共に参ろう」

すでに庭先はとっぷりと闇に沈み、薄い雲の向こうで月が滲《にじ》んだような薄い光を放っている。田儀屋の奉公人が急いで点して寄越した提灯《ちょうちん》を手に往来に出れば、なまじ昼夜の別なく賑《にぎ》わう銀山町を見た後だけに、大森の町筋は静まり返り、まるで深い森のただなかを思わせる。

「それにしても、よもや松井松平家さまが堀家のおかげでお取り潰しを免れていたとはな。さすがのわしも知らなかったぞ」

「ああ、あれは口から出まかせでございます」

あまりにあっさり言い放たれ、長兵衛はその場に立ちすくんだ。

「な、なんじゃと。先ほどの話が出まかせじゃと」

「これは意外な。もしや河野さまはそれがしの言葉をお信じになられたのでございますか」

言葉とは裏腹に、幸蔵の口元にはうっすら笑みが浮かんでいる。珍しく彼に対して抱いていた親しみが瞬時に霧消し、長兵衛は己のこめかみがどくどくと音を立てて膨《ふく》れ上がるのを感じた。

「おぬし、わしらをたばかったのか」

「別に最初からたばかるつもりはございませなんだ。ただもしかしたら、そういったこともあるのではないかと思いつき、主税とやらを得心させるべく、作り話をしただけでございます」

松井松平家の棚倉移封が決まった直後の田儀屋や堀家の借財取り立ては、苛烈《かれつ》なものだった。如何に大久保主税が三左衛門の挙措に感じ入ったとはいえ、この先再びその怨みを甦《よみがえ》らせぬとの保証はどこにもない。

「ならば少しぐらい嘘をついてでも、禍根を絶つに如《し》くはございますまい。河野さまとて、田儀屋とは長年のお付き合い。三左衛門の身にまた火の粉が降りかかることになっては、気分がお悪うございましょう」

「それは──それは確かにさようじゃが」

田儀屋での幸蔵の言葉を、長兵衛は慌ただしく脳裏に甦らせた。

「待て、お取り潰しに関する件が嘘とすれば、そもそも岩田さまが会津屋の一件について調べているという点も嘘なのか」

「さあ、それはどうでございましょう。なにせそれがしはただの元締手代。代官さまのご胸中までは、存じ上げませぬ」

だがそもそも大久保主税の挙動を把握していたからこそ、幸蔵は今日、田儀屋を訪れたのではあるまいか。だとすれば岩田鍬三郎は棚倉の松井松平家にまで目を配り、その家中の者の動向を摑んでいるというわけか。

とはいえそれは、一介の田舎の代官が行いうることではない。代官よりももっと江戸表に近い──そう、たとえば江戸の勘定所や老中《ろうじゅう》が関与しておらねばできぬ話だ。

おぬし、と呻いて、長兵衛は提灯を持つ手に力を込めた。

五十四歳という実際の年齢よりも老け込み、眠たげな老猫《ろうびょう》を思わせる岩田鍬三郎の姿を、長兵衛は胸に甦らせた。あの茫洋《ぼうよう》として捉えどころのない彼が、なぜ江戸勘定所の重役から推挽《すいばん》されて大森に赴任してきたのか、ずっと不思議でならなかった。

だが、岩田とその配下の手代衆は銀山附御料を治めるとともに、四年前に露見した浜田藩の会津屋の一件について探るべくこの地に遣わされたとすれば。そう考えれば、何もかもが筋が通る。

しかし、何故だ。密貿易に携わった者たちは悉《ことごと》く処断され、全ては落着しているはず。それにもかかわらず、岩田は何を探ろうとしている。

困惑のあまり上げた目が、幸蔵の怜悧な眼差しとかち合う。そうか、と長兵衛は奥歯に力を込めた。

そもそも長兵衛は銀山方組頭。茫洋とした代官への反発から、一方的に岩田代官や地方役人を毛嫌いしていたが、仮に代官が勘定所から密命を帯びてこの地に遣わされたとすれば、本来、その先鋒《せんぽう》となるべき立場である。

(こ奴は今、わしに岩田さまのお役目を悟らせんと——)

立ちすくむ長兵衛にはお構いなしに、幸蔵はつと空を仰いだ。いつしか空を覆っていた雲は切れ、冴《さ》え冴《ざ》えとした月光が大森の町筋を明るく照らし始めている。

「ところで河野さまは腰がお悪いとうかがっておりましたが、先ほどより拝見しておりますと、随分痛みも去られたご様子でいらっしゃいますなあ」

薄い唇をにっと片頬に引いて、幸蔵は口調を和らげた。

「いかがでございましょう。この辺りで一度、元通りの出仕を始められませぬか。どうも組頭さまがおられませぬと、銀山方の衆は尻の据わりが悪いようでございます」

とっくの昔に処罰は済み、そもそも銀山附御料になぞ何の関係もないと思っていた会津屋の一件。それが遠い江戸の勘定所の目には、いったいどう映っているのか。

面白い、と長兵衛は唇だけで呟いた。この地の者たちには見えぬ何かを追い求めて、岩田たちは大森にやってきた。あの瞼《まぶた》の重たげな双眸が、この先どんなものを捕らえるのか。それを知りたいという思いが、夏雲の如く胸に広がった。

降り注ぐ月の光はますます澄み、二人の足元に薄い影を曳《ひ》いている。この分では今夜は灯は要らなそうだ。

「やれやれ、しかたがないのう」

言いざま提灯を吹き消して、長兵衛は幸蔵の前に立って歩き始めた。足元で虫がすだく。それが明日からの日々を寿《ことほ》いでいるかのように、長兵衛には思われた。

第五章　たたずむはまつ

栗《くり》の焼ける香ばしい匂《にお》いが、囲炉裏《いろり》の周りに垂れ込めている。板間に直《じか》に紙を広げ、縁起物の布袋図《ほていず》を描いていた叡応《えいおう》が、筆を置いてひょいと火箸《ひばし》を取り上げる。真っ黒に焼け焦げた栗を一つ、熾火《おきび》の下から掘り出した。

あちち、と独り言《ご》ちながら、分厚い掌《てのひら》で灰を叩《たた》き落とす。壁際で手習いをしていた金吾に向かい、「おおい、もう焼けておるぞ」と声をかけた。

「それにしても、今年の栗はどれもこれも小粒じゃなあ。ちまちまと剝《む》かねばならず、まったく嫌になるわい」

「あまりに夏が暑かったせいで、栗の木も弱っちまったんだろうよ。栗だけじゃなく、今年は茸《きのこ》も銀杏《ぎんなん》もすべて実りが悪いらしいぞ」

振り返りもせずに答えながら、金吾はすでに墨で真っ黒になった手許の半紙と、傍らに広げた手本である古びた草紙を見比べた。題簽《だいせん》に記された『小野篁歌字尽《おののたかむらうたじづくし》』の文字はかすれ、よほど目を凝らさねば読めない。それでも正覚寺の蔵で隅を鼠《ねずみ》に齧《かじ》られた書架の中からもらい受けただけに、手習いに使うことが出来るだけましと思わねばならなかった。

——ひはときに　人はさむらい　やまいはじ　やまはそばだつ　たたずむはまつ

と胸の中で呟《つぶや》いてから、ひと息に「時侍痔峙待」と半紙に書きつけた。

偏《へん》や旁《つくり》を同じくする漢字を連ね、それを覚えるための和歌を添えた『小野篁歌字尽』は、寺子屋で子供たちの学習に用いるべく刊行された「往来物《おうらいもの》」。その明快さから、初版から百五十年以上を経ても版を重ね続けている一冊である。

ちょうど布袋図が描き上がったところだったのか、叡応が絵をくるくると巻いてから、腰を据えて栗を掘り出し始める。これ以上焦げぬように囲炉裏の際にそれを積み上げてから、「どうれ」と金吾の背後に立った。

「なんじゃ、あまりに半紙が真っ黒で、字が上達しているのやらいないのやら、分からぬな。それにしてもまあ、おぬしもよく続くのう。その手本の稽古《けいこ》は、もう三度目じゃろう」

「ああ。ただ往来物をひと通り学んだだけじゃ、やっぱり漢籍や帳簿類までは分からなくてな。代官所に師範がいるわけでなし、往来物をとことん学ばないと勤めの役には立たなそうだ」

「ふうむ。そういうものか。まあ考えてみれば、栄久《えいきゅう》は経典さえ読めればよしということで、手習いも途中で有耶無耶《うやむや》になってしもうたでなあ。この寺の什物《じゅうもつ》がそれほど役立っているとなれば、喜ばしい話じゃ」

金吾が一念発起して学問を志したのは、四年前。代官・岩田鍬三郎の素行を探るべく、江戸から大森に遣わされた翌年であった。

なにせそれまでの金吾と来たら、文字は見よう見まねで学んだ金釘流《かなくぎりゅう》。学もなく、与えられる仕事といえば、代官所内の雑事や銀山町への使い程度であった。だがこのままでは五年、十年、この銀山附御料に留まったとて、所詮、自分はただの下郎どまり。銀山町の者たちがそれぞれの居場所で懸命に生きているのを目にするにつけ、文句ばかり言う己《おの》が身が情けなくなり、思い至った勉学であった。

とはいえ、金吾は一介の中間。早朝から夕刻まで地方《じかた》役人や銀山方《ぎんざんがた》役人にこき使われた後、長屋で灯明を用いて手習いをする贅沢《ぜいたく》なぞ、許されはしない。それでも当初のうちは銀山町内の徳市の店に行き、掘子衆が騒ぎ立てる横で学問に励んだが、物見高い掘子たちがそれを放っておくわけがない。やれ、ちょうどよかった手紙を代筆してくれだの、やれ自分の名はどう書くのだとせがまれるのに閉口していると、

「なにもうちの店なんかに来なくとも、正覚寺に行きゃあいいじゃないか」

と、お春が小馬鹿にしたように口を挟んできたのであった。

「あの寺の住持の叡応は、酒を飲んでいない時は下手な絵を描いて、小遣い稼ぎをしているんだろう。日によっちゃあ、夜中まで赤々と灯明を点《とも》しているって聞くよ」

「なるほど、叡応の寺か。そりゃあいい」

早速、正覚寺を訪れ、おずおずと頭を下げた金吾に、叡応は「なんのそれしき、お安い御用じゃ」と快諾したのであった。

「どうせわしは遅くまで、ここで絵を描いておる。おぬしが一緒であれば、世間話の相手が出来てちょうどいいわい」

代々の住持が、小坊主に買い与えていたのか、正覚寺には仮名文字の手本である『七ついろは』をはじめ、『童子訓』『国尽し』『街道往来』等々、新旧様々な往来物が山のように備えられていた。

本来なら共に手習いに精を出してもいいはずの栄久は、すでにひと通りの読み書きが出来る様子であったが、だからといって金吾を嘲《あざけ》る様子などは見せない。存外面倒見のいい叡応もまた、手が空いている時は師匠役を務め、爾来《じらい》、四年を経てもなお、金吾は暇さえあれば、正覚寺に顔を出しているのであった。

金吾が手習いを始めたときに七歳だった栄久は、今年十一歳となった。最近はほんの数日見ぬだけで背丈が筍《たけのこ》のように伸び、そろそろ叡応を追い越そうとしている。持ち前の聡明《そうめい》さのおかげで小難しい経典もさらさらと読み解き、経といえば理趣経ひと色しか知らぬ師僧よりはるかに坊主らしいと、界隈《かいわい》でも評判であった。

いま焼かれている栗は、叡応の代理で昆布山谷まで枕経を読みに行った栄久が、布施代わりにもらってきたもの。それを井戸端で洗って芽を欠き、囲炉裏の灰に埋めたのが叡応となると、いったいどちらが寺の稼ぎ手なのか分かったものではない。

「それにしても、当の栄久はどうしたんだ。またどこかで弔《とむら》いでも出たのか」

筆硯《ひっけん》と草紙を片付け、焼き栗に手を伸ばしながらの金吾の問いに、叡応は首を横に振った。

「いいや。あ奴であれば、わしの絵を納めに大森まで出向いておる。そろそろ戻る頃じゃとは思うが、もしかしたら斎《とき》の世話に与《あずか》っているのかもしれぬな」

金吾がこの寺に通い始めて最も驚いたのは、叡応の絵の巧みさであった。手慰みで描いていると言うだけあって決まった師はおらぬらしいが、その筆が描く焔《ほのお》を背負った不動明王はおよそ描き手からは想像もつかぬほどに厳めしく、また鳥や蝶が飛び交う彩色画ははっと息を呑むほどあでやかである。大森には四季折々の絵を叡応に描かせ、それを軸に仕立てて飾っている商家もあり、そういった絵画を届けるのもまた、栄久の勤めの一つであった。

「いっそのこと、住持職を栄久に明け渡し、あんたは絵師になっちまったらどうだ。その方が銀山町の衆も喜ぶし、実入りもいいんじゃないか」

金吾のからかい口に、叡応はひどく真剣な顔で、「うむ、それも悪くないとは思うておるのじゃ」と応じた。

「ただ、いくら聡《さと》いとはいえ、栄久はまだ年端《としは》もゆかぬ童《わらし》じゃ。しかも破れ寺とはいえ一山を託されてしもうては、今後、おいそれと還俗《げんぞく》も出来なくなる。いくらその方が八方うまく収まるとはいえ、あ奴の親類の手前、勝手に寺を押しつけることもしがたくてなあ」

長い間、正覚寺に通っているが、これまで栄久の肉親の話を聞いたことはない。孤児だろうと勝手に決めつけていただけに、金吾は「なんだ。栄久には血縁がいるのか」と呟いた。

それであれば何も、こんな自堕落な坊主の弟子なぞ務めずともよかろうに、という言葉が、喉《のど》元《もと》までせり上がりかけた。

「まあ、血縁と申しても、わしもあ奴を預かった五年前に、仲立ちの御仁《ごじん》を交えて、一度会うたきりじゃ。その後ゆえあって、遠い京に赴かれたと聞いているが、さて息災でおられるのかのう」

五年前といえば、栄久は六歳。まだ幼い彼を山深い銀山町の破れ寺に預けるとは、よくよく事情があってだろう。年齢の割に大人びた栄久の挙措《きょそ》もその境遇に基づくものかと、金吾が得心したその時である。

「うう、寒い、寒い。叡応さま、雪が降って参りましたよ」

耳障りなきしみと共に庫裏《くり》の戸が開き、大きな徳利を抱えた栄久が転がるように飛び込んできた。冷たい風が音を立てて吹き入り、壁際で小さな旋風《つむじ》を巻いた。

「なんじゃ。妙に冷えると思えば、そういうことか。これほど初雪が早いとは今年は雪が多いかもしれんなあ。――それはそうと、酒は買ってきたか」

「はい。ついでに酒屋のつけが溜《た》まっておりましたので、それも共に支払っておきました。おかげでいただいた画料が、そっくりなくなってしまいましたよ」

少々不満げな栄久の手から徳利を受け取り、「まあ、銭なぞは手許にあればあるほど、心を悩ませるものじゃ。かようなものは貯めこまず、さっさと使うに限るわい」と叡応は鹿爪《しかつめ》らしい口を利いた。

「ですが、叡応さま。つけが溜まっているのは、酒屋だけではありません。米屋も味噌《みそ》屋もそろそろいい顔をしなくなってきましたので、いい加減あちらにも払わねば――」

「うるさいのう。分かっておるわい。今度、銭が入れば、そちらの支払いに充《あ》てればいいんじゃろうが」

とはいえ、斗酒《としゅ》なお辞さぬ叡応が、好きな酒を堪《こら》えてまで他の店のつけを払うとは思い難い。口を尖《とが》らせる栄久に目を走らせ、金吾はそそくさと帰り支度を始めた。

「なんじゃ、もう引き上げるのか。せっかくじゃで、一献《いっこん》、飲んでいかぬか」

これまでの付き合いで金吾は、叡応の酒癖の悪さを知っている。また、初雪ゆえさして積もらぬとは分かっていても、道中の足元の悪さも案じられた。

「それはありがたいが、ちょっとやらなきゃならねえこともあるからなあ。また今度、誘ってくれよ」

「言いおいて金吾が庫裏を出れば、なるほど栄久の言葉通り、だだっ広い境内には薄っすら雪が積もり始めている。かつて、正覚寺内には講堂や礼堂まで建てられていたらしいが、現在、それらは基壇のみを残して朽ち、そのわびしさがなおのこと境内を広く見せている。凍える指先をこすり合わせながら、金吾は崩れかけた石段を下り、大谷の町を横切った。

用があると告げたのは、決して嘘ではない。半月前、江戸の老母からの便りと併せて、小出儀十郎からの文が金吾の元に届いており、いい加減その返事をしたためねばならぬのであった。

大森の町は狭い。大森代官所とは関わりのない越後国水原代官所の江戸役所と、直接、文のやりとりをすれば、その事実はすぐに代官所の者たちの耳に入るであろう。このため金吾はこの数年、小出との文の往復の際にはすべて江戸の老母を挟むように計《はか》っていたのであった。

小出からの文は、金吾が大森に来てからこれで五通目。いずれも代官・岩田鍬三郎の政《まつりごと》について問う内容で、それに対して金吾が万事恙《つつが》無しと返すのが、この四年あまりの慣例になりつつあった。

実際、それは全く嘘ではなく、少なくとも金吾が見る限り、岩田鍬三郎の執政にはわざわざ論《あげつら》うに足る失態が見当たらない。代官所の奥深くに忍び入り、灰吹銀の出高《でだか》帳（産出記録）でも検《あらた》めれば、また別のものが見えてくるかもしれないが、学のないただの中間が役人に交じって帳簿に触れることはほぼ不可能。つまり金吾の勉学は自らの研鑽《けんさん》とともに、小出がしつこく問うて来る岩田代官の失政を少しでも探し当てるためでもあった。

（とはいえ、いい加減に諦めて下さってもよかろうになあ）

誰の命で自分がこの地に来ることになったのか、忘れたわけではない。ただ代官所の者に怪しまれぬよう、小出の勤める水原代官所江戸役所ではなく、江戸の老母宛てに小出への文を送る煩《わずら》わしさや、ついでに母への文を書かねばならぬ手間、そして何より毎回毎回万事恙無しと同じ内容をしたためねばならぬ事実に、金吾は少しずつ嫌気を覚え始めていた。

一方で、正覚寺での手習いが進むにつれ、金吾は読み書きができるとの評判が代官所内に立ったのだろう。地方役人の中にはこの一、二年、わざわざ金吾を名指しし、蔵からの帳簿の運び出しや整理を手伝わせる者が増えた。元々、代官所の下役は人数が少ないこともあり、このまま彼らの信頼を得られれば、いずれは本当に御蔵内の帳簿にも手を触れられるやもとすら思われる頻繁さであった。

折しも、掘子たちの交替時刻と見えて大谷の町は全身、土埃《つちぼこり》にまみれた男たちでごった返している。煌々《こうこう》と明かりを点《とも》したそこここの店先から漂い出す酒や煮炊きの香が、その喧騒を更に心浮き立つものにしていた。

勉学はとかく、腹が空く。旨《うま》そうな匂いに誘われて鳴く腹を、金吾が両手で押さえたとき、

「なんだい。金吾じゃないか」とまだ甲高《かんだか》さを留めた少年の声がした。

振り返れば、木綿の単袖《ひとえそで》なしに縄帯を締めた掘子姿の小六が、小屋掛けの煮売り屋の床几《しょうぎ》に腰かけている。背丈こそずいぶん伸びたものの、まだ逞《たくま》しいとは言い難い細い腕で東を指し、

「正覚寺の帰りかい」と笑った。

初めて見かけた折は柄山負《がらやまおい》だった小六は、十四歳になったこの春、藤蔵山の掘子に取り立てられた。とはいえ名うての掘子である与平次や惣吉に比べれば、敷入《しきいり》の歳月こそ長いとはいえ、小

六はまだまだひよっこ同然。事あるごとに叱《しか》られ、時に小突かれる姿を、金吾も徳市の店でしばしば目にしていた。

なにせ鏈《くさり》を四ツ留口に担ぎ出し、代わりに螺灯《らとう》の油や山道具を間歩《まぶ》の奥に運ぶのが主たる勤めの柄山負とは異なり、掘子は間歩のもっとも深い場所で鉉《つる》を求めて掘り進むのが生業《なりわい》。湧水《ゆうすい》に遭ったり、思いがけぬ穴に落ちて怪我をすることも珍しくない危険な稼業である。

このため同じ間歩で働いていようとも、必要な覚悟は柄山負の頃とはまったく異なるのだが、幼い頃から山稼ぎを続けている自負ゆえだろう。小六は与平次たちに叱《しか》られる際、形ばかりうなずきはしても、その横顔にはいつもくっきりと不満の色が浮かんでいた。それに苛立った与平次に手を上げられ、お春や金吾がなだめに入ることもしばしばだった。

「なんだ、小六。こんな時刻にどうしたんだ」

金吾がそう問うたのは、先ほど正覚寺に出かける直前に立ち寄った徳市の店で、敷入帰りの藤蔵山の衆を見かけていたからだ。

銀山町の掘子は、一日に五交替制で間歩に入る。夕刻に仕事を終え、飯を食っていた小六がいまだ土まみれの姿をしているのは、いささか奇妙である。

金吾の疑問に、小六は二重瞼《ふたえまぶた》の丸い目に悪戯《いたずら》っぽい光を浮かべた。金吾を小さく手招きすると、「ここでおいらに会ったことは、うちの兄いたちには黙っていてくれよな」と、なぜか誇らしげに胸を張った。

「実はおいら先月から、特に見込まれて五郎左山《ごろうざやま》でも敷入をしているんだ。今日は兄いたちと別れた後、こっそりもう一稼ぎしてきたんだぜ」

言われて見れば、小六の隣の床几では、腰に松入（道具入れ）を下げた掘子たちが四人、騒ぎながら飯を食っている。筋骨たくましい彼らと小六を見比べ、おい、待て、と金吾は声を筒抜かせた。

「つまりお前、藤蔵山以外でも間歩稼ぎをしているってことか」

銀山町の掘子は、みな山師の雇われ者。どうしてもと頼まれ、他の間歩に手伝いに行くことは時折あるが、それもすべて主《あるじ》である山師の許可を得ての出稼ぎである。

ただ掘子の中には稀《まれ》に、雇い主に無断で他の間歩と掛け持ちで働く輩《やから》もおり、そういった者たちは筋を通さない奴らだとして、銀掘《かねほり》の間でも爪《つま》はじきにされていた。

近年、銀山町では、銀山附御料外の者が間歩の経営に乗り出す例が増えている。それはかれこれ五十年ほど前から産出量が減る一方の仙ノ山に活気を取り戻すべく、岩田代官が昨春から、浜田や津和野の豪商に声をかけて始めさせた試みであった。

ただそもそも山師とは間歩の山主であると共に、苗字帯刀を許された特権者。それだけに銀山町の慣例を知らぬ新興山師は、旧来の山師に対抗するため、腕のいい掘子をなりふり構わず集める傾向があった。多額の手間賃を目の前にちらつかせる彼らに負け、長年、世話になっていた間歩から新参山師の元に勤め替えする掘子たちも多かった。

金吾が大森代官所に勤め始め、すでに五年。大概の山師については知識があるが、五郎左という名には、聞き覚えがない。おおかたご領外から間歩経営に参入してきた山師に違いないが、掛け持ち稼ぎをさせるとは、正直、あまり質《たっ》のいい男とは思えない。

「なにを考えているんだ。馬鹿なことはやめろ。そんなことが与平次に知れたら、あいつがどれだけ怒るか、分かっているだろう」

「ふん、おいらがそんなどじを踏むもんかい」

周囲の耳を憚《はばか》って声を低める金吾に、小六は唇の端をにっと吊《つ》り上げ、不敵に笑った。

「だいたい与平次の兄いは頭が固くてならねえのさ。この間だって、俺がせっかく見つけた横相《よこあい》(南北に走る鉱脈)に手を触れちゃならねえと言い出してよ。どれだけおいらがいい鉱色《つるいろ》(鉱脈の状態を示す土の色)だと訴えても、怖い顔ばかりしやがるんだ」

その件であれば、金吾もお春から聞いている。

ふた月ほど前、小六が藤蔵山で見つけた横相は、幅二尺(約六十センチメートル)弱の極めて細い鉱脈。ただ与平次が見る限り、その真上には周囲に比べて柔らかい岩盤が覆いかぶさっており、下手に鏈《くさり》を切り出せば、一度に天井が間歩内に崩れ落ちる恐れがあったという。

これが幅数間にも及ぶ巨大な鉉であれば、一帯に栗丸太を立てて木留《きどめ》(壁の保護)を行い、岩盤崩落を防ぎながら鏈を切り出したであろう。だがたった二尺にも満たぬ横相のためにそれほどの危険を冒す必要はなかろうと、与平次はあえて小六の見つけた鉉を放置したのであった。

勝ち気な小六はきっと、それを不快に思っただろうと予想はしていた。しかしだからといって、まさか他所《よそ》の間歩と掛け持ち稼ぎに手を染めるとは。

「五郎左山の衆は、兄いみてえにおいらをひよっこ扱いしねえんだ。どんな鉉でも、おいらが切り(掘り)たいように切らせてくれるからさ」

こちらのやりとりには目もくれぬまま騒ぐ掘子たちを、金吾は素早く盗み見た。腰にぶら下げた松入やしきまつはよく使い込まれて古び、そこここが簓《ささら》の如く毛羽立っている。顔に見覚えはないものの、おそらくは小六同様銀山町のあちこちからかき集められた掘子に違いない。

小六のような半人前の掘子に好き勝手をさせているらしい彼らに、金吾は不安を抱いた。とはいえ金吾自身にも覚えがあるが、この年頃の少年は大人の言葉なぞ聞きはしない。それにもし本当に与平次に隠し事をするつもりなら、ここで金吾を呼び止めたりしなかったはず。つまり小六は自分が一人前の掘子であることを、自慢したくてならぬのだ。だとすれば、ここで金吾が懇々と説教をしても、耳を傾けるわけがない。

金吾は小六の隣に、さりげなく腰を下ろした。

「なるほど、それは大したものだな。そういえば正覚寺の栄久が、最近、小六が遊びに来ないと言っていたぞ。たまには顔を出してやれと言いたいが、掛け持ちで間歩稼ぎをしていれば、そんな暇はないよなあ」

「おおよ、当然さ」

わざと調子を合わせた金吾の言葉に、小六は薄い胸を自慢げに張った。

小六の家は、正覚寺からほんの目と鼻の先。それだけに栄久はかねてより三歳年上の小六と親しく、互いに幼かった時分には、二人して寺の境内で走り回って遊んでいたという。時には仏堂の掃除をする栄久を真似、小六までもが遊び半分で箒《ほうき》を握っていたこともあったが、さすがにこの一年ほどはそんな姿をとんと見なくなっていた。

与平次を始めとする掘子の叱責は聞かずとも、栄久や叡応の忠告であれば、少しは耳に届くかもしれない。明日にでもこっそり相談しようと、金吾は己れに言い聞かせた。

「そういや、正覚寺と言やあ、さっき惣吉の兄いが変なことを言っていたぜ。大森の町で突然見知らぬ年増女に、正覚寺とはどんな寺なのでしょうと尋ねられたんだと」

惣吉は一昨年、長年、思いをかけていたユリ女と一緒になり、今は下河原のはずれに暮らしている。大森に出かけたのは、この春に生まれたばかりの女児がひきつけを起こし、医師の渓瑞に勧められた薬を薬屋で求めるためだったという。

「けど大森はもちろん銀山附御料の隅から隅まで探しても、正覚寺の評判を知らねえ奴はいないだろ。だから兄い、こりゃあきっと旅のお人だと思って、余計な口は叩かずに帰ってきたんだってさ」

「そりゃあ、確かに妙だな。それにあんな破れ寺、評判をこそこそ聞き回らずとも、ひと思いに訪ねていった方が早かろうに」

「おいらもそう思うんだ。あの糞坊主《くそぼうず》、もしかしたらその昔、どこぞの後家さんでも手籠《てご》めにして、ひどい怨《うら》みでも買っているのかもしれねえなあ。色んな証《あかし》を集めた上で、恐れながらと代官さまに訴え出るつもりかもしれねえぞ」

どこで覚えたのか、小六がひどくませた口を利いて、けけけと笑った。

叡応は確かに酒をくらい、朝晩の勤行《ごんぎょう》もろくに行わぬ生臭ではあるが、反面、人を傷つける真似は決してしない。軽い不審が胸をかすめたが、そんなことより今は小六の方がはるかに気がかりであった。

そもそも掘子の仕事が五交替制と定められているのは、狭く暗い間歩内での作業がそれだけ激しい疲弊《ひへい》をもたらすため。加えて与平次は気のいい男であるが、反面、間歩稼ぎに関しては他のどんな掘子よりも厳しい。一歩間歩に踏みこめば、一人の小さなしくじりが全員の命を危険にさらすこともあるだけに、小六がろくな休息も取らぬまま他の間歩で働いていると知れば、与平次は必ずや彼を藤蔵山の仕事から外すだろう。なまじ小六の気性が分かるだけに、何としてもそれだけは防がねばならなかった。

「それにしてもお前、五郎左山には毎日、働きに行っているのか」

「いいや、さすがに毎日毎日出かけて、藤蔵山でしくじるわけにはいかないからさ。月のうち、三と六と九がつく日だけと決めてら」

そうか、と努めてさりげなくうなずいてから、金吾は立ち上がった。

ほぼ三日に一度の敷入は、金吾が考えていたよりも多い。こうなればすぐに正覚寺に戻り、叡応に相談をかけるとしよう。

「あ、言っておくけどさ、金吾。藤蔵山の衆にはこのことは――」

小六の言葉にああ、もちろんさ、と片手を振り、金吾はもと来た道を駆け出した。

賑やかな往来の果てに赤々と燃える篝火《かがりび》は、大谷約百五十の間歩の中でももっとも大きな龍源寺間歩の四ツ留小屋前で焚《た》かれているもの。正徳《しょうとく》五年（一七一五）に開削され、石銀《いしがね》の大久保間歩に次ぐ良山で、現在は御直山として代官所の直営間歩となっている。

どうせ他の間歩で働くのならば、銀山町中に五カ所ある御直山のいずれかにすればよかろうに、怪しげな新参山師に雇われてしまうのが、まだ少年の浅はかさである。

場合によっては小六の母親にも事情を打ち明け、何としても五郎左山を辞めさせねばなるまい。

そう算段しながら、真っ暗な正覚寺の石段を駆け上がろうとして、金吾はぎょっと足を止めた。

往来からわずかに逸《そ》れ、店々の明るい灯火も龍源寺間歩の四ツ留小屋の篝火も届かぬ薄暗がりに、小柄な人影がしゃがみ込んでいたからだ。

「ど、どなたですか。こんなところで何を」

金吾の問いに肩を揺らして振り返った白い小さな顔が、闇の中でぼんやり浮かび上がった。薄化粧を施した女の顔は、まだ三十路を二つ三つ過ぎたばかりだろう。古びた菅笠《すげがさ》の下で、くっきりと形のいい目がきらりと光った。

「申し訳ありません。あまりの銀山町の賑やかさに驚いたのか、胸の動悸《どうき》が止まりませんで――」

「旅のお方でございますか」

銀山附御料の者は、昼夜の別のない銀山町に今更驚きはしない。ようやく暗さに慣れた目に、土に汚れた女の手甲脚絆《てっこうきゃはん》が見えた。

「はい。京から身寄りを探して参りました。この辺りに正覚寺という寺があるはずなのですが、ご存じありませんか」

なにせ正覚寺は、ろくな檀家《だんか》とてない破《や》れ寺。境内に至る石段の左右には鬱蒼《うっそう》と木々が茂り、夜ともなればただの藪《やぶ》と見分けがつかない。それだけに女が道に迷ったのは当然ともいえるが、こんな夜更けに寺に何用があるのだろう。

惣吉が出会ったという年増女の話が、耳の底に甦《よみがえ》る。何やら得体の知れぬものを覚え、金吾は左手で腰の木刀のありかを確かめた。

「寺の場所は存じております。ただ、そなたさまは正覚寺とはどのようなご縁がおありなのでしょうか」

銀山町への出入りには手形が要る。蔵泉寺口番所に出向き、手形検めの記録を確かめれば女の名は分かろうが、今はその暇《いとま》はなかった。

顔を強張《こわば》らせた金吾には気づかぬ様子で、

「正覚寺さまにはわたくしの息子がお世話になっているのでございます」

と静かに告げた。

「息子、息子でございますと――」

「はい。年は今年十一歳。法名は確か栄久とお授けいただきました」

金吾は思わず、あっ、と小さな声を漏らした。

女が正覚寺の評判を聞きまわっていたのも、それが息子が小坊主を務める寺となれば当然だ。ただ叡応によれば、栄久の親とは長らく無沙汰が続いているはず。それが今更、何の用なのか。

「もしや、そなたさま――」

金吾の表情が変わったのに気づいたのか、女の語尾がわずかに震えた。

「わたくしの息子を、ご存じでいらっしゃるのですか」

間近で見れば、女の瞼《まぶた》はぽってりと厚く、その縁がまるで朱を施したかのように赤らんでいる。

お教えくださいまし、と女は唇の端を急にわななかせた。

「喜三太《きさんた》は、喜三太は息災にしておりますか。先ほど大森町で尋ね回ったところによれば、正覚寺のご住持はろくに経も上げられぬ生臭でいらっしゃるとか。如何《いか》にやむを得なんだとはいえ、そんな寺に入れてしまったわたくしを、さぞ恨んでいることでございましょう」

どうやら惣吉以外の何者かが、女の耳に正覚寺の悪評を吹き込んだと見える。金吾は胸の中で舌打ちをした。

女がこんな夜更けにもかかわらず正覚寺を訪れたのは、大森町で耳にした叡応の堕落ぶりに、矢も楯《たて》もたまらなくなったからだろう。とはいえここで下手にとりつくろったところで、息子の現状にやきもきしている母親が簡単に引き下がるはずがない。

金吾は半ば崩れかけた石段を、さっと仰いだ。今頃、叡応は酒を飲み干し、囲炉裏端で大の字になって眠っていよう。その隙に栄久を連れ出して母親に会わせるのが、今はもっとも話が早いかもしれない。

金吾が見る限り、栄久は師僧である叡応をひどく慕っている。この母親とて、息子の口から叡応への敬愛を聞けば、少しは安堵《あんど》するはずだ。

「わかりました。しばしここで待っていてください」

女の返事も待たぬまま、寺の庫裏に走り込めば、案の定、灯火の消された板間には地鳴りを思わせる叡応の鼾《いびき》が轟《とどろ》いている。明日の朝餉《あさげ》の支度なのか、薄暗い土間にしゃがみ込んで米櫃《こめびつ》に手を突っ込んでいた栄久が、「どうなさいました。なにかお忘れ物ですか」とこちらを顧みた。

「いいや、そういうわけじゃない。ちょっと外に出られるか」

怪訝《けげん》な顔をしながらも、栄久は藍染めの前垂れで手を拭《ぬぐ》い、草の生い茂った境内へと歩み出てきた。

雪は早くも止《や》んだものの、境内はすでに白く染め上げられている。折しも雲の切れ間から顔を覗《のぞ》かせた朧月《おぼろづき》が、一面の淡雪を微《かす》かに輝かせていた。

「あのな、栄久。落ち着いて聞いてくれ。おぬしの母御を名乗る女性が今、寺の石段下まで来ていらっしゃる」

　一言一言区切りながらの金吾の物言いに、栄久は眼をしばたたいた。ほんの一瞬だけ、年相応の子供っぽい表情がその面上をかすめた。

「本当は明日の朝にでも、寺を訪れるおつもりだったんだろう。だが大森で叡応の評判を聞いてしまい、不安で堪《たま》らなくなったご様子だ。正式な対面は日を改めるとしても、ご母堂のためにも少し、顔を出してやってはどうだ」

「それは……別に構いませんが」

　歯切れ悪い口ぶりは、師僧である叡応への遠慮と、五年も昔に別れた母親に対する戸惑いゆえか。それでもまるで自分を得心させるかのように、一、二度、首をうなずかせてから、栄久は「分かりました」と踵《きびす》を返した。

　小走りに駆け出すその後を追えば、かたかたという下駄の音に気付いたのだろう。石段の下から、女がこちらを仰いでいる。

「き、喜三太ッ」

　両手を差し伸べながら、石段を二、三段走り上がった女に、栄久はその手が届かぬ辺りで足を止めた。

　母親からすれば、それがあまりに意外だったのだろう。「どうしたのです、喜三太。わたくしです、母ですよ」と言いざま、更に一歩、息子に歩み寄った。

「ああ、なんて大きくなったんでしょう。こんな鄙の地に置き去りにして、悪かったですね」

　鉢の大きな頭をいいえと左右に振り、「母さまはお元気そうで何よりです」と栄久は思慮深げに言った。

「そうですね。おかげさまで母は息災です。このたびだって、一人ではるばる京から来たのですよ」

一人で、と目を見開いた栄久に、女は細い顎を引いた。

「ですが今になってみれば、母はもっと早くあなたを迎えにくるべきでした。聞けば正覚寺の師僧さまはひどい酒飲みで、あなたはまだ寺に入って間もない頃から、日夜、大森まで酒を買いに行かされていたとやら……。そんな乱暴な御坊の寺に、幼いあなたを置いていった母を、どうぞ許して下さい」

女は目尻《めじり》に浮かんだ涙を、素早く袖の端で拭った。そして形のいい唇に薄い笑みを浮かべると、

「ですが、もう心配はありませんよ」と語を継いだ。

「実を言えば、母はこのたびあなたを迎えに来たのです。あなたも知っているでしょう。父さまが亡くなった後、わたくしが嫁入りをした京の恵比須屋《えびすや》……その旦那《だんな》さまがとうとう、あなたをわたくしの息子として迎えてもいいと言って下さったのです」

驚きの声を漏らしたのは、栄久だけではなかった。石段の途中に足を止めて二人のやりとりを見守っていた金吾もまた、足元の雪にも劣らず白い女の顔を凝視した。

栄久が正覚寺に入ったのが五年前となると、その母親は当時、二十七、八……。どうやら夫を失い、寡婦となった彼女に再婚が決まり、婚家とはなさぬ仲の息子を寺に入れて去ったということらしい。だがそれにしても、長年、文も寄越さぬまま知らぬ顔を決め込んでいたくせに、突如こうして迎えに来るとは、あまりに倅《せがれ》への配慮を欠いてはいまいか。

栄久の細い肩は、何かを堪《こら》えるように大きく上下している。だが女はそんな息子には気付かぬ様子で、「分かりますか、喜三太」と面上に喜色を浮かべた。

「つまり恵比須屋の旦那さまは、あなたを店の跡取りにしてもいいと仰《おっしゃ》っているのです。三条《さんじょう》御幸町《ごこまち》の恵比須屋は、店構えこそ質素ですが、京では知らぬ者のおらぬ絹糸問屋。これでもう、かような貧乏寺で酒臭いご住持にお仕えしなくてもいいのですよ」

つまり恵比須屋の主と女の間には、五年を経ても子が出来なかった。その結果、主は縁もゆかりもない他人を跡継ぎにするよりはと、女房と前夫の間の息子を店に入れようと決めたと見える。

「恵比須屋の旦那さまは、それはそれはお優しいお人です。きっとあなたのことも、大切にして下さるに違いありませ――」

「ふざけないでくださいッ」

いきなり栄久が声を荒らげ、母親の言葉を遮った。びくっと怯《おび》え顔になった彼女を睨《にら》み下ろし、「わたしは――わたしは京になぞ、行きませんッ」と、興奮のあまり舌をもつれさせながらまくし立てた。

「どういうことですか、喜三太。こんな寺にあなたを置き去りにしたことは、謝ります。ですが母はこの五年、あなたを忘れたことは一日たりとも」

「そういうことではありません。とにかくわたくしは恵比須屋の息子になぞなりませんッ」

栄久は身を翻し、石段を一足飛びに駆け上がった。あわてて道を譲った金吾には目もくれぬまま庫裏に飛び込み、乱暴に音を立てて板戸を閉ざした。

顧みれば女は石段の途中に突っ立ったまま、わなわなと身体を震わせている。どうしたものかと立ちすくむ金吾の目の前で、急にその場にしゃがみこんだ。

息子の名を呆然《ぼうぜん》と呟く唇は青ざめ、血の気がない。まるでそのまま石段を転がり落ちそうな有様に、金吾は女の傍らに走り寄って肩を支えた。

「大丈夫ですか。とにかく一度、宿に戻られてはいかがです。明日、また寺を訪《おとな》えば、住持の叡応が言葉を添えてくれるやもしれません」

とはいえ栄久の怒りも理解できるだけに、叡応が彼女の望む通りの言葉を口にするかは甚だ怪しい。それでもここで騒ぎ立てられたり、居座られたりしないためにも、今は少しでも早く彼女を落ち着かせるしかなかった。

「ほ、本当ですか。本当にご住持は喜三太をお返し下さるのですか」

両手指を鉤《かぎ》の如く強張らせ、女が金吾にすがりつく。「そこまでは分かりませんが」と応じながら、金吾は女を立ち上がらせた。その身体は、わずかの間に氷のように冷え切っている。これは徳市の店で白湯《さゆ》の一杯でも振る舞ってもらったほうがよさそうだ、と金吾は頭の隅で考えた。

「宿までお送りいたしましょう。銀山町はともかく、大森の町中はすでに寝静まっておりますから」

石段の下に落ちていた菅笠を小脇に抱えると、女の肩を支えて往来に出る。大谷の町の灯を目指して足を急がせながら、金吾はふと眉をひそめた。顔を叩く北風に混じって、無数の人々の喚《わめ》き声が聞こえてきた気がしたのである。

銀山町の昼夜を問わぬやかましさは今に始まったことではないが、妙に耳に付くざわめきにはどこか狼狽《ろうばい》の気配がある。女を急《せ》かして下河原に入れば、先ほどまで小六とその仲間が床几にかけていた煮売り屋の門口に、全身泥まみれの男が一人、座り込んでいる。その周囲を取り囲む野次馬たちが青ざめた顔を見合わせ、けたたましく叫び交わしていた。

「とにかく番所に」

「いや、その前に助けを出さなきゃならん。人手を集めろ」

「しかし、場所はあの五郎左山だぞ。ろくな木留も施されていねえに違いない間歩に、大事な掘子を入れられるものか」

五郎左山といえば、まさに小六が掛け持ち稼ぎをしている新参間歩である。嫌な予感がして金吾が足を止めたその時、「てめえら、なにをぐずぐずしているんだ」と怒号がして、与平次が往来の果てから駆けてきた。座り込んだ男の襟髪《えりがみ》を摑むや、その目の前に紙と筆を突き付けた。

「さっさとここに、五郎左山の中の様子を描け。あの間歩について知っているのは、おめえしかいないんだぞ」

「け、けど。与平次――」

「それに、おめえらもおめえらだ。幾ら五郎左が勝手な切場稼ぎ（仕事）をしているとはいえ、中にいるのは同じ御山で働く仲間だろうが」

四囲の野次馬を見回して一喝した与平次は、どうやら家で眠っていたところを叩き起こされ、ここまで駆けてきたらしい。珍しく、縞《しま》の袷《あわせ》に小ざっぱりした織の帯を締めている。

金吾は大急ぎで、女を床几の端に座らせた。与平次の名を呼びながら、人垣をかき分けた。

「いったい、何があった。五郎左山と聞こえたんだが」

よほど頭に血が上っているのか、与平次はこんな夜更けに金吾が銀山町にいることを怪しむ気配もない。うっすら髭《ひげ》の生えた顎《あご》を、忙しくうなずかせた。

「ああ。瀬落《せお》ち（竪穴に落ちること）だ。どうやらむやみやたらに鉉延《つるのべ》した末、仕道の壁を破っちまったらしい。畜生、これだから勝手の分からねえ奴らが山に入るのは危ねえんだ」

仙ノ山には千を超える間歩が縦横無尽に走っており、新しい間歩を掘削した結果、他の間歩に行き当たることも珍しくない。慎重な山師は周囲の間歩についても詳しく調べ、仕道や竪穴、通気のための煙穴《けむあな》などで掘子が怪我をせぬよう努める。だが五郎左のような新参山師には、そこまでの用心がなかったのだろう。隣の間歩との境を破った末、先頭の切場にいた数人がそのまま古い間歩に入り込み、とうの昔に廃棄されていた竪穴に落ちたのだ、と与平次は口早に語った。

「この野郎は、五郎左山の手子《てご》でな。たまたま一人だけ難を逃れて、ここまで駆けてきたらしい。ところがあの間歩で働く奴らはどいつもこいつも寄せ集め。中には、餓鬼《がき》みてえな掘子も交じっているらしく、家の奴らに知らせようにもどこのどいつか分かりゃしねえってわけだ」

「まさか――」

金吾は座り込んだままの男に駆け寄った。改めて眺めれば、その手足はいまだ細かく震え、ひゅうひゅうと笛が鳴るに似た音が唇から洩れている。

手子は本来、十歳前後の少年が務める仕事。おそらくこの男は掘子の多くが罹患《りかん》する「気絶《けだえ》」にかかって力仕事が出来なくなったところを、五郎左山に雇われたのだろう。その一事だけでも、五郎左山と他の間歩との差異が察せられた。

「おい、教えろ。瀬落ちした掘子の中に、まだ十四、五の奴はいなかったか」

詰め寄る金吾に、男は筆を握り締めたまま、目を泳がせた。だがすぐに何かに思い至った面で、「あ、ああ。一人だけだがいたぞ。あんまり他の奴とは口を利きはしなかったがな」と忙しく首をうなずかせた。

「ち、畜生ッ」

金吾は己《おのれ》の腿を拳《こぶし》で打った。どうした、と背後から肩を摑む与平次を顧みて、「小六だッ」と叫んだ。

「五郎左山で小六が働いているんだ。すぐにあいつの家に知らせろ」

なんだと、と呻《うめ》いて、与平次が棒立ちになる。だがすぐに全ての仔細《しさい》を飲み込んだ顔になり、片手でがしがしと鬢《びん》を搔《か》いた。

「あの馬鹿が。そういう次第なら、ますます知らぬ顔はできねえ。——おい間歩の図面は描けたんだな。みな、行くぞ」

手子の手から紙を奪い取った与平次が、先陣を切って駆け出す。咄嗟《とっさ》にそれを追おうとして、金吾ははたと栄久の母親のことを思い出した。

ここで自分が立ち去れば、彼女は正覚寺に引き返してしまうかもしれない。それは栄久のためには避けるべきだが、さりとて小六の身も案じられる。

「ちょいと、金吾じゃないか」

急に肩を叩かれて振り返れば、洗い髪を背で一つに結わえたお春がたたずんでいる。どうやら湯屋の帰りらしく、柔らかな湯の匂いが金吾の鼻を微かについた。

「五郎左山と聞こえたけど、死人が出なけりゃいいねえ」

間歩では現在も使用されている竪穴については、壁際に雁木《がんぎ》を据え、万一、落ちても怪我のないよう、真下に藁《わら》を敷き詰めもしている。だがすでに棄てられた穴に転落したとなれば、数間下の瀬（間歩内の地面）に叩きつけられ、下手をすれば手足の一本や二本、折り挫《くじ》いても不思議ではない。

鼻の頭に皺《しわ》を寄せたお春の腕を摑み、「おい、少し頼まれてくれ」と金吾は声を低めた。

「あそこにいる女を、大森町まで送っていって欲しいんだ。詳しくは後日話すが、間違いなく宿屋に入るところまで見届けてくれ」

今からかい、とめんどくさそうな顔になったお春に、金吾は懐《ふところ》の巾着《きんちゃく》から小粒銀を摑み出して握らせた。

「頼む。俺は五郎左山の様子を見にいきたいんだ」

「ちぇっ、分かったよ。仕方ないねえ」

言葉面の割に嬉しそうに、お春が小粒銀を懐に納める。後《おく》れ毛を手早く撫《な》で付けると、そそくさと床几に駆け寄り、「さあ、行きましょうか」と女に呼びかけた。

息子に拒まれた衝撃にいまだ捕らわれているのか、女は急に現れたお春に驚きもせず、案外、素直に立ち上がった。この分であればお春に付き添いを頼まずとも、意外とおとなしく大森に帰ってくれたかもしれない。そう思うと握らせたばかりの銭が急に悔まれてきたが、今はそんな物惜しみをしている場合ではないと思い直し、金吾は袴《はかま》の股立《ももだ》ちを取った。

五郎左山の事故の噂《うわさ》が、今まさに銀山町じゅうに広まりつつあるのだろう。そこここの辻から飛び出してきた掘子が、わき目も振らずに北に向かって駆けてゆく。その後を追って山神別当の脇を走り抜け、山神宮の長い石段を横目に道を急ぐ。やがて栃畑谷に至り、小さな家々の建ち並ぶ集落を過ぎた頃、急な斜面の中ほどに作られた四ツ留小屋のぐるりに人だかりが出来ているのが見えてきた。赤々と焚《た》かれた松明が、男たちの強張《こわば》った顔に深い陰影を刻んでいた。

その内部を縦横無尽に間歩が走る仙ノ山では、煙穴が地面すれすれの場所に開いていたり、人の背丈を優に超えた高さに四ツ留が拵《こしら》えられていることも珍しくない。

ただたとえば後者の場合には、四ツ留の出入りの際、掘子が怪我《けが》をしないよう、土を盛り上げて足場を拵え、すべり止めのために藁《わら》を一帯に敷き詰める。しかし今仰げば、男たちが取り囲む四ツ留小屋まではろくな打拐《うちかい》もなく、わずかに山肌に穿《うが》たれた段差がその代わりとなっている。

こんな見るからに危険な間歩で小六は働いていたのか。そう思っただけで、金吾の胸は重く塞《ふさ》がった。

(馬鹿野郎。なんでそこまでして稼ごうとしたんだ)

掘子の給金は、一番銀二匁。如何《いか》に小六が掘子として未熟でも、柄山負をしていた時のそれを下回ることはあるまい。如何に父親がおらず、母親と幼い弟妹の生活が肩にかかっていたとて、命を危険にさらしてまで銭を得る必要などなかったはずだ。

五郎左山の掘子の家族だろう。坂の下では目を真っ赤にした老人や女たちが肩を寄せ合い、不安そうに四ツ留小屋を仰いでいる。そのただなかで小さな唇を強く結び、瞬《まばた》きもせずに目を見開いている童は確か、小六の弟ではあるまいか。最近はほとんど徳市の店にも連れて来なくなったが、大きな目と強情そうな頰の線は遠目にも小六そっくりであった。

金吾が童に駆け寄ろうとしたとき、四ツ留を取り囲む人垣がわっと揺れた。

「手を貸せッ、ゆっくりと坂を下ろすぞ」

「馬鹿野郎。急ぐんじゃねえ。ここで足を滑らせて死なせでもしたら、何のために助け出したのか分からねえだろうが」

瀬落ちした掘子の救出が、早くも始まっているらしい。待つ間もなく、身体を左右から支えられた男の姿が、男たちの間にちらりと覗いた。

そのまま数人に守られながら坂をよろめき下りた男が、頽《くずお》れるように地面に座り込んだ。中年の女が一人、「あんたッ」と叫びながら走り出て、彼の身体にしがみつく。途端に痛たたッと悲鳴を上げた夫に驚いた様子で、その場に尻餅をついた。

「おい、嬉しいのは分かるが、動かすんじゃねえ。肩が折れているんだぞッ」

かたわらの掘子が怒鳴《どな》り付ける間にも、一人、また一人と全身泥まみれの男が四ツ留小屋から下ろされてくる。みな命に障るほどの怪我を負ってはおらぬと見えるが、それでも中には頭に巻いた手ぬぐいを真っ赤に染めた初老の男も交じっていた。

「よし、これで最後だ。全員助け出せたぞッ」

いささか弾んだ声とともに四ツ留に抱え上げられた人影は、それまでの掘子に比べてひと回り小さい。

足が立たぬのだろう。掘子たちに左右を支えられて坂下に運ばれた彼に、「あ、兄《あん》ちゃん。兄ちゃんッ」と小六の弟が顔じゅうをくしゃくしゃにしてすがりつこうとした。

しかしながら小六は青黒い瞼を薄っすら開けただけで、指一本、動かさない。代わって、小六を支えていた掘子の一人が、「ああ、駄目だ」と駆け寄る弟を制した。

「こいつ、他の掘子の下敷きになりやがったせいで、両の手足や肋《あばら》まで折ってやがる。渓瑞先生の手当が終わるまでは、下手に触らねえ方がよさそうだ」

「なんだと」

思わず金吾は駆け寄って、弟の肩越しに小六の顔を見つめた。全身の激しい痛みに苛《さいな》まれ、口を利く元気はないらしいが、それでも金吾と弟を弱々しげに見比べ、にやりと唇の端を吊り上げた。

「こ、この馬鹿野郎――」

金吾がうめきとともに拳を握りしめたとき、傍らに人の気配が差した。はっと仰げば、髪をざんばらに乱した与平次が、唇を真一文字に引き結んで小六を見下ろしている。

さすがに顔を強張らせた小六に、与平次は肩が上下するほど大きな溜め息をついた。傍らの小六の弟の肩を抱え込み、「おふくろさんやこいつのことは心配するな」と静かな声を落とした。

「当座の世話は、惣吉の女房に頼んでやる。おふくろさんの薬も、ちゃんと大森までもらいに行ってやるからな」

小六の目が大きく見開かれ、光るものがそこに盛り上がった。釣られたようにしゃくり上げ始めた弟の肩を更に強く抱き、「連れて行ってやってくれ」と与平次は掘子に顎をしゃくった。

腕や肩だけであればともかく、両脚や胸の骨まで痛めているとすれば、母親や幼い妹弟しかおらぬ家より、大谷の渓瑞の元で療養した方が身のためとは分かる。だがそれにしても、「おふくろさんの薬」とはどういうことだ。

問いかける目になった金吾を一瞥《いちべつ》し、「俺も今しがた、小六の近所の奴から聞いたんだけどな」

と与平次は声をかすれさせた。

「こいつらのおふくろさんが、夏の初めから寝付いているんだと。畜生、そういうことは早く俺に知らせろっていうんだ」

与平次が舌打ちを堪えるように顔をしかめたのは、いまだ泣き止まぬ小六の弟を気遣ってだろう。そういうことか、と金吾は大きく息をついた。

与平次の青二才扱いに、小六が腹を立てていたのは本当だろう。だが昔から与平次を兄いと慕っている小六が、嘘をついてまで他の間歩で敷入するとはよほどの事情があると、なぜ自分はすぐに気付いてやれなかったのか。

与平次は「それ」と、小六の弟の尻を軽く叩いた。

「お前は早く家に帰って、おっかさんにあいつの無事を知らせて来い。後で俺が顔を出すとも、伝えておいてくれよ」

まだ大きくしゃくり上げながらも、小六の弟は掌で顔を拭ってうなずいた。足をよろめかせながら駆け出すその背中が坂の下に消えるまで見送ってから、「まあ本当は、無事とは到底言い難いがな」と与平次はぽつりと言った。

「両脚の膝から下が、まるで蛸《たこ》の足みてえにぐにゃぐにゃに折れ曲がっていただろう。幾ら渓瑞先生の腕が良くても、あれを元通り歩けるようにするのは難しかろうな」

金吾は弾かれたように与平次の横顔を見つめた。

藤蔵山の衆はもちろん、大谷じゅうの掘子から信頼されている与平次が、徒《あだ》や疎《おろそ》かにこんなことを口にするわけがない。身体じゅうがかっと火照り、やがてそれが爪先から這いあがり始めた冷たいものにとって代わった。

「じゃあ……じゃあ、小六は」

「片手を失う程度なら、手子として働く手立てもあったんだがな。ろくに歩けねえとなると、間歩稼ぎはどう考えたって無理だ」

四ツ留ではまだ数人の掘子が、けたたましく呼び交わしている。番所が、お役人がという言葉が混じっていることから推すに、どうやら今後の処理の相談を打っているようだ。

仙ノ山の山師は、ほとんどが銀山町か大森町の住人。それだけに一旦《いったん》事があれば、彼らはいつでも己の間歩に駆け付けてくることができるが、そもそも御領外から間歩経営に参入した五郎左は、いまだ己の山での騒動も知らず、高駢《たかいびき》で眠りこけていることだろう。それだけに掘子たちは、山師に知らせるよりも先に代官所に事の次第を訴え出ようとしているのかもしれない。

畜生ッ、と喚いて、与平次は己の腿を拳で打った。

「小六はまだ十四だぞ。それが何だって、あんなひでえ間歩で身体を壊さなきゃならねえんだ。小六も小六だ。命を預けるべき間歩がどういうものか、これまでうちの山で嫌というほど教えてやったってのによ」

小六たちを助ける際に五郎左山に踏み入り、間歩内の様子をつぶさに目にしたのだろう。与平次は奥歯をぎりぎりと鳴らした。

「さっき間歩から助け出した掘子どもから聞いたんだが、五郎左山じゃあ、毎月、一日も休まずに勤めれば、特別に銀五匁をもらえたんだと。ただその一方で、日々の敷入の際には、螺灯に使う油代やら足半《あしなか》代やらを差っ引かれ、手許に残るのは一匁二分にもならなかったらしい」

「なんだと。間歩じゃどこでも、そんな阿漕《あこぎ》がまかり通っているのか」

驚いて声を筒抜かせた金吾に、与平次は「馬鹿ぬかせ」と吐き捨てた。

「少なくともうちの山じゃ、そんなひでえ真似はしちゃいねえ。確かに銀山町の山師の中には、あれこれ口実をつけて賃銀を減らそうとする奴もいるにはいるけどよ。それにしても稼ぎの半分近くを奪い取るたァ、銭に汚いにもほどがあらあ」

銀山町では代官所直営の御直山以外の間歩の運営は、すべて個々の山師にゆだねられている。その代わり掘子たちは間歩の待遇が悪ければ、自らの意志で他の間歩に移ることも出来るが、小六や先ほどの手子がそうであるように、五郎左山で働く者たちはいずれも何らかの事情を抱えた男ばかり。様々な不満はあれど、結局、目先の銭欲しさに敷入を続けていたのに違いない。

与平次によれば、五郎左は浜田お城下の材木商。一代で大橋たもとの門前町に店を構えたやり手で、遠縁がかつて間歩を営んでいたことから、山師稼業に乗り出したという。

「しかも五郎左って野郎、掘子のほとんどが目に一丁字《いっていじ》もないのをいいことに、これから先、なにがあっても自分の山で働くという証文まで拵え、それに判を捺《お》させていたらしい。そりゃあお代官所に訴え出れば、そんな証文、何の効き目もなかろうがよ。けど大抵の掘子は証文があるぞと言い立てられれば、すごすごと尻尾《しっぽ》を巻いて五郎左の言うことを聞いちまうさ」

「それはひどい話だな」

とはいえさすがにこんな騒動になっては、五郎左もこれまで通りのやり方は出来ないだろう。小六や怪我をした者たちには気の毒だが、今後、同じような目に遭う掘子が減ると思えば、わずかに心も慰められる。

そう己に言い聞かせながら、翌朝、代官所に出仕してみれば、すでに昨日の事故の報が届いているると見え、役所の御広間では地方役人と銀山方役人が難しい顔を寄せ合っている。

そもそも銀山附御料外の人物に間歩の経営を許したのは、岩田代官である。このためにそんな山師が経営する間歩での事故を、代官所は注視すべき事柄と考えたのだろう。その日のうちに銀山方山方掛より二名が選ばれ、五郎左山の検分に向かうこととなった。

「おい、金吾。お前、昨夜の事故の際、五郎左山に駆け付けていたらしいな。ちょうどいい、お供申し上げろ」

銀山方役人は代々大森町に土着する地役人であるが、さすがについ昨年から掘り始められた間歩まで把握しているわけではない。手代の命令に、金吾はおとなしく頭を下げた。

昨日の雪雲がまだ仙ノ山のてっぺんにひっかかっているのか、日が昇ってもなお空は薄暗く、時折冷たい風に乗って、ちらちらと白いものが眼の前を過ぎる。二人の銀山方役人に従って代官所の門を出ながら、この分ではまた今夜は雪になるかもしれない、と金吾が空を仰いだ時である。

「おい、金吾。金吾」

代官所の門前には幅三間（約五・四メートル）ほどの小川が流れ、皮付丸太で組まれた粗末な橋がかかっている。そのたもとに座り込んでいた叡応ががばと立ち上がり、大股《おおまた》に金吾に歩み寄った。

「こりゃあ、どうした。正覚寺の生臭坊主ではないか」

「珍しい。今日は酒を飲んでおらんと見えるな」

銀山方役人たちのからかいにはお構いなしに、叡応は金吾の腕を摑んだ。昨日の酒の名残《なごり》か声こそわずかに嗄《か》れているが、その眉間《みけん》には深い皺《しわ》が寄り、普段とは別人のような険しい表情であった。

「栄久を知らぬか。今朝方より、姿が見えぬのだ」

「なんだって」

咄嗟に頭をよぎったのは、昨日、正覚寺を訪れた栄久の母の件だった。しかしその金吾の口を封じるように、

「竈《かまど》には粥《かゆ》が炊き上がっておったし、ご仏前の供花も新たなものに替えられておった。どうやらわしが眠りこけている間に、寺のことをひと通り済ませて出ていったようなのじゃ」

と、叡応は辺り構わぬ大声でまくし立てた。

「おおい、なにをぐずぐずしている。こっちはお役目だぞ」

銀山方役人が焦《じ》れた顔で、舌打ちを浴びせ付ける。金吾はあわてて叡応の腕を押しやり、「すまないが、これから大谷の五郎左山に行くんだ。よかったら、道々、話を聞かせてくれ」と声を低めた。

わかった、とうなずいて、叡応が一行の尻につく。銀山方役人は疎《うと》ましげに眉を寄せたが、さすがに追い払う必要はないと考えたのか、そのまま銀山町に向かって歩き出した。

「実はな、叡応。お前が寝ていたので話しそびれたんだが、昨日、正覚寺に栄久の母御が訪ねてきたんだ」

「なんじゃと。荻屋《おぎや》の満寿《ます》どのが」

目を剝《む》いた叡応に、金吾は手短に昨夜の母子のやりとりを告げた。

「もしかして栄久は母御に冷たく当たったことを悔い、その満寿どのを探すべく寺を出たのではないか」

だが金吾の推測に、叡応は瞬時も考える素振りを見せず、首を横に振った。

「それはなかろう。栄久はわしの弟子じゃ。少なくとも母御に対してなにを考えておるかぐらい、わしには察しがつく。昨日、栄久が満寿どのを突き放したとなれば、それはあやつの嘘偽りなき本心じゃろうよ」

叡応はぎょろりとした眼を、鋭く虚空に据えた。

浴びるように酒を飲み、ろくな勤行すら行わぬ破戒僧でありながらも、叡応は妙に生真面目なところがある。栄久もそんな師僧を敬愛していればこそ、あの荒れ寺をほとんど一人で切り盛りしているのに違いない。

「それにしても満寿とかいうあの女性《にょしょう》は、いったい何者だ。どうやら今は京の商人の妻女に納まっている様子だったが」

「なんだ、そこまで知っておるのか」

太い眉を撥《は》ね上げてから、「ならば、何も隠すべきことはないなあ」と叡応は独言した。

「満寿どのは五年前までは、浜田お城下の小間物商・荻屋のご妻女だった女性でな。栄久は荻屋の一粒種だったのじゃ」

荻屋は店構えこそ小さかったが、三代前より浜田藩松井松平家お出入りを許されていた富商。当然、家中にも荻屋を贔屓《ひいき》にする者は多かった。しかしながら栄久が六歳の秋、浜田藩の御用商人・会津屋八右衛門が国家老に国年寄、更には勘定方と結託して、密貿易を行っていたことが発覚……。主だった重職は軒並み切腹を仰せ付けられ、藩主・松平康任《やすとう》は永蟄居《えいちっきょ》、家督を継いだ康《やす》爵《たか》は奥州棚倉《たなくら》にお国替えとなった。

「ちょっと待て。その話、どこかで聞いた覚えがあるぞ」

「この界隈では有名な騒動じゃ。そりゃあ耳にしたことぐらいあろう」

いいや、違う、と考え込み、金吾は軽く手を打ち鳴らした。

あれは昨年の秋、藤田幸蔵が珍しく勤め半ばで出かけていったかと思えば、田儀屋の持つ間歩の湧水騒ぎに立ち会ったという騒ぎがあった。その折、間歩の奥深くに取り残された男たちを助け出したのが、たまたま当地を訪れていた松井松平家水術師範の息子だったとかで、しばらくの間代官所ではかつて浜田藩を領していたご家中の話題でもちきりになったものだ。

「荻屋は先々代の頃から、松平家さまにずいぶんな銭をお貸ししておったようでな。並の商人であれば大森の田儀屋の如く、心を鬼にして借金を取り立てたじゃろう。されど荻屋の主にはどうにもそれが出来なんだらしい」

それは藩の財政窮乏を救うべく、身命を賭《と》して密貿易に手を染めた国家老たちの苦衷《くちゅう》を知っていればこその情け。また、幾代にもわたって御用商人を仰せつかってきた店の誇りとして、未曽《みぞ》有《う》の苦難の中にある松井松平家をこれ以上苦しめてはなるまいと思ったのかもしれない。

浜田の人々はこの荻屋の計らいを義挙と褒《ほ》めたたえ、家中の棚倉移封が本決まりとなった折には、せめてもの礼とばかり、わずかな品を荻屋で買い求める侍が、店の前に列を成した。しかしながらそれから間もなく、松井松平家に代わって越智《おち》松平家当主・松平斉厚《なりあつ》が上野館林《こうずけたてばやし》より転封してくると、荻屋の軒先からはぱたりと客足が途絶えた。

「新しい藩主さまからすれば、荻屋は国法を犯した松井松平家さまをかばった不届き者。当然、御用商人に取りたてられる道理もなく、お城下の者たちも掌《てのひら》を返す如く、荻屋を避け始めたそうじゃ」

無論、荻屋の主とて、そんな仕打ちを予想していなかったわけではあるまい。だがそんな矢先、折悪しく隣家から出た火が荻屋に及び、蔵屋敷を含めた家財がすべて類焼。荻屋の主は、火事の折に負った怪我を悪化させて悲嘆のうちに亡くなり、満寿と当時喜三太と呼ばれていた栄久は路頭に迷うことになった、と叡応は乾いた口調で語った。

「わしが若い頃修行をしていた光明寺という浜田の寺は、荻屋の檀那寺《だんなでら》でな。困り果てた満寿どのが息子をしばらく預かってくれまいかと頼みに来られた折、たまたまわしがその場に居合わせたのじゃ」

満寿はもともと大坂の出。まずは単身、故郷に戻り、暮らしの目処《めど》がついてから息子を呼び寄せようと考えていたのだろう。ところが幸か不幸かその後、遠縁であった恵比須屋の主が満寿を気に入って後妻に迎えたことから、栄久はそのまま銀山町に置き去りにされてしまったのであった。

「あれは四年も前になるか。光明寺を通じて満寿どのの再婚の件が伝えられた折、栄久はひどく荒れてのう。庫裏の茶碗といわず湯呑といわず、片っ端から土間に叩きつけて割ってしまい、しばらくの間、飯を食うのに難渋したわい」

栄久がこの破天荒な住持に呆《あき》れもせずに仕えているわけが、ようやく分かった。叡応はきっとその際、怒り狂う小坊主を叱りもせず、ただ栄久の好きなままにさせたのに違いない。そして栄久はそんな師僧の暮らす正覚寺こそを自らの居場所と定め、出家として生きる道を選び取ったのだ。

「なるほど、よく分かった。そう聞くと確かに、栄久が母御の元に走るとは思い難いな」

「おお、そうであろう。されど満寿どのにも困ったものじゃ。血を分けた母子とはいえ、子には子なりの道理がある。それを意に介さず、ただ我が子恋しさに山川越えて駆け付けてしまうのは、母なればこその愚かしさじゃなあ」

繁華な下河原の町筋を通り抜けながら、叡応はやれやれと溜め息をついた。

「それにしても栄久め、どこに行ったのやら。すぐに寺に戻る覚悟なら、わしの粥の世話までしてはいくまい。ここは昆布山谷や栃畑谷まで、足を延ばしてみるとするかのう」

「それなら、途中まで一緒だな。俺たちは栃畑谷の五郎左山まで行くんだ」

言い交わしながら昨夜と同じ道をたどれば、五郎左山の四ツ留前には今日も数人の男女が寄り集まっている。

「いいから、五郎左を出せッ。あいつの差配のせいで、うちの親父は大変な目に遭ったんだ」

「そうだよッ。これでうちの人が山稼ぎが出来なくなったら、どうしてくれるんだいッ」

口々に喚き立てる剣呑《けんのん》さに、先を歩んでいた銀山方役人が顔を見合わせる。次の瞬間、一斉に腰の刀を押さえて走り出し、「待て待てッ」と怒鳴った。

「皆、落ち着け。山師の落ち度の有無はとにかく、狼藉《ろうぜき》はならんぞ」

腹の底に響く制止に、四ツ留前の人々が一斉に怒声を吞みこむ。だが、「お役人さまだよ」という彼らの囁《ささや》きを破るかのように、

「うるさいッ。お役人さまが出張って来たって、それで小六たちの怪我が治るわけがないじゃないかッ」

と甲高い少年の叫びが、辺りに響き渡った。

「だいたい五郎左は小六たちが字が読めないのをいいことに、勝手な証文を作ってあいつらを雁《がん》字搦《じがら》めにしてたんじゃないか。小六が寺に持ってきた証文を読んでやったから、おいら、よく知ってているんだぞ」

「え——栄久ッ」

叡応が声を上ずらせ、急に足を速めた。なるほど、目を凝らせば四ツ留を取り囲む人々の間に、頭一つ分小柄な少年の姿が見え隠れしている。

だが栄久は叡応には気付かぬ様子で、「おいらはおめえらが許せねえんだッ」と地団駄を踏んだ。

「小六は仲間の掘子たちに、こんな間歩は危ねえって幾度も訴えていたんだ。山師にもそれを伝えたって、あいつは言っていたんだぞ。それを知らん顔しやがった挙句、こんな事故まで起こしやがって」

すでに四ツ留の真下では、銀山方役人と叡応が打拐のない斜面をどうやって上るべきかと右往左往している。

それには目もくれず、なおも怒鳴り続ける栄久に苛立ったのだろうか、「ええい、うるさい黙れッ」というだみ声が、四ツ留で弾けた。

「証文証文と言うが、そもそも証文ってのは約束を交わすためにあるものだ」

年の頃は五十前後だろう。間歩の中から現れた体軀は小柄で、肩なぞは吹けば飛びそうなほど薄っぺらい。そのくせ尊大に肩をそびやかし、男は栄久を一喝《いっかつ》した。

「字が読めようが読めなかろうが、一旦、取り交わした証文を守ってもらうのは、至極当然じゃないか。それをがたがた言うとは、道理が通らないだろう」

「なんだと」

栄久ばかりか、彼を取り囲む人々が不穏な声を上げる。だが男はそれに怖気《おじけ》づく気配もなく、

「文句があれば、共にお代官所に行ってやるぞ」と細い目で四囲を睥睨《へいげい》した。

「なるほど、掘子衆が瀬落ちしたのは、確かに気の毒だ。だが少なくとも間歩の経営に関しては、この五郎左、お天道さまに恥じるようなことは一つもしちゃあいないぞ」

「う、嘘をつけッ」

たまりかねたように、三十がらみの男が喚いた。頭に布を巻き、身体を左右から支えられているところからして、どうやらこの間歩で働いていた掘子らしい。

「だったら、あれこれ口実をつけて俺たちの給金から引いた銭は何なんだ。あれも、後ろ暗くないと言うのか」

「ああ、そうとも。油代にしても足半代にしても、こちらにはちゃんと理由があっての銭だ。疑うんだったら、この帳面もお代官所に差し出したって構わないぞ。何にどれだけの費《つい》えがかかったか、みなこと細かに記してあるからな」

懐から取り出した分厚い帳面を、五郎左はこれ見よがしに掘子の鼻先に突き付けた。

「どうだ。そこまで言うなら、確かめてみるか。もっともお前がこの帳面を読めるっていうなら

な」

その一触即発の気配にたまりかねたのだろう。銀山方役人が斜《なぞえ》の下から、「一同、止めろッ。それ以上騒ぎ立てるのであれば、みな、代官所まで来てもらうぞッ」と更に大声で怒鳴り立てた。

「五郎左とやら、おぬしもだ。銀山町の衆は、おぬしの間歩での事故で気が立っておる。それ以上の口走りはやめろ」

「これはこれは、大変失礼をいたしました」

小腰を屈めて坂の下を覗きこみ、五郎左は頬骨の目立つ面上に追従《ついしょう》笑いを浮かべた。

「それにしても、お役人さまがわざわざお運びとは、うちの間歩に何かご不審でもございましたかな」

「そういうわけではない。御直山でもない限り、間歩内のことはすべて山師の管轄だ。ただ我らは念のため、瀬落ちの場所の検分に来たに過ぎん」

「ですが、お役人さま。ご覧の通り、この町内の方々はわたくしの間歩商《あきな》いにいささか不満があるようです。この際ですから一度、わたくしが掘子衆と交わしている証文やこの台帳を、お検《あらた》めいただけませんか」

五郎左の言葉に、銀山方役人たちは目を見交わした。だがその一方がすぐに軽く首を横に振ってから、「その必要はあるまい」と四囲の男女に聞かせるように言った。

「代官所が何より目配りするのは、各間歩が不法に銀を掘っておらぬかどうかだ。掘子をどのように雇っているのか、間歩を如何に経営しているのかは、おぬしら山師の差配に任されておる。仮に山師のやり口に不満があるならば、掘子どもはさっさと他の間歩に移ればいいだけの話だからな」

「おお、まことに仰せの通りでございますなあ」

にんまり笑う五郎左とは裏腹に、それを取り囲む人々の顔は強張っている。そのただなかに両の拳を握りしめた栄久の姿を認め、金吾は唇を噛《か》んだ。

代官所は既存の間歩の経営については、原則口出ししない。五郎左はそれをよく承知していればこそ、掘子たちの事情に付け込み、悪辣な山稼ぎを続けているのだろう。悔しいが、これは五郎左の方が一枚上手《うわて》と言わざるをえなかった。

「さあて、皆の衆。お役人さまもこう仰せなのだから、さっさと帰ってくれんかな。お前たちに邪魔をされては、片付く仕事もなかなか片付かんのだ」

五郎左が頰の笑みをますます深くして、ぐるりの者たちを追い払いにかかる。一人、また一人と重い足を引きずって険しい坂を下りる中、栄久が「畜生ッ」と喚いて、尻で滑り落ちるように坂を駆け下ってきた。

「おい、栄久。ちょっと待て」

走り寄った叡応と金吾に、決まり悪げな顔で足を止める。だがすぐにぷいとそっぽを向くと、

「しばらく寺には戻りません。申し訳ありませんが、お許しください」とひと息に言い放った。細い脛を剝き出しに、そのまま脱兎《だっと》の勢いで昆布山谷に至る山道を駆け上がろうとした。

「なんじゃと。それはどういう次第じゃ。おぬしは仮にも出家の身。在家の悶着《もんちゃく》に口を突っ込むのは、本分ではないぞ」

そう喚きながら追いすがる叡応に、栄久は突如、足を止めた。くるりと師僧を顧みるや、「で

は……ではおいら、どうすればいいんですッ」と薄い眉を吊り上げた。

「叡応さまは小六の怪我を見ていないから、そんなことが言えるんです。あいつ、手足の骨はおろか、腰の骨まで折っちまって、無事に治っても杖がなくっちゃ歩けないとお医者さまは診立てていらっしゃるんですよ」

握り締められた栄久の拳が、ぶるぶると震えている。その節の白さが、金吾の眼をはっきりと射た。

「これから先、小六やその弟妹はどうやって食っていけっていうんです。おっ母さんの病だって、いつ治るかわからないってのに。けどそれにもかかわらず五郎左の元からは見舞いすらなく、かえって掘子の方が悪いかのような口ぶりじゃないですか」

おぬし、とうめく叡応を、栄久はひどくおとなびた眼差しで見下ろした。

「必ずいつか、寺には戻ります。けどしばらくの間は、小六についていてやりたいんです」

「馬鹿な。そんな勝手を許すものか。だいたいおぬし如きが、どれだけの手助けを出来る。せいぜい、五郎左にひと泡吹かせようと企《たくら》むのが関の山だろうが」

図星だったのだろう。栄久の顔が硬くなる。やはりか、とひとりごちて、叡応は大きな口を苦々しげに歪めた。

「やめておけ。先ほどのやり取りからも知れた通り、五郎左のやり口は表向きは何の問題もありはせん。腹立ちのあまり、嫌がらせを仕掛けたりすれば、お代官所に訴えられるのはおぬしや小六一家の側だぞ」

もともと丸い栄久の目がいっそう見開かれ、あっという間に潤んだ。こぼれそうになる涙を袖口でぐいと拭う小坊主に、「今は我慢するのじゃ」と叡応は畳みかけた。

「残念ながら人の世とは、正しき者ばかりが勝つわけではない。五郎左の如き悪辣な男に正面からぶつかれば、傷を負うのはむしろ弱く正直な者たちじゃ。されどな、かような浮き世だからこそ、せめて我らは真っ正直に生きねばならぬ」

叡応はちらりと四ツ留を仰いだ。間歩内の整理が済み次第、また新たな掘子を雇い入れて鉉延を始めるつもりなのだろう。手下を叱り飛ばす五郎左の声が、微かに聞こえてきた。

「真っ当でない手立てで悪を挫《くじ》くことは、案外、たやすい。されどかような真似をしては、人はその憎むべき悪と同じ、愚かしき存在になってしまおう。世の悪を憎めばこそなお、我らは一見迂遠《うえん》な、真っ当なる日向《ひなた》を歩まねばならん」

小六を気の毒と思うは当然じゃ、と続けながら、叡応は双眸を真っ赤に染めた栄久に歩み寄った。立ちすくむ弟子の肩を両手で摑み、わずかに腰を落としてその顔を覗きこんだ。

「小六の力になってやるのはよい。弟や妹のこれからについても、好きなだけ相談に乗ってやれ。されど五郎左を憎むのであればなお、おぬしや小六は清らかに生きねばならん。それがあのような輩に講じられる、たった一つの手立てだ」

「で、ですが。小六はもう二度と、間歩に入れません。当座の蓄えはあるにしても、これから先、どうやって一家が食っていけばいいか分からぬ中、真っ当に生きろなんて言われても」

幼児が駄々をこねるかのように、栄久が首を大きく振る。ただそうしながらも彼自身、師僧の言葉の正しさは理解しているのだろう。その声は先ほどまでに比べ、はるかに力のないものに変わっていた。

「なにをぬかすか。小六はまだ十四じゃろうが。そりゃ確かに間歩働きは、二度と叶《かな》わぬかもしれん。されど、銀山町は広い。身体を治しながらゆっくりと考えれば、これから先の生きる道の一つや二つ、どうとでも見出せるはずじゃ」

生きる道、という言葉が、不思議なほど強く金吾の胸を打つ。「あ、あの。それであれば」と言いながら、金吾は二人の間に割って入った。

「小六に何か、手わざを身に付けさせればいいのではありませんか。たとえば読み書きとか、算術とか――」

思いつくまま口にした自らの言葉に、金吾は「そう、そうですよ」と声を高ぶらせた。

「学問です。小六に学問をさせればいいのです」

そうでなくとも小六は、物心ついた頃より間歩稼ぎを続けていた。それだけに読み書きはもちろん、自分の名すら満足に書けるとは思い難い。

小六をはじめとする五郎左山の掘子たちが、山師の口車に乗って証文に判を捺《お》してしまったのも、すべては彼らに読み書きを学ぶ機会がなければこそ。ならばいっそ小六が掘子衆を代表して文字を学べば、今回のような陥穽《かんせい》に陥ることは減るのではあるまいか。

「学問じゃと」

叡応が大きな口をぽかんと開ける。だが彼がなにか言いかけるよりも早く、栄久が「馬鹿な」と頬を歪めて吐き捨てた。

「五体満足な頃であればともかく、杖がなければ歩けぬ身になった後で、学問なぞ何の役に立つんですか。だいたいこれまで鏈を切り出していた手に無理やり筆を持たせていろはを学ばせるなんて、小六を更に絶望させるだけではないですか」

「いいや、それは違うぞ、栄久」

金吾は栄久の顔をまっすぐ凝視した。

「これまで間歩を自在に走り回っていた小六からすれば、確かに読み書きはまどろっこしいかもしれん。だが、たとえ二十歳であろうが六十の翁《おきな》であろうが、人は学問さえ身に付ければ、いつでも新たな道に踏み出すことができるんだ」

豪商の息子として生まれ育ち、小坊主となった栄久には、読み書きの学習なぞさして珍しい事柄ではないのだろう。だが中間として銀山附御料に赴任し、必要に迫られて文字を学ぶ中で、金吾への役人たちの信頼は大きく増した。つまり読み書きという手立てを少しでも有していれば、この世はぐんと楽に渡ることができる。これまで携わってきた間歩稼ぎが出来なくなった今だからこそ、小六にはそんな新たな生き方が必要なのだ。

ただその一方で金吾は、読み書きの学習の迂遠さもよく知っている。如何にそれが生計につながると説かれたとて、今まで間歩ばかりで働き続けてきた小六が、おいそれとおとなしく鑿《のみ》を筆に替えられるものかは、確かに金吾の思いだけでは決めつけがたかった。

「学問、学問か――」

顧みれば、叡応が考える顔付きで虚空に目を据えている。だが突然、よし、と一つ大きくうなずいて踵を返すや、飛ぶような足取りで坂を下り始めた。

「お、おい、叡応。どこに行くんだ」

「代官所じゃ」

振り返りもせぬまま怒鳴り、叡応は更に足を速めた。

「おぬしの申し条、確かにもっともじゃ。考えてみればこの銀山町には、今もって手習所一つありはせぬ。ならばいっそこれを機に、子どもらに読み書きを教える場ぐらい、拵えてもよいではないか」

「ま、待て」

金吾はあわてて、叡応の後を追いかけた。山神宮の長い石段の下でどうにかその袖を捕らえ、「まさかお前、代官所に手習所のための銭を出してもらおうというのか」と息を喘《あえ》がせた。

町人や商人の子弟に学問を教える手習所は、元禄年間《げんろく》（一六八八～一七〇四）頃から江戸・京都を中心に急増。ただ『千字文《せんじもん》』や『国尽《くにづくし》』、『往来もの』といった書籍を手本として学ばせるそれらは、あくまで浪人や医師、僧侶などが経営する私塾に過ぎない。江戸はもちろん、諸国の城下町においてですら、公儀が武家以外への学問教授に関与する例は皆無であったが、叡応は至極あっさり、「おお、そのつもりじゃ」とうなずいた。

「馬鹿か、お前。そんなこと、叶うわけがないだろう。江戸でも上方でも、手習所ってのは私営と決まっているんだ」

「なにを申す。馬鹿はおぬしじゃ。まったく、小六に学問をさせようとの思いつきは素晴らしかったのに、おぬしはまだこの銀山町のことが分かっておらぬと見える」

金吾の腕を振り払い、叡応は乱れた襟元をぐいと正した。

「いいか、銀山町において、子どもたちはみな大切な稼ぎ手じゃ。十歳にも満たぬ年の子らが手子として働くこの地で、すぐには銭にならぬ学問を奴らにさせるのがどれだけ大変か、少し考えてみろ」

そうでなくとも銀山町の男たちはみな、三十歳前後で気絶《けだえ》を発病して亡くなっていく。このため、幼い子どもたちですら人並みの稼ぎを期待される中、わざわざ日々の稼ぎを擲《なげう》って彼らを手習所に通わせる親が、町内にいったい幾人いることか、と叡応は立て板に水の勢いで述べた。

「正覚寺を手習所とし、わしが師匠となってやるのは至極たやすい。されど幾ら束脩《そくしゅう》（入門料）や謝儀《しゃぎ》（謝礼）を安くしたとて、かような銀山町でいったいどこの童が読み書きを学ぼうとするものか」

まさか、と呟いた金吾に、「そのまさかじゃ」と叡応は四角い顎を引いた。

「折よく、先ほど代官所のお役人が来ておられたではないか。五郎左山の一件が、掘子衆の無学に負うところがあることは、じきにお代官さまのお耳に達しよう。ならばわしはかような事が二度と起きぬよう、手習所に通う子らの親に銭を与えてくれとお願いするつもりじゃ」

町内の子供とその親ばかり案じ、自分に銭をくれと言わぬところが、如何にも人のいい叡応らしい。ただ確かに叡応の言い分には一理あるが、大森代官所の主たる職務はあくまで銀山で産出される灰吹銀の管理。如何にその勤めと関わっているとはいえ、代官所が銀山町の子供たちの学問にまで銭を出してくれるものだろうか。

いつの間にか追いついてきた栄久が、叡応と金吾を交互に見比べている。そんな彼に向かって、

「おぬしはとりあえず、寺に戻っておれ」と叡応は有無を言わさぬ口調で命じた。

「今の小六には、まず身体を治すことがもっとも肝要じゃ。まだ傷も癒えぬうちに五郎左への憎しみなぞ口にし合っておっては、お互いのためになるまい。そんな暇があったら、これから小六

に使わせるべき筆や硯《すずり》の支度でもしてやれ」

「ですが、叡応さま」

反駁《はんばく》する小僧にはお構いなしに、叡応が再び走り出す。「おおい、馬鹿か。こら、待て」と叫びながらそれを追いかける金吾の頭上で、鴉《からす》がギャアッと耳障りな声を上げた。


五郎左山に共に出向いた銀山方役人たちはすでに役所に戻り、五郎左山の検分を報告したのだろう。代官所の御広間では常のごとく地方役人衆が机を並べ、元締手代の藤田幸蔵を筆頭に黙々と帳面の整理に勤《いそ》しんでいる。おずおずと土間の隅に膝をついた金吾の姿に、御広間のもっとも奥に座した幸蔵が「ご苦労だったな」とぶっきらぼうに労いを投げた。

「畏れ入ります。あの、藤田さま。銀山町内正覚寺のご住持が、折り入って岩田さまにお目通りを願っているのでございますが」

「あの生臭坊主がだと」

幸蔵が眉をひそめて、筆を置く。袴の裾をさばいて御広間の端まで歩み出、その場に膝をついた。

「はい。すでに代官所のご門前まで参り、お許しを待っております」

幸蔵の眉間の皺がますます深くなったのは、金吾が常々銀山町に出入りしているのを知っているためだ。勝手な真似を、と言わんばかりに顔をしかめる幸蔵に向かい、金吾は深々と頭を下げた。

「昨日の五郎左山の瀬落ちに関し、岩田さまにご提言したきことがあるそうです。どうかお目通りだけでもお許しいただけないでしょうか」

「ならん。岩田さまは今朝方より、今年の灰吹銀上納出役に預ける大坂銀座への文をしたためておられる。おぬしや叡応ごときの陳情にお耳を傾けるお暇なぞない」

「では、明日であればお許しいただけますか」

食い下がる金吾を一瞥し、幸蔵は無言で立ち上がった。己の席へと戻るその横顔には、敬愛する代官に金吾如きを近づけてなるものかという警戒がありありと滲《にじ》んでいた。

「どうしたい、金吾。あの生臭坊主が代官さまにお願いとは、珍しいこともあるものじゃないか」

草履取りの島次がすり寄って来るのを無視して、金吾は土間を飛び出した。長屋門である表御門の外では、目の前を流れる小川の岸辺に叡応が腰を下ろしている。急いで立ち上がるその面《めん》上《じょう》に、「駄目だ、駄目だ」と金吾は手を降った。

「案の定、元締手代さまが口やかましくって、お目通りなんぞ逆立ちしたって無理そうだ。なあ、叡応。やっぱり諦《あきら》めたらどうだ」

「一度、遠目にお見かけした代官さまは、領民の頼みをそうむげになさるお方とは映らなんだがなあ。どうしても地方役人さまが阻《はば》むのなら、代官さまが代官所の外にお出ましになる機会を狙うとするか」

とはいえ代官が参拝を行う山神宮の祭礼は、ついひと月前に済んだばかり。しかも岩田代官は元々外出嫌いで、よほどのことがない限り、自分から代官所の外に出はしない。

考え込む顔になった叡応に溜め息をつき、金吾は長屋門に背をもたせかけた。

銀山町の手子の給金は、一番五分あまり。月のうち六日、手子の子供が手習所に通うこととなれば、その家族は月に三匁を損する。まさか代官所が損銀すべてを補償する必要はなかろうが、仮に半額を支払ってやるとしても、十人が手習所に通えば月に十五匁。五十人が通えば、実に一年で一貫近くの銭が必要だ。

確かに掘子たちの無学は問題ではあるが、彼らに読み書きを教えるそれだけのために、代官所が大枚の銭を払うものか。

考えれば考えるほど、叡応の企みは無謀としか思えない。四角い顎に手を当てて、ううむと思い悩む叡応に金吾が歩み寄ろうとしたその時である。すぐ傍らの出格子窓の障子ががらりと開き、

「珍しいことがあるもんだ。なんでそこまでして、お代官さまにお目通りしようとしているんだ」

というしゃがれ声が、そこから響いてきた。

突然のことに仰天して飛び退けば、草履取りの島次が痩せた髷《まげ》の頭を傾けるようにして、窓に顔を押しつけている。

代官所の長屋門は仮牢や道場、馬小屋を兼ねており、人の出入りは原則自由である。島次は金吾の言動に不審を抱き、こっそり詰所を抜け出して、長屋門の内側で聞き耳を立てていたらしい。

「あ、ああ、驚いた。島次、驚かすなよ」

聞かれて後ろめたいことなぞ何ひとつないが、立ち聞きに対する腹立ちがつい口調を荒くする。だが島次はさして悪びれた風もなく往来に出てくると、叡応と金吾の顔をじろじろと眺めやっ

た。

「なんだか分からねえが、お代官さまに用があるんだな」

と皺だらけの顔をしかめて、声を低めた。

「あ、ああ。この叡応が岩田さまに申し上げたいことがあってな」

「ふうん。まあ、そういうことなら、とりあえずお話ぐらいは聞いて下さるんじゃねえか。——おい、生臭坊主、ついて来いよ」

言うなり島次はぺたぺたと草履を鳴らして、代官所の御門前を南に向かって歩き出した。その意図が汲めず顔を見合わせた金吾と叡応を顧み、「なにをぐずぐずしているんだよ」と焦れた様子で吐き捨てた。

「元締手代さまは頭が切れるお人だ。草履取りと中間が揃って姿を晦《くら》ましちゃ、すぐにこれはおかしいとお気づきになられるかもしれねえぞ」

あわてて走り出した二人に満足げにうなずくと、島次は代官所の南の路地を折れた。長い土塀に沿ってそのまま歩めば、やがて足元はなだらかな上り坂に変わった。代官所の裏手が丘になっているのは知っていたが、どうやらこの界隈は敷地の内外で随分高低差があるようだ。

「それ、ここだ。押してみろ」

やがて足を止めた島次が顎《あご》をしゃくった先には、古びたくぐり戸が切られている。半信半疑のままぐいと肩で押せば、ぎいと軋《きし》みを立てて板戸が開く。金吾は驚いて島次を振り返った。

「ここはもう三十年も前に、裏山にあるお稲荷《いなり》さまのお世話のために作られた木戸でな。昔は代官所のお女中が日に二度、お稲荷さまに水を供えるために出入りしていたんだ。とはいえ今は大森の奴らがお社の世話をしているせいで、この木戸のことを知ってるのは、おいらと代官所のお女中しかいねえ。しかもこの木戸は御役宅からも土倉からも離れているせいで、女中はしょっちゅう閂《かんぬき》をかけ忘れているのさ」

細い肩を揺らしておかしそうに笑い、島次は木戸の内側にそらよと顎をしゃくった。

「ここから入って、お庭をぐるりと回り込めば、お代官さまのご自室は目と鼻の先だ。ただ言っとくが、仮に元締手代さまに露見しても、おいらが手引きしたとは言わねえでくれよ。他のお方はともかく、あのお人はどうにも説教が長くてならねえや」

もう何十年も代官所で働いている島次が、藤田幸蔵ですら知らぬ裏木戸の存在を認識しているのは何の不思議もない。しかしながらいったい何故、ただの草履取りである彼がこのような手引きをするのか。

木戸の前で棒立ちになった金吾を、島次は小腰を屈《かが》めたまままちらりと仰いだ。「そんな顔をするなよ」と叡応には聞こえぬほどの小声で呟いて、金吾の小脇を肘でつついた。

「おめえだって、どなたかから何か言い含められて、こんな石見くんだりまで来ているんだろう？　おいらはおめえとは違い、裏も表もねえただの草履取りだけどよ。けど長年、代官所にいるおかげで、歴代のお代官さまからは何かと重宝がっていただいているのさ」

「おまえ——」

金吾は声を上ずらせた。

島次のような代官所譜代《ふだい》の奉公人は、代官が江戸から連れてくる地方役人とも、はたまた銀山町・大森町に暮らす銀山方役人とも異なり、いわば歴代の大森代官のみを主と仰ぐ者たち。それだけに岩田代官は、これまでの代官の素行や暮らしぶりを間近にしてきた彼らを、懐刀の藤田幸蔵とはまた異なる近侍《きんじ》の者として、何かと目をかけ続けてきたのではと思い至ったのだ。

そうだ。あの岩田代官が、藤田幸蔵の頭《ず》の高さを知らぬはずがない。それだけに幸蔵を通すとややこしくなる日々の雑事を、岩田がこの島次に任せていることは充分に有り得た。

相変わらず腹の読めぬお人だ、と驚く金吾に焦れたのだろう。「おい、入らぬのか」と叡応が金吾の背をつついた。

「それであれば、わしが先に参るぞ。庭先から声をおかけすれば、失礼には当たるまい」

言うが早いか木戸をくぐった叡応は、きょろきょろと左右を見回していたが、すぐに役所の東棟へと歩み出した。建物の構造から、庭に面した広間をそれと見定めた様子で、わずかに腰を屈めて小走りに駆け出した。

ただ幾ら岩田代官が腹の据わった人物でも、さすがに見慣れぬ坊主が姿を見せれば、さぞ驚くに違いない。金吾はあわてて叡応の後を追うと、「ご無礼、何卒《なにとぞ》お許しください」と抑えた声で言って、岩田の自室の前庭に転がり込んだ。

「中間の金吾でございます。正覚寺のご住持が上申致したきことがあると申しますゆえ、不躾《ぶしつけ》ながら島次の案内を受けて、ここまで連れて参りました」

「ほう、島次がなあ」

のんびりした応えに顔を上げれば、日当たりのいい縁側に据えられた文机《ふづくえ》の前で岩田鍬三郎がにこにこと目を笑わせている。咄嗟にその場に這いつくばった叡応と金吾に鷹揚に手を振り、「それで上申したきこととは、いったいなんじゃ」と促した。

「藤田が取り次がなんだということは、いささか難儀な話なのじゃろう。あ奴に見つかると、厄介じゃ。さっさと話せ」

もしかしたら島次はこれまでにも幾度となく、藤田幸蔵の目を盗んで岩田代官の元に人を案内してきたのかもしれない。だが叡応はそんなことに思いを馳《は》せる暇もない面で、「ありがとうございます」と沓脱石《くつぬぎいし》の傍らに這い寄った。

「では、申し上げます。昨日、銀山町内栃畑谷の間歩で瀬落ちが起きたのは、お代官さまもご存じでございましょう。五郎左なる男が営んでいたその間歩では、かねてより掘子たちが一方的に判を突かされた証文に縛られ、無理な勤めを強いられておりました。かような無道がまかり通るのも、すべては銀山町の衆が幼き頃より間歩稼ぎに励み、読み書きを学ぶ暇がなければこそと存じます」

勢いのよい叡応の弁舌に、岩田がふうむと呟く。その声に励まされたのか、「そこで」と叡応は声を張り上げた。

「今後の銀山町のためを思えば、拙僧は町内に手習所が必須《ひっす》と考えまする。しかもただ手習所を置くだけではなく、そこに通う子らに日々の間歩での給銀に匹敵する銭を与えれば、彼らは懸命に研鑽《けんさん》致しましょう」

「なるほど、確かにそれは道理じゃ。それでおぬし、わざわざわしに請願をするとは、子供たちに支払う銭を代官所で用立てろと言いたいのじゃな」

「いかにも、さようでございます」

と続けかけた叡応を遮って、「それは出来ぬ」と鍬三郎は言い放った。

白いものが目立つ眉の下で、細い目が先ほどまでとは別人のような硬い光を放っていた。

「手習所を建てろというだけであれば、手助けは致そう。されど、この先、何十年もに亘って子らのために銭を支払うには、江戸表のお許しがいる。銀山方役人の子弟のためであればいざ知らず、どれだけ学問が身に付くかも知れぬ銀山町内の子らのために、毎月毎月、銭を出せようものか」

「で、ですが」

叡応が必死の形相で縁側に這い寄る。無礼を忘れた様子で顔を上げ、「わしは決して、銀山町の子らにただお情けをと申しているのではありませぬ」と言いつのった。

「町内の者たちが学問を学び、健《すこ》やかに働くようになれば、その分、代官所にお納めする灰吹銀高は増えましょう。童らの手習いを扶《たす》けるのは、決してこの町の人々のためだけになる行為ではございません。遠き江戸の大樹公も必ずや嘉《よみ》せられるであろう徳行にして、この国のこれからを富ませるがための播種《はしゅ》なのでございます」

岩田は肉づきのいい顋に手を当てて、叡応をじっと見下ろしている。

金吾には正直、岩田が取りつく島もなく叡応の請願を退けたのが、意外であった。かつて江戸表には内密のまま、痢病《りびょう》の薬を配らせたこの男であれば、どうにか策を弄《ろう》してでも手を差し伸べるのではと考えていたからだ。

銀山の収入に直接関わる疫病と、どれだけの意義があるか分からぬ手習所では、こうも扱いが異なるものか。落胆をにじませ始めた叡応の背を見つめ、金吾は唇を噛みしめた。

「おぬしの申し分は分からぬではない。されど代官所が直接銭を出すとは、どれだけ請願されても無理じゃ」

岩田が淡々と言い放つ。肩を落とした叡応と金吾を交互に見やってから、「ただし、じゃ」と突然、口調を転じた。

「それはあくまで、代官所が表だって行うわけにはゆかぬというだけの話じゃ。たとえばおぬしらが銭を算段し、子供らの親に与えるのであれば、それは好きにすればよい」

「なにを仰せられます。そんなあてがあれば、端《はな》からお代官さまにお頼みなぞいたしませぬ」

そうでなくとも、正覚寺はろくに檀家もない貧乏寺。栄久のやりくりの上手さと叡応の絵のおかげで、二人がかつかつ食っているような有様だ。

馬鹿にされたとでも思ったのか、叡応の顔がさっと赤らむ。だが鍬三郎は「戯言《ざれごと》ではないぞ」と首を横に振り、文机の上に置かれていた帳面を取り上げた。

「銀山町での間歩の経営が、昨年より他領の者にも開かれている件は、おぬしらも知っておろう。それゆえ、五郎左の如き男が山師となったのじゃからなあ」

突如転じた話の矛先に、金吾と叡応は顔を見合わせた。だが鍬三郎はそれにまったく頓着《とんちゃく》せぬまま、「有体《ありてい》に申して、この数十年、各間歩から取れる銀高は減る一方じゃ」と、手の中の帳面をぱらぱら繰った。

「古くから間歩を営んでおる山師の中には、昔からのやり方では経営がうまくゆかなくなり、間歩採掘の権利を進んで手放そうとする者が大勢おる。おかげで最近では、ほんのわずかでも元手があれば、誰もが山師になれると来ておる」

間歩の採掘権を銭で売買することは、表立っては禁制されている。間歩を売却したい山師は山道具の譲渡を名目に新しい山師に金品を請求し、代官所もそれに見て見ぬふりを決め込むのが半ば慣例となっていた。

「わしが藤田に調べさせたところによれば、たとえば今、間歩を手放そうとしているこの石銀・平助山《へいすけやま》の山師は、娘の嫁ぎ先に四百五十匁余りの借金を拵えているとか。なかなかよく盛る（鉱石がよく取れる）間歩らしいが、少し色をつけて五百匁も支払ってやればさぞ喜ぶに違いあるまいな」

どうじゃ、と言いざま、岩田は開いたままの帳面を縁先にぐいと押しやった。

「たった五百匁じゃぞ、五百匁。藤田によれば、平助なる山師は義理堅い男らしくてな。昔から間歩の規模には不相応な数の掘子を雇い入れており、それが元で経営が苦しくなってしもうたらしい。ならばごく数名の腕のいい掘子のみを雇い、慎ましく間歩稼ぎをすれば、月に数十匁の利益ぐらい、すぐに捻出《ねんしゅつ》できるのではあるまいか」

「わ、わしに間歩を営めと仰せでございますか」

腰を浮かせた叡応に、岩田が微笑《ほほえ》む。まるで童子が悪戯《いたずら》を企んでいるような、奇妙に子どもじみた笑みであった。

「されど寺が間歩を営むとなれば、本山が渋い顔をしよう。おぬしの寺の宗旨は叡山《えいざん》（天台宗）。開基の伝教《でんぎょう》大師さま以来、清貧を尊ぶ宗旨じゃでな。そこでまずは手習所を立ち上げ、しかるべき人物をその後ろ楯に据える。間歩を買う銭はおぬしが出すとしても、実際の経営はその者に任せれば、本山への角も立つまい」

「無茶でございます。だいたい元手の五百匁はどうすればよろしいのですか」

悲鳴にも似た叡応の声に、鍬三郎はますます頰の笑みを深くした。

「先ほどわしは、毎月毎月銭を出すような真似は江戸表の手前、難しいと申したであろう。裏返せばそれは、一度きりの出金であれば、何とかごまかせるという意味じゃぞ」

「お代官さまが……お代官さまが間歩を買う銭をくださるのでございますか」

「おお。ただしわしが出来るのは、そこまでじゃ。子供たちに手渡せるだけの稼ぎがそこから生まれるかどうかは、おぬしらの才覚次第。もしかしたら現在の山師である平助同様、借金を拵えて苦しむことになる恐れすらある。そこのところをよう考えて、覚悟がついたら再びわしを訪ねて来い。島次に申せば、いつでも取り次いでくれようでなあ」

そろそろ去れ、との言外の促《うなが》しに、金吾はぽかんと口を開けたままの叡応の腕を摑んだ。「承知いたしました」と一礼して、強引に叡応を立ち上がらせた。

もつれ合うようにして来た道を辿り、いまだ閂がかけられておらぬ木戸から外に転がり出る。そのまま物も言わず代官所の門前まで駆けてから、ようやく人心地ついた思いで二人して大きく息をついた。

「どうすればいいのじゃ、金吾」

叡応の口調には狼狽の色が濃い。どうすればと言われても、と金吾は額の汗を拭った。

鍬三郎の提案は突飛であるが、決して悪い話ではない。むしろ、手習所自身が銭を生み出す仕組みを拵えられるとあれば、それは喜ぶべきであろう。

ただ問題は、いったい誰が実際に間歩を営むかだ。幾ら叡応が目を光らせるにしても、下手な者に間歩の経営を任せるわけにはいかない。

たとえば、と金吾は腕を組んだ。与平次や小六の雇い主である山師・藤蔵であればどうだろう。平助山がどの程度の規模の間歩であるかは分からないが、与平次が常々厚い信頼を寄せている彼ならば、平助山にいったい幾人の掘子が要りようかを正しく見定め、最低限の人数で経営に当たってくれるのではなかろうか。

「――俺であれば、やってみるな」

小声で呟いた金吾を、叡応ががばと顧みた。

そうだ。仮に借金を背負ったとしても、再び間歩を売り飛ばせばどうにかなろう。それよりも代官所の長期に亘る支援が見込めぬ今、かわって差し出されたこの手立てにすがる他、手習所を開く方法はない。

「間歩を任せる上で分からんことはすべて、町内の奴に聞けばいい。子供らの親も、支払われる銭が間歩の稼ぎから出ているとなれば、安心して子を手習所に通わせるのではないか」

「じゃ、じゃが。五百匁だぞ。そんな大枚を他人に払ってもらって間歩を買うとは、恐ろしくて身がすくむわい」

叡応はぶるっと身を揺らした。

「なら他に、どんな手立てがあるんだ。手習所を営むと決めた以上、ここはお代官さまに甘えるのが一番じゃないか」

そうじゃのう、と応じつつもまだ、叡応の眉間には皺が寄っている。京の本山の手前、今後の経営、あれこれ悩み事が多すぎて、申し出の嬉しさよりも不安が先立っているらしい。

「よし分かった。お前とて、これがありがたい話とは承知しているんだろう。なら悩むのはもう止めて、今すぐ引き返して、お代官さまに平助山を買い受けたいと頼もうじゃないか」

「ち、ちと待ってくれ。これはあまりに唐突な話じゃ。寺に戻り、せめて一晩考えさせてくれ」

自らの胸に手を当てて呼吸を整え、叡応がよろよろと踵を返す。その背に向かい、「分かった」と金吾は呼びかけた。

「なら、今晩、また寺に行くからな。細かいことはその時に話しあおう」

おお、と軽く手を上げる叡応を見送ってから詰所に戻れば、島次が物言いたげな目を投げてくる。それに知らん顔を決め込んだまま一日の勤めを終えると、金吾は島次を振り切って代官所を飛び出した。

暮れなずむ大森町を駆け、手形を放り出さんばかりの勢いで蔵泉寺口番所を過ぎる。そのまま正覚寺の長い石段を一段飛ばしに走り上がれば、庫裏では叡応が難しい顔で胡座をかき、蜘蛛《くも》の巣がかかった天井を仰いでいた。

「どうだ。少しは考えがまとまったか」

だが叡応はぎょろりとした眼で金吾を睨みつけただけで、またすぐに天井に目を移してしまう。

竈の前にしゃがみこんで粥を炊いていた栄久が、板の間に肘《ひじ》をついて金吾の袖を引いた。

「先ほどからずっとああやって、ものも仰らないのです。お代官所でいったい何があったのです」

まるでそれをきっかけにしたかのように、突如、叡応がかっと双眸を見開いた。がばと床板を鳴らしてその場に立ち上がるや、「間歩を買うための銭を代官所からいただくのは、やはり道理に合わぬッ」と喚いた。

「子らが学問をするための銭を月々頂戴するのであれば、納得がゆく。されど先々の銭を捻《ねんしゅつ》出するため間歩経営に乗り出すばかりか、その資金をお代官さまより賜《たまわ》るとは、禿頭黒衣《とくとうこくい》の身には筋違いじゃ」

「お、おい、叡応。いったい何を言い出すんだ」

慌てて板の間に這い上がった金吾の前に、叡応はどっかと尻を下ろした。

「わしは出家じゃ。ゆえに浄財はありがたく頂戴し、世人のために用いらせていただく。じゃがその銭で財を成し、そこから生まれる利で人を救おうとは、出家の本懐に反するわい」

「ちょっと待て。頑固もいい加減にしろ」

「頑固ではない。ただわしは僧侶としての道理に合わぬと申しておるだけだ」

二人のやりとりからおおよその事情を察したのか、栄久は土間に突っ立ったまま、忙しく二人を見比べている。

竈の火が大きすぎたと見え、このとき鍋蓋《なべぶた》ががたごとと動き、甘い炊飯の匂いが辺りに立ち込めた。栄久がはっと我に返り、あわてて火のついた薪《まき》を竈から引く。

その旨そうな匂いに、夕餉《ゆうげ》を取っていない金吾の腹がぐうと音を立てた。すると叡応は呆れ果てたと言わんばかりに眉を吊り上げ、「いずれにしても、手習所の件はもう一度はじめっから考え直さねばなるまい」と吐き捨てた。

「おいおい、落ち着け。なにもお前が間歩を営まずとも、信頼できる山師にすべて任せてしまえばいいんだぞ」

わい」
「なにを申す。己は寺の陰に隠れ、金策をすべて他者任せにする方が、更に御仏のご慈悲に背く

叡応の頑固さは薄々気付いていたが、まったくこれほどとは。金吾が内心、大きく舌打ちをしたそのとき、ほとほとと庫裏の板戸が叩かれ、聞き覚えのある女の呼び声がした。

栄久が弾かれたように、竈の前から立ち上がる。同時に叡応がどたどたと板間を踏み鳴らして土間に下り、「もしや、満寿どのか」と板戸の向こうに呼びかけた。

「は、はい。そのお声はご住持さまでございますか」

咄嗟に金吾は栄久を見やった。その横顔は瞬時にして蒼《あお》ざめ、微かに開かれた唇の端が小さくわななないている。

叡応は戸口を両手で押さえ、「さよう。住持の叡応でございます」と努めて静かな口調で応じた。

「栄久から聞きましたが、満寿どのは昨夜もこの寺にお越しになったそうですな」

「はい。前もってお知らせも差し上げずに失礼とは思うたのですが、一刻も早く喜三太に会いたくてならず……大森町にたどり着くや、宿よりも先にこちらに足を向けてしまいました」

昨夜の栄久の拒絶が、いまだ応えているのだろう。満寿は口早に、「あの、喜三太はわたくしのことをなにか申しておりましたでしょうか」と問うた。

「いいや、特にはなにも。ただ母御が来たとしか、拙僧は聞いておりませぬ」

「さようでございましたか――」

ほう、と深い息をつく気配がして、「実は」と満寿は続けた。

「わたくしの嫁ぎ先である京の恵比須屋の旦那さまが、喜三太を養子として迎えてもいいと言ってくださったのです。それでわたくしは喜び勇んで大森まで参ったのですが、どうやらかえってあの子を怒らせてしまったようで」

これは長い話になると踏んだのだろう。叡応がちらりと金吾を顧みる。それに小さくうなずき、金吾は土間の栄久を手招いた。

二人して隣の三畳間に身を潜めるのと、叡応が板戸を開ける音がしたのはほぼ同時。勧められるまま、満寿が囲炉裏端に座を占めたのだろう。「失礼いたします」というかそけき声とともに、ぎいと床が軋《きし》んだ。

「京の恵比須屋は店構えこそ簡素ですが、ご禁裏《きんり》へのお出入りすら許されている由緒正しき店。その跡取りともなれば、喜三太にとってこれほどの僥倖《ぎょうこう》はないと、わたくしは思うたのですが」

満寿の声が不意に潤む。叡応が苦りきった顔で彼女を眺めているであろうことが、手に取るように察せられた。

「これまで一度として大森を訪ねなかったわたくしを、あの子が恨んでいるのは当然です。ですがそれでこの先を左右する大事を決めるなぞ、あまりにも愚か。ご住持さまからもどうか、あの子に京に参るよう促してはいただけませんか」

「それはわしが決めることではない。栄久とて、もはや十一歳。己の身の振りようは、己で定めてもいい年でござろう」

「ですが――」

満寿の抗弁が更に湿り気を帯びたとき、それまで金吾の傍らで身を硬くしていた栄久が両の拳で床を突いて跳ね立った。金吾が止める暇もあればこそ、両手で障子戸を押し開き、「いい加減にしてくださいッ」と喚きながら囲炉裏端に飛び出した。

「昨日も申し上げた通り、わたしは京へなぞ参りませんッ。今のわたしはそなたさまの息子の喜三太ではなく、この正覚寺の小坊主の栄久。この五年、わたしはそう思い定めて生きてきたのですッ」

「喜三太——」

呆然《ぼうぜん》と目を見開く満寿をかばうかのように、叡応がさっと彼女の前に片手を突き出した。わなわなと身体を震わせる栄久を仰ぎ、「まずは座れ。話はそれからだ」と静かな声を絞り出した。

しかし、栄久はそれに対して大きく首を横に振ると、「話なぞ、もはやありません。昨日も同じことを申し上げたはずです」と上ずった声でまくし立てた。

「この後、幾度——いえ、何十度、当寺をお訪ねになっても、わたくしは京に参るつもりはありません。浜田の町は、なるほどわたくしの故郷でしょう。ですが遠い京なぞ、わたくしには異境も同然。そんな土地の商人《あきんど》の息子となるなぞ、わたくしはまっぴらですッ」

「き、喜三太。おまえ、それほどにわたくしを怨《うら》んでいるのですか」

満寿が身体を震わせるのに、「違います」と栄久はきっぱりと言った。

「確かにこの寺に入れられた直後は、母さまを怨みもしました。さりながら今、この銀山町にはわたくしの師僧が、友がいるのです。かような方々と別れて京に行くことは、わたくしのこの五年を無にするのも同様です」

お願いです、と栄久はその場に両手をついた。

「どうかわたしを、この町に居させてください。わたしの友の小六は今、大きな怪我を負い、苦しみのただなかにいるのです。あいつの為にもどうか、わたしを京になぞ連れていかないでください」

満寿の双眸が大きく見開かれた。

思えば彼女はこれまで、腹を痛めた息子の将来を案じることに必死で、彼がこの地でどのように生きてきたなぞ、思いを馳《は》せる暇もなかったのだろう。自分が息子と離れていた五年の間、栄久が銀山町で多くの人々に囲まれて生きてきたことに、ようやく気付いた面持ちであった。

そんな満寿の横顔に、叡応が窺う目を走らせる。小さな咳払《せきばら》いをして、「実を申せばな、満寿どの。栄久の友は昨夜、間歩の深い穴に落ち、もはや歩くこともままならぬ身となってしもうたのじゃ」と言葉を添えた。

「栄久はその朋友をどうにか助けんと、今朝は勝手に当山を飛び出し、山師相手に悶着《もんちゃく》まで起こしよった。寺には帰らぬというのを説き伏せるのに、まったく苦労いたしたわい」

のう、満寿どの、と続けながら、叡応は淡い笑みを頬に浮かべた。まるで血のつながった我が子について語るように、慈愛に満ちた笑いであった。

「初めて当寺に来たとき、こ奴はまだ六つの童じゃった。おそらく満寿どのにとっても、もっとも鮮明に覚えておられるこ奴の姿は、生き別れとなった幼い頃のそれでいらっしゃろう。されど大人の思いとは裏腹に、子供とはあっという間に大きくなり、遂にはわしらの手の届かぬところにまで駆け去ってしまうものらしい」

年を経た大人からすれば、子供はいつまでも幼く、頼りないものと映る。さりながら彼らは一日一日確実に成長を遂げ、その胸に確固たる意志を抱くに至るのだ。

「これまでこ奴と離れていらした満寿どのが、栄久に豊かな将来をと願われるのは道理じゃ。されど父母がおらずとも、栄久はこの数年の間に時にわしすらたじろがせるほどしっかりとした小坊主と育った。ならばその成長を嘉《よみ》し、好きにさせてやることこそが、年経た大人の務めなのではあるまいか」

「で、ですが。喜三太はわたくしの一人息子なのでございます」

声を震わせる満寿に、「一人息子であればこそなおじゃ」と叡応は畳みかけた。

「子を己の羽交《はが》いの下に抱え込もうとするは、一見、愛情と見えて、実はただの愛着じゃ。愛《いと》しい我が子であればこそ、親はその手を放し、世の中に歩み出させてやらねばならぬ。栄久はすでに自らの意思で、この銀山町での暮らしを選び取った。ならばそれを諾《うべな》ってやることこそが、母御たる満寿どのの務めであろう」

「わたくしに――わたくしに出来ることは、もはやないのですか」

叡応に問い返す声は、先ほどまでの勢いを失い、どこか途方に暮れた気配すら孕《はら》んでいた。満寿とて、愚かではない。京からここまでの道中、息子に拒まれるやもと恐れを抱いたことは、幾度もあったはずだ。それでもなお寺を訪れ、栄久に拒絶されてもすがりつこうとしたのは、その胸裏に期待と恐れが相半ばしていればこそだったのだろう。

無言の叡応に、満寿は薄い肩が上下するほど大きな息をついた。板間にがばと両手をついたままの栄久をまっすぐ見つめ、「――大きくなったのですね」と唇を震わせた。

なにかを堪えるかのように、自らの胸を両手で押さえ、双眸を強く閉ざす。そしてやおら叡応に向き直り、「栄久をよろしくお願いします」と深々と頭を下げた。

「息子をここまでお育て下さったこと、まことにありがたく思っております。もはや何も出来ぬ我が身が歯がゆうございますが、これからも栄久をどうぞお導き下さい」

「もちろん。出来る限りのことは、命に換えてもさせていただきまする」

叡応が満寿に向かって一礼したとき、「あ、あの」と栄久が二人の間に割って入った。

「その……もし出来れば、わたくしの願いを一つだけ、叶《かな》えていただけましょうか」

なに、と叡応が目を丸くする。それを遮るように、「わたくしはこの五年の間、叡応さまにひとかたならぬお世話になって参りました」と栄久は言葉を続けた。

「僧侶としてのあれこれはもちろん、仮に還俗したとしてもひとかどの人物となれるよう、読み書きに算術の基本はお教えいただきましたし、三度の飯も一度として足りなんだことはございません」

なにを言い出すとばかり、金吾は叡応と目を見交わした。だが栄久はそれを顧みもせぬまま、

「ついてはわたくしをここまで養って下さった御礼として、銭五百匁、この寺にご寄進いただけませんでしょうか」

と、ひと息に言い放った。

「栄久、おぬし」

「馬鹿な。何を考えているんだ」

叡応と金吾の制止が錯綜する。だが満寿は男二人の狼狽の理由が分からぬ様子で、「銀五百匁……その程度であれば、喜んでご寄進させていただきますが」と、きょとんと眼をしばたたい

た。

「元々、喜三太を京に伴うことになったならば、正覚寺には多額の寄進をと心に決めていたのです。ご住持さえご迷惑でなければ、銀五百匁といわず、十貫でも二十貫でも喜んで喜捨させていただきます」

「いいえ。銀五百匁、それだけがよろしいのです。どうかそれ以上はご無用に願います」

ひと膝詰め寄りながら言葉を重ねる栄久に、満寿はいまだ顔に当惑を浮かべつつも、静かに頤を引いた。

「わかりました。その程度の銀子であれば、明日の朝一番に大森の両替商で振り出してまいりましょう。……もしや栄久どの、その銭は怪我を負った朋友のために入り用なのですか」

無言で首肯した栄久に、満寿は「そうですか」と皺の刻まれた目元を和《なご》ませた。

「本当に……本当に大きくなったのですね。そんなあなたを無理に連れていこうとしたわたくしが愚かでした」

「いいえ、わずかながらも母さまにお目にかかれ、嬉しゅうございました」

手をつかえる栄久に、満寿の眸《ひとみ》がまたしても潤む。しかし満寿は袖口で素早く目元を押さえると、無言で板間から立ち上がった。敷居際で三人に向かって深々と一礼するや、そのまま小走りに境内を過《よ》ぎってゆく。

その小さな後ろ背が石段に消えるや否や、「え――栄久ッ」という叡応の怒号が、庫裏に響き渡った。

「お、おぬしは何を考えておるのじゃ。銭をいただき、間歩を営むなぞ、僧の本分ではないとわしが申していたのを聞いておらなんだのかッ」

「確かに聞いておりました。ですがそれは代官所から銭をいただくかどうかを悩んでおられればこそでしょう。わが母は叡応さまのご意志とは関係なく、ただこの寺に銀五百匁を寄進するのです。ならばその浄財を受け取らぬのもまた、御仏のご慈悲に背く行いではないでしょうか」

あっさりと言ってのけた栄久に、「なに」と叡応が鼻先を弾かれたように息を飲んだ。

なるほど喜捨とはもともと、御仏に仕える僧を通じて庶人が善行を積む行為を指し、その妨害は人々の慈悲行を阻むことにつながる。「いただかれればいいのです」と、栄久はにっこり笑った。

「わたくしがこの寺に入って以来、叡応さまはわたくしに飯を食わせ、学問や行儀をお授けくださいました。いわば母からの寄進は、その謝礼。その一事だけでも、受け取らぬ理由はありますまい」

「さ、されど。ならばいったい誰が、その銭で求めた間歩の山師になるのじゃ。わしが申すのも妙な話じゃが、人は財を前にすれば変わるもの。ましてやこの先、五年十年と間歩を任せるとなると、よほど信の置ける者でなくてはならぬぞ」

確かに間歩からの収入が銀山町の子供たちの手に渡るとなれば、その管理はいやが上にも慎重を期さねばなるまい。

叡応の問いに、栄久は確かに、と考え込む面構えになった。だがやがて、はっと顔を上げ、

「いっそそれであれば」と己の膝を叩いた。

「わたくしが還俗して、山師になります。ならば、叡応さまも安心して間歩を任せてくださいま

しょう？」

「馬鹿をぬかせッ。わしは山師にするために、これまでおぬしの面倒を見てきたわけではないぞ」

読経《どきょう》で鍛えられた叡応の声は、その気になれば障子紙を震わすほどに大きい。金吾と栄久は申し合わせたかのように、身を引いた。

とはいえ金吾は知っている。叡応がこの貧乏な正覚寺をたった一人の弟子たる栄久に託すことに、躊躇《ちゅうちょ》を覚えていたことを。だとすれば、この小坊主の将来が間歩の山師というのも、案外、悪くないではないか。

銀山町の山師はそのほとんどが、海千山千の男たち。そんな中に交じって、たった十一歳の栄久がやってゆけるのかと案じられはするが、彼には小六という頼もしい朋友がいる。身体こそ自在にならぬとはいえ、藤蔵山と五郎左山、二つの間歩で働いてきた彼の助言があれば、案外どうにかなるのではなかろうか。

（それに町内の奴らも、面白がって手助けをするだろうしな――）

「だいたいおぬしがおらねば、この寺に暮らすのはわし一人になってしまうではないか。それが長年の師僧に対する、おぬしの礼儀か」

「いえいえ、ご心配なく。わたくしの銀山町の住まいは、いついかなる時もこの正覚寺しかありません。仮に還俗をしたとて、常の寝起きはここでさせていただきます。境内の掃除も閼伽《あか》の水汲みも、これまで通りわたくしが務めましょう」

「ふん、戯言も休み休み言え」

吐き捨てる叡応にはお構いなしに、栄久はひょいと土間に飛び下りた。竈にかけっぱなしだった粥の鍋の蓋を取り、ああと肩を落とした。

「うっかり火から下ろすのを忘れていたせいで、すっかり粥が煮詰まってしまいました。ところどころ焦げている気もしますが、叡応さま、今日はこれで勘弁してください」

言うが早いか箱膳《はこぜん》を取り出して夕餉の支度を始める栄久に、「こら、待て。話はまだ終わっておらんぞ」と叡応が眉を吊り上げる。

はいはい、とそれを受け流しながら、手早く糠床《ぬかどこ》から漬物を取り出す小坊主の明るい横顔に、金吾はふと『小野篁歌字尽』の一節を思い出していた。

——ひはときに　人はさむらい　やまいはじ　やまはそばだつ　たたずむはまつ
偏や旁が同じ漢字を連ね、それらを記憶しやすいよう歌の形にまとめているだけなのだから、その和歌に確固たる意味がないことは承知している。だが今の金吾には不思議にそれが、栄久の——いや、この町の少年たちについて述べている気がした。

(やまはそばだつ、たたずむはまつ、か——)

険しい仙ノ山を仰いで、生きてきた少年たち。あるいは貧乏な暮らしのただなかに、あるいは母に捨てられた寺暮らしの中にたたずんでいた彼らはいま、それぞれの試練の時を経て、色鮮やかな小松が天に向かって伸びる如く、新たなる道に踏み出そうとしているのだ。

「わしは——わしは認めんぞッ」

「はいはい、承知いたしました。では、後のことは母から銀子《ぎんす》が届いてから、改めてご相談いたしましょう」

芳《かぐわ》しい粥の匂いが、庫裏いっぱいに広がる。温かな湯気の向こうに、丁髷《ちょんまげ》を結い、今よりぐんと背格好が逞しくなった栄久と、相変わらずの禿頭黒衣の叡応が向かい合って粥をすする姿を思い描き、金吾は誰にともなく小さく一つうなずいた。

第六章　いのちの山

　生暖かい春の夜気が、大きく開け放たれた戸口から忍び入って来る。魚の煮びたしを菜《さい》に飯をかきこんでいた金吾は、微《かす》かな梅の香りがそこに混じっているのに気付き、ふと箸《はし》を止めた。

　銀山町大谷筋の徳市の店は、今夜も大勢の掘子で賑《にぎ》わっている。明日は初午《はつうま》だけに、町内の山師の中には配下の掘子を引きつれ、石銀《いしがね》の稲荷社《いなりしゃ》まで一年の山の盛り（盛業）を祈願に行く者も多い。そのため掘子の中にはすでに、明日の振る舞い酒を期待して、嬉《うれ》しげに口元を緩めている者もいた。

　そういえば江戸・雑司《ぞうし》ヶ谷《や》の金吾の生家の近くには、煤《すす》けたような古い稲荷社があった。常日頃はろくな参詣者《さんけいしゃ》もおらぬ古社であったが、初午の日だけはいったいどこからと目を疑うほど大勢が薄暗い路地に詰めかけ、毎年驚かされたものだ。

（そういえば昨年の霜月《しもつき》に届いたおふくろさまからの文に、まだ返事を書いていなかったな）

　遅まきながらそんなことを思い出し、金吾は「そういえば」と首をひねった。

　この数年、老母から金吾の元に便りが届く際には、越後国水原代官所・江戸役所に勤める小出儀十郎からの文が同封されるのが常であった。だが昨冬、母から新品の綿入れとともに送られてきた手紙には、珍しく小出儀十郎からの書簡が添えられていなかった。

何かの手違いが起きただけで、後日、改めて文が届くのかと思ったが、はたと気が付けばもう一月も下旬。指折り数えれば、かつての上役との文のやり取りはかれこれ半年近くも絶えている。

（小出さまの御身に、何事か起きたのだろうか）

金吾がここ石見銀山附御料に中間として赴任し、すでに七年。大森代官・岩田鍬三郎の挙動を見張り、わずかでも失態があればすぐに報告せよとの小出儀十郎の密命は、正直、ほとんど果たせていない。

だが江戸の小出儀十郎は万事恙無《つつが》しとの金吾からの文にはお構いなしに、大森に次々と催促を寄越し、岩田の行状を報告させようとする。しかたなく金吾はこの三年ほどは、御領内で発生した事実だけを感情を交えず報告していたが、小出からすればそれは求めている知らせとあまりに異なっていたのだろう。江戸から送られてくる書簡に孕《はら》まれている苛立ちは、日を追うにつれて増し、文の数も二、三カ月に一度と頻繁になっていた。

そんな小出儀十郎からの文が突如絶えたとは、もしや彼はなかなか使命を果たさぬ金吾に呆《あき》れ返り、自分を見捨てたのか。そう思いついた途端、安堵《あんど》と不安が一度に胸にこみ上げ、金吾はぶるっと身体を震わせた。

小出儀十郎に特段の義理はない。しかしだからといって、自分が岩田鍬三郎をかばい、その失態を糊塗《こと》しているかに取られては、いささか困る。

なにせ小出儀十郎は手弁《てべん》を振り出しに、若くして元締にまで登り詰めた辣腕《らつわん》。全国に数多《あまた》ある代官所の手代たちにもその名はよく知られており、彼の不興を買ったとなれば、大森代官所を辞した後、金吾を雇う代官所は皆無となる恐れもあった。

ただその一方で、彼から見捨てられたとはすなわち、もはや密偵のようにこそこそと代官所の内部に目を配らずともいいということ。つまり小出の不興さえ買わずに、この任を解いてもらえるとすれば、それに勝る好都合はない。

そう思うともはや、こんなところでのんびり飯を食っている場合ではなかった。こうなれば一刻も早く江戸の小出儀十郎に文を送り、岩田代官に非が見当たらない旨を再度弁明せねば。

そう自らに言い聞かせた金吾は、目の前の汁椀《しるわん》の中身をぐいと飲み干した。刹那《せつな》、がしゃんと耳障りな音が店の中央で起こり、「ちょいと、兄い。どうしたんだい」という掘子の惣吉の素《す》っ頓狂《とんきょう》な叫びが続いた。

頭を巡らせれば、藤蔵山の与平次が床几《しょうぎ》に腰かけたまま、双眸《そうぼう》を見開いて己《おのれ》の足元を見つめている。

飯が山盛りになった茶碗を落としたと見え、その眼差しの先には一面、麦まじりの飯が散らばっている。壁際の灯火を映じた飯は、遅い雪にひどくよく似ていた。

店の奥からすっ飛んできたお春が、与平次の足元にさっとひざまずく。散乱した飯と割れた飯碗を手早く拾い集め、

「ここのところ、働き過ぎなんじゃないかい。今日はさっさと帰りなよ」

と奇妙なほど明るい口調で、与平次の背を強く叩《たた》いた。

「そ、そうだよ。最近入った手子《てご》が役立たずなせいで、この数日、兄いは振り回されっぱなしだったからな。それできっと疲れているんだ」

忙しく首をうなずかせ、惣吉が立ち上がる。まだ呆然《ぼうぜん》と足元を凝視したままの与平次の腕を取

るや、そのまま彼をひきずるようにして店を出ていった。

ふと四囲《しい》を見回せば、店の客たちはいずれも中途半端に動きを止め、目の隅で二人をうかがっていた。その癖、与平次たちの足音が夜の奥に消えるや否や、ほっと息をついて顔を見合わせた。

「……気絶《けだえ》だな」

「ああ。与平次の奴、半年ほど前から手の爪が割れ始めていやがった。あれが始まるともういけねえ。今のうちはまだ、手足に力が入らねえだけだろうが、早晩、咳《せき》が始まるだろうぜ」

なんだって、と金吾はその場に立ち上がった。だが掘子たちはそんな金吾には目もくれず、まるでたった今目にしたものを忘れようとするかのように、素早く話頭を転じた。

気絶とは、間歩で働く男たちの大半が罹患《りかん》する病。間歩内の毒気（ガス）や湿気、螺灯《らとう》の油煙、粉塵《ふんじん》などが原因で発症すると考えられており、この病ゆえに銀山町では四十歳まで生きられる男は皆無とすら言われていた。

実際、銀山町を歩き回っても、袖なしにしきまつを下げた掘子衆はほとんどが二十歳前後の若者ばかり。稀《まれ》に初老の男を見かけたとすれば、それは吹屋で働く吹大工《ふきだいく》や灰吹師《はいふきし》、はたまた徳市のように銀山とは関わりを持たぬ商《あきな》いの者だ。

それだけに金吾も頭では、与平次や惣吉といった親しい掘子たちとて、銀山町に根差した宿痾《しゅくあ》と無縁ではないと理解していた。だがいざ与平次の発病を目のあたりにすれば、その覚悟は霞《かすみ》の如《ごと》く消し飛んでしまう。

「お、おい。お春」

さっさと長屋に引き上げようとしていたこともすっかり忘れ、金吾は厨《くりや》に戻りかけたお春の袖を摑んだ。

「なんだい、もう。忙しいんだから、後にしておくれ」

言葉面こそ邪慳《じゃけん》であるが、お春の眼は落ち着きなく左右に揺れている。その動揺になぜかわずかな安堵《あんど》を覚えながら、「与平次はいつから。具合が悪かったんだ」と金吾は声をひそめた。

だがちょうどその時、泥まみれの掘子衆が四、五人、けたたましい足音とともに店に飛び込んできた。周囲の客たちの暗い面持ちを吹き飛ばすけたたましさで、「おおい、酒だ。それにこいつらには飯も出してやってくれ」と喚《わめ》いた。

「はいよ、ちょっと待っておくれ」

愛想よくそれに叫び返し、お春は金吾の手を振り払った。きっと目を尖《とが》らせるや、「裏口で待っておくれ」と早口に囁《ささや》いて、厨に駆け込んだ。

掘子衆はみな、自らもいずれは同じ気絶に冒されると承知している。それだけに仲間の発病は他人事《ひとごと》ではないと同時に、なるべく目を背けていたい事実でもあるのだろう。新しい客の陽気さに救われたとばかり再び騒ぎ始める横顔には、どこか自暴自棄の気配すら漂っている。

巾着《きんちゃく》から銭を取り出して床几に叩き付け、金吾は耳を聾《ろう》するばかりの喧騒《けんそう》をかき分けて店を出た。薄っすらと明かりが洩《も》れる厨の裏口に回り込めば、忘れかけていた梅の香りが再び鼻先に漂ってくる。それを胸いっぱいに吸い込むと、金吾は足元に転がっていた桶《おけ》を伏せて、腰を下ろした。

洩れ聞こえてくる掘子たちの話し声が、かえって夜の深さと梅の香りを際立たせる。気絶か、と金吾は唇だけで呟《つぶや》いた。

話には聞いていたその病を突然目の前に突きつけられ、困惑と恐怖が激しく胸の中でせめぎ合っている。それでも両手で頭を抱えて身を丸めているうちに、どうやら酒の酔いのためにうたたねをしていたらしい。

「ごめんよ、待たせちまって」

聞き慣れた声に顔を上げれば、店の喧騒は嘘《うそ》のように静まり、いささか疲れた面持ちのお春が目の前で襷《たすき》を解いている。先ほどより冷たさを増した風に、ぶるっと金吾は身を震わせた。

「それで、与平次のことだけどさ」

金吾の顔を見ぬままのお春の物言いは、梅の香りに似てどこか硬かった。

「半年ほど前からだろうか。飯や酒が進まない時が増えていたんで、あたしも心配していたんだよ。気絶に罹《かか》る奴らの中には、咳や熱が出始めるずっと前から、驚くぐらい痩《や》せていく例もあるからね」

徳市の店で働く中で、掘子たちの様々な容態を眼にしているのだろう。そう言い切る口ぶりは、冷徹ですらあった。

「さっき、あんたは見ていなかっただろう。与平次はあたしから受け取ろうとした飯碗を、そのままずるりと落としたんだ。あんな風に急に手足に力が入らなくなった奴は、気絶の進みが早いよ。多分、あと半月もしないうちに咳が出て、ろくに敷入《しきいり》もできなくなるだろうね」

そんな、といううめきが口を衝《つ》く。大きく息をついてお春を仰ぎ、「どうにかならないのか」と金吾は問うた。

なにせ与平次は藤蔵山の掘子頭。大谷はおろか銀山六谷の掘子衆の中でも一目《いちもく》置かれている、気立てのいい男だ。そんな彼をみすみす死なせるようなことがあって、いいものか。

気絶が掘子には不可避な病とはいえ、その原因はあまりにはっきりしている。今のうち間歩を離れて養生すれば、命ばかりは助かるのでは。

「山師の藤蔵は、このことを承知なのか」

「さあね。でも多分、まだ知らないいんじゃないのかい。与平次だって雇い主の前じゃ、懸命に病を隠すだろうしさ」

「なんだって。なんて馬鹿な真似をしているんだ」

思わず毒づいた金吾に、お春は雲母《きら》を刷《は》いたように目を底光りさせた。

「馬鹿だって」

「ああ。だって気絶だとはっきり告げて敷入を休めば、それだけ命が延びると分かり切っているのに、与平次はこれから先も無理をして、間歩に入るってわけだろう。畜生、命は一つしかねえのに、なんて愚かをしやがるんだ」

こうなれば自分が藤蔵を訪ね、与平次の病を告げるしかあるまい。そんな決意とともに奥歯を食いしばった金吾に、「馬鹿はそっちだよッ」とお春がいきなり怒声を浴びせ付けた。

その顔は真っ赤に染まり、握り締められた拳がぶるぶると震えている。吊《つ》り上がった目の端が青澄んだ様が、こんな時にもかかわらず美しかった。

「あ――あんたはこの銀山町のことを、まったく分かっちゃいないよッ。掘子衆がなんで命を削ってまで間歩稼ぎを続けているのか、考えたことがあるのかい。鑿《のみ》を一打ちすれば、それだけ銭が手に入る。自分の命がすり減っても、残された家族が長く食っていけると思えばこそ、あいつらは最後まで間歩に入り続けるんだよッ」

三方を山に囲まれた大森町・銀山町は土地が瘦せ、田畑の実りは薄い。そんな地に生まれ落ちた者に、銀山はわずか十年、二十年の労働で何十貫という大枚を与えてくれるのだ、とお春はまくし立てた。

「そりゃあ、掘子衆だって人間だ。知れ切った病が恐ろしく、逃げ出したくなるときもあるだろうよ。けど、あいつらにとって仙ノ山は、自分の命と引き換えに確実な富を与えて下さるありがたい御山。だからこそあいつらは掘子っていう仕事を誇りにして、短い命を生き切るんだよ」

かつて博多の商人・神屋寿禎《かみやじゅてい》は、出雲《いずも》の鷺《さぎ》銅山に銅の買い付けに赴く航海中、石見山中に眩《まばゆ》く輝く仙ノ山を発見し、銀の鉱脈を得たという。

金吾の目には、その腹中に無数の間歩を穿《うが》たれながらも、いまだ細々と銀を生み出す山嶺《さんれい》が不気味と映りこそすれ、光り輝いて見えたことなぞ一度とてない。だがこの地を離れられず、仙ノ山とともに生きねばならぬ掘子たちには、そんな御山がありがたい輝ける山と見えるとは。

「あたしもあんたも、この町じゃあよそ者だ。だから掘子衆の心の隅々まで分かっているとは、あたしだって言いはしないよ。けどだからこそお互い、あいつらへの勝手な推量はかえって無礼ってものじゃないか」

金吾はなにも、蜻蛉《かげろう》の如く決まりきった命を生きる掘子たちを憐《あわ》れみ、与平次を助けようとしているのではない。少なくとも与平次は、金吾がこの地で初めて得た友であった。そんな友人がみすみす病に倒れようとしている今、その命を惜しんで何が悪い。

だがそう抗弁したくとも、お春の言葉が正論であることも頭の片隅ではよく分かっている。どうにもならない苛立ちを抑えかね、金吾は尻にしていた桶を鳴らして立ち上がった。

「ちぇっ、お前がそんなことを言えた義理かよ。だいたい与平次から思いをかけられていると承知しながら、知らぬ顔を決め込んでいる癖に。あいつの生き様をそこまで分かっていると言うなら、一度ぐらい思いを遂げさせてやってもいいいんじゃねえか」

その途端、冷や水でもぶっかけられたかのようにお春の顔から血の気が引く。わなわなと唇までを震わせるその姿に、金吾はすぐさま自らの軽率を悔いた。だが、一度飛び出した言葉はもはや取り返しがつかない。蒼白《そうはく》と変じたお春の顔に怯《おび》えすら感じながら、「そ、そんな顔をするなよ」と、金吾は畳みかけた。

「ただ、与平次がいい奴だってことは、おめえだってよく知っているだろう。これほど長い間、あいつは他の女には目もくれず、おめえだけを好いてきたんだぞ。いい加減、白黒はっきりさせてやってもいいんじゃないか」

快活で掘子としての稼ぎもいい与平次の元には、この六年間に金吾が知るだけでも三件の縁談が持ち込まれていた。そんな与平次が、「俺ァ、まだいいや」と笑ってそれらを一蹴《いっしゅう》してきたのは、ひとえにお春一人を思っていればこそだ。

金吾が見たところ、お春とて決して与平次を悪く思っているふうではない。それにもかかわらず知らぬ顔を決め込むお春への苛立ちが、金吾に思わぬ毒を吐かせていた。

「あ、あたしは——」

そこまで呻《うめ》いて、お春は下唇を嚙《か》みしめた。土を蹴散《けち》らす勢いで踵《きびす》を返すや、開け放たれたままの店の裏口に駆け込む。後ろ手に音を立てて、木戸を閉ざした。

突如、駆け戻ってきたお春に驚いたのだろう。「どうしたい、お春」という徳市の声が、微かに聞こえてくる。応えの代わりに、がしゃがしゃと茶碗のぶつかる音が響いてきたのは、洗い桶に突っ込まれている汚れ物をお春が無言で洗い始めたからに違いない。

金吾は肩を落として、暗い夜空を仰いだ。梅の香りはいつしか絶え、代わって雨の訪れを告げる土臭い臭いが辺りに這い始めていた。

暗澹《あんたん》たる気持ちで長屋に戻ったものの、小出儀十郎に文を送ろうという気持ちは、もはや雲霧消していた。寝酒にと買っておいた濁り酒を三杯も呷《あお》り、寝床にもぐり込んだのがよくなかったのだろう。翌朝、目覚めれば口の中はひどくねばつき、頭が割れそうに痛む。

久しぶりの宿酔に顔をしかめながら長屋を飛び出せば、草履《ぞうり》取りの島次が尻《しり》っ端《ぱし》折《よ》りをして、不慣れな手つきで庭掃除をしている。どうやら金吾がなかなか起き出して来ぬのを見て取り、勝手に交替を名乗り出たらしい。

「おい。何やっているんだ。それは俺の仕事だぞ」

不機嫌に竹箒《たけぼうき》を奪い取った金吾に、島次は気を悪くする様子もなく含み笑った。まだ早朝にもかかわらず、何やら慌ただしげな御広間を顎《あご》で指し、「おい、聞いたか」と声を低めた。

「聞いたとは、なんだ」

金吾のぶっきらぼうな応えに、どことなく嬉しそうに頬を緩め、「つい先ほど、お江戸の勘定所さまから早飛脚がやってきてよ。おかげで地方《じかた》役人さまは朝っぱらから大忙しと来たもんだ」と続けた。

「早飛脚だと。珍しいな」

首をひねった金吾に、ああと島次はうなずいた。

「掃除のふりをして御広間のかたわらまで近づき、お役人衆の取りかわしを立ち聞きしたんだけどよ。なんでも、お江戸で捕縛されたこの地出身の無宿人どもが、近々、大森町に送り届けられるんだと。おかげで急いで寄場《よせば》を作ろうか、はたまた荒地巻き返し（荒地開墾《かいこん》）でもさせようかと、お役人衆は上を下への大騒ぎってわけさ」

「つまり無宿人の人返しか。なるほど、そりゃ大変だ」

頭痛も忘れてうなずいたのは、江戸の町では金吾が生まれる以前から、諸国から集まってきた無宿人の処遇が問題とされているためであった。

無宿人――とは、勘当や軽犯罪、はたまた貧窮《ひんきゅう》の末の離村などによって生地を捨て、人別帳から除かれるに至った浮浪人を指す。ことに今から五十年ほど前に諸国を襲った大飢饉《だいききん》の折には、食い詰めた人々が争って江戸に流入し、結果、押し込み強盗やかっぱらいなど、様々な犯罪を巻き起こした。

無論、幕府や諸藩も見て見ぬふりを決め込んでいたわけではない。凶悪の徒と化した無宿人のうち、再犯の恐れのある者は佐渡国《さどのくに》の金山に送って水替人足《みずかえにんそく》として使役し、更生の可能性がある者は江戸・佃島《つくだじま》に設けた人足寄場に収容し、生計を立てる技を修習させようとした。だが、江戸目指して流れ込む膨大《ぼうだい》な数の無宿者がその程度で収拾がつくわけがなく、歴代の幕閣はその統制に始終頭を痛めていたのであった。

「そういえば確かに江戸で昨冬、無宿人を片端から捕らえ、故郷に送って帰農させろというお触れが出たと、手代さまがたが仰《おっしゃ》っていたなあ。また形ばかりの新令だとばかり聞き流していたが、本当にあれが実施されたわけか」

江戸から隔たった石見国とはいえ、勘定所の直轄支配を受ける大森代官所には、江戸の動向が頻々と聞こえてくる。四年前に老中首座に任ぜられた水野越前守忠邦《みずのえちぜんのかみただくに》は、諸国代官を歴任した勘定方役人を重用し、幕府の財政再建と綱紀粛正《こうきしゅくせい》に邁進《まいしん》している人物。享保《きょうほう》・寛政《かんせい》の政《まつりごと》を手本とし、たび重なる貨幣改鋳《かいちゅう》や奢侈《しゃし》禁令を行わせている良吏《りょうり》が、いよいよ江戸に蔓延《まんえん》する浮浪人の粛清に乗り出したというわけらしい。

とはいえ確たる生業《なりわい》を持たず、好き勝手に江戸の市中を跋扈《ばっこ》していた彼らが、無理やり故郷に戻されるや、清く正しい生活を送り始めるとは考え難い。彼らを監視し、職を与え、場合によっては寄場を設けて収容・監視せねばならぬのだから、御広間の役人衆が狼狽《うろた》え騒ぐのも当たり前であった。

「それにしても、そんなに大勢の無宿が送られてくるのかよ」

「いいや、どうやら合わせて八人らしい。とはいえ無宿者が来るってだけで、町の奴らはさぞ不安がるだろうな」

江戸のような都会ですら、無宿者は不逞《ふてい》の悪徒同然に恐れられていたのだ。それが人の出入りの少ない大森町ともなれば、女子供のいる家はさぞ震え上がるに違いない。

江戸・佃島の人足寄場は、石川島《いしかわじま》・佃島間にあった葭原《よしはら》湿原を埋め立てて作られたもので、収容された無宿者のうち手に職がある者はそれに専念させ、そうでない者には土木作業や農作業の指導が行われた。その上で、心がけを改め、仕事に精を出していると認められた者は順次、出島を許され、江戸での商いを希望する者には店を、故郷で百姓になろうとする者には土地を与えるという手厚い支援まで加えられていると聞く。

だとすれば江戸の幕閣は、今回、無宿人が送還される諸国に対しても、人足寄場同様の改心策を取るよう期待しているのだろう。さりながら日々多忙な大森代官所が、たった八人の無宿者のためにわざわざ寄場を設け、改心帰農の準備を行うとは思い難い。ならば佐渡国金山に送られた無宿者同様、この地に戻ってくる無宿たちもまた、銀山で働かされるのではあるまいか。

そんな金吾の推測を裏付けるように、この日の午後、代官の岩田鍬三郎は突然、大森・銀山両町の町役人と主立った間歩の山師たちを代官所に召集。昨十一月に江戸で布告された「旧里帰郷《きゅうりききごう》令《れい》」に基づき、来月半ばにもこの地出身の八人の無宿人が送還されること、またその後、諸国無宿人十数名も合わせて大森に送られてくることが決まっており、彼らを御直山《おじきやま》五カ山で柄山負《がらやまおい》として使役する旨が伝えられた。

計二十人以上の無宿者がやってくるという事実に、町役人と山師たちは動揺を露《あら》わにした。すると岩田代官は相変わらずどこか眠たげな眼で彼らを見回し、「案じることはない」と断言した。

「無宿どもの挙動はすべて御直山に在番する役人衆が監視する。寝起きは四ツ留役所脇に長屋を新造し、すべてそちらで行わせよう。ただ同じ無宿者とはいえ、最初に送られてくる八名は、元はと言えばこの地の男たち……。ことによっては親類が身柄を引き受け、再び帳付けされることもあるやもしれぬ。皆それを心にかけ、無宿人とはいえ分け隔てなく接してやるのだぞ」

そもそも無宿人とは、戸籍である人別帳から名を削られ、浮浪の身となった者を指す。その身柄が故郷に戻り、なおかつ親類縁者の者が身元引受を承知すれば当然、再び人別に名が載り、晴れて無宿の汚名を雪《そそ》ぎも出来るわけだ。

つまり岩田鍬三郎は、この地の出身である無宿者を差別せず、町の住人同様に受け入れてやれというつもりだったのだろう。しかし残念ながらこの地の人々は江戸の者とは異なり、無宿者になぞ慣れていない。その夜、一日の勤めを終えた金吾が徳市の店に足を向ければ、すでに掘子たちは間もなくやって来る無宿者の噂に花を咲かせていた。

「本当に無宿が無害なら、自分山で働かせたっていいわけだ。それを御直山で雇い入れるばかりか、お役人衆の目の行き届く場所に暮らさせるってことは、お代官さまもそこまでせねばならぬほど危ない奴らだと分かっていらっしゃるってわけじゃないか」

ぶつぶつ言いながら茶碗酒を呷《あお》っているのは、確か御直山の一つ、龍源寺間歩で働いている掘子であった。

「ああ、まったくだ。なにせ間歩の中には、山槌《やまつち》や中石《なかいし》などその気になれば得物になりそうな道具がごろごろあるからなあ。無宿どもが結託して逃亡でも企《たくら》んだら、どうしてくれるんだろうな」

同じ間歩で働くと思《おぼ》しき髭面《ひげづら》の掘子が、己の言葉に怖気《おじけ》づいた様子で首をすくめる。

普段であればこんな時は、与平次が無闇に騒ぐ掘子たちを一喝しただろう。だがどれだけ辺りを探しても、店内にその魁偉《かいい》な姿はない。それればかりか与平次の弟分である惣吉までもが、今日はまだ顔を出していないようだ。

それほど与平次の具合は悪いのかと尋ねたいものの、お春は昨夜の口喧嘩《くちげんか》をまだ根に持っているのか、金吾が声をかけても露骨に知らぬ面を決め込む。代わって、徳市が済まなそうな顔で運んできた折敷を受け取り、金吾は周囲のざわめきに耳を塞《ふさ》ぎたい思いで飯をかきこみ始めた。

「それにしても、諸国無宿の十数人ってのはともかく、銀山附御料出身の無宿八人ってのは、いったいどこのどいつなんだ。間歩で働けるほどなんだから、そんな年寄りじゃなかろうに」

酒の酔いに顔を赤くした掘子の何気ない呟きに、ぐるりの男たちが一斉に「おお、そうだ」と応じた。

「この地の暮らしを嫌って、行方を晦《くら》ます野郎は、毎年必ず幾人かいるけどよ。お江戸で無宿になるほどの悪党には、皆目心当たりがねえや。俺の知ってる奴が含まれていたりすると、お互い気づまりだなあ」

そんな相槌《あいづち》に、最初に文句を言い出した龍源寺間歩の掘子がちらりと目を光らせた。実はよ、と声を低めて、ぐるりの男たちを見回した。

「そこまで言うなら教えてやるけどよ。実は龍源寺間歩で働く俺たちは、この御料出身の無宿の名を山師から教えてもらっているんだ。ただうちの間歩じゃあいにく誰一人、こいつらを知ってる奴がいなくてな。もしかしたらおめえらの中には、誰か昔馴染《むかしなじ》みがいるんじゃねえか」

共に働く無宿について、少しでも知っておきたいのだろう。山師から口止めをされているであろうに、男は全くためらう素振りを見せず、ゆっくりと指を折りはじめた。

「とはいえ、出身や年までは聞いちゃいないんだがな。名前は友兵衛《ともべえ》に豪介《ごうすけ》、次郎太《じろうた》、竹市《たけいち》、猪助《いのすけ》、金三《きんぞう》に才次郎《さいじろう》、それに峰松《みねまつ》とかいったはずだ」

「た、竹市だって」

「なに、金三が」

固唾《かたず》を呑んで男の口元を見つめていた掘子衆の間から、次々と驚きの声が上がる。だがまるでそれらをかき消すかのように、次の瞬間、何かが崩れ落ちるに似た轟音《ごうおん》が店に響き渡った。

なにせ荒くれ者の掘子たちが出入りするだけに、この店では茶碗が叩き割られたり湯呑が宙を飛ぶのは珍しくない。その程度では眉ひとつ動かさぬ男たちが驚くほどの物音に振り返れば、皿や酒器を納めた壁際の棚にお春が背をもたせかけている。

お春の身体を受け止めた際、棚から落ちたのだろう。その足元には割れた大小の器や土瓶が小山を築いている。しかしお春はそれには目もくれず、「い、今、なんて言ったんだい」と掘子に駆け寄った。

その目は吊り上がり、頬の一点がひくひくと震えている。いつもからりと明るいお春とは思えぬ形相に、詰め寄られた掘子ばかりか四囲の男たちまでがぽかんと口を開けた。

「無宿の奴らの名だよ。友兵衛に豪介、それからなんて言ったんだい」

「あ、ああ。友兵衛に豪介、次郎太、竹市、猪助、金三に才次郎、それに峰松だ」

お春の肩が目に見えて上下した。濃い色の紅《べに》を刷《は》いた唇が、みねまつ、とその音を確かめるように小さく動いた。

「どうしたんだい、お春。もしかして、おめえのいい奴でも中にいたのかよ」

掘子の一人が、軽口を投げる。お春はそんな言葉はついぞ耳に届いていない様子で踵を返すと、そのまま厨へとよろめき入った。一瞬の間を置いて、堰《せき》を切るような泣き声が厨の中で上がり、次いで徳市が狼狽《ろうばい》しきった顔で飛び出してきた。

棚から落ちた酒器と虚を突かれた掘子衆を見比べ、首にかけた手ぬぐいを取って両手で揉《も》みしだく。ひくひくと喉仏を蠢《うごめ》かせた末、「す、すまねえが、お春の具合が悪いようだ」と早口に言った。

「今日はもう帰らせるから、飯や酒が要る奴は自分で厨まで取りに来てくれ。よろしく頼むぞ」

「なんだ、そりゃあ。お春はさっき、峰松とか呟いたな。あいつ、その野郎のことを知っているわけかよ」

それなら話を聞かせろとばかり、髭面《ひげづら》の掘子が口を尖《とが》らせる。だが徳市はそれには応じぬまま、

「本当に悪いが、俺に免じて許してやってくれ」と半白の頭をぺこぺこと下げた。

徳市の言葉に重なってがらりと音がしたのは、厨の勝手口からお春が飛び出して行ったために違いない。

金吾は咄嗟《とっさ》に床几から立ち上がった。だが昨夜のお春の怒声が耳の底に甦《よみがえ》り、どうにもそれ以上足が動かない。そのままへなへなと床几に座り込み、金吾は両手で頭を抱えた。

（そういうことか――）

お春は元々、上方からこの銀山町に流れてきた女。親類縁者の全くおらぬこの町に、なぜ一人留まり続けているのか、この店の客誰もが内心訝《いぶか》しんでいた。

だが、これで分かった。お春が銀山町にやって来たのは、峰松なる男の行方《ゆくえ》を探し求めてだったのだ。与平次の思慕を無視し、口さがない掘子衆から淫売《いんばい》と陰口を叩《たた》かれてもそ知らぬ顔を貫いていたのも、その男に対する思いあればこそに違いない。金吾はがしがしと後ろ首を掻《か》いた。

去る者は日々に疎《うと》しの言葉もあるように、人は長い歳月の間には目の前におらぬ人物を忘れ、日々を共に過ごす相手に心を寄せるようになるものだ。与平次の気絶が明らかになった今、もし

かすればお春も彼の境遇にほだされ、思いを受け入れたかもしれぬのに。その矢先に思い人が戻ってくるとは、なんという間の悪さか。

しかも、それで峰松がまともな男であればまだいい。だが人別を離れ、不逞の輩《やから》として暮らしていた彼が博徒同然の人物だったとすれば、そんな奴に長年の恋慕を踏みにじられる与平次があまりに気の毒でならない。

掘子たちはすでにお春のことなぞ忘れ、竹市や金三といった古馴染みの話題に花を咲かせている。好奇に弾むその声が、今はひどく疎ましかった。

翌朝、まだ暗いうちに身支度を整えて長屋を出ると、金吾は箒を手に役所の掃除を始めた。

代官所勤務の役人のうち、銀山方役人は大森町内に累代の屋敷を有しているが、地方役人はみな代官所正面の向陣屋内の役宅に寝起きしている。やがて一人、また一人と眠たげな顔で出仕してきた地方役人たちが、霜柱の跡の残る地面を掃く金吾に、「精が出るな」とねぎらいの言葉を次々にかけた。

「いいえ、皆さまこそ朝早くからご苦労さまです。それにしてもお江戸から無宿人がやって来るとなると、これから何かと慌ただしくなりますなあ」

わざと愛想よく応じた金吾に、ほとんどの役人は「ああ、まったくだ」とうなずくだけで縁側を歩み去る。だが中には「本当に、困ったものだよなあ」と嘆息して、金吾相手に愚痴をこぼす役人もいた。

そんな彼らから少しずつ聞き取ったところによれば、銀山附御料出身の八人の無宿者のうち、銀山・大森両町の出は竹市・金三の二人のみ。残る六人は領内諸村の出身という。

「それぞれの親類にはすでに、奴らが戻される旨を伝えたのだがな。どいつもこいつも、もはやあいつは人別帳から外した奴だとぬかし、身元を引き受ける気はさらさらなさそうなのだ」

「峰松なる男の身内も、やはり同様なのですか」

金吾のさりげない問いに、書役を務める地方役人は一瞬考え込む顔になってから、「ああ、行《ゆき》恒《つね》村の出の奴か」と縁側についた片膝を平手で打った。

「確かそ奴は異母兄との仲が悪く、かれこれ十年も昔に大喧嘩の果てに家を飛び出したとかでな。兄ははっきりとは申さなんだが、どうやらその折、銭まで盗み取っていったようだ」

地方役人は周囲を窺い、それよりもな、と声をひそめた。

「他の無宿どもなぞ、どうでもいい。一番の厄介は、後地《うしろじ》村の出の豪介という奴なのだ。年こそまだ三十前だが、江戸浅草のやくざ者に可愛がられ、賽子博奕《さいころばくち》の貸元を任されていたほどの不逞者らしい。まったく、そんな男が我らの命をおとなしく聞くものかなあ」

人が無宿となるには様々な事情があり、峰松の如く親兄弟との不仲が原因で家を飛び出す者もいれば、奉公先を追い出されて路頭に迷った哀れな流浪者もいる。当然、その後の身すぎ世すぎも人それぞれで、日銭仕事に精を出して真面目に生きる無宿、博徒として悪行の限りを尽くす無宿など、数え上げればきりがない。

あのお春が思いを寄せているのだ。峰松なる男は豪介の如き破落戸《ならずもの》ではあるまいが、それでも生家から銭を盗んで逐電したとの事実は引っかかる。いっそ大森までの道中、豪介なる男ともども逃げ出して行方知れずになってくれればいいのにという物騒な思いが、金吾の胸を過《よ》ぎった。

「無宿どもが当地に着くのは、来月の末。それまでに奴らの長屋を拵え、万一の逃亡に備えて四ツ留番所のぐるりに柵《さく》も作らねばならん。やれやれ、忙しくなるなあ」

ぼやきながら御広間に向かう書役を見送って、金吾は足元に集めた枯葉を芥入れ代わりの叺《かます》に移した。あとひと月か、とひとりごちてううんと腰を伸ばせば、小者《こもの》を従えた藤田幸蔵がせかせかと御門をくぐって来るのが遠目に望まれた。あわててその場にひざまずいた金吾の前でわざわざ足を止め、「朝早くからご苦労だな」とぶっきらぼうな声を投げた。

「は、はい。畏れ入ります」

まるで峰松について探っていることを見透かされたようで、金吾は身を強張《こわば》らせた。だが幸蔵はその場にたたずんだまま、「おぬしが大森代官所に来て、何年になる」と続け、背後に従っていた小者を目顔で先に行かせた。

「はい。七年になります」

「なるほど、そうか。もうそんなになるか」

あの藤田幸蔵が、自分相手にただの世間話をするとは思い難い。金吾は地面に落とした目をさまよわせた。

「それであれば、さぞ江戸の町が懐かしかろう。そういえば来月、江戸無宿どもを石見に連れてくる押送役《おうそう》は小出儀十郎どのとやら仰る普請役とか。つい先日までどこぞの元締手代をお務めだったと仄聞《そくぶん》する御仁ゆえ、おぬしも顔見知りではないか」

え、と顔を上げた金吾を、幸蔵はいつもの感情の読めぬ面で見下ろした。「小出儀十郎どのだ」と嚙《か》んで含める口調で、繰り返した。

「長年、あちらこちらの代官所で手代や元締手代として勤めた末、昨秋、普請役に取りたてられた御仁らしいな。やれやれ、わたしもいずれはあやかりたいものだ」

珍しい藤田幸蔵の軽口が、かえって不気味である。小さくわななき始めた身体を抑え込むように、金吾は地面についた手を拳に変えた。

勘定所の下僚《かりょう》である普請役は、三十俵三人扶持《ぶち》の御家人。代官所の見習いである手弁《てべん》から始めて、書役、手代、元締と出世を重ねてきた者たちが、最後に目指す職務である。

ただあの小出が普請役に取りたてられていたとは、金吾はついぞ知らなかった。昨秋とはすなわち、小出儀十郎からの文が絶えた頃。つまり儀十郎は元締手代職を離れたことで、もはや岩田鍬三郎の身辺を探る必要を失ったのか。

(――いや)

それは妙だ。明言こそされていないが、儀十郎が金吾を密偵に選んだ背後には黒幕がいるはず。かれこれ六年あまりも続けられてきた内偵が、そう簡単に消えてなくなるわけがない。

それであればむしろ小出儀十郎は、もはや金吾には任せておれぬと思い定め、無宿人たちの送還を好機とばかり、自ら大森に乗り込もうとしていると考えた方が得心できる。

そんな、と叫び出したい思いを堪え、金吾は震える声を絞り出した。

「お、お懐かしいお名前でございます。かれこれ十年も昔になりましょうか。わたくしが働いていました越後国水原代官所江戸役所での上役でいらしたのが、小出さまでございました。こんな西国でお目にかかれるとは、嬉しゅうございます」

「それはよかったな。なんでも小出さまは押送を済まされた後、銀山町の視察を兼ね、半月ほど当地にご逗留《とうりゅう》なさるらしい。古馴染みであるおぬしがいれば、さぞ話相手にうってつけだろう。一度、お宿にお訪ねするとよかろう」

は、はい、とたまりかねて平伏すれば、幸蔵の視線が背中に真っすぐに突き立てられているのが分かる。だが今の金吾には幸蔵の眼差しよりも、突然の儀十郎の下向の方がはるかに恐ろしくてならなかった。

文を送って下向の理由を尋ねようにも、小出に率いられた一行はとうに江戸を発っているだろう。加えて、そのわけを早く知りたいと思うと同時に、儀十郎からこの七年間をどう咎《とが》められるかと想像とすると、それだけで背中に粟粒《あわつぶ》が立つ。

自分が悪いわけではない。どれだけ目を配っても、これといった瑕瑾《かきん》が見つけられない岩田鍬三郎が悪いのだ。しかしそんな抗弁を、果たして小出は聞き入れてくれるだろうか。

（畜生――）

これでは手代への取り立てはおろか、次の代官所勤務の口が見つかるかも怪しい。金吾は両手で頭を掻きむしったが、そんな懊悩《おうのう》とは裏腹に、月が改まり、吹く風が暖かさを増すにつれて、大森・銀山両町は間もなく戻って来る無宿人の話題で持ち切りとなった。

御直山の者はともかく、無宿者らと共に働かぬと決まっている自分山の掘子や大森町の衆からすれば、彼らの帰山は珍獣の訪れに近いものがあるのだろう。柵や長屋の成った御直山を、わざわざ見物に行く酔狂者も珍しくない。

一方でお春は無宿者八人の名が告げられたあの日から、徳市の店を休み続けている。このため掘子たちはどうやらお春が峰松とやらいう輩と関わりがありそうだと察しつつも、酒が入る都度、子供じみた明るさで噂話《うわさ》を続けていた。

「押送されてくる八人のうちの一人、竹市の妹は昆布山谷の吹屋でユリ女として働いていたらしいな。兄の帰郷の知らせに困り果て、今更、顔を合わせたくないと、浜田のお城下に大急ぎで奉公に出たらしいぞ」

「おお、その話なら俺も聞いたぞ。一方で下河原にいる金三の親兄弟は、すでに縁を切った赤の他人じゃと開き直ることにしたそうな。いずれにしても無宿となるような男と関わりを持っちまうと、後々まで大変だよな」

徳市の店ではこれまで、給仕の一切はお春の勤めであった。そのお春がおらぬとあって、このところ徳市は広い額に大汗をかき、まさに八面六臂《はちめんろっぴ》の働きぶりを見せている。ただそれでも一人で店を切り盛りするには限度があるのだろう。気短な掘子の中には、いつまで待っても酒や飯が出て来ないのに焦れ、舌打ちをして店を出ていく者も珍しくなかった。

またお春の欠勤と合わせて、与平次はおろか惣吉までもがぱったりと徳市の店に姿を見せず、どれだけ耳を澄ましてもその消息すら聞こえてこない。その事実は小出の来訪に塞ぐ金吾の胸を、ますます重く淀《よど》ませた。

間歩稼ぎの掘子からすれば、気絶による若死には知れ切った末路。それだけに病を得た者についてはその詳細を問わぬのが、どうやらこの町の慣わしらしい。だが金吾にはそれが、あまりに冷淡と映ってならなかった。

与平次が働く藤蔵山は、大谷筋。掘子衆に場所を問い、訪ねていく手立てもある。さりながらもしかしたら与平次は、病み衰えた姿を自分に見られることを嫌がるかもしれない。そう思うともはや命数の定まった彼にどう接するのが正しいのか、金吾はいまだに決めかねていた。

（お春が店に働きに出ていれば、相談をもちかけることも出来るってのにな）

与平次もお春も惣吉までもが、山間《やまあい》に立つ霞《かすみ》の如く、ふいと姿を消してしまった。

正覚寺の叡応は昨夏、庫裏《くり》の一間を学問所に改めた。現在は二十人の手習い子への教授に奔走《ほんそう》し、たまに金吾が訪ねても尻を落ち着ける素振りすら見せない。小六は毎日、杖をつきつき石銀の平助山に出かけては、師儒の反対を押し切って還俗した栄久ともども、慣れぬ山師稼業に忙しい。

まるでこの七年間に慣れ親しんだ銀山町そのものが、冷ややかな横顔を見せ始めたかのようだ。昼夜の別のない飯屋の喧騒に身を置きながらも、金吾は自分の四囲に高い壁が巡らされているにも似た孤独を覚えていた。

こればかりは以前と変わらぬ店内の騒がしさがかえってぽっかりとした寂しさを際立たせる。砂を噛む思いで飯を食い、さて帰るかと床几から腰を浮かせると、徳市が厨からひょいと顔を出した。

「このまましばらく、待っててくれねえかい」

長い間この店に通ってきたが、寡黙な徳市から話しかけられたことは片手の数ほどしかない。目をしばたたいた金吾に、「お春のことで、ちいと話があるんだ」と徳市は声を低めた。

「それはかまわねえけど、なんで俺なんだ」

金吾がそう問うたとき、何があったのか、店の端にたむろしていた男たちが一斉に歓声を上げた。おおい、さっき頼んだ酒はまだかよ、という声がそこに混じって響いた。

「あと一刻で、あいつらは次の番（勤務時刻）のために店を出る。すまねえが、話はその後だ」

と言い置き、徳市は足早に厨に引っ込んだ。

その言葉通り、掘子たちはやがて二人、三人と肩を叩き合いながら立ち上がり、下河原の方角から山入を告げる鉦《かね》が聞こえてくる頃には、店内に残るのはほんの数人となった。

「ああ、やれやれ。一人で店を回すのがこんなに大変だったとは、すっかり忘れちまっていたなあ」

碗や湯呑が乱雑に散らばったままの床几に腰を下ろし、徳市は首にかけた手拭いで顔を拭った。

「これでもお春が来る以前は、わしだけで切り盛りしていたんだ。それがこの十年、すっかりあいつに甘えちまっていたんだな。自分でも情けない限りだ」

「そのお春は、最近どうしているんだ」

金吾に問われ、徳市は白い眉を困ったように寄せた。

「ああ、それが下河原の長屋で朝晩、泣き暮らしていてな。まったくどうすりゃいいのか見当がつかん。わしなんぞは、恋しい男にようやく会えるのだから、喜べばいいじゃねえかと思うんだが、女心ってのは複雑なものだなあ」

恋しい男、と呟いた金吾に、徳市は小さく首肯した。

「あんたも気付いているんだろう。今度、銀山町に戻されてくる峰松って野郎だ。お春は上方のお店に奉公していた十年前、その峰松と末を誓い合ったんだと。それがひょんなことから仲を裂かれちまったために、お春は峰松に会える手立てはないかと勘案して、この銀山町に流れてきたんだ」

居残りを続けている客の耳を憚《はばか》りながら、徳市がぽつりぽつりと話したところによれば、お春はもともと大坂・船場《せんば》の油屋の奉公人。峰松はそこに出入りする船問屋で、日雇いの船子として働いていたという。

「お春がいた油屋は、躾《しつけ》が厳しく、その上、それはそれは口やかましい女中頭が幅を利かせていたらしくってな。十六の秋から奉公に出たお春は、事あるごとに愚図だのろまだと罵《ののし》られ、よく店裏《たなうら》の川岸で泣いていたんだと」

およそ今日のお春からは信じられねえけどさ、と徳市は翳《かげ》りのある笑いを浮かべた。

川端でそんなお春と行き違い、その泣き顔に驚いて声をかけてきた峰松は、ひどく優しい男であった。なけなしの銭をはたいて団子を買ってくれたり、時にはお春の涙ながらの愚痴に四半刻《しはんとき》あまりも耳を傾けてくれたという。そんな二人がやがて互いに恋心を抱き、末は一緒になろうと誓い合うまで、さして時間はかからなかった。

「ところがそんな最中だ。かねてお春をいじめていた女中頭が、店の裏口で睦《むつ》まじげに語り合うお春と峰松を見て、密通だと騒ぎ立てたらしい」

女中頭からすれば、気に入らない小娘を脅かしてやろうとしただけで、本当に騒ぎにするつもりはなかったのだろう。だがまだ若い二人は、突然、辺りに響き渡った女中頭の「密通だよッ」という叫びに仰天した。

厳格な商家では奉公人の色恋沙汰をふしだらと捉えるため、ただの逢引ですら、露見すれば厳しい叱責を受ける。その相手が他店の奉公人の場合、その奉公先に苦情が持ち込まれることも頻繁であった。

「女中頭は驚いて逃げ出そうとした二人の前に立ちはだかり、更に密通だ密通だと喚き続けたらしい。それをつい突きのけたのが、自分か峰松か、それはよく覚えてねえとお春は言っていたな。とにかく気が付いた時には、女中頭は真っ暗な土佐堀《とさぼり》川に落っこちて、水しぶきを上げて足掻《あが》いていたんだと」

その瞬間、お春の脳裏に、峰松を逃がさねばとの思いが閃《ひらめ》いた。自分は油屋のれっきとした奉公人。女中頭を助け、店の主《あるじ》夫妻にすべてを打ち明ければ、厳しく叱られはしても、表立って罪に問われはせぬだろう。

「だが一方で、峰松はどうだ。日雇いの船子が表店の奉公人にちょっかいをかけ、こんな騒ぎまで起こしたとすれば、明日から来なくていいと船問屋に突き離されるのは当然。下手をすりゃあ、とんだ恥をかかせやがってと、船子仲間から腕の一本も折られるかもしれない。そう思ったお春は逃げてと峰松に叫び、自分はそのまま堀に飛び込んで、女中頭を助けにかかったらしい」

お春の思惑通り、店の主はお春と女中頭双方に暇を出すことで、この一件を内々に済ませた。だがそれ以降、どれだけ界隈《かいわい》を探しても峰松の行方は分からなくなった。近隣の船子たちは、峰松は江戸に向かう廻船《かいせん》に乗り込んだとも、反対に西国行きの船に乗っていたとも、いや違う、陸路で京に向かったらしいともお春に告げたが、どれが正しいのかは結局、分からずじまいであった。

「並の女なら、そこですぐ諦めたんだろう。けどお春はやっぱり昔から、芯《しん》が強かったんだな。生まれ故郷と聞いていた石見銀山附御料に行けば会えるかもしれないと腹を決め、こうしてこの町に住みついたってわけよ」

「まったく、無茶な話だな」

舌打ちをした金吾に、徳市はほろ苦く笑った。

「けど十年もの歳月がかかったとはいえ、本当に峰松は帰ってきやがると決まった。お春の目論《もくろ》みも、満更外れちゃいなかったってわけだ」

二人の関わりを告げられれば、なるほどお春の態度も理解できる。お春は峰松の帰郷に驚いたのではなく、自分が奉公を擲《なげう》ってまで庇《かば》った彼が、無頼の徒同然の無宿人として捕縛され、押送される事実に動揺したのだ。

こんなことになると分かっていたなら十年前、あんな騒ぎは起こさなかった。長年、行方知れずだった男の十年間がお春を苦しめ、店にも出てくることが出来ぬほどに泣き悶《もだ》えさせているのだ。

「そこで、だ」

徳市はここからがようやく本題だと言わんばかりに、居住まいを正した。

「峰松はお春が自分を待っているなぞ、夢にも考えちゃいないだろう。聞けばお江戸から連れて来られる無宿たちは、龍源寺間歩の近くの長屋に寝起きし、御直山への往き来にも大層な護送が付くとか。そうなるとお春が峰松の元に忍んで行って言葉を交わすってのも、ちょっと無理そうだ。だからといって龍源寺間歩の掘子に使い番を頼み、妙な噂を立てられても適《かな》わねえ」

嫌な予感に身を引いた金吾を追いかけるように、徳市はぐいと身体を乗り出した。

「あんたはお春とも仲がいい。それに何といっても、代官所の下役だ。並の奴らが相手なら嘘と疑われかねねえ話も、あんたが伝えてくれれば、峰松も信じてくれるんじゃねえか」

金吾は低くうめいて、腕を組んだ。

江戸から護送される無宿者は、大森に到着次第、代官所で岩田鍬三郎の検分を受ける。その後の龍源寺間歩横の長屋への押送はもちろん、翌日から始まるであろう間歩働きの最中でも、金吾であればなるほど峰松に接触することは容易《たやす》い。

だがそうでなくともこちらは、小出儀十郎の下向に頭を痛めている最中である。いくらお春のためとはいえ、見咎められればまず叱責は免れぬ頼まれごとなぞ、引き受ける暇があるものか。

無理だ、と言いかけた口を封じるように、徳市は顔の前で両手を合わせた。

「頼む。あんたより他、頼める人がいねえんだ。与平次の心残りを少しでも減らすと思って、引き受けちゃくれねえか」

「与平次だって」

なぜここでその名が出てくる。眉を寄せた金吾に、「昨日のことだ」と、徳市は続けた。

「まだ夜が明けきらねえうちに、与平次がこっそり店を訪ねて来てよ。ずいぶん咳が増えていたが、それでも足取りはまだまだしっかりしていたぞ。あえて聞かなかったが、あの様子じゃあ、藤蔵山でまだ敷入を続けているんじゃねえか」

無言になった金吾にそう前置きしてから、徳市は一つ咳払いをした。

「ただそうはいってても与平次の奴、自分の定命を指折り数えて、身の回りの始末を始めているんだろうな。この数年で溜まっていた店のつけを、きれいさっぱり支払って行きやがった」

徳市とて長年、この銀山町で商売をしているのだ。掘子が一人また一人と姿を消してゆくことには慣れていよう。とはいえそれでもいざ死病を前にした客と向き合えば、やはり冷静ではいられぬのか、まるで支払われた銭がまだそこに乗っているかのように、右の掌《てのひら》をもう一方の手で強く握った。

「あいつは早くに身寄りを亡くし、一人所帯。亡くなった後の家の始末は、惣吉に頼んであるんだとほざきやがってな。そのあまりの手はずのよさに、わしはつい、お春のことはどうするんだと聞いちまったんだ」

するとと与平次は寂しげに目を伏せ、「しかたがねえだろうが」と呟いたという。

——そりゃあ俺だって、お春と所帯を持ちたかったけどよ。あいつの心の中には昔も今もずっと、古い男が引っ掛かってやがる。しかも町の噂じゃ、今度江戸から戻されてくる無宿人の中に、その男がいるんだろ。だったらそいつとの幸せを願ってやるのが、男ってものじゃねえか。

「……本当に与平次はそう言ったのか」

金吾の震え声に、徳市はもう一度手拭いで顔を拭ってうなずいた。

「与平次はそういう奴だ。おめえだって知っているだろう」

ああ、その通りだ。金吾とて、与平次の直向《ひたむき》さを承知していればこそ、出自も境涯も違うにもかかわらず、この七年間、彼を友の如く思い続けてきたのだ。

だがそうは分かっていても、己の死を前にしてもなお、恋しい女の幸せを願い続けるその優しさがあまりに哀れでならない。人とは己の命数が限られていればこそかえって欲を出し、これが最後とばかり足掻《あが》くものなのではあるまいか。

喉《のど》から洩れた、畜生、という呻きは、自分でも驚くほど弱々しい。潤みかかる双眸を拳で拭い、金吾は煤《すす》けた天井を仰いだ。

これが他の男であれば、口先ばかり恰好《かっこう》つけやがってと思うが、なにせ相手はあの与平次だ。長らくお春を思い続けてきた彼が、峰松の帰郷を前に――そして自らの死を前に、何を願うかなぞ、疑うべくもない。

「ああ、もう。しかたがねえな」

肩で息をついて吐き捨てた金吾に、徳市は「すまねえな」と眉尻を少しだけ下げた。

「ああ、まったくだ。今度、酒の一合も奢《おご》ってくれよ。とはいえ俺が出来るのは、この町でお春がおめえを待っていると峰松に伝えるぐらいだ。それで奴が知らぬ顔を決め込みやがったとしても、それ以上は何ともしようがねえ」

「分かってら。そうなれば、峰松とやらはそれだけの野郎だったって話だ。お春だって諦めるしかなかろうよ」

歳月は確実に人を変える。かつての峰松がどれだけ優しい男だったとしても、その後の十年間の流浪が彼の気性を大きく撓《たわ》めていても不思議ではない。

こうなれば峰松のろくでもなさがさっさと露呈した方が、いっそありがたいようにも思われる。そうなれば傷心のお春は与平次を頼り、与平次もまた残された短い日々を愛する女とともに過ごし得るではないか。

いったんそう考えると、無宿者一行と小出儀十郎の到着が恐ろしいような待ち遠しいような複雑な気分になってくる。徳市の店を辞して坂を下りながら、金吾は東の方角を睨みつけた。

「おおい、来たぞ、来たぞ。無宿人たちだ」

大森の町に喧騒が弾《はじ》けたのは、代官所から望む山々に山桜が咲き始めた二月の終わり。岩田鍬三郎から山師たちに無宿人押送が告げられた日から、ちょうどひと月が経っていた。

大森代官所へはすでに幾度となく先触れが送られ、一行のおおまかな到着日が告げられていた。だがそんなことはつゆ知らぬ大森の人々は、忘れかけていた彼らの到着に浮足立ち、中にはわっと叫んで往来へと飛び出す者もいた。

「まったく、騒がしいな」

藤田幸蔵なぞは御広間の縁先であからさまに眉をひそめたが、考えてみれば町の騒ぎも仕方がない。なにせ銀山附御料においては、男たちが数珠つなぎにされて押送される姿なぞ、目にしたことがある者は皆無に近い。ましてやそれが遠い江戸から送られてきた輩ともなれば、人々の立ち騒ぎも当然であった。

すでに代官所内の白洲《しらす》には蓆《むしろ》が敷き詰められ、襷《たすき》をかけ、袴《はかま》の股立《ももだ》ちを取った銀山方役人が六尺棒を手に門の内側に厳めしく立ち並んでいる。

「よし、門を開けろ」

幸蔵の下知にうなずいた金吾が閂《かんぬき》を抜くや、手附《てつけ》が二人がかりで代官所の門を開ける。門の外に築かれた人垣がぱっと二つに割れ、その間を騎馬の役人に先導された男たちが重たげな足取りで進んできた。

後ろ手に縛られ、縄でひとつなぎにされた彼らは年齢も風体もばらばらで、まくり上げられた袖の下に刺青《いれずみ》をのぞかせた男もいれば、ぼろぼろの木綿の単《ひとえ》をかろうじてまとっただけの者も交じっている。野次馬の好奇の眼差しに怯え顔で身をすくめる三十男、半白の髪をざんばらに乱し、瞬《まばた》きもせずに代官所の門内を凝視する老人……疲労に顔をどす黒く変えた彼らの姿に後じさった金吾のすぐ目の前を、葦《あし》毛《げ》の馬が尾を揺らして通り過ぎた。はっと顔を上げたその先では、陣笠にぶっさき羽織姿の痩《そう》身《しん》の中年男が、一重の眼を細めてこちらを見下ろしている。

「小出さま――」

金吾の声には応じぬまま、小出儀十郎は冷徹に無宿人たちを顧みた。もともと細身の男であったがこの七年の間にますます肉が落ち、袖口から伸びた手首の骨のふくらみが妙にくっきりと目立っていた。

「ええい、なにをぐすぐずしておる。さっさと歩かんか」

そう一喝するや、小出は金吾なぞ視界に入っていないかのようにそのまま馬を進めた。駆け寄ってきた銀山方役人に轡《くつわ》を取らせて馬から降りるや、そのままずかずかと代官所へと入っていった。

咄嗟にその後を追いそうになりながらも、金吾が踏みとどまったのは、「おおい、金吾。こちらを手伝ってくれ。門を閉めるに閉められねえんだ」という島次の声に背を打たれたためだ。

顧みれば、見物の衆はいまや長屋門を塞ぎ、わいわいと騒ぎながらこちらを覗きこんでいる。金吾はあわててその前に立ちふさがり、島次と二人、左右から門を閉めにかかった。

その間に銀山方組頭の河野長兵衛が、無宿人をつないだ縄尻を押送の役人から受け取る。そのままお白洲に引き立てられていく男たちに金吾は目を走らせた。

彼らの年齢はばらばらで、まだ二十歳そこそこと見える若者から七十をとっくに越しただろう翁《おきな》まで交じっている。いったいどいつが峰松だ、と門をかけ終わった金吾が目を凝らしたとき、もっとも年嵩《としかさ》の老人が小石に蹴《け》つまずいてつんのめった。その背後を歩いていた三十がらみの男が、つられてたたらを踏む。男は途端に丸い目を険しく吊り上げ、「まっすぐ歩けよ、糞《くそ》じじい」と老人の背を強く蹴った。

「ここまでの道中もさんざん俺たちに迷惑をかけてきた癖に、最後の最後で今度は何をしやがる。まったく、てめえなんざ富士《ふじ》か天竜《てんりゅう》の渡しで、川に流されてくたばっちまえばよかったんだ」

「こら、何をしているッ」

銀山方役人がばらばらと駆け寄り、男を引き離す。それと同時に二人の前を歩いていた三十がらみの男が、老人を助け起こした。押送方役人たちが「また、豪介か」と口々に呟いて、銀山方役人を振り返った。

「ご用心めされよ。そ奴には我々も、道中ひどく手を焼かされましたからなあ」

「他の無宿人どもはともかく、豪介だけは首に縄をかけておいた方がよろしゅうござるぞ」

「ああ、なるほど。こ奴が浅草の博徒だったという輩か」

納得顔の河野長兵衛に、押送方役人の一人が「さようでございます」と応じて、後ろ手に引き据えられた豪介を苦々しげに見下ろした。

「途中の泊まり泊まりでも、我らの目を盗んで幾度となく逃げ出そうとした厄介者《やっかいもの》でございます。御領内でも、どうぞご用心なされよ」

「それはご心配いただき、ありがとうございます。されどこ奴らの身柄は、昼間は仙ノ山深くの御直山の底、夜は四ツ留番屋から眼と鼻の先の長屋に押し込められることになっておりますからな。いかに猛々《たけだけ》しい輩でも、おいそれとは逃亡を謀《はか》れはしますまい」

「なるほど、それであればひと安心でございますなあ」

はははと笑う役人たちに、豪介は「何がおかしいッ」と怒鳴《どな》り立てた。その手足はひょろ長く、いささか広すぎる額とあいまって、どこか蜘蛛《くも》を思わせる。そのくせ、まるで燻《いぶ》したかのようにどすが利いた声が、気性の荒々しさを如実に物語っていた。

「畜生、見ていやがれ。いまにほえ面かかせてやるからな」

喚き続ける豪介にはお構いなしに、河野長兵衛は銀山方役人に「連れてゆけ」と顎をしゃくった。白洲の方角にその姿が消えるのを見送ってから、まだ藺笠《いがさ》をかぶったままの押送方役人を顧みた。

「いやはや。あのような奴をこの石見まで連れて来るのは、さぞかし気苦労が絶えなんだでしょう。ささやかではございますが、今宵は宴席を設けてございます。鄙《ひな》びた地ではございますが、ゆるりとお寛《くつろ》ぎくだされ」

「おお、それはありがたい」

江戸から石見国までは、約二十日の道程。ましてや豪介のようなならず者の押送を終え、ようやく肩の荷を下ろした気分なのだろう。押送方役人たちは今夜の酒を期待した様子で、日焼けした顔を嬉しげにほころばせた。

「金吾、金吾。みなの衆を向陣屋にご案内しろ」

大森代官所の向かいには、地方役人の役宅や馬場、更に臨時の宿舎に用いる長屋などを擁《よう》した向陣屋が建てられている。すでに今日のために長屋を掃除し、寝具の類も運び込ませているだけに、河野長兵衛の声に金吾は「は、はい。ただいま」と応じて立ち上がった。代官所のくぐり戸を開け、すでに野次馬たちが散っていることを確かめてから、押送方役人たちを導いて、小川にかかる板橋を渡った。

ここまでの道中、よほど気を張って日々を過ごしていたのだろう。長屋に案内されるなり、役人たちは金吾が漱《すす》ぎの水を運ぶ間もなく草鞋《わらじ》を脱ぎ、我がちに畳の上に仰向けに横たわった。

「ああ、それにしても疲れたなあ。だがこれでまた三日もすれば、今度は江戸への帰路に就かねばならんのだから、たまったものではないわい」

「とはいえ、無事にお役目が終わったのはなによりだ。豪介には手を焼かされたが、一方で峰松みたいな奴がいてくれたのだから、助かったと言わねばなあ」

漱ぎの水を井戸端に捨てていた金吾は、峰松の名に、身動きを止めた。盥《たらい》を片付けるふりをして長屋の門口に這い寄った耳を、「そうだなあ。もし峰松がいなけりゃあ、無宿人どもの幾人かは豪介に煽《あお》られて、共に逃げ出そうとしていたかもしれんな」という声が叩いた。

「峰松は先ほどもあの猪助の爺さんを支えて、お白洲に向かっていったしな。無宿人どもに銀山暮らしは厳しかろうが、あんな奴が一人いれば、お互い励まし合って、なんとか手に職を付けられるかもしれん」

倒れた老人を助け起こした男の横顔が、脳裏に明滅する。あいつか、と金吾は唇だけで呟いた。そうしながら我知らず首をひねってしまったのは、先ほど目にした男の容姿が、あまりに平凡に過ぎたからだ。

身体つきは中肉中背。太い眉と団子鼻が少々際立ってはいたが、徳市の店ですれ違ったとしても、ほんの瞬きほどの間にその事実すら忘れ果ててしまいそうなほど、凡庸な外見であった。贔《ひい》眉目《きめ》を差し引いたとしても、男ぶりは与平次の方がはるかに立ち勝っている。

金吾は役人たちのやりとりに、更に耳を澄ませた。だが彼らの会話はすぐに、前夜泊まった赤《あか》名《な》宿の狭苦しさの文句に移り、そのままこれまでの道中への不平不満に取って代わった。

これ以上聞き耳を立てても、しかたがない。足音を殺して代官所に取って返せば、折しも無宿人たちが縄でつながれたまま、お白洲から引き出されるところであった。

先ほどとは異なることには、屈強な男たちが五、六名、銀山方役人とともにその前後を固めている。これから無宿者と同輩となる御直山の掘子が、引率かたがたやって来たらしい。

「畜生、放せ。放しやがれッ」

相変わらず吠《ほ》えたてる豪介の前では、先ほどの老爺が背後にちらちらと怯えた目を向けている。その更に前方、唇を真一文字に引き結んだ峰松の横顔に、金吾は目を据えた。

左の目尻にぽつりと穿たれた黒子《ほくろ》が、年に似付かわしからぬ愛嬌《あいきょう》を滲《にじ》ませているが、それ以外は改めて眺めまわしても、長年思い続ける価値がある男とは思い難い。こんな目立たぬ奴のために、与平次は長年の恋慕を諦めて死んでいくのか。そう思った瞬間、これまで考えぬようにしてきた与平次の死の実感が、どっと全身を襲う。金吾は傍らの松の木によろよろと背中をもたせかけた。

お春の存在を峰松に告げ知らせるだけならば、簡単だ。無宿者たちが今しも通ろうとしているくぐり戸を押さえるふりで、彼の耳元でその旨を囁いてやればいい。だがそう頭の隅で考えながらも、双の足はその場に縫い付けられたように動かない。

「おい、金吾」

頭を転じれば、藤田幸蔵がつかつかとこちらに近付いてくる。奥の間を顎で指し、「お代官さまがお呼びだ」とぶっきらぼうに告げた。

「わたしを……ですか」

嫌な予感を抱いて問い返した金吾に、「ああ、そうだ。さっさとしろ」と幸蔵は斬《き》って捨てるような口ぶりで言い放った。

もともと誰に対しても権高《けんだか》な男だが、今日はまた特に虫の居所が悪いと見え、そのこめかみには太い青筋が浮いている。

かしこまりました、と低頭して、金吾は御広間脇の庭を回り込んだ。そのまま代官所の裏手を巡り、いつぞや叡応と訪れた岩田の自室へと庭伝いに向かえば、ぼそぼそと低い声が行く手から聞こえてくる。

金吾の足音に気付いたのだろう。話し声がぴたりと止み、「おお金吾。来たか」と言いながら、肩衣《かたぎぬ》に袴をつけたままの岩田が縁側に姿を現した。

「いま、小出どのから色々と話をうかがってのう。おぬしが江戸で小出どのと同じ代官所で働いたことがあるとは知らなんだわい」

にっこりと笑う岩田の肩越しに、まっすぐに膝を揃えた小出の陰鬱《いんうつ》な顔がある。息を呑んだ金吾にはお構いなしに、「さあさあ。来い」と岩田は大きく手招きをした。

「金吾が大森に来てから、すでに七年。お互い、懐かしい話もあろうでなあ」

「それはお気遣い賜り、恐縮でございます」

深々と岩田に頭を下げると、小出は傍らに置いていた柄袋をかけたままの大小を摑んで立ちあがった。沓脱《くつぬぎ》に置かれていた草履を突っかけ、「せっかくのお気遣いだ。庭を拝見するゆえ、ついて来い」と言って、金吾に先だって歩き始めた。

手代・手附の役宅と御銀蔵に挟まれているだけに、庭といっても代官所のそれは、小さな池と形ばかりの築山《つきやま》が拵えられただけの狭さである。それでも春先だけあって、足元にはぽつりぽつりと菫《すみれ》が咲き、濃い草の匂いが鼻を衝《つ》く。

小出は池にかかる石橋を無言で渡ると、岩田の自室をうかがうように睨みつけた。あわてて片膝をついた金吾を見おろし、「——得体の知れぬ御仁だな」と吐き捨てた。

「お白洲で無宿者どもを引き渡した後、茶を進ぜましょうと奥の間に誘われてな。人払いをするや突然、金吾なる中間を知っておいでか、と言われたぞ。金吾、おぬし、いったいどういう次第でわしの名を岩田どのに告げたのだ」

「いえ、わたしが告げたわけではありません。ただ、元締手代さまが——」

小出儀十郎と知り合いだろう、と藤田幸蔵から問われた旨を告げると、儀十郎は忌々《いまいま》しげに鼻を鳴らした。まったく、煮ても焼いても食えぬ男とはああいう奴を言うのだろうな、と悪態をついて、足元の小石を強く蹴った。

「おぬしからの役に立たぬ文に焦れ、これまで大坂銀座や浜田のお城下に幾度か人を遣わし、大森の様子を探らせたのだ。だがそ奴らも岩田鍬三郎の執政には皆目遺漏がないと告げてきたし、実際、江戸表にもこれといった瑕瑾は伝わって来なんだ」

食えぬ男だ、と儀十郎はもう一度繰り返した。

「同じ代官所に七年も勤めていれば、失態の一つや二つ、否応《いやおう》なしに出てくるものだ。長雨に野《の》分《わき》、飢饉《ききん》……当人の努力ではどうにもならぬ天災もあろうに、悉《ことごと》くそれがあの男には当たらぬとはな」

違う。岩田鍬三郎とて、天災と無縁だったわけではない。ただ銀山附御料を流行《はや》り病が襲った折、彼は自ら医薬を買い求め、江戸表の指示に先立って賑恤《しんじゅつ》を行った。なに一つ失態がないかに映るその治世の裏には、余人には見えぬ努力が隠れているのだ。

とはいえそんなことを口に出せば、小出儀十郎は金吾を裏切り者と呼び、烈火の如く怒るに違いない。金吾はただただ、地面に額をこすりつけた。

「だがな、金吾。もはや岩田の失態を待つだけのいとまはなくなった。今はどんな濡《ぬ》れ衣《ぎぬ》を着せてでも、あの御仁を追い落とさねばならぬのだ」

「それはまた、何ゆえでございます」

この七年、粘り強くその執政を見張らせ続けてきたものを、突如やり口を変えるとは、よほどの事情があるとしか思えない。問い返した金吾を無視して、「いいか」と儀十郎は言葉を続けた。双眸が油を流したような光を湛《たた》えて、ぎらりと光った。

「岩田が過ちを犯さぬのであれば、こちらからそれを起こさせるまでだ。よいな、これからはわしの手足として、ひと働きしてもらうぞ」

いったい何が起きているのだ。金吾は唇を噛みしめた。

小出を――小出の黒幕たる何者かをこれほどに焦らせる何かが、一刻も早く岩田を追い落とさねばならない事情がどこかで生じている。だからこそ小出はこうして大森くんだりまで下向してきたのだろうが、その理由が金吾には皆目分からない。静かと信じ込んでいた池の面が急に逆巻き、自分に襲いかかってきたような恐怖が、金吾の胸を鷲摑みにした。

「ですが、わたしは大森代官所の中間です。いくらかつての上役でいらっしゃるとはいえ、小出さまのご下命に従って働いたりすれば、代官所の衆から怪しまれましょう」

金吾の懸命の抗弁に、「大丈夫だ」と儀十郎は首を横に振った。

「先ほどの岩田どのの態度を見ただろう。わしがおぬしを懐かしがり、頼りにしているとなれば、岩田どのはおぬしを使うことを公然とお許し下さるだろうよ」

なるほど、確かに儀十郎の言葉は正しいかもしれない。だがそれは果たして、岩田の好意によるものなのか。

少なくとも藤田幸蔵はかねて、金吾が大森に来た理由を訝《いぶか》しんでいる。そしてわざわざ小出儀十郎の来山を知らせてきたことから察するに、幸蔵は金吾と小出にともに胡乱《うろん》な目を向けているはずだ。

（だとすれば、岩田さまはすでに俺を——）

抑え切れぬ震えが、金吾の全身を襲った。小出は岩田を食えない男だと評したが、その笑顔の裏にひそむ老獪《ろうかい》さは自分の方がよく承知している。

間違いない。岩田は小出と金吾の関係を察した上で、自分たちをあえて泳がせようとしている。すでに自分たちは、大きな投網の中を泳がされているのだ。

なんてことだ。ほんの少し前まで、金吾はこのまま小出の下命から解き放たれるのではと楽観していたのに。それがまるで正反対に、再度その手先として使われることになろうとは。

「案ずるな、金吾。岩田どのを追い落とす策は、ここまでの道中で一分の隙《すき》もないほどに練り上げてある。おぬしはただ、それに従いさえすればいいのだ」

いつしかからからに乾いていた唇を、金吾は小さく舐《な》めた。

「そ、それは如何なる策でございますか」

だが小出は「まあ、見ていろ」と薄い笑みを浮かべると、築山の向こうに見える役宅の屋根を目で指した。

「実を申さば、すでに種は蒔《ま》かれておる。後はそれがいつ芽を出すか、ゆるゆると眺めておればいいだけだ。その日が来れば、おぬしもすぐ、ああこれが言われていた出来事だなと気付くだろう」

押送方役人たちは数日の休息を経てすぐに江戸に戻るが、小出だけは半月ほどの間、大森に逗《とう》留《りゅう》する。つまり岩田代官を追い落とすに足るだけの騒動が持ち上がるまで、そんなに時間はかからぬというわけか。

とはいえ今ここでそれを聞きほじれば、小出は自分に疑念の目を向けよう。金吾はまたも地面に額をこすりつけた。ぐいと眉間に食い込んだ小石が、まるで自分を責め立てているかのようであった。

「承知いたしました。ではその時が来るまで、これまで通りに勤めを続けていればよろしいのですね」

「ああ。そうだ。ただし私が仕込んだ騒ぎが起きたときには、大森の町や銀山町を走り回り、岩田どのの悪口を吹聴してもらわねばなるまいがな」

よほど己の策に自信があるのか、小出はふふっと肩を揺らして笑った。

小出は大森の地理に昏《くら》い。それゆえ自ら立ち回って、岩田代官に陥穽《かんせい》を巡らすとは考え難い。また押送方役人が間もなく帰路に就くことを思えば、彼らがその手足となって働くわけでもないのだろう。

だとすれば、その騒ぎとはいったい誰が起こすのだ。小出と別れ、震える足を励まして御広間脇の土間に戻りながらも、金吾の脳裏は激しい戸惑いと疑念によって占められていた。

大森代官所では宴が開かれる折は、金吾や島次の如き中間にも酒肴《しゅこう》が振る舞われる定めである。夕刻を迎え、閉め切られた障子の向こうから聞こえてくる宴のざわめきをぼんやり聞きながら、金吾は土間に敷かれた蓆《むしろ》に膝を揃え、湯吞に満たされた酒に唇をつけた。

代官自らが催す宴の席だけに、酒はおよそ徳市の店で飲むものとは比べものにならぬほど香り高く、肴《さかな》も切れ端ではあるが蒲鉾《かまぼこ》に煮しめ、豆の甘煮と、勝手賄人《まかないにん》が腕によりをかけた品ばかりである。

だが御広間で岩田代官と席を連ねている小出儀十郎の存在を思うと、滅多にありつけぬ馳走《ちそう》を前にしても心は弾まない。いっそ目の前の障子を押し開き、小出の大森下向の真意をぶちまけることが出来たなら、どれだけ楽になるだろう。だがそんな真似をしても、金吾のような中間の言葉が聞き入れられるとは思い難いし、下手をすれば慮外者《りょがいもの》との咎《とが》めのもと、首と胴が離れかねない。つまりは小出の言う通り、おとなしくその騒ぎとやらを待つしかないのだ。

かたわらの島次の怪訝《けげん》な表情には目もくれず、金吾は折敷に載せられた肴を片端から口に押し込んだ。湯吞の中身をがばと干してから、両膝を叩いて立ち上がった。

「どうやら、風邪を引いたみたいだ。ぶるぶる震えが来らあ。済まないが、今日は先に休ませてもらうぞ」

「おいおい。まだこんなに酒が残っているんだぞ」

蔕端に置いていた徳利を持ち上げた島次に、金吾は首を横に振った。

「俺はいらねえや。残りはおめえが飲んでくれ。余ったら、長屋に持ち帰って寝酒にすればいいだろう」

「本当にいいんだな。後で文句を言うなよ」

金吾が夜ごと銀山町の飯屋に通っていると知るだけに、島次の念押しは執拗《しつよう》だった。ああ、とそれに首肯し、金吾はもう一度、固く閉め切られた障子戸に目をやった。

今ごろ小出はあの肉の乏しい手に盃を取りながら、傍らの岩田代官の吠《ほ》え面を思って、内心、ほくそ笑んでいるのだろう。そして岩田は——彼の腹心である藤田幸蔵は、そんな小出を何食わぬ顔でもてなしながら、その一挙手一投足に探る目を向けているに違いない。

この七年、彼らの間で右往左往し続けた自分がひどく無力で、情けないものと思えてならなかった。

金吾は岩田鍬三郎に、なんの恩もありはしない。だが長らくこの地に留まっていたせいか、人目に立たぬ苦労と共にこの銀山附御料を治め続けてきた彼を憎めもしない。

いっそ小出儀十郎の如く、一片の疑いもなく岩田の追い落としに邁進できればどれだけ楽だろう。長屋の薄い布団を頭からひっかぶり、「どうすりゃいいんだ」と金吾はうめいた。

岩田のもてなしがよほど行き届いていたのか、翌朝、勝手賄人を手伝って、向陣屋に朝餉を届けに行けば、押送方役人たちはいずれもひどく上機嫌であった。

「あのようなお代官さまにお仕え出来るとは、おぬしたちは幸せ者だなあ」

そう笑う彼らに、はあと曖昧《あいまい》な返事をしていると、傍らから他の一人が「そういえば、本日は銀山町の視察をすることになっているが」と口をはさんできた。

「代官所の元締手代が昨夜、その際にはぜひ中間の金吾を伴いなされと仰ったぞ。おぬし、聞いているか」

えっと声を上げた金吾に、他の役人衆が思い出したとばかり膝を打った。

「おお、そうじゃった。なんでもおぬしは銀山町に足繁く出入りし、かの地で働く掘子どもとも親しいそうじゃな。元締手代も褒めておったぞ」

彼らによれば、藤田幸蔵は宴の席で、「我ら地方役人がご同行申し上げるより、銀山町に通じた者がお供した方が、何かとお役に立てましょう」と告げたという。

「見て回らねばならぬ先は、八人の無宿人どもを配した龍源寺間歩。それと今後、残る無宿人たちを働かせることになる他の御直山だ。我らはこの地には不案内ゆえ、よろしく頼むぞ」

金吾が否やを言う暇もない。押送方役人たちは機嫌のいい顔で金吾の肩を叩くや、「さあ、飯だ飯だ」と昨夜の酒の疲れも見せずに、膳の飯を掻きこみ始めた。

「あ、あの。本日の巡見には、小出さまもお越しなのですか」

「いや、あのお方はお出ましにはならん。なにせ小出さまは我らとは異なり、今後も当地にご逗留だからな。また日を改めて、ゆるゆると領内を巡られるのだろうよ」

そう聞いただけで、強張っていた肩から力が抜ける。額ににじんだ汗を、金吾は拳で素早く拭った。

大谷筋の龍源寺間歩は、正徳五年（一七一五）に開削された御直山。その運営は現在、兵一《へいいち》と徳三郎《とくさぶろう》という二人の山師に委託されており、坑道修繕や新しい鉱脈の探索のみが公費で賄われている。

とはいえ江戸からの無宿人を働かせるとあっては、代官所もそ知らぬ顔をしがたいのだろう。押送方役人を案内して訪れれば、普段、二、三名が詰めるばかりの四ツ留番所は銀山方役人で満ち、土間にまで役人たちが溢れている。そのいずれもが袴の股立ちを取り、白襷をかけた大仰さに、金吾は目を丸くした。

折しも遠くで、掘子の交替を告げる鉦が鳴る。それと同時に銀山方役人の一人が番所横に建てられた真新しい長屋の戸口を片端から開け、「みな、出ませいッ」と怒鳴った。

昨夜のうちに、敷入に必要な道具類を与えられていたらしく、顔に不安を滲ませながら歩み出てきた無宿人たちは、みな袖なしに足半《あしなか》を履き、腰に螺灯《らとう》を下げている。あの豪介までもがきょろきょろと落ち着かなげに四囲を見回す姿に、押送方役人の間から失笑が起きた。

「案外よく似合っているではないか」

「もともとこの地の男だ。それも当然だろう」

その一方で峰松はといえば、かたわらの猪助の肘を支えながら、まっすぐ正面を見つめている。

龍源寺間歩のぐるりに巡らされた竹垣の外にはいつしか、十名ほどの男女が張りつき、物見高い目を無宿人たちに注いでいる。だがそれとなく辺りを探しても、その中にお春の姿はない。代わって、「兄さん――」と小さな呻きが野次馬の狭間《はざま》から洩れ、人垣がぱっと二つに割れた。

四十前後と思しき中年女の眼差しの果てでは、彼女と似た年頃の無宿人が愕然と目を見開いている。一歩後じさった彼にすがりつくように、女はひしと両手で竹垣を握りしめ、声を放って泣き始めた。

きっとあの女は生き別れていた兄を直向《ひたむき》に信じればこそ、余所目《よそめ》も憚《はばか》らずに間歩までやってきたのだろう。だが、人とは待ち望んでいたものへの期待が大きければ大きいほど、いざそれを目の前にした時、怯えを抱かずにはいられぬものだ。

お春の胸裏にはきっと今、峰松がかつてと変わってしまっているのではないかという恐怖と期待の嵐が吹き荒れているのだろう。だからこそ彼の戻りを知りつつも、あの女の如く、間歩に足を運ぶことは出来ぬのだ。

「さあ、行くぞ」

という銀山方役人の促しに最初に従ったのは、中年女から兄と呼ばれた男であった。垣の向こうのすすり泣きに唇を嚙みしめる彼の後に、残る無宿人がぞろぞろと従う。

四ツ留に控えていた掘子が彼らの列に近付き、それぞれの腕を摑んで歩き出す。無宿人たちが間歩稼ぎに慣れるまでは、手練《てだれ》の掘子が傍らに付き、柄山負の仕事の逐一を教える手筈と見えた。

「柄山負とは、銀山町では本来、子供が務める仕事だと聞いているが」

押送方役人の一人の問いかけに、金吾はうなずいた。

「はい。この町の間歩では、十二、三歳の力のある男児が、多く柄山負として働いております。袋に入れた鏈《くさり》を運び出すという、間歩内にさして詳しくなくとも果たし得る仕事ゆえです」

代官所は今後、無宿人たちの中で間歩稼ぎに通じた者が現れれば、彼らを随時、掘子に取り立てる腹だろう。なにせ柄山負の給銀は一番あたり二分だが、掘子として稼げるようになればその収入は一番銀二匁と跳ね上がる。

人が流浪し、悪事に手を染めるのは、日々の暮らしに窮すればこそ。そういう意味では無理やり故郷に連れ戻された彼らを一定の稼ぎが約束された間歩に放り込むのは、もっとも手っ取り早い更生の手段かもしれない。

代官所直営の御直山とはいえ、幅わずかに三尺（約九十センチメートル）、高さ六尺（約百八十センチメートル）にも及ばぬ間歩内は、役人とて踏み込めぬ異界である。無宿人たちがすべて掘子に導かれて敷入すると、銀山方役人たちはほっと息をついて四ツ留番所に戻っていった。

押送方役人はその後もしばらくの間、番所の入り口から間歩の内部を覗きこんだり、そここに積み上げられた鏈入りの袋を眺めていた。やがて飽きた面持ちで金吾を顧み、「もういい。次の間歩に行くぞ」と告げた。

「無宿人たちが勤めを終えるまでは、お待ちになられませんか」

「交替の時刻まで、二刻半もあるのだろう。だいたい分かったゆえ、構わぬわい」

金吾がかつて、与平次から聞いたところによれば、初めて敷入した者がまず驚くのは、日の光が皆目差し入らぬ間歩内の暗さらしい。各人が螺灯を有しているとはいえ、その明かりは辛《かろ》うじて手許を照らすのみで、そのか細さがかえって深い山底の暗さを際立たせるという。そのあまりの恐怖に、突如、悲鳴を上げる者すらいることに加え、鏈を運ぶ柄山負は力仕事。無宿人たちは当分、一日の勤めを終えた後は、立ち上がることも出来ぬ疲労に見舞われるはずだ。

（峰松はともかく、あの爺さんは果たして身が保つかなあ）

金吾の懸念に違《たが》わず、それから四日後に代官所にもたらされたのは、無宿人の中でももっとも年嵩である猪助が腰を痛め、柄山負の勤めには到底耐えられぬとの山師の報告であった。

「やむを得ん。では手入に勤め替えをさせよ」

岩田鍬三郎は銀山方役人を通じてそう命じた。しかし切り出された鏈を間歩の底で袋に詰める手入は、確かに間歩稼ぎの中では軽作業だが、それでもやはり老人に適した仕事とは言い難い。このため勤め替えを果たしたところで、あまり物の用に立たぬのだろう。それから二、三日も経たぬうちに、徳市の店を訪れる龍源寺間歩の掘子たちは、口々に猪助についてぼやくようになった。

「まったく、えらく真面目な爺さんでよ。周囲が無理をするなと言っても懸命に働くんだが、なにせ手が遅くてなあ。見ているこっちがいらいらしちまう」

彼らによれば、無宿人たちは当初、全員がまったく使い物にならなかった。だがそれでも日が経つにつれて少しずつ仕事を覚え、中にはすでに掘子の手伝いまでこなす者すらもいるという。

「やっぱり、一番役に立つのは豪介だな。力はあるし、覚えもいいや。手子や若い柄山負たちの中にゃ、豪介の兄いと呼び始めた奴らまでいるぐらいだぜ」

「ああ、本当にあいつは役に立つよな。この間なんぞ、俺の手子があろうことか間歩の中で迷いやがってよ。それを龍源寺に来てほんの数日の豪介が、すぐに見つけ出しやがったんだぜ」

豪介が江戸では博徒だったことは、銀山町ではもはや周知の事実。さりながらいったんその働きぶりに好意を持つと、生まれた時から仙ノ山のみを仰いで生きてきたこの地の者たちには、そんな過去すら眩《まぶ》しいものと映るのだろう。無宿人が大森に到着したあの日、猪助を足蹴にした豪介の姿を見ていないこともあってか、銀山町における豪介の評判は上々であった。

それとなく耳を澄ませば、豪介は龍源寺間歩に入れられてからはかつての粗暴が嘘の如く仕事に励み、銀山方役人からも目をかけられているという。この分では遠からず、掘子に取り立てられるだろうと噂する者も幾人もいた。

「おい、金吾。先だって頼んだ話は、いったいどうなった」

野太い声に飛び上がれば、徳市が厨から顔だけを突き出して、こちらを睨んでいる。四囲の掘子からの怪訝な目に首をすくめながら、「もう少し待ってくれ」と金吾は怒鳴り返した。

「もう少しってのは、幾日先なんだ。このままじゃあ、おいらの方が先に音を上げちまうぞ。おめえだってうちの飯が食えなくなったら、困るだろう」

「うるさい。こちらにだって都合があるんだ。必ず約束は果たすから、もう少し待ってくれ」

とはいえ実際のところ、金吾のような中間が職務として御直山に出向く機会は多くない。ならば夜陰に紛《まぎ》れて彼らの長屋に向かえばいいはずだが、龍源寺間歩のぐるりには無宿人の逃亡を防ぐための垣が巡らされ、おいそれと近づくこともままならない。

代官所や銀山町の噂を信じれば、峰松は相変わらず猪助を庇《かば》い、一日の勤めを終えた後は足の悪い猪助を背負って、切場から長屋まで連れ帰っているらしい。その働きぶりは豪介のように目立ちこそせぬが実直で、周囲からも着実に信頼を得ているようだ。

与平次の病の具合は分からないが、お春と峰松を一日でも早く引き合わせることが、彼の心残りを減らすはずだ。だが頭ではそう理解しながらも、金吾はどうしてもそれを実行に移すことができなかった。お春と峰松が再会し、与平次の願いが果たされることで、気絶がいっそう激しく彼の身を蝕《むしば》むような不安すら覚えていた。

小出儀十郎は押送方役人が江戸に戻った後は、代官所の客間から向陣屋に宿を移し、数日おきに領内を巡察している。供をしろとも、世間話の相手をしろとも命じられはせぬが、その静けさがかえって恐ろしかった。

九日、十日と日が過ぎても、小出はこれといった動きを見せない。本当に彼は岩田を追い落とそうとしているのか、もしや甲斐甲斐しく文を送らなかった自分を戒めるためにあのような脅しを口にしただけでは、とすら金吾が考え始めた、その矢先である。

「た、大変で——大変でございますッ」

ある早朝、まだ曙光も射さぬ代官所の門をそう喚き立てながら叩いたのは、龍源寺間歩四ツ留番所の不寝番《ふしんばん》を務める銀山方役人であった。

「い、一大事でございます。何卒、何卒、門をお開けくださいッ」

時ならぬ絶叫に飛び起きた島次がくぐり戸を開ければ、真っ暗な道を銀山町から駆けてきたのだろう。その袴の紐は解け、乱れた髪が蒼ざめた頰に振りかかっている。

静まり返っていた役宅や手代長屋に次々と灯が点り、地方役人たちが取るものもとりあえずという身ごしらえで飛び出してきた。

そんな中で、袴を着し、常と変わらぬ茫洋《ぼうよう》とした顔で広縁に姿を現した岩田鍬三郎に、銀山方役人は両手を振り回すようにして這い寄った。

「無宿人どもが、無宿人どもが逃亡してございますッ」

なんだと、というどよめきが、地方役人の間から湧きおこる。銀山方役人はそれに背中を押されたかのように、石畳に額をこすりつけた。

「番所に詰めておりました我らの迂闊《うかつ》でございますッ」

「逃亡したのは、全員か。いったいどの隙をついて逃げ出しよった」

藤田幸蔵が裸足《はだし》のまま銀山方役人に駆け寄り、その乱れた襟元を怒号とともに両手で摑んだ。滅多に冷静さを失わぬ頬は強張り、唇の端が細かく波打っていた。

「ぜ、全員でございます。されど如何なる手立てを用いたのか、とんと分からぬのです」

言葉にならぬうめきが、代官所の広縁を揺らす。その中にあって岩田の表情だけが、毛一筋ほどの動揺も見せてはいなかった。

「昨夜、無宿人どもは全員、暮れ六つ（午後六時）までの勤めでございました。その後は飯を食らい、それぞれ長屋に戻ったはずが、先ほど夜番の者が検めたところ、一人残らず姿が見当たらなんだのです」

一帯を囲む垣に、破れはない。だがなにせ間歩の内外には、足場として用いる材木や梯子《はしご》が幾らでも置かれている。それらを用いて龍源寺間歩を抜け出したことは充分考えられる、と銀山方役人は早口で語った。

「すでに各番所には使いを出し、すべての者の出入りを差し止めております。つきましては岩田さま、町内探索のお下知を――」

銀山町は広い。如何に八カ所の番所の警備を固めても、仙ノ山を取り巻く山伝いに逃げることは容易なはずだ。

これから先、無宿人たちが捕まろうが逃げ果せようが、江戸から送られてきた彼らの逃亡を許したのは、まぎれもなく岩田代官の失態。江戸の大目付にこれが知られれば、厳しいお咎めが下されることは間違いない。加えて、万一、隣接する諸藩領で彼らが悪事を働きでもすれば、銀山附御料と他藩の間には深い遺恨が残る。

「あい分かった。主だった山師にも手伝わせ、すぐに探索を始めよ」

そう命じる岩田の口調は平板で、まるで目に見えぬ壁を巡らされたかの如く落ち着き払っている。今にも銀山方役人に殴りかかりそうな形相の幸蔵に、「藤田。わしも出るぞ。用意を致せ」と告げて、素早く踵を返した。

仙ノ山一帯が幕領となって、すでに二百余年。その昔は柵之内《さくのうち》からの銀の持ち出しや掘子の逃亡といった騒動が頻々《ひんぴん》と起きたと仄聞《そくぶん》するが、少なくとも金吾が大森に来てからこの方、そんな物騒な話は皆無である。

それだけに、突然の無宿人たちの逃亡に狼狽《うろた》えきっているのだろう。銀山方役人は岩田鍬三郎の背を追うかのように、膝でにじり寄った。

「わ、我らは、四ツ留番所の者はいかがすればよろしいのでしょうか」

その途端、岩田はぴたりと足を止め、「普段通りに振る舞え」と肩越しに言い放った。

「おぬしら銀山方が動揺しては、町の者までが不安を抱く。山狩りに当たる役人の他は、努めて常と変わらぬように過ごせ」

そうでなくとも大森の人々や御直山以外の間歩で働く者たちは、無宿人にいまだ怯えを抱いている。そんな最中、彼らが揃って逃亡したと知られれば、どんな騒動になることか、と岩田は早口に続けた。

「我らが真に守るべきは、御領内の安寧《あんねい》だ。無宿人どもを追うあまり、この地の者を恐怖に陥れては、何のための代官所か知れたものではない」

岩田はおもむろに振り返り、顔を強張らせた役人たちを見回した。

「よいな。皆、その旨しかと心得よ。無論、ご法度に背いた輩は一人残らず捕らえねばならん。されどそのために自らの本分を見失ってはならぬぞ」

役人たちが背を打たれたような面持ちで、はっと低頭する。それをもう一度眺め渡してから、岩田は不意に、金吾の名を呼んだ。

「おぬしはすぐに龍源寺間歩に走り、四ツ留番所の者にこの旨を伝えて参れ。銀掘どもは常の如く敷入させるのだ。だが聞いての通り、道中、決して大森や銀山町の者たちを騒がせるではないぞ」

「しょ、承知いたしました」

急いで退いて尻っ端折りをすると、金吾はわずかに明るみ始めた往来に飛び出した。日の出までは、まだ間があるのだろう。道端の小川の流れは漆《うるし》を溢《こぼ》したかのごとく暗く、真向かいに建つ向陣屋の門の影と相まって、巨大な四角い穴が目の前にぽっかり開いているかに映る。

折しも吹いた北風が、早く行けとばかり背を叩く。だがその刹那、金吾は思わずその場に立ち止まり、川を隔てた向陣屋に目を据えた。まさか、という呻きが小さく唇をついた。

あまりに時期が合致しすぎると思う一方で、小出儀十郎は仮にも幕府の官吏、そんな真似はすまいと打ち消す自分がいる。しかし少なくともこんな騒動が起きた以上、どんな結果に終わろうとも、岩田はその咎《とが》を負わずにはいられぬはず。そしてそれを誰より望んでいたのは、他ならぬ小出だ。

（そんな。いや、馬鹿な――）

あの小出が自ら柵を開け、無宿人を逃がしたとは思わない。だが江戸からこの大森までの道中、小出が何かにつけ、彼らに間歩稼ぎの辛さを吹き込んでいたとすればどうだろう。

思えば大森代官所に連れて来られた際、押送方役人の豪介への扱いは他の無宿人に比べても厳しかった。あれはてっきり、道中、不遜《ふそん》な態度を取ってきた豪介への苛立ちゆえと考えていたが、もしやそれもこれもすべて、小出の計らいだったのではあるまいか。――そう、豪介にこの地を憎ませ、銀山町から飛び出させるために。

熱いものが腹の底で、激しく脈打っている。それを抑え込むように、金吾は肩を激しく上下させた。向陣屋の門をもう一度睨みつけるや、うおおッと声にならぬ叫びを上げながら走り出した。

そうだ。それしか、ありえない。小出儀十郎は大森までの道中、豪介にあえて厳しく当たることで、その胸に逃亡の種を蒔《ま》いたのだ。なんて真似を、と歯嚙みするその端から、御領内の人々を騒がせるなという岩田の命が思い出される。

もしかしたら小出は今ごろ、代官所の騒動に耳を澄まし、してやったりとほくそ笑んでいるのかもしれない。妙にはっきりと胸に浮かんだその笑顔に、吐き気を伴うほどの嫌悪がこみ上げて来た。

ただそれにしても得心が行かぬのは、無宿者八人が全員逃亡した事実だ。龍源寺間歩に遣《や》られて以来、豪介がひどくしおらしい態度を取っていたのは、四ツ留番所役人を欺《あざむ》くための方便だったのだろう。だがその粗暴を承知しているはずの猪助や峰松までが、豪介と共に逃げ出したのが腑《ふ》に落ちない。

まだ眠りの底にある大森の町をわき目も振らず走り抜ければ、蔵泉寺口番所には赤々と篝火《かがりび》が焚《た》かれ、袴の股立ちを取った番役人が強張った顔を寄せ合っている。金吾の姿に立ち上がった彼らに、「おっつけ、お代官さまがお越しになられるはずでございます」と怒鳴って、金吾は番所を駆け過ぎた。

昼夜の区別の乏しい銀山町では平静を装って足を緩め、龍源寺間歩が見えてきてから再度、足を速める。昂《たかぶ》りかける声を必死に抑え、「お代官さまからのお達しでございます」と四ツ留番所の戸口に膝をついた。

「御直山は本日も、常のごとく掘子を敷入させよとのご下命です。番所の任にある方々は、いつも同様にお過ごしくださいませ」

番所の奥で、河野長兵衛が尻を置いていた円座を跳ね飛ばして立ち上がった。無宿人逃亡の報せに、持病の腰痛も忘れて役宅から駆けてきたのだろう。半白の髪は乱れ、ぎょろりとした双眸は縁《ふち》に目脂《めやに》をこびりつけたまま血走っている。

「常の通り、常の通りだな。あい分かった。——おい、誰か。他の四山にもその旨を知らせて来い」

はっと応じて、まだ年若い銀山方役人が走り出す。長兵衛はその後ろ襟を摑み、「この愚か者めが」と低く叱咤《しった》した。

「我らが周章狼狽《しゅうしょうろうばい》しては、銀山町の衆に気取られよう。お代官さまのご下命を守るためにも、決して狼狽えるではない」

「も、申し訳ございません。つい――」

「探索の者どもはすでに、六谷とそのぐるりの山に入っておる。四ツ留の番を任された以上、我らはこの間歩が恙《つつが》無く一日を送るよう努めるだけじゃ」

これが押し込み強盗の類《たぐい》の逃亡であれば、岩田もこんな下知は与えなかった。だが無宿人たちはこの十日の間に、それぞれ給銀を受け取っている。当座の路銀には困っておらぬとなれば、すぐに強奪などは働くまい。それはすなわち、数日間は近郷の者に危険が及ばぬことを意味していた。

若い銀山方役人が懸命に息を整え、ぎこちない足取りで四ツ留番所前の坂を下っていく。金吾はそれを見送ってから、痛いほどに乾いた唇を舐めた。「あ、あの」と敷居越しに河野長兵衛に呼びかけた。

「お代官さまより、無宿者どもが寝起きしていた長屋を検めるよう仰せつかっております。入ってもよろしゅうございますか」

「構わぬぞ。勝手に致せ」

配下の者に落ち着けと説きながらも、長兵衛自身、前代未聞の騒動に動揺しているらしい。金吾の口から出まかせをまったく疑いもせず、大きく片手を振った。

礼を述べて番所横の長屋に向かえば、その戸口はいずれも引き開けられたままで、土足で屋内を検めた跡も残っている。

　各戸には古びた布団が一揃いずつ備えられ、竈《かまど》には鍋《なべ》や釜《かま》まで据えられている。無宿者たちに真っ当な暮らしを送らせようとした、岩田鍬三郎の思いがありありと偲《しの》ばれた。

　誰がどの家に住んでいたのかは、分からない。だが少なくとも布団が乱雑に敷きっぱなしにされている一間は、峰松や猪助の住処《すみか》ではなかろう。

　棟割長屋の一部屋一部屋を順番に見て回った末、最後にもっとも番所に近い一間に踏み込み、金吾はふと鼻を蠢《うごめ》かせた。何かを焼いた後のような焦げくささが、室内に漂っていたからだ。

　四つん這いになって竈に手を当てれば、逃亡の直前まで火を使っていたのか、その肌にはわずかな温《ぬく》みが残されている。だが決して煮炊きをしたわけではない証拠に、傍らに伏せられた鍋釜は空っぽで、水滴一つ付いていない。指で触る端から崩れる白い灰は、炭や薪ではなく、紙を焼いた名残らしい。

　板間は綺麗《きれい》に拭き清められ、その隅には四方を揃えた布団がきっちりと畳まれている。金吾は四ツ留番所に戻ると、手近な役人を捕まえ、長屋のもっとも手前の一間の住人を問うた。

「手前の一間だと。ああ、猪助の家だな」

　猪助、と繰り返した金吾に、役人はそれがどうしたと言わんばかりの態度でせかせかと言葉を続けた。

「以前はもっと奥の家だったのだが、足腰が悪く、厠《かわや》に行くにも難儀をしていたからな。峰松が名乗り出て、住まいを代わってやったのだ」

　そういえば、と役人は眼を泳がせた。

「猪助の奴、あんな儘《まま》にならぬ足で、よくもまあ逃げおおせられたものだな。仮に峰松が背負っていったとしても、あれではそう遠くまでは行けまい。もしかしたら奴らだけは、案外早く捕まえられるかもしれんな」

「お教えありがとうございます」

まだ何事か考え込んでいる役人に背を向けると、金吾はともすれば駆け出しそうな足をなだめて坂を下った。そのまま蔵泉寺口番所に向かおうとして立ち止まり、両手を拳に変える。道を逸《そ》れ、徳市の店に向かう細道を、今度は人目も憚《はばか》らずに駆け上がった。

ようやく空が明るみ始めたばかりにもかかわらず、狭い店はすでに夜通しの勤めを終えた掘子とこれから敷入の男たちで混みあっている。金吾は忙しく店の中を飛び回る徳市の袖を、がばと摑んだ。

「おい、徳市。お前、ここで店を始めて長いんだろう」

「なんだ、いきなり。見ての通り、今は忙しいんだ。後にしてくれ」

「この間、江戸から送られてきた無宿人の中に、一人だけひどい爺《じい》さんが交じっていたんだ。猪助というんだが、御領内のどこの出身でどういう奴か、お前、知らないか」

滴る汗を掌で拭い、徳市は一瞬、面倒臭げに眉をひそめた。だが金吾の剣幕に気圧されたのか、両手に持った折敷もそのままに、「おおい、誰か」とやかましく騒ぐ客たちを眺め渡した。

「この間、江戸から戻されてきた猪助って奴について知ってる奴はいないか」

だが掘子たちは一斉に顔こそ上げたものの、皆さあと首をひねるばかりである。駄目か、と金吾が肩を落としたその時、遠慮がちな声が店の隅で聞こえた。

ユリ師の市之助《いちのすけ》が手にしていた箸をおずおずと置き、

「つい三日ほど前、うちの吹屋で働いている婆さんがユリ女仲間に話していたんだけどさ」

と、相変わらずの気弱な口調で続けた。

「婆さんの隣家の嫁ってのが、黒松《くろまつ》村から嫁いできた女らしい。それがどうやら今度戻されてきた無宿人の爺さんの娘と露見したらしく、その家じゃ今、嫁を離縁するのしないのと揉《も》めているんだと」

確かその爺さんが猪助といったような、と市之助は自信なげに付け加えた。

市之助によれば、黒松村から来た嫁はおよしと言い、今年三十七歳の厄年。吹大工として働く夫との間に三人の子を産み、舅《しゅうと》や姑《しゅうとめ》にも甲斐甲斐しく仕えている女という。

「およしさんのおっ母《か》さんはとうに亡く、当の本人も村の衆とはほとんど縁が切れていたらしい。だから何十年も前に行方知れずになった親父が御領内に戻されて来たらしいって話も、なかなかおよしさんのところには伝わらなかったみたいだな」

およしの側も、物心つく前に生き別れた父親なぞ、とっくに死んだと信じ込んでいたのだろう。それだけに数日前、ようやくおよしを尋ね当てた黒松村の庄屋からの便りに、およしの家はひっくり返るような騒ぎらしい、と市之助は細い声で続けた。

「殊《こと》に大騒ぎしているのが、およしさんの姑らしくってな。舅や息子が庇うのにもお構いなしに、そんな大それたことを隠していた嫁なぞ置いてはおけんと、日夜、向こう三軒にまで響く罵声《ばせい》を張り上げているらしい」

「そ、それだッ」

金吾は床几から跳ね立ち、市之助に駆け寄った。男にしては薄すぎる両肩をむずと摑み、「そのおよしって女の家はどこだ」と今にも嚙みつかんばかりの勢いでまくし立てた。

「ユリ女の婆さんの家が下河原の大安寺《だいあんじ》さまの裏だから、多分その近くだろうが、詳しくは――」

市之助が怯え顔で尻を浮かせる。「ありがとうよ」とそれを突き飛ばし、金吾は徳市の店を飛び出した。

決して狼狽えるな、という岩田の命が脳裏をよぎったが、一旦駆け始めた足はどうにも止まらない。役人衆ならばともかく、ただの代官所の中間である自分が急いでいたところで誰も奇妙には思うまいと腹をくくり、金吾は長い下り坂を一目散に走った。

繁華な下河原の町筋を東に折れ、龍昌寺の石垣を右に眺めながら坂を上ると、一帯には小さな家々が軒を連ねている。折しも遊んでいた子供たちに尋ねて細道に分け入れば、古びた井戸の傍らで小柄な中年女が菜を洗っていた。

時折、緩慢に立ち上がり、ううんと腰を伸ばす様は、妙に老成して見える。尖《とが》った鼻梁《びりょう》が目を惹《ひ》くその横顔に、あの、と金吾は呼びかけた。

「吹大工の女房のおよしさんってのは、この辺りのお人かい」

「およしなら、あたしですけれど。何か」

前掛けで手を拭って立ち上がり、およしはまじまじと金吾を見つめた。股引《ももひき》を穿き、木刀を腰に帯びた金吾の風体に首をひねってから、何かに思い至ったようにはっと一歩後じさった。

「い、猪助って人のことなら、あたしは関係ありませんよ。あんな人、親でも何でもないんですから。これ以上、うるさく言わないでください」

半ばかすれたような声は、近隣の者に話を聞かれてはなるまいと考えてだろう。強い怯えをにじませたその表情に、金吾は己の勘の正しさを確信した。

「これ以上だって。あんた、もしかして当の猪助に、そう伝えたのか」

「ええ、伝えましたともさ。あたしは字は書けないから、今後は親でも娘でもないと思ってくれと夫に文を書いてもらい、龍源寺間歩で働いている知り合いの掘子に託しましたとも」

言い募《つの》るに連れて、興奮が増してきたのだろう。何が悪いんですか、と吐き捨て、およしはぼさぼさの眉を逆立てた。やつれた色黒の頬に、血の色がさっと差した。

「あの人は若い頃から、ひどい遊び人でね。ほうぼうに借金を拵えた挙句、あたしが三つの秋、大坂への灰吹銀上納の人足に選ばれたのをいいことに、そのままあっちで行方をくらましちまったんですよ」

捨てられたおよしの母親に残されたのは、猪助が作った借財のみだった、とおよしは悔しげに付け加えた。

「おかげでおっ母さんはそれから働きづめに働いて、あたしが十二の年に亡くなっちまいましたよ。あたしは幸い、村の衆の口利きで下河原の吹屋に働きに出て、この郷に嫁げましたけどね。だから今更、あの人に帰って来られたって、あたしには迷惑でしかないんですよ」

まるで目の前に猪助がいるかのように吊り上がった眼には、怒りと哀しみの色がない混ぜになっている。金吾は苦いものが喉にせり上がってくるのを覚えた。

およしからすれば、吹大工の女房としての現在の暮らしは、長い困窮の果てに摑み取ったささやかな幸福。それゆえ血がつながっていようとも、三十余年を経て帰郷した父親は、それを破壊する忌まわしき存在でしかないのだ。

幾ら疎遠だったとしても実の親子ではないか、とおよしを詰《なじ》ることはたやすい。だが少なくともおよしはこれまで父親ゆえに苦しめられ、世の辛酸《しんさん》を舐めてきた。ならばようやく得られた幸運を懸命に守り通そうとして、いったい何が悪いのだ。

（けど、猪助は――）

猪助はきっと心のどこかで、生き別れた娘がいまだに自分を思っているはずと信じていたのだろう。そんな親であるがゆえの傲慢《ごうまん》は、およしの夫が代筆した文で粉々に打ち砕かれたのだ。

「あんた……いったい、猪助になんて書き送ったんだ」

「あたしは二度とあんたに会いたくない。叶《かな》うことなら、同じ町内に寝起きするのもごめんだと書いてもらいましたよ。本当はさっさと首を縊《くく》って死んでくれと告げたかったんだけど、それは夫に止められましたのさ」

違う、と金吾は唇だけで呟いた。仮におよしの夫が言葉を和らげさせたとしても、猪助は初めて受け取った娘からの文に、呪詛《じゅそ》に近い願いを感じ取ってしまったのだ。

猪助の家の竈に残されていた白い灰はきっと、およしからの文を焼き捨てたもの。ご公儀の政ゆえに、老残の身を無理やり郷里に送られた彼は、三十余年ぶりに戻って来たこの地が、もはや自分の居場所ではないとまざまざと思い知らされたのだ。

だから豪介が持ちかけた逃亡に、猪助までもが加わったわけか――と考え、金吾は「いや」と首を横に振った。

やはり、おかしい。銀山町から逃げ出すという目的が同じであろうとも、あの豪介が足手まといになりかねない猪助を連れてゆくものか。もしや猪助は豪介とその仲間の逃亡に乗じて長屋から遁走《とんそう》しただけで、豪介一党とは端《はな》から行動を共にしていないのではないか。

そうだ。そう考えれば、すべて納得できる。つまり長屋からの逃亡者は、二組だったのだ。そして峰松は足弱の猪助を助け、今もなお彼に付き従っているのでは。

まだ父親への恨みを語り続けているおよしの腕を、金吾はむずと摑んだ。

「おい、あんた。猪助の行きそうな場所に、心当たりはないか」

「そんなの、知っているわけがないでしょう。あたしはあの人の顔すら、皆目覚えちゃいないってのにさ」

舌打ちとともに金吾の手を振り払い、「あたしが生まれた黒松村の家も、今ごろとっくに朽ち果ててしまっているでしょうしねえ」とおよしはこればかりは少しだけ寂しげに付け加えた。

「黒松村。そうか、猪助の在所は黒松村か」

「ええ、もう他のことはほとんど忘れちまったけどね。海が見える小高い丘のてっぺんの、大きな松の木が生えている家でしたよ」

まだ石見銀山が徳川家の支配に組み込まれる以前、この地で産出された銀は仙ノ山から真西に走る鞆が浦道や南西に走る温泉津《ゆのつ》・沖泊《おきどまり》道を経て海岸に運ばれ、そこから船で各地へと運搬された。

銀山町から西に三里（約十二キロメートル）の場所に位置する黒松村は、銀搬出の一大拠点であった温泉津にも近い。そしていったん柵外に出てしまえば、温泉津に向かう山道はよく整備され、腰の悪い老爺でも歩きやすいのではなかろうか。金吾は己の腿を、平手でぴしゃりと打った。

豪介とその仲間がどこを目指しているのかは、金吾には想像もつかない。ただいずれにせよ、小出儀十郎は無宿者全員に逃げられた岩田鍬三郎の失態を咎め、今日明日にもそれを江戸に知らせるはず。ならばそれよりも早く、せめて猪助と峰松だけでも銀山町に連れ戻せればどうだ。無論、大森代官所が逃亡を許した事実は変わらないが、少なくとも岩田は、無宿者全員に逃げられた代官という汚名だけは蒙《こうむ》らずに済むのでは。

金吾は岩田代官には恩義もなく、小出儀十郎に正面から歯向かうだけの力も持ち合わせてはいない。だがそのことと、銀山町じゅうを混乱の渦に陥《おとしい》れかねぬ企みに見て見ぬふりをするかどうかは、まったく別の話だ。

「邪魔したたな、およしさん」

金吾が軽く頭を下げるのに、およしは小さく目をしばたたいた。だがすぐにぐいと肩に力を込め、「ああ、本当ですよ」と強い口調で言い放った。

「あたしはあの人のことなんざ、忘れて生きていくんです。だからもう二度と、あいつの名なんぞ聞かせないでくださいな」

その声には毛筋ほどの躊躇《ためら》いもなく、双の眸《ひとみ》は寒風に吹きさらされたが如く乾いている。それほどの覚悟を定めねばならなかったおよしの境涯を改めて思いながら、金吾は踵を返した。

日はいつしか頭上近くまで昇り、坂の途中に茂る柳の木が鮮やかな緑の葉を揺らしている。銀山町から黒松村までは、往復半日の距離。今から急げば、充分明るいうちに戻ることができるはずだ。

ただ道中の温泉津までは所用のために出かけたことがあるが、その先の道が分からない。とにかく行ってみれば何とかなるかと坂を下り始めた金吾は、小さな家々の混みあった路地を一人の男が喘《あえ》ぎ喘ぎ上ってくるのに、足を止めた。

その背は高く、肩幅も広いが、足取りだけがまるで宙に浮いているかのように覚束ない。時折、身体を揺らしながら漏らす湿った咳が、ひどく耳障りであった。

金吾の眼差しに気付いてか、男が眼を上げる。鏨で穿ったかと思うほど落ち窪んだ目に、薄い笑みが浮かぶ。与平次であった。

「よお、金吾。久し振りだな」

どす黒く濁った色の頬に、深い影が落ちている。あわてて駆け寄る金吾を呆《あき》れ顔で見やり、「おいおい、そんなに急ぐと怪我をするぞ」とこればかりは以前と変わらぬ、屈託のない口調で言った。

ほんの二カ月ほど前まで、藤蔵山の与平次といえば銀山町では知らぬ者のおらぬ腕利きの掘子だった。だが今、その手足の肉はこそげたように落ち、鏈はおろか鏨や鎚を持てるかすらも危うい。気絶《けだえ》はまたの名をヨロケとも称するが、なるほどそれは今の与平次のような、よろよろとした足取りから来ているのだと金吾は初めて知った。

「よ、与平次。どうしたんだ。こんなところで」

金吾は与平次のかたわらに寄ると、その二の腕を摑んだ。その肉の薄さに内心仰天しながら、ふらふらとよろめく身体を支えた。

「どうもこうもねえよ。おめえ、先ほど徳市の店に来たんだってな。妙に慌てて飛び出して行ったと聞いたんで、こうして追いかけてきたってわけだ」

今の与平次が自分に用があるとすれば、それはお春と峰松のことか自身の定命のことか——いずれにしても、嬉しい話ではあるまい。それだけに金吾は言葉に窮しながら、かつてとは別人のごとく痩せ衰えた与平次を見つめた。

長年この地に暮らしながらも、金吾にはいまだ、働き始めるとともに命数を定められた銀山町の男たちのことは理解できない。だが少なくとも金吾が知る彼らは常に、そんな境涯を感じさせぬほどに明るく、そして直向《ひたむき》であった。だとすればよそ者の自分に出来るのは、せめて死の瞬間までそんな彼らの生涯を宜《うべな》い、これまで通りに接し続けることだけだ。

金吾は素早く四囲を見回した。辺りに人影がないことを確かめると、「実は——」と龍源寺間歩長屋の一件を手短に話した。

「なんだって。柵抜けを企む不届き者なんぞがいるとはな」

与平次は黄色く淀んだ眼を大きく見開き、龍源寺間歩の方角を振り返った。

「ああ、まったくだ。ただ俺は逃げ出した無宿人の中で、猪助と峰松という二人だけは、豪介たちと別れて、黒松村に向かったんじゃないかと思っているんだ」

峰松、と与平次の唇が小さく動く。まるで口の中で嚙みしめるような物言いに、金吾はああと思った。

誰が耳に入れたかは分からない。しかしこの男は、それがお春の思い人だと知っている。

「それで、どうしておめえはそう思うんだ」

だが金吾にそう問いただす口調は、すでにいつもの与平次に戻っている。仕方なく、そう考えるに至った一部始終を聞かせると、与平次は「よし、分かった」ときっぱりと応じた。

「そういうことなら、俺が黒松村まで案内をしてやろう。あの村には親戚《しんせき》がいたせいで、餓鬼《がき》の頃から何度も往き来しているんだ」

「馬鹿ぬかせ。その身体で行けるわけがないだろう。そんなつもりでお前に話したわけじゃねえんだ」

しかし与平次は制止する金吾にはお構いなしに、先に立って坂道を下り始めた。

繁華な下河原の往来は、うっかりしているとそこここから人が突き当たって来る。与平次はそのたびごとに足をよろめかせながらも、ひと足ひと足踏みしめるように坂根口番所に向かった。

その足取りは遅く、数町歩くごとにぜえぜえと荒い息が唇から洩れている。あまりのその痛々しさに、「頼む、やめてくれ」と金吾は与平次の肩を摑んだ。

「徳市から話は聞いているんだ。お春と峰松のことは、俺が確かに引き受けた。だから心配せずに、お前は養生をしてくれ」

「なにを言いやがる。このままじゃ峰松は、龍源寺門歩の長屋を抜け出した不届き者だ。おめえが黒松村から銀山町に連れ戻したって、ただお咎めを受けるだけじゃねえか」

俺が無理やり峰松を誘い出し、銀山町のあれこれを教えていたことにするんだよ、と続け、与平次は疲れをにじませた顔に笑みを刻んだ。

「いささか苦しい言い訳だけどよ。峰松と猪助が間歩に戻る際、この俺が一緒なら、それでも辛うじて信じてもらえるんじゃねえか」

なにせ、と言いかけた語が、咳でくぐもる。身体を二つに折って激しく咳き込んでから、与平次は血の気のない唇を拳で拭った。

「俺ァもう、こんな身体だ。勤めが出来なくなる前に、自分が知っている限りの仙ノ山の全てを新参者に言い残していたってことにすりゃあいい。その際にうっかり柵外に出てしまったと付け加えれば、お役人衆もさして強く咎めはなさらねえだろ」

なぜだ、と金吾は目の前が暗くなる思いがした。

どうしてそこまでして、与平次は猪助と峰松を——お春の最愛の男を助けようとする。人とは所詮《しょせん》、我欲によって突き動かされるもの。ましてや決まりきった死を前にして、なぜ与平次は自分よりも他者に手を差し伸べるのだ。

身体は痩せ衰え、喘鳴《ぜんめい》がしきりに喉を震わせているにもかかわらず、金吾を突き退ける与平次の腕には、不思議にかつてと変わらぬ力が籠《こも》っている。

与平次を止めたいのか、それとも彼の信じる通りにさせてやりたいのか、自分でもよく分からない。与平次と半ばもつれ合うようにして、金吾は温泉津道の起点たる坂根口番所に転がり込んだ。

豪介たちの探索に、ほとんどが出払っているのだろう。苛立った顔で番所の床几にかけていた銀山方役人は、金吾と与平次が差し出した手形をろくに見もせず、「よし、通れ」と顎をしゃくった。

山間を縫う温泉津道には石が敷き詰められ、湊《みなと》に向かう商人が時折、大きな荷を背負って、二人を追い越していく。頭上に重なりあった杉の梢が、凹凸《おうとつ》の多い石畳に複雑な影を落としていた。

「大丈夫か。少しどこかで腰を下ろすか」

足をよろめかせた与平次を支えれば、その身体は火を点《とも》したかのように火照っている。案じる金吾に「大丈夫だ」と首を横に振って、与平次は頭上から落ちる木洩れ日に目を細めた。

傍らの杉の幹によりかかって、「なあ」と荒い息に紛らして、金吾を呼んだ。

「おめえ、大森代官所に来て六、七年になるだろう。今のお代官さまがお役替えになったら、やっぱりおめえも江戸に帰るのか」

「ああ、多分な」

与平次の意図が汲めぬまま、金吾はうなずいた。すると与平次は再び重い足取りで歩き出しながら、「だとするとじきに、お互い少し遠くに行っちまうわけだ。寂しくなるなあ」とひどく気楽な口振りで言った。

少し遠くではあるまい。確かに金吾が赴く先は江戸であろうが、与平次を待ち受けているものは明らかな死だ。それをまるで物見遊山《ものみゆさん》に赴くかのように語る与平次に、返す言葉が出ない。

与平次はそんな金吾を静かに振り返り、「なんて面《つら》をしやがる」とわずかに頰を歪めた。

「人ってのはいずれ、出会った奴とは別れなきゃならねえんだ。だったらせめて、この先のお互いの無事を願いながら、別れようじゃねえか」

深く茂った杉林からこぼれ落ちる春の日は、濃い葉の色を吸って青く冴えている。それがまるで与平次の姿を、深い水を隔てたかの如く霞《かす》ませていた。

「生きている者同士が二度と会えなくなるってのはよ、お互いが死んじまうのも同然だろう。だとすりゃあ誰かが死んじまった時も、そいつはただ旅に出ただけだ、どこか遠くで元気にやっていると考えりゃ、ただそいつの幸せだけを願っていられるじゃねえか」

俺は、と続けながら、与平次はもと来た道を顧みた。濃く淡く木々が重なり合ったその果てにそびえ立つ仙ノ山を、ひどく柔らかな目で見つめた。

「数えきれねえほどの掘子たちが、一人また一人と徳市の店から姿を消していくのを見てきた。けど、あいつらは本当は死んだんじゃねえ。あの御山の奥底、俺も知らねえ深く長い間歩のどこかで、今も元気に敷入しているんじゃねえかと考えてみろよ。それだけであいつらがいない寂しさが、すうっとどこかに行っちまうじゃねえか」

親しい者の死を悲しみ、嘆くのは人の常だ。だが苦しみながら亡くなっていった仲間の死にざまを思うよりも、自分は元気に間歩稼ぎをしていた頃の彼らの姿を覚えていたい。それこそが生きてこの世に残った者の務めではないか、と与平次は眩しいものを眺めるように眼を細めた。

「だからよ、金吾。仮におめえが先に江戸に戻ったとしたら、俺はあの仙ノ山のどこかでずっと間歩稼ぎをしているんだと思っていてくれよ。いいな。頼むぜ」

薄い雲が日を覆い隠し、仙ノ山の稜線《りょうせん》が墨を引いたが如く黒ずむ。七年前、代官所の庭から仰いだ小雪舞う空と、その向こうに佇立《ちょりつ》していた仙ノ山の姿を、金吾は思った。

あの時、鉛色の雲をいただいた巨山は、立ち入る者の命と引き換えに銀を産む恐ろしい山と映った。だが与平次が——徳市の店に出入りするすべての掘子たちが、これから先もあの山深くで生き続けていると思えるとすれば、仙ノ山は彼らの命を奪う恐るべき山ではない。銀山町の人々みなを深く懐に抱き、その命の輝きを永遠に宿し続けるいのちの山なのではあるまいか。

仙ノ山の偉容が、にじんで揺れる。金吾は大きく目をしばたたき、拳で目元を拭った。

「畜生、わかったよ」

大きく肩で息をつき、与平次に背を向けてしゃがみ込んだ。

「おめえがこれから先も仙ノ山深くで働き続けるとなりゃあ、そりゃ峰松とお春の行く末も気になるよな。こうなりゃさっさと黒松村まで行って、峰松たちを連れて帰ろうぜ」

これは別れではない。金吾はそう思った。

人が互いを案じ続けている限り、その者は未来永劫《えいごう》いつまでも胸の中で生き続ける。いや、仮にかの人の記憶を皆が忘れ果てたとしても、その者の行いが世に残る限り、彼はこの先もこの世に留まり続ける。ならばお春が峰松と結ばれることはすなわち、与平次を永遠にいのちの山に生かし続けることでもあるのだ。

「それ、遠慮するなよ。俺がおぶってやった方が、早く黒松村に着けるだろうからさ」

すまねえな、と声がして、与平次が静かに金吾の首に手をからめる。よいしょと彼を背負い上げながら、金吾は与平次の体軀《たいく》の軽さとその熱さに驚いていた。

「よし、しっかり摑まっていろよ。その代わりに道案内は任せたぞ」

この軽さを決して忘れまい。彼のお春への思慕も、弟分たちへの気遣いも。与平次の言葉も思いも、それらはこの先も全て自分の中に留まり続ける。

与平次を揺すり上げるふりをして、ちらりと仙ノ山を顧みる。雲が切れたのだろう。再び明るい陽射しを受け始めた山の裾から、聞き慣れた鉦の音が微かに響いてきた。

――風向きが常と異なるのだろう。いつもであれば大森までは聞こえてこぬ銀山町の鉦が、今日はひどく鮮明に耳を打つ。

そのけたたましい音を握りつぶすかのように、藤田幸蔵は膝に置いた拳に力を込めた。そうでもしなければ襖の向こうで岩田鍬三郎と対峙《たいじ》する小出儀十郎に、我を忘れて殴りかかってしまいそうであった。

「それにしても岩田さまは、無宿者どもをどのように見張らせておいでだったのでございますか。しかも奴らを銀山附御料に伴ってからまだ十日しか経ちませぬのに、それで一人残らず逃げられるとは。もしや岩田さまは御直山の銀掘《かねほり》どもに、過重な勤めを課しておられるのではありますまいなあ」

小出の持って回った口調が、ただでさえ騒ぐ胸に更に波風を立てる。そんなことはありませぬ、と応じる鍬三郎の泰然たる声音が、そんな幸蔵をかろうじて押し留めていた。

「小出どのもすでに御直山五山を巡検なさり、かの山々での銀掘たちの働きぶりはご覧になられたじゃろう。ただいずれにしたところで、今はまず無宿人を捕らえることこそが肝要。それがしも探索の指揮を執らねばなりませぬので、これにて失礼いたしますぞ」

「ああ、いや。お待ちください、岩田さま。この小出は八人の無宿人押送役として、この大森に来た身。それが偶然、奴らの逃亡に立ちあったとなれば、仔細を大目付さまにご報告せねばなりませぬ。ついては岩田さまが今回の失態の責めをどのように負われるおつもりか、お聞かせいただけませぬか」

「さて、責めと言われても。まだ奴らが何故《なにゆえ》逃亡したのかもわからぬ今、さようなことは安易に申せませぬなあ」

何が偶然だ。幸蔵は顔をしかめた。

多忙なはずの普請役が、押送の任完遂後も大森に留まると聞いた時から、なにかおかしいとは感じていた。だがそれがこんな大それた企みを仕掛けるためだったとは。先手を打てなかった己の迂闊《うかつ》と小出への怒りがないまぜとなり、身体の中で荒れ狂っている。幸蔵は下唇を強く噛みしめた。

伊豆一帯を領する韮山代官所の手代だった幸蔵が、岩田鍬三郎の下僚に雇い入れられたのは七年前。岩田の代官着任に併せて、大森代官所元締手代に抜擢したいという誘いを受けてであった。駿府《すんぷ》代官所の手弁から始めて、血のにじむほどの努力と勤勉さで大坂代官所の手代まで出世を重ねた幸蔵からすれば、如何に西国の果てであろうとも代官所の元締手代への登用は願ってもない栄達であった。だが夢のような思いで韮山代官に暇《いとま》を乞い、大森に引き移って見れば、新しい主となる岩田鍬三郎は万事が間延びした摑みどころのない男。加えて、幕領に組み入れられて久しい銀山附御料は穏やかな土地柄で、十二万石もの広大な領地を支配する韮山の如く、日々、山のような仕事に追われることも皆無に近い。

元締手代の職は嬉しいが、こんなつまらぬ勤めのために、自分ははるばる石見にやってきたのか。そんな落胆を抱いた幸蔵はある日、岩田から過去五年分の灰吹銀産出記録を持って自室に来るようにと命じられ、首をひねった。

「帳簿のご説明であれば、銀山方の帳簿方（記録係）が詳しいかと存じますが」

「いや、それはよく分かっているがな。おぬしより話を聞きたいのじゃ」

は、と声を漏らした幸蔵に、「わしの元締手代は誰でもない。おぬしであろうが」と岩田は畳みかけた。

「いわば、おぬしはわしの文蔵《ふみぐら》（書庫）。この役所に関する知識が、そこにどれだけ納められているかを知らずしては、わしもこの地でどう振る舞えばいいか分からぬからのう」

代官に雇われて実務を担う代官所下僚の立場は弱い。実力さえあれば手弁から書役《かきやく》、手代と順調に出世できる一方で、雇い主である代官の機嫌を損ねればすぐに解任される。代官もまた銭で雇われた下僚たちを信頼せず、幸蔵がこれまで仕えてきた者の中には自らの失態を押しつけて憚《はばか》らぬ人物すらいた。

それだけに自分を己の文蔵と呼ぶ岩田代官に、幸蔵は信じられぬ思いで目をしばたたいた。すると岩田は年よりも皺の目立つ顔を、まるで花が開くかのようににっこりとほころばせた。

「それと、代官所内のことについては、おぬしに一任いたす。手代どもを厳しく働かせてくれよ」

「わたしに、でございますか」

「おお、そうじゃ。何でもおぬしは韮山代官所でも名の通った切れ者じゃったとか。その風評を信じ、わしははるばる大森までおぬしに来てもろうたのじゃ。よろしく頼むぞ」

軽く頭を下げる岩田に、幸蔵は言葉を失った。十四歳の春から合計八人の代官に仕えて来たが、一介の下僚に過ぎぬ自分をこれほどに信頼してくれた人物はかつていなかったためだ。

しかもいざ帳面を広げてこの五年間の灰吹銀産出記録について説明を始めれば、岩田は数字にもひどく明るく、些細《ささい》な計算の齟齬《そご》も忽《ゆるが》せにしない。不審を覚えて尋ねれば、岩田は若い頃、旗本・古川氏清が塾頭を務める算術の一派・至誠賛化流《しせいさんかりゅう》に属し、算学に明けくれた日々を送っていたという。

それゆえであろう。注意して眺めれば、岩田は地方役人が提出する書類にはすべて目を通し、不明な点があれば自ら役人を呼び召して、その理由を問う。その根気強さと生真面目さに、幸蔵は何があろうともこの代官に従おうと決意したのであった。

岩田は大森代官所に任ぜられるまでの己の来歴を、ほとんど語ろうとしない。それでも代官所内の噂話によれば、岩田家は代々、勘定方役人を務める家禄二百俵の家柄。鍬三郎自身も学問の師である古川氏清の引き立てを得て、長らく勘定として出仕していたという。

ただ勘定方から代官に抜擢される者は数多いが、岩田のように五十歳を越えてから初めて代官に任ぜられる例は極めて珍しい。しかもそれが、江戸から遠く隔たった大森代官所とは、まさに異例中の異例である。

このため代官所内には岩田の大森着任には、江戸・勘定所の意図が隠されているのではと勘繰る者もいた。だが幸蔵は役人たちの憶測とはなるべく距離を置き、ただ元締手代の任を果たすことに邁進した。それが自分を信頼してくれた岩田代官に報い得る、たった一つの行いと信じればこそであった。

(それが、こんな輩に付け入られる隙を作ってしまうとは――)

襖の向こうからは、まだ小出儀十郎の粘りつくような声が聞こえてくる。

無宿人が逃亡した今、代官自らが探索の指揮を執らねばならぬことは自明の理。それにもかかわらず、こうも長々と岩田を引き留めること自体、岩田に含むところがあると物語っているに等しい。

そもそも七年前、江戸から中間の金吾がやってきた時、幸蔵はすぐにその経歴に違和を抱いた。中間ごとき、御領内から雇い入れればよいはずなのに、どういうわけか江戸表はご府内の代官所で中間勤めをしていた男をわざわざ大森まで送って寄越したからだ。しかも奇妙に思って問い合わせれば、金吾の推挙には水原代官所元締手代の小出儀十郎なる男が関わっているという。幸蔵は更に不審を覚えた。

長らく諸国の代官所を巡ってきたが、元締手代が一介の中間と関わり合うことなぞ滅多にない。ましてや他の代官所への推挙を行うなぞ、これまた前代未聞である。

幕府の財政を担う江戸勘定所は、この国を動かすもっとも重要な役所の一つ。当然、その内部では凄絶《せいぜつ》な権力争いがあり、勘定同士の足の引っ張り合いも珍しくないと聞く。

それだけに幸蔵は勘定所からの返答を、早々に岩田鍬三郎に進言した。だが口実を拵え、金吾を江戸に帰すべきではとの幸蔵の意見に、岩田はふふっと含み笑い、「放っておけ」と言い放った。

「探られて痛い腹があるわけでなし、それを勤めとしてはるばる西国までやって来たのだ。無下《むげ》に追い返すのも、気の毒ではないか」

「ですが――」

「小出儀十郎なる男の名は、わしも耳にしたことがある。ただ正直、わしは他所《よそ》の代官所の元締手代に身辺を探られる覚えなぞ、さらさらない。これが千代田《ちよだ》のお城におわすお歴々となれば、話は別じゃがなあ」

あっさり言ってのけた岩田を、幸蔵は驚いて仰ぎ見た。すると岩田はそんな幸蔵に目を細め、

「金吾とその小出とやらを好きにさせておけば、誰がわしを探らせようとしているか、おのずと知れるじゃろうよ」と、明日の天気を占うような口調で告げたのであった。

あれから七年。無宿人の押送に際し、よりにもよって小出儀十郎が大森に下向してきたのは、一向に岩田の動向を暴けぬ事実に焦れてだろうか。しかしいずれにしても今は、その証拠がない。幸蔵は膝の拳をわなわなと震わせた。

「ともあれ、それがしはすぐに早馬を仕立て、この旨を大目付さまにお知らせいたしますぞ。なにせ無宿人の郷里への送還は、いまこの時も諸国で行われておりまする。大森の失態を広く告げ知らせ、同じ轍《てつ》を踏まぬよう計らわねばなりますまい」

嵩にかかった小出儀十郎の言いざまに、「なるほど、それも道理でございますなあ」と岩田がのんびりと応じた。

「ただそれであれば、せめてあと半刻ほどお待ち下され。逃亡の詳細を書き添えた方が、大目付さまも喜ばれれましょうほどに」

「そのようなものは、第二、第三の早馬で知らせればよろしゅうございましょう」

岩田が猶予《ゆうよ》を求めて言い訳を始めたと感じたのだろう。小出儀十郎の口振りに、更に権高さが増した。

「いいや、そういうわけにはまいりますまい。何故、無宿人どもが逃亡したのか、可能であればその仔細についても是非書き添えたく存じますでなあ」

「逃亡の理由は、岩田さまの懈怠《けたい》と御直山の勤めの苛烈さゆえに違いありますまい。徳は惟《こ》れ政を善《よ》くすと古くより申しますが、岩田さまの政はいささか徳を欠いておられるかに見えますな」

　その途端、岩田の軽い笑いが襖の隙間から聞こえてきた。よもやこの場で笑われるとは、意外だったのだろう。一瞬の沈黙が辺りに漂い、「な――なにがおかしいのでござる」という小出の甲高い怒声がそれに成り代わった。

「いえいえ、さしたることではござらん。確かに書経大禹謨篇《しょきょうだいうぼ》に於いて、大禹はさように仰っておいでなれど、同時に政は民を養うに在りとも仰せじゃったと思い出しただけでございます」

　四書五経の一である『書経』の「大禹謨」篇は、夏朝《かちょう》の創建者である姒文命《じぶんめい》こと大禹の伝記。聖帝・舜《しゅん》の譲りを受けた禹の政治観が記されており、人民を尊ぶその思想から、古来しばしば政を語る上で引かれる書であった。

　徳は惟れ、政を善くする――とは、道徳のみが政をよくする根本であるとの意。無宿者の逃亡を論《あげつら》いたい小出は、岩田の政には道徳が欠けているのだとあてこすったのだろう。だがそれに対する岩田の返答が、「政の根本は民を養うことである」という同じく禹の箴言《しんげん》であるのはどういう意味だ。

「――のう、小出どの。聞けばそなたはこれまで、ほうぼうの代官所で働いていたとやら。なれば御領内に暮らす民の姿を間近に眼になさり、自らの携わる政と民の暮らしが不可分であることぐらい、当然、よくよくご存じでござろう」

　突然捻《ね》じ曲げられた話の矛先《ほこさき》に戸惑っているのか、小出の応えはない。岩田はごほんと咳払いをすると、「この銀山附御料は」とおもむろに続けた。

「冬の冷え、夏の暑さこそ厳しけれど、人心は穏やかで、古来、騒動の少ない土地でござる。さようなところに無宿人たちが戻されてきたことで、町の者たちが驚き騒いでいるのは、小出どのもご覧になられたかと。それにもかかわらず無宿人が間歩長屋から逃げ出すよう仕向けるとは、御領内の民を苦しめ、脅《おびや》かすも同然。およそ民の上に立つ者の行いではございませぬなあ」

「なにを仰る。あ奴らの逃亡は、岩田どのの責任でございましょう。その責めをそれがしに負わせようとは、非道にも程がありまするぞ」

「非道、非道なあ。さて、そなたの行いとわしの言葉、どちらがまことに非道か、その胸に問うてみるがよろしかろうぞ」

この時、門の方角が急にやかましくなった。何だこんな時に、と腹を立てる暇もあればこそ、

「藤田さま、藤田さまはおいでてございますか」という呼び声がどんどんこちらに近付いてくる。

その声の主が中間金吾だと気付き、幸蔵は腰を浮かせた。足袋裸足のまま階《きざはし》を駆け降り、御白洲の脇を回り込めば、痩せ衰えた男を背負った金吾と小柄な老爺を肩で支えた見覚えのある三十男が、大きく息を喘《あえ》がせながら近付いてくる。

幸蔵の姿を認めるや、埃《ほこり》まみれの金吾の顔にみるみる喜色が浮かぶ。「無宿人は――無宿人たちは全員が逃亡を働いたのではございませんッ」と叫び、その場にどっと膝をついた。

「これなる猪助と峰松は、龍源寺間歩の勤めに勉励するあまり、仙ノ山について更に詳しく知らねばと考え、昨夜、勤めを終えた後、こっそり長屋を抜け出して御山を見て回っていたそうでございます」

なんだと、と幸蔵は瞠目《どうもく》した。そうだ。見覚えがあるのも当然だ。三十がらみの男と彼に身体を支えられた老人は、先だって江戸から戻されてきた無宿者の内の二人。たった今、役人衆が血《ち》

眼《まなこ》になって探している輩の一員ではないか。

「その結果、慣れぬ山道に迷い、朝になっても戻れなかったのは、確かに不届き千万。されどたまたま山で行きあった掘子の導きを受けるや、こうして素直に代官所に戻って来たのです。なるほど豪介を始めとする者たちは、確かに御柵を越え、逃亡を企んだのでしょう。ですが少なくともこの二人は、そ奴らの仲間ではありませんッ」

堂々たる言葉面の割に、金吾の双眸は泳ぎ、幸蔵の目を正面から見ない。

幸蔵は強く唇を引き結び、金吾のかたわらに立つ二人の無宿人を睨みつけた。確か峰松とか言った男は幸蔵の視線をまっすぐに捉えたが、もう一人の老爺は怯えた様子で露骨に顔を背《そむ》ける。金吾の言葉に嘘が含まれているのは、問いただすまでもなさそうだ。

ただ少なくとも、この二人の無宿者はいまなお逃亡を続ける豪介たちとは異なり、自らの足で戻って来た。その理由は分からねど、その一点を以《もっ》てしても、これで江戸からの無宿人全員が逃げ出したと言い立てることはもはや出来なくなる。

「そ、それにここまでの道中、これなる峰松と猪助が教えてくれました。江戸よりこの地に押送されるまでの間、押送役頭の小出儀十郎さまは事あるごとに、無宿人八名に銀山町での暮らしの恐ろしさを語って聞かせていらしたそうです。おぬしらはいずれ、深く暗い間歩の奥に押し込められ、二度と日の光を見ることすら叶わなくなる。銀山町の間歩の底には、無惨に働かされて死んだ掘子の死骸《しがい》が、山積みにされているのだ、と」

なに、と呟いた幸蔵を、金吾はまだいささか怯えを含ませた眼差しで仰いだ。大きく息をつくと、「つまり――」と半ばやけになったように肩を怒らせた。

「豪介を筆頭とする無宿人どもは、かような境涯に置かれてなるものかと腹をくくり、長屋を抜け出したに相違ございません。もちろん、逃亡は責むるべき行い。されど、それにはれっきとした理由があったのではありますまいか」

「金吾、おぬし。なにを言うのだ」

男にしては甲高い叫びが、金吾の言葉を遮った。顧みれば草履を突っかけた小出儀十郎が痩せた身体を大きくわななかせている。その肩越しに見える広縁では、岩田鍬三郎が普段と皆目変わらぬ静かな表情で、こちらを見つめていた。

「中間の分際でかような口を叩くとは、不届きにもほどがあろう。それともおぬし、わたしのかつての恩を忘れて、乱心したか」

小出はそう言いざま、金吾の胸先を強く蹴った。だが金吾は痛みに顔を強張らせながらも素早く起き直り、逆に小出の腰に両手でしがみついた。

「放せ、何をするッ」

という小出の叫びを封じるように、「乱心ではございませんッ」と喚き立てた。

「わたしはただ、この銀山附御料の恙《つつが》無き日々を願っているだけですッ。この地に赴任なさって、七年。岩田さまは御領内の者たちの安寧だけを願い、貧しき子どもたちにまで目を向けて下さいました。かようなお人によるご支配を支えるは、代官所の中間として当然の行いでございましょう」

「お——おぬし」

怒りに真っ赤に染まっていた小出の顔から、見る見る血の気が引く。両の拳を激しく震わせながら、小出はがばと岩田を顧みた。

「岩田どの。そなたさまは如何にして、この又者《またもの》を手なずけられました」

「はて、手なずけてなぞおりませぬぞ」

小出の喚きには、いまや憎悪に似たものが含まれている。だが岩田鍬三郎はそんなことをまったく気にする風《ふう》もなく、まるで世間話でもしているかのような気軽さで応じた。

「金吾はかねてより、よく気働きの出来る中間でございましてな。自ら文字を学び、掘子どもとも親しく交わり……他の地方役人の目の行き届かぬ銀山町の些事《さじ》にまで、自ら気を払うありがたい奴でございますわい」

金吾が小出にしがみついたまま、信じられぬとばかり口を開ける。岩田はそれに、目だけで笑いかけた。

「かような出来のいい中間を手なずけられるほど、それがしは優れた代官ではございませぬ。おお、そういえば、この金吾は小出どののご推挙でこの地にやってきた男でございましたな。さすれば小出どのには幾重にもお礼を申さねばなりますまい」

ば、馬鹿な、と呻く小出に目をやり、幸蔵は胸の中で「恐ろしいお人だ」と呟いた。

七年前、江戸から金吾がやって来たとき、幸蔵はただ彼をこの地から叩き出すことしか考えていなかった。だが岩田代官はこの男を領内で泳がせるのみならず、いつしかその心に己への信頼を植えつけていたと見える。

(政は民を養うに在り、か――)

つい先ほど、岩田が口にした『書経』「大禹謨」篇の一節を、幸蔵は胸の中で繰り返した。政の根源は、民を養うこと。もしかしたら岩田にとって民を養うこととは、ただ彼らを食わせ、富ませることのみならず、その心を真っ当たらしめる行為も含まれているのではないか。

幸蔵にとって金吾は、こそこそと代官所に忍び入った憎らしい犬でしかない。だが岩田がこの地の支配を通じて、そんな金吾の胸から企みを取り除《の》けたとすれば、まさに岩田の政はもっとも身近な「民」を養うに至ったわけだ。

「のう、小出どの」

岩田は沓脱《くつぬぎ》の下駄を、ゆっくりと突っかけた。肩を小さく震わせる小出儀十郎に近付き、その顔をぐいと覗き込んだ。

「そなたはどうにかしてわしを追い落とそうと思うて、この七年、金吾に身辺を探らせておられたのじゃろう」

小出の下顎が、がくりと落ちる。なにか言いかけようとするのを遮って、「いや、もはや弁明は無用でございますぞ」と岩田は歌うように続けた。

「この地に来て以来、わしは江戸では到底見聞できぬであろう様々なことに触れさせていただきました。その中には今を去ること七年前の松井松平家さまの密貿易の一件もございましたが、そなたがかつてお引き立てを賜っていた矢部駿河守《するがのかみ》さまは、あの折はどさくさに紛れ、随分な利を得られたご様子じゃのう」

その途端、小出の顔から明らかに血の気が引いた。岩田はそれを、老牛に似た穏和な目で見つめた。

(矢部駿河守さまだと——)

矢部駿河守定謙《さだのり》は徳川譜代の旗本の出。若い頃から才気走った人物として知られ、堺《さかい》奉行から大坂西町奉行、更に勘定奉行から西丸留守居を経て、江戸南町奉行にまで昇った人物だ。ただ着任から一年にも満たぬ一昨年の冬、矢部定謙は江戸市中の御救米《おすくいまい》取扱いに関して不正を働いた咎で、町奉行を罷免《ひめん》され、伊勢《いせ》・桑名《くわな》藩へと配流《はいる》。その後、わずか三カ月で押し込め先にて病没したはずだ。

旗本の家に生まれ、輝かしい栄達を果たしていたはずの矢部の凋落《ちょうらく》は、江戸から遠い大森代官所でも盛んに噂され、幸蔵も政の表舞台の恐ろしさにうすら寒さを覚えたものだ。だがそんな毀誉褒貶《きよほうへん》激しい生涯を送った敏腕が、こんな田舎の代官所と何の関わりがあるのだろう。

金吾はぽかんと大きな口を開け、岩田と小出儀十郎を見比べている。その間抜け面は、この男が小出からなに一つ教えられぬまま、大森に送り込まれてきた事実を如実に物語っていた。

そんな金吾をちらりと見やり、岩田はわずかに目元を和ませた。

「金吾。おぬし、今から七年前に露見した、松井松平家さまの抜け荷事件は存じておろう。会津屋なる松井松平家さま御用の廻船問屋が、国家老さまや勘定方さま黙認のもと、鬱陵島なる島を拠点に諸外国と交易しておった件じゃ」

「は、はい。それはもちろんでございます。町のほうぼうで、それに関わった者の話も聞きましてございます」

「矢部さまという御仁はな。身は大坂にあるにもかかわらず、松井松平家さまの交易の噂を聞きつけるや、手下の者を浜田に遣り、遂には会津屋や浜田藩勘定方を捕縛したお人じゃ。されどその悪事をご公儀に報告する半年ほど前には、探った事実を浜田藩の国家老や国年寄たちにつきつけてさんざんに脅し、どうやら内々に賂《まいない》まで受け取っていらしたご様子でなあ」

矢部はかねてよりその能吏《のうり》ぶりの一方で、利に聡《さと》い人物としても名高かった、と岩田は訥々《とつとつ》と語った。大坂西町奉行在任時には多くの商人に便宜を図って私腹を肥やすばかりか、時の大坂城代に取り入って、猟官《りょうかん》に奔走したという。その折に贈る金品は全て出入りの商人に調《ととの》えさせ、何ら憚《はばか》ることがなかったという。

「七年前の春、まだ松井松平家さまの抜け荷一件が明らかになっておらなんだ頃、わしはその矢部さまが松井松平家より何やら銭を受け取っているらしいと、勘定組頭さまから耳打ちされてな。何が起きているかを明らかにせよとの組頭さまの命を受け、こうして浜田に近い大森に遣わされたのじゃ」

有体に言って、御用商人からの金品の受贈など、顕職《けんしょく》にある者には日常茶飯事。それだけに勘定所とてただの賄賂であれば、いちいち目くじらなぞ立てはしない。

だが大坂西町奉行が藩の要職より金銭を受け取っているとなれば、これはただの賂の域を超えている。それだけに勘定所は、その背後には何らかの事件が隠されているのではないかと睨んだのであったが、直後、矢部は自らが明らかにした抜け荷の証拠を江戸に送ると共に、会津屋と浜田藩勘定方を捕縛。大森に着任したばかりの岩田が手を打つ暇もなく、浜田藩の要職は軒並み切腹を仰せ付けられ、矢部は大手を振って、江戸表に栄転となった。つまり矢部は自らが悪事を暴く急先鋒となることで、己の悪行の証拠を全て握りつぶしたのだ。

「その後、勘定奉行に任ぜられた矢部さまは、わしの大森代官所着任は、ご自身の悪事を探らせんがためではとお考えになったのじゃろう。すでに松井松平家さまのお沙汰は定まったとは言え、自らが浜田藩に何をしたかが白日の下にさらされては、せっかく得た奉行職も水泡に帰しかねぬ。かくしてどうにかわしを妨げんと、小出どのを通じ、こうして密偵を送って寄越したというわけじゃ」

とはいえ江戸勘定所は奉行から末端の勘定まで、締めて三百名以上が働く大所帯。当然、図抜けた栄達を果たした矢部への反発を抱く組頭も数多い。おかげで大森にいながらも、矢部の動向は逐一自分の元に告げられていた、と岩田は語った。

「では……では、岩田さまは最初から、わたしを怪しいと――」

目を瞠《みは》る金吾に、岩田はうむと首肯した。

「かような輩が遣わされてくるとなれば、やはり組頭が睨んだとおり、矢部さまの不正は事実。つまりおぬしが大森に来てくれたおかげで、わしは何ら迷うことなく、為すべきことに邁進できたというわけじゃ」

ただ矢部が賂を受け取っていた証拠を探そうにも、松井松平家の老職はほとんどが切腹させられた上、生き残った藩士たちはお国替えに従って棚倉に移ってしまった。しかたなく岩田は浜田藩御用を仰せ付けられていた商人を順に大森に呼び寄せ、どこかに矢部の痕跡が残されていないかと探し続けた。ただ流石がはその人ありといわれた辣腕というべきか、思うようにその証拠は見つからず、あっという間に七年が経ってしまった、と岩田はほろ苦く笑った。

わなわなと身体を震わせ続けている小出儀十郎を、岩田は静かに顧みた。どこか寂しげな吐息をつき、「七年、七年じゃ」と繰り返した。

「わしや金吾が当地でそれぞれの勤めを全うせんと足掻いている間に、矢部さまは更に悪行を重ね、遂にはわしが証拠を探していたのと同じ不正の咎で職を逐《お》われ、果ては配流地で命を終えられてしまわれた。これはまさに、因果応報と申すべきやもしれぬ」

岩田ほどの人物が七年間探索しても何の尻尾も摑めなかった事実は、矢部定謙の狡猾《こうかつ》さを如実に物語っている。それが悔しくてならぬのか、岩田は厚い肩が上下するほどの大きな吐息をついた。

「矢部さまが亡くなられたにもかかわらず、そなたがなおもわしを陥れようとした理由までは知らぬ。知りたいとも思わぬ。じゃが、それがために無宿人どもを逃亡させ、結果としてこの地を騒がせるのであれば、わしは何としてもそなたを取り除かねばならぬ」

岩田は瞼の厚い目で、小出を睨み据えた。常は穏やかなその双眸に、途端に冷ややかな光が浮かんだ。

「わ、私が、私が奴らを唆《そそのか》したという証が、いったいどこにあるのでございます」

小出はびくっと身を揺らし、一、二歩後じさった。手負いの狐《きつね》めいたその挙措に、金吾がどこか哀しげに「小出さま」と呟いた。

「もはや諦めなされませ。なによりこの峰松と猪助が、そう申したのでございます」

「そ、そんな奴らの言葉なぞ、信じられるものかッ」

金切り声とともに、小出は細い眉を逆立てた。

「大森の代官どのは三十俵三人扶持の御家人たる私の言葉より、住まいも身内も持たぬ無宿人の弁をお信じになられるのですか。江戸表のご信任を受け、押送役を賜りもした私が、かような真似をするわけがありますまい」

いる。

「何を仰せられますッ」

金吾が、突如、小出を遮った。その身体はわなわなと震え、怒りのあまりか声の調子が狂っている。

「こ――こやつらにも、こ奴らにも身内は確かにいるのでございますぞッ」

怒気を孕んだ口調に、小出が一瞬、気圧されて黙り込む。すると金吾は二人の無宿人に、震える指を突き付けた。

「なるほど峰松や猪助は、江戸でお縄にかかった無宿人。ですがかような者たちであろうとも、血縁やその身を案じている人々は確かにおるのです」

ことに、と続けながら、金吾は峰松の背から降りた痩せた男に目を転じた。

立っているのがやっとと思われるほどに荒い息をつくその手足は枯れ木を思わせて細く、時折湿った咳が口から洩れている。気絶を病んだ掘子と察した幸蔵の目の前で、彼は金吾に向かって小さくうなずいた。

すると金吾は心なしか双眸を潤ませながら、峰松と呼ばれていた三十がらみの無宿人を真っ直ぐに指した。

「ことにこの峰松には、もう十年に亘って、銀山町でこ奴の戻りを待っている女子がいるのです。これほどに人に求められ、必要とされている男の言葉が虚言と、どうして決めつけられましょうか」

峰松がその途端、双の眼をこぼれ落ちんばかりに見開いた。なんだって、とうめく彼に向かって痩せた掘子が歩み寄り、「お春が……お春がおめえを待っているぞ」とか細い声で告げた。

「お春は今、銀山町内大谷筋の徳市って奴が営む飯屋で働いてら。おめえと大坂で別れて以来、銀山町にさえ来ればいつか会えると思い定め、一人、あの町で暮らし続けていやがる。まったくろくでもねえことを考える女だぜ」

峰松は出来の悪い木偶《でく》のようにぎこちなく、掘子を凝視した。お春が、と呟くその肩を両手で揺さぶり、「ああ、そうだ」と繰り返す掘子の表情は、なぜか泣き笑いの形に歪んでいた。

「あのお春が待っているんだぞ。この色男が」

「なぜだ。どういうことだ。俺は昔、あいつを置き去りにして逃げたんだぞ」

「ふん、お春はそんなことで恋しい男を見限るような、甘っちょろい女じゃねえや。あいつはな、銀山町の奴らから得体の知れねえ女だの淫売だのと陰口を叩かれながらも、ただひたすらおめえだけを待っていたんだ。だったらおめえも男らしく胸を張って、長年待たせちまったあいつの元に行ってやれよな」

「そ、そうじゃ。与平次さんの言う通りだ」

それまで無言であった猪助が、峰松の腕を両手で摑んだ。

「わしはもう実の娘からも見限られた老いの身。されど、お前はまだ若い。その上、銀山町に待っていてくれる人がいるならば、なに一つ恥じる必要なぞない、あっぱれな身の上じゃないか」

金吾の顔が、今にも泣きだしそうに歪んだ。それを堪えるように、きっと唇を引き結び、岩田鍬三郎と小出儀十郎をせわしく見比べる。

「お分かりになられたでしょう」

と、再度声を張り上げた。

「確かにかつてお縄を頂戴したとはいえ、今のこ奴らは銀山町内に愛すべき身内を持っただの男。かような者たちがなんの理由もなく、小出さまを誹謗《ひぼう》する道理なぞございますまい」

「う――うるさいッ」

金吾を遮って一喝すると、小出は眉を吊り上げて岩田に向き直った。

「だいたい先ほどより、矢部さまと仰いますが、駿河守さまは昨年の夏、桑名の御囲座敷でお亡くなりになったのでございますぞ。それにもかかわらずこの私が岩田さまを陥れねばならぬ理由が、いったいどこにあるのでございますッ」

いまや小出の細い顔は蒼白に変じ、声も奇妙なほどに上ずっている。その挙措がかえって、小出の胸に宿る後ろ暗さを物語っていた。

「理由、理由なあ。あえて申せば、矢部さまが亡くなられてすでに一年近くが経ったが、評定所のお歴々はいまだにあの御仁に余罪があるのではと探索を続けておられる。――聞けば小出どのは昨秋、普請役に取り立てられたばかりでいらっしゃるそうじゃなあ」

小出儀十郎が有能な人物であることは、周知の事実。だからこそ直接に矢部の引き立てを得ずとも、見事、普請役への抜擢を受けたのだろうが、もし今、矢部とのかつての関わりが明らかになれば、間違いなく小出は矢部定謙の息がかかった一人として、役職を追われるに違いない。

「推量でものを申すのは憚られるが、つまりは小出どの、そなたは当初は矢部さまに命じられ、どうにかわしを大森から放逐せんと金吾を送り込んだ。されど肝心の矢部さまが亡くなられると、この岩田がそなたと矢部さまの関わりまで明らかにするのではと怯えたのではあるまいか。そしてどうにかその邪魔をせんと、無宿人押送役まで買って出て、この銀山附御料まで来たのじゃろう」

　しかも大森には、岩田の身辺を探るために遣わした金吾がいる。その目の前で岩田を陥れられれば、結局己の務めを全うしなかった金吾を間接的に脅し付け、今後の口止めを強いることもできようからな——と、岩田は一言一言考えながら語った。

「されどな、小出どの。すまぬがわしゃ勘定所の吟味役さま、更には評定所の御衆《おんしゅう》も、誰一人、そなたのことなぞにはこれっぽっちも気を払《はろ》うてはおらなんだ。なにせ矢部さまは、堺奉行から大坂西町奉行、勘定奉行、西丸留守居役と栄転なさる都度、賂の噂が絶えなんだお人。かような御仁に比べれば、たかが普請役に過ぎぬそなた如き、わざわざ調べるほどの価値もない小人《しょうじん》じゃでなあ」

　小人、と呻いて、小出が細い目をこぼれ落ちそうなほど大きく見開く。岩田はそれに、「おお、そうじゃ」とあっさり頤を引いた。

「ものの本にもあろう。君子、固《もと》より窮す。小人、窮すれば斯《ここ》に濫《らん》す、とな。賂をほうぼうに贈り、挙句の果てにお咎めを受けて失脚なさった矢部さまを褒める気は、さらさらない。されど少なくともあの御仁は、桑名に送られて以降は御囲座敷の中で端然と日を過ごされ、末期に及ばれても皆目取り乱されなかったとうかごうておる」

　少なくとも矢部さまには、ご自身が悪事を働かれている自覚がおありだったのじゃ、と岩田はぽつりと付け加えた。

「それに比べれば、我が身に迫ってもおらぬ追及の手に怯え、かような失態を招いたそなたは、まごうことなき小人じゃろうて」

君子とてやはり困窮することはあるが、そうしたときにも道を外れる行いはしない。これに比べて小人は、窮してくると道に背いた誤った行いをする――という『論語』「衛霊公《えいれいこう》」篇《へん》の一句を引き、岩田は目を伏せた。

「わしはな、小出どのが何事もなくこの地を去られるのであれば、金吾を大森に遣わされたことも含め、素知らぬ顔をしようと思っておった。されどわしを陥れるために無宿人どもをそそのかし、御領内の安寧を損なわれては、もはやこの地の代官として黙ってはおられぬわい」

「わ、私を評定所に突き出し、矢部さまの一党として処罰させるおつもりですか」

「違うな。そなたと矢部さまの関係なぞ、わしには何の興味もない。わしが咎めねばならぬのはただ一つ、そなたの言葉が無宿人どもの逃亡を招いた一点じゃ」

岩田は静かに、金吾に目を向けた。顔を紅潮させたままの彼に、ねぎらうかのように小さくうなずきかけてから、「――わしはこの地の代官じゃ」とひそやかに告げた。

「千代田のご城内の政争なぞ、輝く山を囲んで生きるこの地の者たちには、冬の訪れを告げる北風ほどの意味もない。さればわしもご領内の者たちの道理に従って、まずはこの地を守ることを第一に考えねばならぬでなあ」

幸蔵、と岩田に名を呼ばれ、あわてて藤田幸蔵は居住まいを正した。

「小出どのを奥座敷にご案内せよ。並手代や書役と交替で見張りを行い、決して外へお出しするな」

「はい。かしこまりました」

頭《こうべ》が常にも増して深く垂れるのを、幸蔵は止められなかった。岩田が誰よりもこの地の者たちを案じ、その暮らしに意を払っていることは承知していた。だがこの代官は小出が自分を陥れようとした事実よりも、そのためにご領内の人々に危難が及びかねぬことに怒り、それゆえ小出を咎めている。

人とはいざという折には、どうしても我が身を第一に考えるものだ。だが岩田は金吾が江戸から遣わされた密偵と知っても騒がず、今もまた我が身よりもこの地の人々のために小出を捕らえんとする。まさにそれは民を養うための政だ。

がっくりとその場に頽《くずお》れた小出儀十郎に近づくと、幸蔵はその腕を抱え上げた。もはや抗《あらが》う気力すら失った彼を奥座敷に導こうとするその耳を、「さて、金吾」という岩田の穏やかな声が叩いた。

「よくぞ、この三人を代官所に案内《あない》してくれたな。礼を言うぞ。かねてより思っておったが、おぬしは普段はともかく、ここぞという時には人一倍の働きをしてくれるのう」

「い、岩田さま。俺は――あ、いえ、わたしは――」

狼狽する金吾に背を向けて、幸蔵は小出儀十郎の腕を強く引いた。まるで壊れた人形の如くおぼつかないその身体を肩で押して、無理やりその場を歩き出した。

岩田と金吾のやりとりを皆まで聞く必要なぞない。岩田が真に案じるのは我が身ではなく、ただこの銀山附御料のみ。だとすれば仮に自分がいようがいまいが、あの代官はこの地の人々を守り、励まそうとした金吾の行いを嘉するはずだ。

幸蔵はわずかに口元を緩めた。頭でっかちで、事あるごとに憎らし気な顔をするあの中間はもしかしたら、いつの間にかあの岩田代官に傾倒してしまったかつての自分とそっくりなのかもしれない。

（そういえばこの七年間、一度もあいつを褒めてやったことがなかったな）

今更自分から褒詞《ほうし》を与えられても、金吾は気味悪がるだけかもしれない。だがそれも面白いではないか。

この代官所の人々は皆、いつしかあの物静かな代官に心を寄せ、その政を信じるに至った者たち。そしていつかあの金吾も、自分の如く手弁から書役、手代と出世を重ねるのかもしれない。

ふふ、と小さな笑いが思わず喉を揺らす。それをごまかすように、幸蔵は崩れ落ちそうになる小出の肩を強く抱きかかえた。


日ごとに濃さを増す山の緑が、仙ノ山を瑞々《みずみず》しく彩っている。吹く風は相変わらず土の臭いを孕んでいるが、それでも大森代官所の門前を流れる小川の岸には青草が茂り、山深い銀山附御料地を駆け抜ける春の慌しさを物語っていた。

「おおい、金吾。金吾よお」

声替わりを始めたばかりのがらがら声に、金吾は門前を掃《は》く手を止めた。見れば大森の町中に続く道を、長い杖にすがったひょろりとした影が片足をひきずって近づいてくる。

金吾は箒を放り出すと、大慌てで駆け出した。小石でも踏んづけたのだろう。よろめいて倒れそうになったその身体を両手で支え、「危ないじゃないか、小六」と叱責《しっせき》した。

「ちぇっ、久々に会ったってのに、真っ先にお小言かよ。最近じゃ餓鬼どもの面倒を見るついでに、この杖一本で石銀や本谷辺りまで出かけていくんだぜ。こんななだらかな道程度、なんてことはねえよ」

十六歳の育ち盛りだけに、小六の背丈はもはや金吾とさして変わらない。だが二年前、間歩の事故で痛めた足腰だけはかつてのまま歪み、その身体を一足ごとに大きく傾がせていた。

「今日は栄久――あ、いや、喜三太はどうした。一緒じゃないのか」

「ああ、あいつなら手習い子の一人が風邪を引いたとかで、干し柿を持って見舞いに行ってら」

一昨年から喜三太と小六が見よう見真似で始めた間歩の経営は、小六の頼みを受けた与平次と惣吉が腕利きの掘子を送り込んだこともあり、細々とではあるが着実な産銀を続けていた。このため喜三太と小六は最近、日中は叡応が営む正覚寺の手習所に詰め、子どもたちの面倒を見ている。

叡応もまた気心が知れた喜三太の手伝いが、頼もしくてならぬのだろう。最近では子どもたちの教導を喜三太に任せ、昼日中からを喰らって寝こけていることが増えたとの噂を、金吾も耳にしていた。

「そんなことよりもさ、金吾」

足元に倒した杖を拾い上げ、小六はわずかに頰を硬くした。

「与平次の兄いが、いよいよいけねえらしいや。昨日、叡応さまが様子を見にいったんだけどさ。息をつく端から真っ黒な痰ばかり吐いて、ろくに話もできなかったんだと」

「そうか――」

ひと月前の黒松村への往還が悪かったのだろう。あれ以来、与平次は日の大半を床で過ごし、それまでかろうじて続けていた間歩稼ぎも叶わなくなった。それでも必ず日に一度は徳市の店まで足を運び、特別に拵えられた粥を啜って、やかましく騒ぎ立てる掘子たちを店の隅から眺めていた。だが十日ほど前からとうとう家から出られなくなり、再び店で働き始めたお春が毎晩、粥の鍋を運んでいくのが習わしとなっていた。

小六もまた、掘子であった父親を同じ病で失っているだけに、とうに覚悟は出来ているのだろう。頰を強張らせてこそいるものの、その口調には揺らぎがなかった。

「このところ、お代官所は忙しいと聞いたけどよ。今日明日のうちにでも、一度、顔を出してやっとくれよ」

「あ、ああ」

そう請け合ったものの、このところの、大森代官所はこれまで金吾が経験したことがないほどの波乱続きであった。

豪介を筆頭として銀山町を逃げ出した無宿人六名は、あれから五日後、広島藩領との国境に近い山中で疲労困憊《こんぱい》して座り込んでいるところを捕縛された。追手のかかりやすい石州《せきしゅう》街道を逸《そ》れ、尾根伝いに山陽道を目指したが途中で方角を失い、谷に迷い込んでしまったのだろう。戸板に乗せられ、大森に運ばれてきた六名は、逃亡に失敗した気落ちもあってか、岩田代官の尋問にも従順に応じた。峰松と猪助同様、大森までの道中、小出儀十郎から事あるごとに間歩働きの辛さ厳しさを吹き込まれた事実を告白するばかりか、中には、「あんなことを言われなきゃあ、おいらたちだって、むやみやたらに逃げ出そうとは思いませんでしたよ」と言い立てる者までいた。

江戸の評定所は小出儀十郎の所業に関する報告を岩田から受けるや、すぐに留役《とめやく》を大森に派遣。小出を江戸へと連れ帰った。それと同時に大森代官所には、無宿人送還後の仔細を上書するようにとの命が下され、現在、地方役人は総出でその書面作りに奔走しているのであった。

「わかった。夜になってしまうだろうが、今日中に必ず顔を出すぜ」

「じゃあ、おいら、兄いの家で待ってら。必ず来とくれよ」

足を引きずり引きずり戻っていく小六を見送ると、金吾は大急ぎで掃除を終え、御広間の土間へと駆け込んだ。

その途端、御広間の端から「遅いぞ、金吾」という藤田幸蔵の叱責が飛んでくる。はっと頭を下げた金吾を睨みつけ、「さっさと昨日の続きに取りかかれ」と、幸蔵は不機嫌そうに言い捨てた。

「その他の事柄についてはともかく、峰松と猪助の逃亡について記せるのは、お前しかおらんのだからな」

土間の端には蓆《むしろ》が敷かれ、古びた文机が一基、据えられている。その前に膝を揃え、金吾は卓上の帳面を開いた。心を落ち着かせるように墨を磨りながら目を上げれば、「なにをぐずぐずしている」という小言が途端に飛んでくる。

「その下書が終われば、次はこちらで仕上げた記録の清書だ。のんびりしている暇はないぞ」

如何に文字を習い覚えていると言っても、評定所に上申する記録を一介の中間に手伝わせた例など、金吾はこれまで聞いたことがない。だが幸蔵は次から次へと書き物を命じるばかりか、夕刻には必ず金吾の帳面を覗《のぞ》き込み、字の間違いや言い回しの誤りまで手を入れる。その執拗《しつよう》さはいかにも切れ者の幸蔵らしい一方で、万事多忙な元締手代には不釣り合いな雑事であった。

「まったく。独習だけに字は汚いし、そもそも筆の持ち方すらなっておらん」

そう罵《ののし》りつつも、筆の遅い金吾に筆記を任せ続ける理由は分からない。だが金吾の中にはいつしかほんのわずかながら、この怜悧《れいり》な元締手代への親しみと敬意が湧きつつあった。

このまま懸命に勤めを続ければ、いつしか自分も幸蔵のようにどこかの代官の懐刀となり、御領内の人々に手を差し伸べられるのではないか。金吾の記す汚い文字に、毎回、舌打ちをし、眉をひそめる口うるさい幸蔵を間近にしていると、そんな淡い夢すら胸に浮かんでくるのであった。

どすどすと広縁を踏み鳴らす音が近付いてくる。

「なんと、お代官さまは今日もまたご自室に籠っておいでか」

御広間に河野長兵衛がぬっと現れ、四囲を睥睨《へいげい》した。

「あと半月もすれば、また諸山間歩改めの季節じゃ。今年はどこの間歩にお入りいただくか、これまでの事例と引き比べてご相談しようと思うて、わざわざまかり越したと申すに」

「河野さま。その件であれば、また日をお改めくださいい。なにせ今、我らは御覧の通り忙しく、過去の諸山間歩改めの記録をお探ししている暇なぞございません」

相変わらず権高な河野長兵衛の怒号に、幸蔵が目だけを上げて応じる。ただでさえ大きな長兵衛の声が、「なんじゃと」と跳ね上がった。

「馬鹿ぬかせ。年に一度、お代官さま以下主だった役人が諸山間歩を巡り、各町の間歩にお入りいただくのは、この地が東照公《とうしょうこう》のご支配に下った頃よりの習わし。その支度を多忙如きを言い訳に疎《おろそ》かにするとは、不心得にもほどがあろう」

「なんと仰せられましても、物事には順序がございます。諸山間歩改めまでまだ日数もございますれば」

相も変わらぬ河野長兵衛と藤田幸蔵の言い争いまでが、不思議に愛《いと》おしむべきものと感じられる。口元に浮かびかかる笑みを堪えて、金吾は手許の帳面に筆を走らせた。

日が傾き始めた頃合いを待って筆を置き、再び門前の掃除に取り掛かる。勝手賄人を手伝って井戸水を汲み、広いお白洲を掃き清めると、折しも御広間から役人衆が退出してゆく。一日の勤めの仕上げとばかり、御広間の土間を片付けてから、金吾はようやく代官所を飛び出した。暮れなずむ大森の町を駆け抜け、かねて教えられていた大谷筋の与平次の家に駆けこんだ。

「遅くなってすまん」

だががらんとして調度の乏しい一軒家の囲炉裏端には、布団こそ敷かれているが、与平次の姿はない。

上り框《がまち》に腰かけていた掘子の惣吉が、金吾の姿に弾かれたように立ち上がった。

囲炉裏に火はなく、もうずいぶん長い間、ここに座り続けていたのだろう。黒ずみ始めた屋内でもそうと知れるほど、その顔には血の気がなかった。

「お、おい。与平次はどうしたんだ。まさか――」

息を飲んだ金吾に、惣吉はこのところめっきり肉のついてきた首を横に振った。

「違うんだ。そういうことじゃねえ。実は兄いは一刻ばかし前、どうしても徳市の店に行くと言い出してな。看病に来ていたうちのお紋がどれだけなだめても言うことを聞かず、しかたねえからさっき、若え奴らに手伝わせて、戸板で店まで運んでいったんだ」

「なんだと。どうしてまた、そんな無茶を」

詰め寄った金吾に、惣吉は「知るもんか」とため息混じりに吐き捨てた。その場に再度尻を下ろし、両手でがしがしと頭を掻きむしった。

「とにかく、早く追いかけてやってくれよ。さっき、戸板に兄いを乗せるのに、俺が寝床から抱え上げたんだがな。一度に三十貫の鏈を運んでも平気だった兄いの身体が、まるで綿みてえに軽くてよ。──畜生、あれがあの藤蔵山の与平次だなんて、どうやったら信じられるってんだ」

その声音は、早くも潤みかかっている。「おい、止せ」と、金吾は惣吉の背をどやした。

「今日明日の別れと決まったわけじゃないだろう。今から泣き言をぬかしてどうするんだ」

「け、けどよ」

「とにかく、徳市の店に行きゃあいいんだな」

「あ、ああ。おいら、小六からおめえがここに来るはずと聞いたんで、留守番を買って出たんだ」

惣吉はこれまで、与平次を実の兄の如く慕っていた。徳市の店に向かわずこの家に留まっていたのは、病み衰えた与平次をそれ以上直視できなかったためだろう。それがよく理解できるだけに、金吾は「わかった」とうなずき、惣吉を置き去りに飛び出した。

すでに戸外はとっぷりと暮れ、薄い雲の切れ間で星が二つ、三つと瞬いている。今日の番を終えた掘子たちが、土に汚れた顔をほころばせながら、往来の向こうからやってくる。耳障りなまでに明るいその声音から逃げるかのように、金吾はもつれる足を励ました。

かつて与平次は、仮に誰かが死んだとしても、そいつはただ旅に出ただけだ、どこか遠くで元気にやっていると考えればいい、と語った。だが痩せ衰えた本人とその苦しみを目の当たりにしながら、そんなのんびりしたことを考えられる者が、いったいこの世に幾人いるだろう。親しい者の死は、それだけで人の心を苦しめる。去る者がどれだけ親しい人々の平安を願ったとしても、それはどうにも動かしようのない事実なのだ。

徳市の店には今日も、煌々と明かりが点っている。だが普段であれば数町も先まで響いてくる店の賑わいはとんと聞こえず、ただ闇の中にぼうと店の灯が浮かび上がっているばかりだ。

「与平次ッ」

大声で呼ばわりながら、金吾は建てつけの悪い板戸を引き開けた。途端に目に飛び込んできたのは、片付けられた床几に横たえられた与平次と、その枕上に腰を下ろしたお春の姿であった。その左右に立った小六と喜三太が唇を真一文字に引き結んでいるのが、金吾の視界の隅をよぎった。

よう、来たのか、と言いたげに、与平次が戸口に突っ立つ金吾にきょろりと目を向けた。それに導かれるように床几に近づいた金吾に、喜三太が素早く場所を空けた。

壁際には土埃に汚れた掘子たちが幾人も寄り集まり、それぞれ酒器や飯碗を手にしている。しかし彼らはいつもの如く、酒を飲み、飯を食らいながらも一様に押し黙り、まるで店の中からすべての物音が消えたかのような静けさであった。

かさかさに乾いた唇を震わせ、与平次が何か言いかける。金吾よりも先にお春が与平次の顔に耳を近づけ、「どうしたんだい、与平次」と問うた。

その肩は震え、大きな目は今にも泣きだしそうに潤んでいる。それでも懸命に唇の両端を引き上げ、お春は笑みらしきものを浮かべようとしていた。

黒松村から戻った翌日、峰松は岩田鍬三郎の命を受けた地方役人に付き添われ、特別にお春の元に出向いたという。そこで二人がいったいどんなやり取りを交わしたのか、金吾には知る術《すべ》もない。ただ峰松はその後、龍源寺間歩の長屋に戻されて以前通りの間歩稼ぎを始め、お春は何事もなかったかの如く、徳市の店に戻ってきた。

他の無宿人たちはともかく、峰松と猪助はいずれは柵内の長屋を出て、一人前の柄山負として暮らし始めるのだろう。その時にはきっと峰松は、お春と所帯を持つのに違いない。だが徳市の店に出入りする誰もがそう推測しているにもかかわらず、再度勤めを始めたお春の表情は奇妙に淡々としていた。痩せ衰えた与平次が店を訪れれば、これまで通りに遠慮のない口を叩き、彼がとうとう家から出られなくなった後は、自ら進んで粥を運んでいった。

それはきっと、恋ではない。ただお春はこの銀山町に生きる仲間として与平次を信じ、その好意に支えられ、この十年を生きてきた。

それぞれに向ける思いの種類は、まったくすれ違っていたのだろう。しかしそれでも少なくとも与平次とお春にとって、お互いはかけがえのない相手であったのだ。金吾がそう思わずにはいられぬほど、お春の美しい横顔はいま、深い悲哀に歪んでいた。

そんなお春をぼんやりと仰ぎ、与平次は微かに目元を和ませた。細い指をゆっくりと上げてその頰に触れ、「――なんでぇ」と吐息に紛れそうな声を漏らした。

「湿っぽい面をしやがってよ。まったく、おめえらしくもねえ」

お春の双眸が更に潤み、一粒の涙が与平次の頰に滴った。与平次はそれを指先ですくい取ると、同じ指でゆっくりと己の唇を撫でた。

「ひどく静かだな」

という呟きが、淀んだ咳でくぐもった。

「せっかく、店まで来たってのによ。こんな静かじゃ、つまらねえや。それとも今日はどこかの間歩で瀬落ちでも起きたのかよ」

「ば――馬鹿言ってんじゃないよ」

お春は舌をもつれさせながら毒づいた。

「仙ノ山の間歩は、今日もどこも盛りさ。掘子どもも浮かれちまって、騒がしいことこの上ないよ。――ねえ、金吾」

言いざまこちらを顧みたお春の顔は涙に濡れ、白粉《おしろい》が斑《まだら》になっている。あ、ああ、と金吾は幾度も首をうなずかせた。

「お春の言う通りだ。さっきから徳市も大忙しで、猫の手も借りたい有様だぞ」

厨で固唾《かたず》を呑んでいた徳市が、その言葉に背を押されたかのように目を見開いた。竈と水瓶をせわしく見比べたかと思うと、急に折敷に汁と飯を並べ始める。

「おい、小六に喜三太。食っていくだろう」

と、調子はずれの声を張り上げた。

「お、おう。ありがとうよ」

喜三太が厨に駆け寄り、小六の分まで折敷を運んでくる。その挙動に促されたかのように、それまで成り行きをうかがっていた壁際の掘子たちがぼそぼそと小声で話を始めた。

一日の稼ぎの多寡《たか》、間歩内のあれこれ、家に待たせている女房子供の愚痴《ぐち》……あまりにとりとめがなく、それがゆえに平穏なざわめきが次第に店に広がり、小さな渦を巻く。

ああ、と与平次は嬉しそうに息をついた。

「御山《おやま》は――御山は今日も変わりがねえんだな」

「ああ、そうだよ。今日も明日も、何一つ変わりゃしないさ」

お春の涙声に、与平次は唇をわずかにほころばせた。眼だけを動かして、「惣吉がいねえな」と誰にともなく言った。

「あいつなら、まだお前の家で留守番をしているぞ」

傍らから口を出した金吾に、与平次は「馬鹿な奴だな」と唇を歪めた。その笑みに、金吾はてっきり、貧乏所帯をわざわざ留守番しようとする惣吉の生真面目さを笑ったのだと思った。だが与平次は口の両端に皺を寄せたまま、「だからあいつはいつまでたっても、腹が据わらねえんだ」と続けた。

「そりゃあ確かに俺たち掘子は定命が短いけどよ。人ってのはどれだけお偉いお方だって、遅かれ早かれ死んじまうんだ。それをあいつはこの程度のことで、あんなに怖気《おじけ》付きやがってよ」

なあ、金吾よ、と続けながら、与平次はいつしか店の隅で騒ぎ始めた掘子に目を向けた。逞《たくま》しい手足を剝き出しに飯を食らい、酒を飲むその表情はからりと明るく、灯火を映じて一つ一つの顔が輝いているかのようだ。

急に忙しくなった店内に、徳市がてんてこ舞いしている。見かねた喜三太が食べかけの碗を置いて手伝いにと跳ね立ち、それを見送るしかない小六が悔しげに唇を尖らせる。

いつもと変わらぬ日々の中に、与平次だけがいない。だがこれから五年、十年と日が経てば、あの掘子たちはみな気絶ゆえに死に絶え、いずれは徳市も店を畳む日が来る。喜三太と小六は大人になり、やがては老い、死んでゆく。かくいう金吾自身も、それは同様だ。

人の世に不滅なものなぞ、何もない。もう何百年も昔から多くの掘子たちの生死を眺め続けてきた仙ノ山とて、いずれはすべての銀を掘り尽くされ、人の立ち入らぬただの岩山と変わるのだろう。

そして今、この時間がほんの瞬《まばた》きほどであると知ればこそ、掘子たちの笑顔は眩いほど光って映る。

見下ろした与平次の顔が、輪郭を失って揺らめいた。あわてて拳で目元を拭いながら、ああ、そうか、と金吾は奥歯を食いしばった。

去り行く人を見送ることは、確かに辛い。だがその苦しみはいずれは自分もこの世を去る事実を忘れたがゆえの、不遜《ふそん》な苦しみなのだ。誰もが死の定めを逃れられぬ世であればこそ、残された者は限りある命を慈しまねばならぬ。そしてその輝きを目にすることで、此岸《しがん》を去る者たちは自らの生の美しさをはっきりと悟り得る。

誰のためでもない。与平次は自らの生涯を愛すればこそ、病身を押して徳市の店にやってきた。これは与平次が最後の生を燃やし切るための行いだったのだ。

「おい、金吾。なんて面をしていやがる。お春、てめえもだ。もう俺がくたばったみてえな顔をしやがって」

与平次の声には苦し気な喘鳴が混じっているが、言葉面はひどく明るい。

この男がいつ息を引き取るのか、それは金吾にはわからない。だがその心の臓が拍動を止めるその瞬間まで、与平次はこの銀山町を――ここに暮らす人々を愛し、それによって自らの生を確かめ続けるのだ。

この地に来て以来の七年間を金吾は思った。多くの掘子の命を得てなおそびえ立つ仙ノ山。その山深くから切り出される銀の輝きは、もしかしたらこの地に生きる者たちの命の輝きそのものなのではないか。

与平次の顔に、ぐいと己の顔を近づける。喧騒を増す一方の店内の賑わいに負けまいと、声を張り上げた。

「なあ、与平次。明日も店に来るんだろう」

ああ、と与平次が目だけでうなずく。そうか、そうだよな、とそれに応じてから、金吾は傍らのお春を振り返った。

「お春、俺にも飯をくれねえか。考えてみりゃあ、お代官所を飛び出してきて、まだ何にも食ってねえんだ」

お春は形のいい目を忙しくしばたたいた。床几に横たわる与平次と金吾を見比べてから、「あいよ」と勢いよく立ち上がった。

「与平次には粥を拵えてもらおうね。いくら寝たきりといったって、ちっとは腹が減るだろう」

お春の言葉を遮って、店の板戸ががらりと開いた。土の臭いをまとわりつかせた掘子たちが我勝ちにと飛び込んできて、申し合わせたように背を丸めて両手をこすり合わせた。

「――ちっ、じきに夏だってのに、夜になると冷えてきやがる。おい、徳市。酒だ、酒だ」

「うるせえな。そうそうがなり立てなくたって聞こえてらあ」

厨から徳市が怒鳴り返すのに、店奥の掘子たちがどっと笑い、与平次の唇にまた薄い笑みが浮かぶ。

厨で沸く湯の音が、彼らを囃《はや》し立てる如くいつまでも鳴り続けていた。

参考文献

〈書籍〉

『石見銀山に関する研究』山根俊久　臨川書店　１９７４年
『銀山社会の解明　近世石見銀山の経営と社会』仲野義文　清文堂　２００９年
シリーズ「遺跡を学ぶ」０９０『銀鉱山王国　石見銀山』遠藤浩巳　新泉社　２０１３年
『代官の日常生活　江戸の中間管理職』西沢淳男　角川ソフィア文庫　２０１５年
シリーズ近世の身分的周縁５『支配をささえる人々』久留島浩編　吉川弘文館　２０００年
『石見銀山の社会と経済―石見銀山歴史文献調査論集』島根県教育庁文化財課世界遺産室編　ハーベスト出版　２０１７年
『山陰―地域の歴史的生活』地方史研究協議会編　雄山閣　１９７９年

〈論文〉

内藤正中「石見銀山の鉱山病対策策―宮太柱の「済生卑言」―」『日本海地域史研究』第九輯　１９８９年
岩城卓二「奇特者御賞賜一件」『銀の流通と石見銀山周辺地域に関する歴史的研究』２００９年

〈図録〉

『資料で見る石見銀山の歴史』石見銀山資料館　１９９９年
『輝き　ふたたび　石見銀山展』島根県立古代出雲歴史博物館／石見銀山資料館　２００７年

本書は学芸通信社の配信により、京都新聞、新潟日報、山陰中央新報、静岡新聞、神静民報、三陸新報、南信州新聞、紀南新聞、東奥日報に二〇一八年三月～二〇二〇年五月の期間、順次掲載したものです。

刊行にさいし大幅に加筆修正しました。

澤田 瞳子（さわだ・とうこ）

1977年京都府生まれ。同志社大学文学部文化史学専攻卒業、同大学院博士前期課程修了。2011年、デビュー作『孤鷹の天』で第17回中山義秀文学賞を最年少受賞。13年『満つる月の如し　仏師・定朝』で本屋が選ぶ時代小説大賞2012ならびに第32回新田次郎文学賞受賞。16年『若冲』で第9回親鸞賞受賞。20年『駆け入りの寺』で第14回舟橋聖一文学賞受賞。21年『星落ちて、なお』で第165回直木賞受賞。その他の著書に『ふたり女房』『師走の扶持』『関越えの夜』『秋萩の散る』（以上、徳間文庫）『与楽の飯』『腐れ梅』『火定』『龍華記』『落花』『名残の花』『能楽ものがたり　稚児桜』、エッセイ『京都はんなり暮し』（徳間文庫）などがある。

輝《き》山《ざん》

2021年9月30日　初刷
2022年1月10日　二刷

著者　澤《さわ》田《だ》瞳《とう》子《こ》
発行者　小宮英行
発行所　株式会社徳間書店
〒141-8202　東京都品川区上大崎3-1-1
目黒セントラルスクエア
電話　03-5403-4349（編集）
049-293-5521（販売）
振替　00140-0-44392
本文印刷所　本郷印刷株式会社
カバー印刷所　真生印刷株式会社
製本所　ナショナル製本協同組合

ISBN978-4-19-865189-3

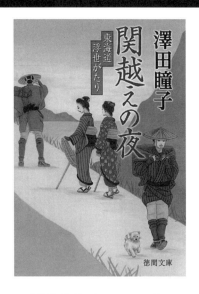

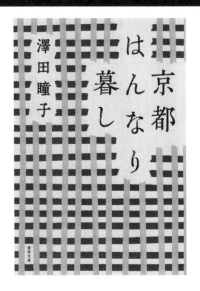